终南何有？有条有梅……

终南何有？有纪有堂……

——《诗经·国风·秦风·终南》

古有采诗之官，王者所以观风俗，知得失，自考正也。

——《汉书·艺文志》

国风

GUOFENG

长篇报告文学

和谷◎著

西安出版社

图书在版编目（CIP）数据

国风 / 和谷著. —西安：西安出版社，2022.5
ISBN 978-7-5541-5683-4

Ⅰ. ①国… Ⅱ. ①和… Ⅲ. ①报告文学—中国—当代
Ⅳ. ①I25
中国版本图书馆 CIP 数据核字（2021）第 223400 号

国　风
GUO FENG

出 版 人：屈炳耀
著　　者：和　谷
策划统筹：李宗保
责任编辑：路　索
责任校对：李　丹
责任印制：尹　苗
出版发行：西安出版社
社　　址：西安市曲江新区雁南五路 1868 号影视演艺大厦 11 层
电　　话：（029）85253740
邮政编码：710061

印　　刷：西安市建明工贸有限责任公司
开　　本：787 mm×1092 mm　1/16
印　　张：20.25
字　　数：285 千
版　　次：2022 年 5 月第 1 版
印　　次：2022 年 6 月第 1 次印刷
书　　号：ISBN 978-7-5541-5683-4
定　　价：68.00 元

目　录

第一章

文化创造

打开中国版图，在西安城南，秦岭北麓，有一处新兴的方圆五百亩的名胜，这便是关中民俗艺术博物院。

博物院的主人，姓王名勇超，一个纯粹的关中草根。

他悲悯散落民间而濒临灭失的民俗遗存，二十多年来倾心收留保护了它们。早年，他孤军奋战，灵魂没有下跪，以不屈的个体之力，做了国家和政府应该做的文化抢救之事，这是他呕心沥血半生的杰作。

如今，他事业初成，逐渐挺直了腰杆，获得了尊严。

秦岭南五台山下的这一细述千秋而启鉴后世的文化创造，已作为一份子，融入了中华民族共有的精神家园。

王勇超，从家乡长安的田埂土路上出发，走在通往大千世界的阳关大道上。

2015 年春节前夕，习近平总书记赴陕西看望、慰问广大干部群众时指出："一个博物院就是一所大学校。要把凝结着中华民族传统文化的文物保护好、管理好，同时加强研究和利用，让历史说话，让文物说话，在传承祖先的成就和光荣、增强民族自尊和自信的同时，谨记历史的挫折和教训，以少走弯路、更好前进。”

自关中民俗艺术博物院建成开放伊始，它便积极发挥博物院的教育功能，在未出现研学之说时，就已接待了一批又一批大中小学学子前来参观、体验、学习。

为践行习近平总书记“一个博物院就是一所大学校”的论述，关中民俗艺术博物院不辱使命，加强对文物的保护并加以研究和利用，让历史说话，让文物说话，使来访者增强民族自尊和自信意识，在潜移默化中提升文化素质。

至 2020 年，该院已被评审为省级爱国主义教育基地、省中小学生校外综合教育实践基地等重要研学场地。学子们踏入这所博物院，可参观的项目繁多，自然园林、拴马桩军阵、汉画像石等各类石雕艺术品，古民居建筑群、文房四宝、度量衡、兵器、铁钟、佛像、谷车等，以及其他千百年来关乎老百姓衣食住行等方面的民俗器物。尤其是享有“地上兵马俑”美誉的 8600 多根精美拴马桩，是关中地区数千年来多民族文化交流融合的历史见证，为中华民族文化遗产增添了重要内容，成为重要的民族文化基因仓和标本库。

为充分实现现有资源对学生研学产生重要影响，保证学生研学质量，博物院从不同层面周密策划，培养了专业的讲解团队，针对大中小学生研学团制定了不同的研学方案，开展以弘扬优秀历史文化、传统文化、红色文化为主题的爱国主义教育和公众教育主题活动，并不断引进各种有意义的研学体验项目。至今，共有研学体验项目七项，包括剪纸、主题拓片、书法临摹、中国结编制、木版年画拓片、BiangBiang 面制作、华阴老腔等教学和演唱。这些体验项目或为地方民间文化，或为中国传统艺术，在新时代借以研学体验的形式，重新引起学子们的关注，从而激发他们对民族文化的兴趣。

博物院始终坚持弘扬中华优秀传统文化的办院初衷，并通过对优秀传统文化公众教育资源的整合与创新性成果转化，正向着把博物院建成为一所弘道修德、观风增识、崇文培才、览物进学、呈艺育美的大学校迈进。至今已接待国内外 300 多所学校、60 余万名大中小学生研学参观，得到众多教师、家长、学生的高度评价。

中华优秀传统文化蕴含着博大精深、催人奋进的力量，积淀着民族血脉里最深沉的精神追求和思想境界。作为我国保护传承民间文化遗产的重要阵地，关中民俗艺术博物院承担着“大学校”的责任，发挥着“大学校”的作用。

关中民俗艺术博物院的文化传播，早在国际平台的上海世界博览会就已崭露头角。

2010 年 4 月 30 日晚，中国上海。

关中民俗艺术博物院院长王勇超，作为嘉宾，出席了举世瞩目的上海世界博览会的开幕式。

与王勇超一起受中共上海市委、市政府邀请，代表陕西省出席世博会开幕式的，是王侠、张锦秋、赵季平。

王侠，时任中共陕西省委副书记。

张锦秋，中国首批正式命名的建筑设计大师、中国工程院首批院士。其佳作无数，代表作品有陕西历史博物馆、西安钟鼓楼广场等。

赵季平，中国音乐家协会主席、陕西省文联主席、西安音乐学院院长。曾为《黄土地》《红高粱》《乔家大院》等影视剧谱曲，其中《水浒传》的主题曲《好汉歌》脍炙人口。

四位陕西精英，应邀同党和国家领导人、来自全世界的贵宾，欢聚在世博文化中心，共襄盛举。

世界博览会是全世界的博物博览，英华荟萃。王勇超感到荣幸与自豪，自己也是尊崇文明、护藏民间博物的道中之人。

此刻，他心潮涌动，两行热泪。

西安是中国十三个王朝的古都，拥有 3100 年建城史、1100 年建都史的世界著名历史文化名城。

西安南郊，与秦岭相连。被誉为中华祖脉的秦岭，是中国南、北方的分水岭。位于西安之南的秦岭中段，也称终南山。南五台，恰又居于终南中段的风水宝地。

王勇超呕心沥血建成的关中民俗艺术博物院，便安静地坐落于南五台辽阔慈祥的怀抱中。自远古的神话中走来的南五台，似乎在打了一个瞌睡之后，又精神抖擞地上路了。

此刻，王勇超想到，自己就是从二十世纪八十年代中后期开始步入关中博物集藏之门的。二十余年了，这绝非一条舒坦的旅途。

他初始于新奇与爱好，继而转为护卫临毁之民间器物，抢救濒临灭失的民俗遗存。他在自己独创的文化保护事业中业绩卓著。虽早期孤立无援，艰辛蒙难，但多年以后，终得民众和政府的支持和赞许。

此次，他作为嘉宾应邀参加世博会，恰似历史老人公正地邀请他，入席应当属于他的座位。

为迎接“6·12 中国文化遗产日”的到来，2010 年 6 月，王勇超再次应邀，携关中民俗艺术博物院 96 件与历代先民生产、生活及礼仪息息相关的民俗器物，以“品千年文化、赏关中老腔”为主题，出展上海世博会。很快，这特殊的陈列和展演，成为一道别样的风景，受到各国同行与游客的关注。

关中民俗艺术博物院的藏品件件来之不易，大都因王勇超的保护而获重生，为此，他珍视它们如自己的孩子。现在，“孩子们”从遥远的西北来到了上海，与 246 个国家和组织选送的顶级展品同台亮相，王勇超能不自豪吗？

丹麦的“小美人鱼”，卢森堡的“金色少女”，捷克的查理大桥“幸运”浮雕，埃及法老等等，都漂洋过海汇聚到了世博会。还有爱因斯坦亲笔书写的关于相对论的文稿，卡夫卡的《修建中国长城的时候》手稿复印件，西班牙足球队在南非世界杯上捧得的大力神杯，琳琅满目。世博会，不愧为全球文明的盛典。

王勇超将多年抢救保护的关中民俗文物的小小一部分，摆上了全世界的博览会殿堂，得到了国际社会的肯定，融汇成了中国的光荣。

他感到了一种满足和欣慰。

关中民俗艺术博物院此番出展世博会的藏品，仅为其院藏之“冰山一角”

吗？

知情者答道：正是。

王勇超的民俗珍藏门类浩繁，千姿百态，不计其数。

2008年春夏之交，王勇超接待过一位由远道慕名而来的王受之先生。

王受之，美国设计理论和设计史专家，多次担任国际规格艺术大展的评委，广涉建筑学、美学、社会学等，被认为是现代设计重要奠基人之一。二十世纪九十年代介入地产领域，担任万科集团顾问约十年之久。曾与连战、李敖等齐名，被评为年度中国“十大最具影响力的男性”，并被《新周刊》评为“新锐榜年度知道分子”（每年全国评一名）。

在西安，王受之在王院长的陪同下，参观了关中民俗艺术博物院，并与其进行了深入细致的交谈。临走时，他留下一篇笔记，郑重地交给王院长。

他在那篇《关中民俗艺术博物院记》中写道：

“民俗文化是民族文化在特定时期最表层和最本质的元素。它是民族精神与民族审美的最直接折射。通过建筑、雕塑、绘画、手工艺等形式表现。千余年来因经济变化缓慢，民俗一直多持续而鲜突变。近代以来，政经起伏。十年‘文革’，民俗被视为‘四旧’内容扫荡，之后又被高潮冲击，流散四方，在好多地方接近荡然无存。陕西关中民俗乃国之冠，但亦难逃厄运。

长安奇人王勇超倾毕生精力收藏关中民俗精品，小至烟斗，大到民宅，历时二十余载。王氏不为财动，不为利诱，历经千辛，终得正果，建成关中民俗艺术博物院。凡大小官民宅所园林四十余座，宋元明清各朝拴马桩八千余尊，自汉唐以来石雕、砖雕、木雕家具用具不计其数。余得友人引导，细看馆藏，惊为天物大全！虽一世做艺术研究，叹从无缘看到如此巨量、门类如此整齐精美、水平如此高的藏品。震惊之余，希望勇超民俗收藏更加丰富，祝愿关中民俗艺术博物院早日成为国家一级艺术馆之一。以我之见，一个民族艺术和文化的成熟，不只是经典，更在民俗的完整和多元。以此而言，勇超先生之举是国之壮举也！”

不识庐山真面目，只缘身在此山中。

王受之先生山外看山，可谓高屋建瓴，也入木三分。

至2020年，历经三十余载，收藏保护“天物大全”，创建了五百亩之巨的博物院。早年的日子，可想其难。

难到啥程度？用王勇超自己的话说，就是干哭没眼泪。

可如今，王勇超的路，山重水复之后，逐渐柳暗花明。

特别是进入21世纪以来，关中民俗艺术博物院受万众观瞻，沐日月光照，尤显兴旺。

据关中民俗艺术博物院大事记载：

2008年初，王勇超当选全国人大代表，而后赴北京出席第十一届全国人大第一次会议。

2月18日，时任中共中央政治局委员、国务委员刘延东莅临博物院视察。她赞扬博物院收藏的东西太好了，真是不得了，对中国历史文化做出了很大贡献，并称赞王勇超院长是民间文化的大功臣，人大代表当得好，当得值。

4月11日，时任中共陕西省委副书记、省长袁纯清，率省、市相关负责同志，再次至博物院调研，并举行现场办公会议，支持博物院的建设发展。

10月15日，关中民俗艺术博物院荣膺文化部授牌“国家文化产业示范基地”。

10月31日，全国抢救保护民间文化遗产的旗手、中国民间文艺家协会主席冯骥才至博物院调研考察，评价王勇超：“他当时做这件事情无人理解，孤军奋战，他在城市化、现代化巨大的冲击下，一个人承担着一个地域的文化的抢救，他把抢救一个地域的文化损失这个责任扛在自己的肩上。”

11月9日，时任中共陕西省委书记赵乐际，再次莅临博物院指导工作。从青海调来陕西工作起，他已多次赴博物院调研考察，热心支持创建。

2009年5月19日，时任中共中央政治局常委李长春，莅临博物院视察指导。他对王勇超说：“你收集保护这么多文物，物质的、非物质的遗产，对你这个精神，我非常钦佩。几十年如一日，你真是做了一件大好事，为国家分了忧。”

7 月 1 日，中共中央原总书记、国家主席、中央军委主席江泽民，莅临博物院视察，赞曰：“王勇超，勇于超人。这个地方值得来看。”题字：“民族文化源远流长”。

2010 年 3 月至 4 月，王勇超随中共中央政治局常委、国家副主席习近平，出访瑞典、丹麦，参加“中瑞合作与创新论坛”。

6 月 27 日，时任中共中央政治局委员、书记处书记、中央宣传部部长刘云山莅临博物院视察指导。他说：“过去只是听说，今天来看了你收集的这么多东西，涉及范围这么广，这么丰富，确实令人震撼。不单是一个民俗博物馆，应该是一个综合艺术博物馆。有人说你这个是国家级的，我们国家现在还找不到一个类似这样的博物馆。看了以后，对你本人产生了一种敬意。”

9 月 8 日，时任中共中央政治局委员、全国人大常委会副委员长、全国总工会主席王兆国，莅临博物院视察指导。他评价道：“这里是有文化的，物质的和非物质的都要弘扬。你这位人大代表，就是中华文化的保护者。”

9 月 20 日，诺贝尔经济学奖获得者罗伯特·蒙代尔，至博物院参观考察。

11 月 6 日，时任中共中央政治局委员、书记处书记、中央组织部部长李源潮，莅临博物院视察指导。他说：“你这事做得很好，关键你把流失的东西能收集保护起来，成为一种艺术的展览，要不然它的‘灵念’就损坏了，你做这些事功德无量。”

2011 年 2 月起，中央电视台科教、国际等频道，分别播出上下集专题片《天行健——关中民俗艺术博物院》。

4 月 27 日，王勇超当选第八届中国民间文艺家协会副主席。

8 月 14 日，时任中共中央政治局常委、全国政协主席贾庆林，莅临博物院视察调研。他对王勇超院长说：“你对抢救和保护中华文化做出了历史性的贡献……对现在的收藏，我们要用政策、法律把它固定起来。长治久安，这是我们党执政的理念，永远给你创造越来越好的环境。”

访者众口赞誉王勇超：“勇于超人，文化功臣，国之壮举，功德无量。”

人们说，王勇超兴建关中民俗艺术博物院的文化创造传奇，一定曲折神秘，感天动地，一定可以写成一本流芳后世的大书。

昔日，就在这秦岭北麓终南山下，一群普通庄稼人创业的故事，也被写成了大书。祖籍陕北吴堡的延安老革命家柳青，那个身材不高，戴一副黑边圆眼镜目光如炬的光头老汉，就在离这南五台不远的王曲蛤蟆滩的破庙里，住了十几年，写下了巨著《创业史》。为办合作社买稻种的梁生宝是普通的农民，却成了时代的先锋，历史的英杰。

《创业史》的扉页上有一句话：创业难……

梁生宝的长安乡党王勇超，一个在三十多年前仅揣十元钱进城谋生活闯世界的青年农民，曾几何时，先打工后从事建筑工程，进而收藏名人字画，在西安书院门有了一个属于自己的文化店面。又相继保护关中各类民俗器用和非物质文化遗存，征集抢救拴马桩和古民居，饱受磨难与屈辱，在法与非法、罪与非罪间如履薄冰，踏上了创建关中民俗艺术博物院的漫漫之路。

梁生宝专心农业耕耘，故事感人至深。王勇超为文化痴迷，对文化情有独钟，爱得早，看得远。

早在2008年8月一次全省文化和文化产业研讨会上，王勇超就登台慷慨陈词："十七大报告号召推动文化大发展大繁荣，提高国家文化软实力，建设中华民族共有精神家园，实施重大文化产业项目带动战略。关中民俗艺术博物院20年历程，正是实践这一战略思想艰苦卓绝的20年。"

"陕西的文化积淀最厚重。为建设西部强省，将文物文化保护业和观光旅游业结合，把它摆到任何位置上都不为过。"

"中国要成为文化强国，陕西应该先行成为文化强省。文化大省陕西，完全有理由并应倾力进入中国文化强省'第一方阵'。"

"传播优秀文化传统，关中民俗艺术博物院责无旁贷。"

那么，王勇超如何由一位梁生宝那样的普通人，成为自觉自信的文化创造者和文化保护功臣，他的事业如何被誉为国之壮举？

回望来路，还是那句乡谚：创业难……

第二章

故土长安

西安古称长安。周秦汉唐的帝王之都成了过眼烟云。宋元之后的长安，有一天，叫成了西安。而西安城周围的地方，早在西汉高祖五年（前 202），始置长安县。除王莽新朝等短命的政权把这里叫过常安、大安之外，历朝历代都置长安县。

长安，乃中华腹心。在现代城市化的历史进程中，据说在称谓上把县改为市或区，是发展的一个标志，于是，长安县便成了陕西省省会城市西安辖下的长安区。

所谓的老朽文化人不以为然，人常说走州过县，过五关斩六将，也说区区小事，鸡毛蒜皮，举世闻名的长安，咋就变成了长安区了呢？又有人说了，那是你不懂啥叫与国际接轨，撵不上时代的步子，老脑筋，农民！

王勇超从记事起，便知他的家住在长安县郭杜公社，后来叫长安区郭杜镇。杜主，亦称杜伯，西周时杜的君主，周宣王时为大夫，曾在今天的韦曲郭杜一带。郭杜下辖的一个村子，叫赤兰桥，王勇超就是这个村子里土生土长的庄稼人的后代。

祖辈人留下来的传说，是说赤兰桥早先叫吃断桥。很早很早以前，从终南山上淌下来的一条河水从这里流过，河水越来越大，阻碍了河两岸庄稼人的日常生活，族人便集资修了一座桥，方便大家种地赶集走亲戚。后来发了一场大洪水，冲走了桥，人们便传说从终南山下来一条巨龙，被桥挡住，龙把桥给吃断了。

三十年河东，三十年河西。后来，河水迁移了，这块曾经被龙吃断的有过桥的地方，就成了一片肥沃的田园，繁衍着一代又一代从土地里刨食的子民。

村子的名字叫吃断桥，吃断或吃烂都不好听，是个不吉庆的地名，于是取其谐音，成了赤兰桥。也许有更好的解释，果真有过一座名赤兰的桥，是木桥还是石桥，这都不那么重要了。

王姓是百家姓中的大姓，王者天下，好生了得。王勇超从小就知道，百家姓念的是赵钱孙李周吴郑王冯陈褚魏蒋沈韩杨，王姓排序老八。长安的王姓，不知有无族谱，王勇超记得，他的王姓先人，早先住在神禾原底下的王曲坡一带，王曲，该是王家的领地。后来不知什么原因，在什么时候，迁移到了现在的郭杜。

郭杜这个地方，既然与西周的杜主有关，以姓氏命名，可见这一带原本应属于郭家杜家的天下，王家也许只是个外来户。

翻遍志书典籍，长安县的王家脉气如何，出过些什么名人？事实上，历史上罕有名声很大的王姓人。王莽是个名人，据说是改革有方，但在老百姓的心目中是个篡权的大奸臣，不是好人。尽管长安有王莽这个地名，是纪念这个历史人物，但很少有姓王的说他是王莽的后代。历史学家可以评说王莽的功过是非，可老百姓从戏文里听到的王莽的奸臣形象，一代一代作为常识难以改变。

王勇超也没想把长安籍的达官贵人与自己的祖先牵强附会到一起，拉大旗作虎皮，只是记得老爷一辈，从曾祖父到祖父，都是种庄稼的下苦人。祖父长什么样子，他没见过，可能只是一般贫下中农。

但他总记得父亲和村里老辈人讲的，他的祖父排行第二，人称二先生，是个能人，双手都能拨拉算盘珠子。也许就是一个精明强干的算账先生，会计出纳的角色，但往往算的不是自家的财富，而是替他人做嫁衣裳。好歹吃的是一碗轻省饭，不用早出晚归，面朝黄土背朝天，撅个尻子把日头从东背到西，黑水汗流的，一年到头甚至连肚子都填不饱。

祖父兄弟二人，据说大爷在引镇做生意，骡马成群，后来败落了。大爷是在民国十八年（1929）去世的，死于一种叫“虎烈拉”的瘟疫。祖父通常是在一个中药铺子里当管账先生，也略知一些中药偏方，有时给村里人捎带看病。可惜祖父不是有福之人，1950年七十岁去世，临终才等到大孙子峰超出世。

到了父亲这里，八岁上，奶奶就过世了。大爷去世后，二先生续了嫂子一起生活。父亲常跟祖父去中药店，也跟着学医，略知一二，知道治尿血的偏方，到南山里采了刺棘一类草药，据说还治好过人的前列腺炎一类毛病。父亲斗大的字识不了几升，可人不闷，甚至聪明过人，精明强干。他的记性好，能写诗，也就是会编押韵的顺口溜，念起来朗朗上口。他也信基督教，是教会放饭时入的教，多半是为了果腹。先是在大华纱厂当保修工，土地改革时回家种地。国棉十厂招工，让父亲去，他不去，说是有两个娃了，顾不上。“大跃进”时，到西铜铁路当普工，是民工。

父亲有经济头脑，在种庄稼之余经常偷偷做调料、辣椒、旱烟买卖，养家糊口。父亲做的是一点流动性的小买卖。三伏数九，明雪暗雨，趁空到集市上收一些辣角子，回来煨干轧面，掺上盐，一回背上四五斤，到周边集市上去卖，赚几块钱，补贴家用。勇超兄弟三个，自小都跟着父亲当下手，到集市上买卖过辣子。二十世纪六七十年代，以粮为纲，割资本主义尾巴，做小生意被视为投机倒把，经常会受到批斗游街。父亲不知让人家逮住多少回，找人写过多少次检讨，但父亲只承认错误写检讨，从来没交过罚款，赚的几个小钱早就填了儿女们的辘辘饥肠了。

父亲兄弟二人，有一个姐姐，勇超叫她大姑，姑父在城里西大街卖面粉，日子过得还可以。大姑是在六十年代初患脑出血去世的，报丧的来了，说大姑死了，母亲说：“大姑有病时咱没钱去看望，现在咋有脸去？”父亲说：“不管咋，亲姐，还是要去的。”大伯十八岁当了国民党壮丁，父亲在家照顾爷爷。大伯当兵第二年，患疟疾客死异乡，家人连尸骨也没见到。是大姑为王勇超的父母亲做的媒，母亲十六岁就进了王家的门。母亲没过门时就管家，到了王家自然也是当家的。

生于1957年的王勇超，按理应该是生在新社会，长在红旗下，做一个社会主义的好儿童，共产主义接班人。可他运气不好，他的家似乎是被阳光遗忘了的角落。

吃食堂时，外婆经常走五里地，把舅家吃剩的饭提到赤兰桥女儿家，说是娃多，吃不上。外婆命苦，改嫁过三次，生了勇超母亲，日子才好过起来。外爷去世时仅六十岁，后来外婆活了八十一岁。

舅家村子条件也好一些，一个劳动日六七毛钱。勇超兄弟三个，在郭杜上学，离舅家近。外婆说，没钱了就到舅家去要，没吃的了就让妗子给烙馍。外婆背着妗子偷偷给了勇超家二斗粮，放在姨家，让用地老鼠车去推，结果只有一斗了。

舅是与世无争的一个人，而后在书院门给外甥勇超看门，待了十几年，离开时快八十岁了。说是外甥养活自己，还发给工资，够意思了。

六十年代，家里借钱买吃的口粮，总共欠了一千元的债。父亲吃了力，说钱值了钱了，日子过不下去了，心里垮了，从此也说不再管家了。

大作家柳青写《创业史》的皇甫村在神禾原南崖下，那个因买稻种的故事留在教科书上而令人难忘的梁生宝，让救他母子之命的梁三老汉受气，领着大伙儿艰难地走合作化道路，与改霞姑娘的爱情扑朔迷离，在终南山下蛤蟆滩里演绎过一场活剧。而相距不远的神禾原西南的郭杜，有一个叫王勇超的穷娃，此刻正饿得嗷嗷叫唤。

妈，这是啥？咋这么好吃的？

这是白面，好我的可怜的娃哩。

五岁上，王勇超才头一回吃上白麦面，比起粗粮、黑面、瓜菜、树皮、草根、观音土好吃得多。正值自然灾害和人为原因造成的三年困难时期，饿不死也就算是命大了，哪里还有白面吃？那时候，连毛主席也吃不上红烧肉了，伙食标准都下降了，何况你个乡下碎娃。物质的匮乏，精神的饥荒，让王勇超自小就意识到活人的艰难，同时也增长了活人的勇气。

日后，他把五岁头一回吃白面的童年往事，说给他的乡党、灞桥白鹿原的作家陈忠实听。陈大作家同样是苦出身，却为王勇超讲的这个生活细节大为动情，写了一篇文章《自信是金》，见诸报端，让许多读者为之动情。

多年以后成了“富翁”的王勇超，给人说起他小时候受的凄惶，到了七八岁还没有裤子穿的狼狈不堪，还免不了有许多伤感。

先是不懂事，不知羞，在炕上耍，在院里玩儿，随着年龄的增长，个儿也高了，见一起玩耍的娃们穿着裤子，自己是光屁子，一种与生俱来的羞耻感，把刚刚萌生的作为一个人的自尊心给深深地伤害了。民以食为天，人是铁，饭是钢，一顿不吃心发慌。村上的一个劳动日的工分只值八分钱，一家人一年干到头，年终一结算，除去口粮钱，还欠村上几百元，即所谓超资户。娃多，张口要吃饭，粮食不够吃，名为瓜菜代，能拉住你的小命就不错了。

王勇超只觉得整天肚子饿，还没有裤子穿。他们兄弟姐妹没扯过几块钱一件的新衣服，都是捡别人家的孩子穿剩下的，勇超就连穿剩下的也轮不上。公家给每家每人发有几尺几寸布票，也让可怜的母亲拿去换了吃的，给孩子们充饥。眼看着旁人孩子背着书包去小学念书，他自己却不能，没裤子穿，出不了门儿，见不得人。大脑袋瓜子的他，开始想不通：这到底是为什么？

有一回，他吃饭时不小心，把手里的饭碗掉在地上，咣当一声就打碎了。

父亲二话没说，上来就是一耳光，把他给打懵了。

家穷，碗是用来盛饭的，是花钱买来的。打碎了碗，少了一件生活必需的物品。饭碗是值得敬重之物，打碎了碗是不吉利的事。富裕人家的孩子打碎了碗，碎变成岁，说是岁岁平安。人和碗，人和每一件使用过的生活用品应该是有感情的，是有记忆的。那时候，有补锅补盆的，也有补碗的，是一门手艺。也许，勇超打碎的碗是家里传了几辈人的物件，可惜，惋惜，失去了就永远没了。

后来，做了民间收藏家的王勇超，才回忆起因打碎碗而挨了一耳光的意味。碗是饭碗，是人赖以活着的标志。对物什的珍爱与留恋，是一种心性，一种教养，日后才明白的道理，是从幼小心灵深处珍藏下来的。也许当初并不经意，如今却是那么记忆犹新，历历在目。

一只打碎的旧碗，恐怕是王勇超一生之中最初的对于珍爱之物的留恋，也许是他嗜好收藏意识的最早萌动。父亲不识字，却崇尚文人，崇尚文化，也许是从能双手拨弄算盘珠子的祖父那里听来的，知道那么多活人的大道理。父亲为什么不识几个字，还不是因为穷吗？

酒肉朋友，米面夫妻。巧妇难为无米之炊。因为家穷，王勇超从小到大，记忆里最受不了的也是最心痛的是父母之间打锤闹仗。他经常还不知道为什么，父母就高喉咙大嗓子地吵成一团，有时候就扭打起来。日子过得不如人，又不甘心，你埋怨我，我怪罪你，心急火燎，就来了脾气，孩子跟上担惊受怕，心灵上留下了痛楚的烙印。

母亲娘家的家境底子尚好，外爷家也务农，但日子过得殷实。民国时候还办过自乐班，周边村镇红白喜事，逢年过节，就搭起戏台子，凑拱起摊子。吹拉弹唱，生旦净丑，无非是奸臣害忠良，相公招姑娘，帝王将相，才子佳人一番，自娱自乐，热闹红火。

母亲从小耳濡目染，也能唱上几句《张连卖布》："你把咱大涝池卖钱做啥，我嫌它不养鱼光养蛤蟆。白杨树我问你卖钱做了啥，我嫌它长得高不求结啥。芦公鸡我问你卖钱做了啥，我嫌它不叫鸣是个哑巴。牛笼嘴我问你卖钱做了啥，又没牛又没马给你带呀。五花马我问你卖钱做啥，我嫌它性情瞎爱踢娃娃。你把咱大狸猫卖钱做啥，我嫌它吃老鼠不吃尾巴。你把咱狮子狗卖钱做啥，我嫌它不咬贼光咬娃娃。你把咱做饭锅卖钱做啥，我嫌它打搅团爱起疙瘩。你把咱大风箱卖钱做啥，我嫌它煽起火来嘀哩啪啦。你把咱小板凳卖钱做啥，我嫌它坐着低不如蹲下。你把咱大水缸卖钱做啥，我嫌你舀水去尻子蹶下。”

清官难断家务事，打到的媳妇揉到的面，小两口没有隔夜仇。打是亲，骂是爱，不打不骂才见外。这些吊在乡里人嘴上的俗语，从古到今就没有断过。

狗不嫌家贫，儿不嫌母丑。日后王勇超回忆起来，原先那个没有裤子穿的家是暖和的，那个因打碎碗抽他耳光的严厉的父亲恩重如山，那个呵护他饥饱冷热的，是天底下最慈祥的母亲！

妈，我也要上学念书。

等你长大了，妈送我娃上学念书。

勇超娃是个听母亲话的孩子，在他九岁上，才终于等到了上学念书的那一天。他知道，因为家里穷，所以才穿不上裤子，饥一顿饱一顿，才不能像家境好的孩子一样挺起胸膛背着书包上学念书。

那时乡下娃最奢侈的享受，是能吃上一根冰棍，甜甜的，凉凉的，在大热天还不化，是个神奇东西。人说是鸡尻子掏蛋哩，那日子穷得真是鸡尻子掏蛋，卖冰棍的来了，五分钱一根，村口围了一堆娃。穷人家等着拿鸡蛋换冰棍，鸡嘎嘎叫，蛋下不来，娃吃不上冰棍哇哇直哭，他妈恨不得从鸡尻子里把蛋掏出来。有笑话说，有的乡下人头一回给娃买了根冰棍，说是怕凉，让太阳晒热了吃，结果啥也不见了。

九岁上才有了一条遮羞的裤子穿，这在他看来，几乎是实现了一个天大的奢望。难怪过了几年，他还突然问他妈：“妈，我原先的那条裤子咋啦，咋找不见啦？”屁大个娃，就知道念旧了，知道惜爱物件了。

向他妈问寻那条烂裤子的下落，裤子不重要，重要的是他已经知道生活物品所蕴含的珍贵情感了。

秦岭终南山再向东的蓝田猿人，从四肢着地到直立行走，是从猿到人的历史性断代标志。直立人，渐渐有了作为人类的意识，腰里缠裹了树枝草皮遮羞，才可以相互交往，成群结队冲出山林。蓝田猿人生活区的灞河由小到大，流到了半坡村，仰韶人开始建造屋舍，开挖壕沟，烧制尖底瓶，在河水里捕鱼，再把鱼画在陶罐上。

所谓文化，由此发端。

当王勇超这个迟到的小学生，木讷而聪颖地坐在乡村小学里开始学习文化，跟着老师大声朗读“大小多少”时，他肯定是认真的，勤奋的，如饥似渴的。在文化的启蒙中，他开始张望外面的世界，从大自然的秘密到历史故事，从社会知识到家庭到个人的关系，逐渐明白了一些做人的道理，要做个好人。

书山有路勤为径，学海无涯苦作舟。书中自有黄金屋，书中自有颜如玉。不吃苦中苦，焉成人上人？披一张人皮不容易。要刚巴硬正活人，走得端，行得正，一身正气。

勇超勇超，就是要有勇气，敢于超过先人。他的学习成绩优秀，也当上了班干部，开始体会到了出人头地的自尊。

他对民间文化最初的记忆，来自拨拉算盘珠子的爷爷，和村里能说古经的识文断字者，崇尚耕读传家的乡村文化人，这些印象，在一个少年心中得以启蒙。“文化大革命”中的破“四旧”、立“四新”，毁坏了不少传统文化的遗存，他也曾经迷惘过，质疑过，终是被时代潮流所裹挟，顺流而下。

王勇超的大哥王峰超在郭杜上初二时，家里没吃的，休了一年学，借了十元钱打竹箔子，送到劳改窑遮砖坯子。打了一年竹箔子，挣了一百块钱，给了母亲七十元，补贴家用。三年困难时期，一家人饿倒了，大哥借邻居伯父王治友七毛钱，买面粉给家里人吃了一顿。又借人十二元钱，买了油和面粉，来回走几十里路到城里边家村、八仙庵卖油糕，一元一个。有人饿急了，抢油糕吃，你去追赶，他就往油糕上吐唾沫。家里没烧的，大哥到南稍门政治学院拉锯末，拉不动了，躺在地上起不来，给父亲捎话，父亲赶去把一车分成两车，才拉回去。

大姑的儿子在铜川军工厂工作，母亲想让大儿子峰超凭关系去当工人，没有当成，而后到兰州当了兵，复员去了甘肃长庆油田教书。当兵开始没给父母说，走时才说，母亲借了一碗面，送大儿子出征。后来，又送老三当了兵。那阵老二勇超想当兵，验上了，名额却让人家给顶走了。

勇超的大姐王淑侠，只上过两年学。母亲说，女子长大是泼出去的水，只要嫁个好人家就行了，上不上学不要紧，儿子不能没文化，再穷也要让儿子们读书。

大姐淑侠十二岁就开始纺线织布，没黑没明，一月能挣二十元，交给母亲。母亲想老大，拿这钱去部队上看望峰超了。大姐不让母亲去，怕路上担心，母亲硬是出门了。家里穷得连炕席子也买不起新的，旧席子有一个大窟窿。大姐纺线织布挣的钱，连两元的一条新裤子，也舍不得给自己买，却在一次去城里看电影《卖花姑娘》时，给父母亲买了四个包子和两个梨回来，说："爸，妈，我给你们买了好吃的回来了。"父母高兴地说："好，我娃孝顺。"家里穷得连个兜兜也没有，大姐把包子和梨放在邻家姐妹的布袋里。当大姐取的时候，邻居家的女子却怎么也不愿把东西拿出来，硬说是丢了，结果什么也没有了。

勇超高中毕业时，说不让再上学了，要回家种地，勇超哭了，父母哭了，一家人都哭了。

他成了一名回乡知识青年，加入了终南山下一代新农民的行列。

从 1968 年开始，上至六六届高中毕业生，下至六八届初中毕业生，俗称老三届，有成千上万的学生奔赴广大农村。抬头望见北斗星，心中想念毛泽东。伟大领袖毛主席指向哪里，他们就奔向哪里。知识青年到农村去，接受贫下中农再教育，很有必要。广阔天地，大有作为。崩溃了的教育制度逐渐恢复，1972 年首批工农兵学员上大学，口号是实行上、管、改。而应届初、高中毕业生，仍然沿袭到农村去的道路，与旧的传统观念实行决裂，脱胎换骨，表现优秀的知识青年才能被推荐当兵、当工人，或者上大学，或是当了兵、当了工人再被推荐上大学。

农家子弟王勇超，自然只能随时代潮流，回到了他祖祖辈辈生活的长安县郭杜公社赤兰桥村种庄稼。他上大学的梦破灭了。可他并不泄气，眼看着一批批下乡或回乡的青年学生被推荐上了大学，就蠢蠢欲动，心里燎乱得慌。

事过多年后他回想，如果当初自己有一个在县上或者乡镇当官的亲戚，从中走个后门，上了清华北大，那说不定早就名扬天下了。他是苦于自己没有机会，当初没有贵人相助，却一点儿也不怀疑自己的天赋和智商，连同一股子不把事干成誓不为人的狠劲。

他自信，自己来到这个世界上，是干大事来了，他不是鸡毛蒜皮，不是窝囊废，不是平庸之辈，乡下人说的不是平地里卧的。理想归理想，或者说野心归野心，十八九岁的高中生王勇超，还得老老实实、服服帖贴、规规矩矩地先当个好农民。

王勇超高中毕业后干的第一件差事，是当上了村里的“赤脚医生”。

那年头，一部叫作《春苗》的电影风靡了全国。春苗是农村的一位“赤脚医生”，成了当年的时代先锋。

王勇超在赤兰桥大队的医疗站干了两年。先是钻进终南山翻涧越岭，采摘中草药，后在门诊部给病人打针，甚至还学会了土法制作胎盘组织液和小檗碱注射液等药品。如果顺着这条路往下走，日后的他，兴许成了一名好医生。

农村人也都不闷。聪明过人的王勇超，也许缘于他爷有两只手拨弄算盘珠子的本事，隔代遗传给了孙子，医生做不成了，又当上了有四十多户人家的村里的会计。

他也算是吃上知识分子这碗轻省饭了，三伏天不用戳在大太阳底下黑水汗流，三九天不用搁在冰天雪地里修理地球，夏天有凉房，冬里坐热炕，工分也挣到手了。一个劳动日只有八分钱，一年到头还挂生产队五六百元的账。但记工分，算账，丈量田亩，分配口粮，走在人前头，摆在人事上，偶尔还有村干部特殊待遇的酒足饭饱，过上了爷爷当账房先生的体面日子了。

你娃尾巴甭扎！过了一年天气，王勇超的会计位置丢了，换成了比他更合适的人。你还是不行嘛，没本事嘛，要么咋叫人给撵下了台，会计不再是你而成了人家？

王勇超怎么也没想到，一辈子想成大事的他，却连个小会计的破差事也守不住，丢人啊！罢罢罢，塞翁失马，焉知非福，再没当会计的他，绞尽脑汁，与人合伙做起了一桩差事。

长安一带古风长存，民间流传下来一种葬礼仪式，是替人挖坑打墓，抬埋人的。周边村镇死了人，要请戏班子唱戏，道人超度亡灵，唢呐吹奏震天，同时还有一套烦琐的煞有介事的礼仪。“文化大革命”自称破“四旧”、立“四新”，旧的风俗习惯被唱革命样板戏一类娱乐形式取而代之。但不久，老规程、老讲究又悄悄地返回来。是死灰复燃，还是继承传统，说法不一，却成了事实。

挖墓，抬埋人，有一整套类似戏班子的行头，村里有人闹了多年，拾揽起来就能开张。过去说是封建迷信活动，也可以说是一种民间风俗，人们对于亡灵的一种悼念祭奠。活着的人，送死去的人一程，何况人生不过百年，不管是谁，草民还是皇上，乞丐还是富翁，每天都走在从生到死的路上，人之常情，自然规律。

他倒腾着这些农村葬礼的把戏，按说一次能挣二十块钱，是个不错的营生，却也是被乡下人瞧不起的一个三教九流之类的行当。替人打墓造坟，抬埋下葬，在体面人眼中是丢人现眼的差事。

一段时间之后，他因与合伙搭伴的人弄不到一起，干脆撒手不干了。去他的，世上除了当小会计乃至抬埋人，就没有别的更好的活路了？

勇超不信。

曾经，大哥峰超在甘肃一个朋友家说到自己的艰难家世，遇到一个姓朱的七八十岁的老人，是个算命先生。朱先生设置了三杯酒，让大哥仔细饮了，问是什么味道？大哥如实说，一杯是开水，一杯是醋，一杯是酒。朱先生说：“你品得对，我给你算了一卦，有人把你告了！”大哥一惊：“谁？”“你家早年有个二十岁的当兵的，为减轻家里生活负担，死在外边，无儿无女，告你不管他。”大哥想到了大伯，说：“有这事。”朱先生说：“我给你解一下这个结，到了清明节，你父母三年时，给你伯立个碑子，过继一个顶门户的，家事就顺了。”大哥回到老家，照朱先生说的做了。

有一天，大哥峰超在油田小学的课堂上正教学生读课文，接到弟弟勇超的电报，说父亲在城里面粉厂捞水麸子时昏倒了，得的是高血压。说是恍惚看见来了一个人，受到惊吓了。而后，峰超、勇超、顺利兄弟三个把父亲拉回家，父亲躺下起不来了。没钱看不起病，缺医少药，说是一种叫人参再造丸的药能治病，在陕西甘肃到处托人买不到，吃一种叫小活络丹的药维持。到长安医院、省医院看过，能拄拐走路了。一次，父亲吃面，没吃饱，面就没了，还和母亲大吵了一架。

南五台翠华山的道士算了，给母亲说：“今年你家有两件大事。”母亲想，一是父亲的病，二是老二勇超的婚事。

1980 年分田到户，长安县拿得稳，迟迟没分地。母亲在生产队挣工分，往地里拉粪，父亲睡在炕上，突然口吐白沫。父亲临死时，呻吟着说：“娃都大了，咋办呀？愁得很、愁得很……”

勇超知道，父亲没享过一天儿女的福，是带着一个愁字走的。

母亲在院子里哭，说是借的棺材，拿啥还人家呀？连夜赶回家的大哥峰超说，我带钱回来了，甭愁。后来，买了一口松木棺材还了。一般死了人放三天，家里没粮招待客人，是从邻居家借了麦子磨的面。十二点前起灵，父亲下葬时，天下大白雨，老天落泪了。

七天后，大哥回了甘肃油田。之后，调回长安县汽车运输公司工作。父亲去世一个月，老三王顺利从部队回家探亲。

那天，母亲在为好不容易聚到一起的三个儿子做饭，做的是凉皮。勇超在端饭，大哥和小弟在吃，吃到一半，饭端不上来了。母亲心里乱，做不出来了。

没过多久，赤兰桥村里正过会唱大戏。老三王顺利回部队了，家里有母亲、勇超和妹子，外婆和舅妈来了。第二天，为了挣工分，母亲还要到城里去拉锯末。

这天晚上，月亮明得很。母亲忙前忙后，突然倒在炕上，吃力地说：“我很想……好好地……睡上一觉……累得很……”

母亲就这么不行了。赶快叫来医生，说人是不行了，顿时一家人哭成一团。人不行了，请了北小张村姓桑的河南人，是峰超的结拜兄弟，到城里大南门买棺材。等到信用社开门取钱，二十元买孝布，八十元买棺材，共一百元。

天堂在哪里？父亲才去不久，母亲又随之而去。留下了两个字，一个是愁，一个是累。王勇超刚刚二十三岁，双手抱住头，蹲在院子旮旯里，一天没起来。

母亲下葬时，简易的棺材一使劲就炸开了，勇超急忙用绳子扎住。瓢泼大雨，苍天也为母亲哭号，毕竟才不到五十岁的年纪啊！勤劳善良，贤妻良母，拉扯几个娃不容易，医生说是心肌梗死死的。

儿子勇超知道，母亲硬是给累死的，穷死的。父亲百日没过，就匆匆跟父亲走了。你丢下你娃，让谁管呀？我的可怜的妈呀！你没让儿女尽孝，没过一天好日子，咋就这么走了呢？你让当儿子的遗憾一辈子吗？

安葬完毕，太阳又出来了。

天有不测风云，人有旦夕祸福。还不到风烛残年的父母，突然先后离世，勇超遭受了有生以来最大的精神打击。

父亲王志信，1920年生人，到1980年农历五月十八去世，活了六十一岁。

母亲宋玉梅，1932年生人，比父亲小十二岁，都是属猴的，1980年农历七月十七去世，享年四十九岁。

前后两个月，两位老人相继去世，勇超，还有小妹子，这日子咋过下去呀？

叔父王志孝作为家族里的长辈，把峰超、勇超、姐姐、小妹一家人，还有舅父，叫到了一起。叔父拿主意说，两个老人都不在了，给勇超把婚结了，娃可怜，都给帮个忙。按习俗，老人去世后孩子结婚，要么在百日之内，要么得过了三年。

舅父宋文治说：“我出五十块钱，给勇超缝一件新棉袄，做一个香包放在肚兜里，能辟邪。”

之后请了村上看日子的先生王问问，甲乙丙丁，子丑寅卯，三算两掐，说最好的日子是农历八月二十二，家中平安，吉祥如意。命中注定，提前或推后一天也不行。

大哥峰超想，自己在外工作，父母一走，家里丢下老二勇超和小妹子，能给勇超娶个媳妇，家里就有人做饭了，照顾小妹子，也能壮胆。大哥也就三十岁，也是胆小。勇超结婚，不够结婚年龄不批，说是军属，政府照顾给领了证。

父母不在了，院子里空荡荡的。一到晚上，情景凄凉，勇超一个人在家时，心里很害怕，早早就关门睡觉了。但常是夜不成寐，发愁以后的日子怎么过呢？

勇超结婚，没有一件家具，一张小桌子刷了油漆，大哥让把他结婚时的板柜也油漆了一下给弟弟用。床，是用砖头撑的。借了二百元，买了肉和菜，招待客人。事后还剩六十元，大哥留了十块钱路费，把五十元留给了勇超和小妹。

大哥临走时，勇超说："哥，你拿一床被子走。"大哥说："我不要，你留着用，再说路上也不好拿。"勇超执意要哥拿被子，就顺手把被子的棉絮抽了出来，把新被面子和里子一折，硬是塞给大哥让带走了。之后大哥当了采购员，让朋友垫钱买了一辆飞鸽自行车，还买了些肉和菜回到家里。他给勇超说："哥给你买了一辆飞鸽车子，往后，你和媳妇好好过日子。"

按乡俗花了几百元彩礼的王勇超，把一个有人才有模样的贤惠媳妇娶进了王家门。

农村实行土地承包经营后，在人多地少的长安郭杜，人均只能分到一亩多地。当时的生产力和农业科技条件有限，温饱可以，致富不行，谁能从地里刨出个金娃娃来？

王勇超，一个雄心勃勃又身强力壮的大男人，能安分守己种庄稼吗？

十亩地，一头牛，老婆娃娃热炕头。吃饱些，穿烂些，到了人前走慢些。房是祸，地是累，攒下银钱是催命鬼。这些乡谚俗语，在规劝那些贪得无厌的财东时有用，饱汉不知饿汉饥，对于穷得叮当响的庄稼人来说，则是反话。谁不想发家致富？嫌钱扎手，那他一定比瓜子还瓜，真正的瓷锤闷种，不可救药。

媳妇张春丽，是个好婆姨，上得厅堂，下得厨房，农活样样也在行。男人在外边打些零工，挣点钱交到媳妇手里，小日子过得还不错。男人是个挣钱的耙耙，女人是个攒钱的匣匣，是说男人会挖抓回来钱，女人呢，是个理财行家，尤其是要把钱看紧，守得住家当。

媳妇相继给他生了一男一女，小子跟他一样朴实，女子同她妈一样秀气，和和美美的农家小日子，按说就这样过下去了。可他好强，媳妇也和他妈一样好强，他的满腹聪慧与媳妇的精打细算碰巧到了一起，就生出许多过日子的门道来。

先是养了三百只鸡，精心照料，不知怎么就得了瘟症，鸡死光了。勇超属鸡，得是相克，养不成鸡？

于是，王勇超又开始学着做贩猪娃子的生意，把苦下美啦。

天寒地冻，黑天半夜。他蹴在破蹦蹦车的棚子里，翻山越岭，跑几十上百里路，到洛南县的乡镇采买好猪苗子。饥了啃的是媳妇烙的馍，馍都冻成冰碴碴了。渴了，没有现在的矿泉水可喝，即使有也舍不得块儿八毛钱，能喝上凉水也就不错了。

钱是硬头子货，一分钱难倒英雄汉。为了挣到几个养家糊口钱，王勇超舍得力气，下得憨苦，有耐心、有技巧与猪贩子们讨价还价。来回一二百里，挨冻受饿，费尽口舌，筋疲力尽，还赚不了几个钱。他和一群拉屎拉尿的猪娃子一起，蜷曲在破蹦蹦车里，行进在风雪弥漫的夜路上，由异乡赶回长安郭杜的家。这样的情景，与多年前的梁生宝买稻种躲在屋檐底下避雨一样，自己却并没有丝毫的触动，他已经完全麻木了。这是人干的事吗？把人活成个猪了。

他只是埋怨自己没本事，活得窝囊。再回头一想，受苦是天生的，多少人都是这样受苦，你又不是公子王孙，你不受苦谁受苦？受苦了也就不受穷了。从古到今，下苦的不挣钱，挣钱的不下苦，有力吃力，有智吃智，世上的理，从来没有改变过。

一次，他辗转把猪娃子运到镇上，正逢集市，买卖还算红火。猪娃子行情是不论个儿卖，个儿有大有小，是论重量，按斤两称秤交易的。一斤八毛，一个猪娃子十斤，也就是八块。从百十里买猪娃子的时候，卖主要价是一斤五毛，一个猪娃子重十斤，也就是五块。从中赚个差价，一个猪娃子能挣三块钱，十个挣三十块钱，一车拉三十个能挣九十块钱。除了雇蹦蹦车，来回的盘缠，赚的只是辛苦钱，发不了大财。

没料到，这一回麻烦大了。王勇超遇到了一个比他更精明的买主。这位买主，是乡村集市牲畜场上的行家里手，一眼看出了卖主的破绽。你一个猪娃子十斤，按斤论价，一斤八毛，一个猪娃子八块钱，没错，可你这猪娃子有十斤重吗？从洛南山里批发时过了秤的，这是十斤重的猪娃子，不会错。买主不信，拎在手里一掂量，绝对不够斤两。王勇超急了，但他手头没带秤，说不过逞能的买主。于是，市场管理人员来了，买主说这是缺斤少两，坑蒙拐骗，欺行霸市。

到了市场磅秤上一过，显然重量不够，王勇超傻眼了。其实他心里也虚，也许是洛南山里的猪贩子从斤两上哄了他，要么就是猪娃子一路上拉屎撒尿，不折重量才怪呢？王勇超没想做亏心事，各挣各的钱，可眼前的事实让他羞愧难言。这一回，贩猪娃子的生意是赔本了。

其间，他还养过蜂，贩过生姜，都没有摸出赚钱的门道来。他没有灰心丧气，回家和媳妇一商量，贩啥猪娃子哩，咱自个养它几个老茬茬母猪，一窝一窝生崽子，卖了不就是钱么？这便又寻思着凑钱买母猪，掏钱找种猪给母猪打圈，也就是配种。临了，下了一窝肉蛋蛋子，一不小心就折了数。等到长大，有十斤八斤重了，有独立生存能力了，再拉到集市上去换钱。

一个行当有一个行当的门道，一个买卖有一个买卖的泼烦，王勇超站在一群猪娃子旁边，看着满院子跑的这些张口货，也就是每天每顿要吃东西的生命，他是高兴呢，还是一肚子的苦水？

这年，他已经二十八岁了。人说三十而立，难道自己就这样和猪打一辈子交道？他不甘心。人说卖肉的把秤丢了，只能卖块子，意思是只能卖一身的力气了。他不服气。

王家祖上似乎没出过大人物，爷爷两只手能打算盘，父亲是庄稼行里把式，到了勇超这一辈难道就是个猪倌不成？

离城不远，城里的风很快吹到了这里。他想，得走出去闯世界，在这几亩地里吊命，凭养猪也赚不了几个钱。几间房是父亲留下来的家当，可以遮风挡雨，但没有几件像样儿的家具。媳妇娃吃饱肚子可以，穿的戴的都不如人。再说，娃们一天天大了，花销也大了，将来总得给娃们娶媳妇，翻修房子，都缺钱啊。

看来，进城打工，是他眼下唯一的出路。

于是，他来了个快刀斩乱麻，一夜之间把满院跑地让他泼烦够了的猪娃子，连同那个架子车变卖了。他手里攥着一沓子钱，在当时也算不少，总共五百一十元整，恐怕是他们一家多年来所有的积蓄。

他把五百元郑重地交到了媳妇手里，知道媳妇是过日子人。多年后，王勇超有了偌大基业，媳妇照样在自己的田地里种西瓜，腰酸腿疼，也闲不下来。

此时的王勇超，自己只拿了十块钱，出了家门。朝北，走进了喧嚣的西安城。而乡土的长安，给了他最初的人生历练和文化的启蒙。

回想起来，二十八年赤兰桥的故土生活，所经历的一切，所有的贫苦磨难，似乎都是为他后来的业绩打基础做铺垫的。或许可以这样说，没有赤兰桥的二十八年，就没有王勇超日后的成功。

第三章

建筑公司

离家进城搞建筑时，王勇超有一个诺言，或者说是奢望，将来有一天，要给家里盖一院一砖到顶的房子。

望着自家的屋顶，他一步三回头。有生以来的二十七八年是在那屋顶下度过的，墙是胡基垒的墙，麦秸墙皮，其实就是土屋，三间房及四间偏房。过去财东才能住上一砖到顶的房子，财东能行，我王勇超为啥不行？他想起了小时候父亲的话。

父亲曾说："娃呀，财东是人上人。"

儿子问："咱为啥不当财东？"

父亲说："是命，也不是命，要当人上人，得吃苦中苦。"

儿子说："我不怕吃苦。"

父亲说："我娃行，要说到办到，长大了就能成大事。"

王勇超是经他的亲戚介绍到了安装队当会计的。这家安装队，位于西安城东长乐路的一条街巷里，是城区最基层的一个街道办事处兴办的劳动服务公司。衙门虽小，总是政府的集体所有制单位，王勇超成了安装队的一个小小临时工。

机遇，并非每个人一生都能碰得到的。你得有准备，得是块料才行。这娃账算得清，他沾了光的也许就是在村里当过小会计的资历，得感恩他祖父的算盘珠子。

他自小知道的西安城，是距离他家最近的边家村，那里是比郭杜大一点的集市贸易点。他拽着父母的衣襟，怯生生地到过边家村人多东西多的大地方，后来到那里卖过辣子，把地里长的东西拿到这里换钱，然后买一些学习用品和生活必需品。边家村的位置在城外西南角，靠近城墙，这也是他后来抽空学习的西北大学所在地。

当他在城东长乐路的街道办事处安装队落下脚时，才意识到西安城不等于那个他自小印象中的边家村，西安城很大，有几百个边家村那么大。城里好，城里人吃的穿的住的用的都比乡下人好得多。城里热闹，花花世界，无奇不有，会玩会浪会清闲，比乡下人活得滋润。

而他明白，自己是乡下人，是临时寄居城里屋檐下的泥腿子。但只要肯吃苦，凭本事挣钱，也能过上和城里人一样的好日子。戏文里说过，汉朝在长安城坐过天下的皇帝刘邦最初不也是农民吗？城里人天生也不是城里人，他爸或他爷或他老爷或他老老爷也是乡下人，然后成了城里人，有的守在城里多少代，有的又与乡下人换了位置，下乡种地去了。到了下一代，又寻思着进城，当城里人。风水轮流转，富不过三代，这话不是没道理。

王勇超现在不用种地了，他在城里的一间屋子里当起了街道办事处安装队的会计，吃上了轻省饭。尽管每月工资只有七十二块五毛钱，总比在乡下和一群猪娃子相处体面多了。

但自己的恓惶自己知道。为了省钱，他每周回一趟家，带来了媳妇为他蒸的馍和擀的面条，借用人家的炉子煮着吃。只要填饱肚子就成，不企求吃香喝辣。天气一长，馍发霉了，面条也发酸了，他也舍不得丢掉，凑合着吃。邻居见了，同情地说："你这娃，坏了咋能吃，身体重要。"没办法，除了啃干馍，他拿出几块钱，规定自己每个星期只能吃一碗炒面和一碗凉皮，改善生活。一个一米八几的大小伙子，身体热能的来源竟如此贫乏。

苦出身，穷命，认了。

但业务工作上的事，一是一，二是二，他绝不马虎。安装队的生意并不好，揽不到活儿，揽到活儿要不来钱。王勇超在这里干了约半年，他寄身的这个安装队散伙了，欠他的工钱当然也泡汤了。

大都市繁华，美丽，斑斓，白天人如潮水，各色人等，各有各的干事，到了夜里都各回各的家，街巷里空荡荡的。可从乡下撞入城市的王勇超没有了打工的单位，回到哪一间房子栖身？城市再好是别人的，不是你王勇超的。但他没有放弃自己的信念，这么大个城市，几百万人，就真的没有我王勇超的一席之地？再回去当农民种庄稼养猪？

他死不甘心。

他冒着大雨，从城东赶到了城南，找到了小雁塔附近的长安路办事处，见到了拐弯抹角认识的城建科长刘天理。

“刘科长，我求你个事。”

“啥事？”

“你能不能给我一个安装队。”

“给你？”

“给我，我自己想办个安装队。”

“就你？”

“我，我能成。”

刘科长怎么也想不到，面前站着的这个小伙子瘦瘦的，看似木讷，却说出如此出乎意料的大话来。

王勇超看得出刘科长猜疑的神情。

“刘科长，我想试试，把安装队的事弄成，往大里弄。”

“咋个弄成，弄大？”

“我有办法。”

“你有日天的本事？”

王勇超说出了自己的想法一二三，让刘科长刮目相看，这小伙子说的有几分道理。

刘科长仔细端详着眼前这个消瘦的年轻人，从他热切与渴求的目光中看到了诚实与坚毅。一是街道办事处需要经济实体，二是给这小伙子一次机会，试试看。

“行，我让你办一个安装队，干不好甭怪我不客气！”

“干不好，我情愿受罚。”

“说话算数？”

“君子一言，驷马难追。”

一天早上，天还下着大雨。刘科长来到一处简易工棚，发现王勇超正蜷曲在屋檐下的被窝里打鼾。床榻的边上，哗哗地流着雨水。

刘科长叫醒他，惊奇地说：“你这小伙子咋睡在这地方？”

他平静地说：“好着哩，解乏。”

我问你：“咋跟个要饭吃的一样睡在这儿？”

“好着哩，挺舒坦的。你让我弄啥，我这就去。”

刘科长怜惜地瞅着笑嘻嘻的王勇超，自己却差点掉眼泪。娃是个好娃，恓惶，能吃苦就行，看上去老实巴交的，却精明能干，心里环环儿多的是。街道办事处想把小企业办好，看来这王勇超还行。

王勇超初到城里，没权没势没名，当然也没钱，但他有一身好苦，有一个聪明的脑瓜子。只要给他一个撬杠，他就能撬动一块大石头。假如给他一副担子，他就能豁出性命一直挑到天尽头。

王勇超当上了长安路工业设备安装队的经理。

他通过熟人，承揽的第一桩活儿是城里附属二院的拆迁翻修工程。工期短，工程强度大，利润小，赚的只是血汗钱。但他想通过这第一桩活儿，干漂亮，闯出安装队的名气，来证明自己的本事。

建筑工地瓦砾遍地，尘土飞扬。王勇超手下的几十个兄弟没有一个是耍嘴皮子的孬种，都是庄稼行里的把式，也是建筑泥瓦行当的行家，即使下憨苦的也没人敢偷懒。

人说钱里头有火，钱能叫鬼推磨，甚至让磨推鬼。进城为的啥，是为了建设现代化的城市，也对，民工们的思想觉悟没问题，但他们首先面对的是如何揽到活儿，拿到工钱，买一碗面吃，挣了钱养活婆娘和娃，在老家修房子，过上好日子。

民工没有大本事，就是凭手艺，还有下苦，挣本分钱。炒股买彩票赚大钱，是灵人做的事，却往往比闷人还闷，辛辛苦苦赚的钱，不知道哪一天为什么就跑到人家口袋里去了。

当了安装队经理的王勇超，明白这些道理，真正做起来得蜕两层皮。活要干好，但人是铁，饭是钢，还得让兄弟们吃饱吃好。为赶工期，白天黑夜连轴转，是机器也得把油加饱了，他为节约时间，到了晚上，又准备了丰富的夜宵，煎饼、馄饨、包子、胡辣汤，好一个热闹的会战工地。

业主看见建筑安装工程一天一个样，意识到当初选这个施工队没有看走眼，王经理这人能行。图纸、材料、做工、监理，其中包括的复杂程序和意想不到的问题，都在王勇超的掌控之中，一切都顺利进行。

竣工的时候，业主给了王勇超的安装队很高的评价。他们没有料到，当初工程造价低，工期短促，质量要求高，条件多少有点苛刻，安装队居然能兑现承诺，为此，很是满意。

业主支付了安装队的工程款，但数万元的质量保证金迟迟未返还，到了多年后的现在，仍然是一笔坏账。

无论如何，王勇超的安装队首战告捷，掘得了所谓的原始积累期的第一桶金。

王勇超发了。他脱下了母亲和媳妇纺线织布纳的粗布衫子，也学着城里人的样子穿起了西服，学会了扎领带。马的鞍装，人的衣装，吃饭穿衣看家当。人嫌讨饭的，狗咬穿烂的。在城里，你穿得像个要饭吃的，不做贼都像个贼娃子，谁爱搭理你。王勇超有了名片，上面印了大哥大的号码。

在当时，这就是时髦。

咋啦?

有钱!

这钱是用血汗换来的，干净，不扎手。

接着，王勇超的安装队壮大成了建筑队，在西安城内的黄金地段揽到了一桩大活儿。

如今是市场经济，有买方卖方，我有这个活儿需要人来做，谁来做?

我有个建筑队，想做你这个活儿。

你想做?想做的人多了去了，得凭什么。你凭什么?你做过什么活儿?

王勇超凭的是手艺，做的活儿在那儿摆着。第一桩生意的成功，让他的建筑队有了吹牛的本钱，牛皮不是吹的，火车不是推的。小伙子人实诚，把事当事，走到哪儿，他的人品都是一流的。

好，这活让你做了，做不好，可别怪我不客气。

没麻达，出水再看两腿泥。

然而，王勇超开始遇到了难题，也是上一任经理曾经遇到的老问题，如果资金周转不开，只能散伙。不但第一桩活儿的质量保证金扯皮，附属二院没有支付，接着又是测绘局工程的质量保证金要不到。外边欠他的几万元，在当时就可以造就几个万元户了。

买卖双方，讲不讲诚信，兑现不兑现承诺，就看你遇上的是什么人，是君子还是小人，是好人还是骗子，只能凭运气了。认不准人，倒霉蛋肯定是自己了。

城中心的一桩不小的买卖，给王勇超上了一课。当然，责任不只是在对方，是他在用人上、做事上的失察，给他带来了不小的麻烦，最后还吃了官司，经济上受到了惨重的损失。

而后是长安的工程，盖楼，有办公大楼，有家属楼。

接下来是别处的工程，无非还是盖楼，搞基建。

再接着，王勇超从盖楼到自己征地盖楼，一步步摸清了门道。

从安装队到建筑队，再发展到建筑公司，扩充到集团公司，王勇超成了陕西省赫赫有名的优秀民营企业家。

谁是王勇超？一个名不见经传的长安农民，让周围人刮目相看。曾几何时，他从揣着十块钱进城，苦干了多年，滚雪球似的赚到了一笔又一笔钱。

从事建筑行当，当然与居舍楼房有关。

人们的日常生活，无非是衣食住行用，建筑是关乎住的行当。衣能遮体，食能果腹，住则遮风挡雨。

王勇超是个有心人，从看图纸到打地基，从摆弄钢筋混凝土到使唤米尺瓦刀，从水电安装到现代装修，样样都学得精到。他从建筑看到了文化，而建筑本来就是文化，除了它的实用价值外，有风水、方位、吉凶等古老的讲究，也有建筑美学的知识。其中的建筑艺术，更是一门深奥莫测的大学问。

处处留心皆学问。王勇超从现代建筑中回味农耕传统建筑的趣味，从曾经的名门望族遗留下来的建筑物，尽管已经历经沧桑，面目陈旧，濒临绝境，却仍然发现了闪烁着的民间艺术的光彩。

他绝不是只知下苦挣钱的建筑工地上的一个粗人，不是平地里卧的，他在琢磨古老民居在城市化大潮中的命运与意义。他并不完全顶礼膜拜西洋建筑，却一门心思迷恋于千百年来在本土大放异彩的传统建筑，尤其是自己的农民先人在建筑艺术上的大智若愚。

那些石门砖雕飞檐走兽让他敬畏，那些凝固了的依然活灵活现的民间故事让他着迷。农民的传统美德，民族的文明根基，是这样一代又一代流传下来的。如果在我们这一代人手里丢掉了它，后人又该从哪里去寻找先人创造精神的标本？

这也正是他后来成就事业的出发点。

在他看来，大凡有影响的历史人物，非富即贵，富是有钱，贵是有势，富贵荣华成了庄稼人素有的光荣和梦想。而其中最有价值的不是钱，不是权，而是文化。

他崇尚建筑设计大师，崇尚有手艺的匠人，崇尚传统文化的创造者和传承者。他留心有传统民居建筑手艺的传承人，他给他们施展才能的机会，先后发现和保护了数十位传承人，抢救了一批即将流逝的传统民居建筑的非物质文化遗产。

他的建筑队逐渐发展成了公司和集团，他从队长、经理变成了总经理、董事长，却没有中断过到西北大学汉语言文学专业当一个走读生的学业。这个年岁有点不够般配的大龄学生，曾经有过连一个在乡镇当官的亲戚都没有的遗憾，还有一个遗憾是，终究未被推荐上工农兵大学。为此，他一直耿耿于怀。如今他用自学来圆梦，圆一个上大学的梦。至于文凭学位只是一张纸，在他看来没那么重要，重要的是学到知识，学到本事。

同时，他又是一个热心肠的人，善于结交朋友的人。他从乡下来，在城里混世事，干的又是凭借逐渐形成的实力和人脉发展自己的差事，凡事都得求人，求爷爷告奶奶，烧香磕头，敬神进贡。建筑企业要生存，揽活儿，施工，验收，要账，哪一个环节他都要小心打理。多一个朋友，多一条路，说不定哪一天就派上了用场，一句话的事儿，就帮了大忙。朋友有事求他，无非是家里或者亲戚房子水电物件出了纰漏，要他帮忙解决。这时候，他就屁颠屁颠地跑前跑后，朋友的事就是自己的事，马虎不得，最后累得半死，只要朋友满意就行，往往不计报酬，不论得失。

但他也有个倔脾气，择友甚严。能说到一起的朋友怎么都行，他看不上眼的人，无论你多有钱有权有名气也不正眼瞧你，你走你的阳关道，我走我的独木桥。

要干事，就得办事，就得走关系。多年前叫走后门，后来叫拉关系，走门子。曾几何时，它成了一项专门的学问，叫公共关系。公关，成了攻关，“公关小姐”一词应运而生。过去是借助权力，事情拖着不办，研究研究，烟酒烟酒，堂而皇之。到后来，烟酒成了小菜一碟，现钞、支票、银行卡、香车、宝马、美女大行其道。人心不古，世风日下，商场官场权钱交易，多少高官富商丧失良知，贪得无厌，落个锒铛入狱甚至丢了性命。但仍然有人以身试法，前赴后继，屡贪屡倒，屡倒屡贪，乐此不疲。

礼多不丑。不知从何时开始，礼，礼仪之礼，变成了社会交往中的必需品。礼品，在家庭、朋友、关系户之间，成了建立、巩固、开拓、加深感情的必不可少的媒介。

天上没有掉馅饼的事。无利不起早，起早不拾粪。世上没有无缘无故的爱，也没有无缘无故的恨。没礼办不成事，成了一个人人厌恶又人人趋爱的潜规则。社会上流行的请客吃饭，俗。送金银财宝，大俗。送鲜花，更俗。送美女，那是性贿赂，恶俗。礼品的选择，便是一个大学问。

不知从哪一天开始，人们突然热爱起了字画，附庸风雅。此道亦成了不少人社会交际的首选。

王勇超，未免脱俗。

当然，字画的用途仅限于此，就辱没了中国传统文化的意义。而它更多的社会功能，是人们的精神消费，赏心悦目，陶冶情操，是文化生产力的重要资源。

建筑队的艰辛打拼，万般勤苦，建筑审美，古建筑文化，公共关系，公共艺术，字画的赏赞与追崇，精神产品的软实力，这一切，给予了正茁壮成长发展的王勇超事业上又一轮丰富的养料。

第四章

书院门里

王勇超在经济生活和社会实践中，认识到了字画的无形价值，更多的是文化的力量，名人的效应。

字画是用来欣赏的，名人字画则高出一筹，当然也可以换钱。有权有德有文化的人不少，有权缺德没文化的也大有人在。有钱，可以买来有形的文化，比如字画。有了字画，爱好字画，能够品味文化，渐渐成了鉴赏界的行家，你也就玩出点境界了。

附庸风雅，原本似乎不是一个好词儿。让一些商人官人来点附庸风雅，有字画或案头清供一类收藏爱好，总比嗜好吃喝嫖赌、行尸走肉、脑满肠肥、色狼情癫一类好得多。他可以狗屁不通，但他会假装内行，怕你说他是个粗人俗人，瞧他不起。

于是，人人似乎都成了文化人，连上厕所也讲究起文化来了。市场上的名人字画多如牛毛，泥沙俱下，赝品充斥，可以产生利润空间，是一个营生，一个可以混口饭吃的买卖。许多所谓名人是塑料泡沫，不学无术，其字画胡抹乱涂，自己挖空心思弄一个艺术社团的官衔，或者干脆白封什么长，就可以出门唬人了。

而深居简出的字画真人，大多则在默默无闻之中烟消云散。有机遇的幸运儿，在行当中凤毛麟角，名副其实，却也被假冒伪劣逼到了墙角。自古圣贤皆寂寞，得意者能有几人？

多年以后成了民俗文化界大人物的王勇超，当初有幸结识的第一个西安城里的文化人，是作家毛锜先生。

他是通过一个朋友，与毛锜先生相识的。

毛锜，咸阳人，二十世纪五十年代崭露头角，在省报社当记者时以一首青年植树造林之歌的诗作发轫，取得了诗人的资格，而后到了作家云集的大院。这里有延安革命队伍来的柯仲平、胡采、柳青、马健翎、杜鹏程、王汶石、李若冰、魏钢焰等，撑起了中国西北文坛的天空。

毛锜从新秀到中坚，新时期前后写了“世界第八大奇迹”秦始皇兵马俑发现记，写了昆虫学家周尧，写了农民女画家李凤兰，还有写司马祠的诗作，成为陕西中年作家中的佼佼者。之后，他以擅长杂文取胜，成了这个写作体裁圈子里的老大。

人是个风趣人，乐呵呵的，也是个率性的倔文人。王勇超喜欢毛锜先生，与他对脾气，毛锜也乐于和这个文化程度不高却悟性出众的长安小伙子打交道。毛锜此时的处境，已经有点被边缘化，似乎雄心不再，在家修身养性。毛先生肚子里有多少知识，只要王学生索取，都会一五一十地给他。

让王勇超惊奇的是，一个与他的家乡长安连畔种地的户县妇女李凤兰，画了几张画，无非是他觉得司空见惯的锄地剪窗花的情景，描红画绿，过的是庄稼汉普通人家的日子，但经过毛作家体验生活，在户县蹲点采访，妙笔生花，让人读了那么感动，好像说的就是自家的事。

李凤兰，成了女画家，名人，全国人民代表大会代表，上北京，进了人民大会堂，真了不起。

也许，从结识毛锜先生，他就意识到一个真正的文化人，让人敬慕的是什么。也许，从毛作家笔下的农民女画家李凤兰身上，让他看清了自己前面的路上有多少风景。

从种地到养猪，从搞建筑到崇尚字与画，他也许突然明白，自己正在向文化摸索前行，寻找自己的抱负。

悄悄兴起的集邮热之后的书画收藏热，拥有人数众多的广阔市场。政策在开放，书画的文化商品属性已经逐渐明朗，不远的将来，文化产品会成为价值连城的生意，前景不可估量。

毛锜是作家，并不专擅书法，他凭文学写作吃饭。当然，自古以来的学而优则仕，从祖先发明纸墨毛笔开始，哪一个文人写不好毛笔字可以当官？字是面子，你写不好汉字就羞于说自己有文化，是文化人。

毛笔书写的汉字，大多为实用，其余才是欣赏品评。毛笔字是一种案头办公的基本技能，后来有了钢笔、圆珠笔，书写工具相对方便，加上电脑网络的风靡天下，写毛笔字成了老古董，所谓的专门书法家便成了气候。研究书法，是一门值得尊敬的学问，而不通人文知识，专事写字的只能是匠人。

毛作家凭他自小用毛笔写字的童子功，加上从文学、历史、美学方面对汉字之一笔一画蕴含的体察，伸纸，提笔，汲墨，随便挥洒在纸上的墨迹也自有道行，让那些辱没文化的半文盲书法家汗颜。

洗砚园，是毛作家最初为王勇超在书院门店面起的名字，墨迹也出自毛作家之手。他在西安城里写的匾额不多见，洗砚园，也许反过来沾了店主飞黄腾达的光，让人们记住了。毛锜先生所撰《洗砚园缘起》如下：

> 改革，要紧的是做，要许多人做……
>
> ——鲁迅

> 时代期盼着精美的艺术之花，改革呼唤着高质量的文化产品，人民需要优质的精神食粮。对于具有浓厚文化传统土壤、翰墨源远流长的古城西安来说，在旅游事业方兴未艾，中外文化交流日益频繁的新形势下，愈来愈显示出它不可替代的重要地位。西安古文化街的开辟是一项高瞻远瞩的明智之举，由诗人毛锜倡议，企业家王勇超出资创办的洗砚园艺术画廊，意在为活跃古文化街的气氛尽一

份绵薄之力。

文心化作青松麈，拂尽凡夫笔下尘。我们的艺术家需要一个高档次、高品位、高规格的窗口。那么，洗砚园就是为您提供的一个理想的窗口。

以文常会友，唯德自成邻。我们的艺术家也需要一个相互切磋交流，不断提高自己思想道德素质和艺术水平的场所。那么，洗砚园就给您备有您所期望的艺术茶座。

人得交游是风月，天开图画即江山。洗砚园还将以略成规模的设施，为国内外和海内外的艺术家同行，提供献艺的方便和举办中小型作品展览的机会。

洗砚园之命名，既是取义王羲之成珠寺洗砚池的典故和王冕“我家洗砚池头树”的诗意，同时也寓有《格古要论》一书中“凡砚须日涤之”的意思。顾名思义，即可知它的成立和创办，一方面旨在弘扬优秀的民族文化传统，重振博大辉煌的汉唐雄风，一方面旨在广采他山之石，吸取和融会中外艺术之长，不断地开发和推出富有创造性的，充满时代气息的艺术精品。

有鉴于当前文化市场同样面临着质量参差，假冒伪劣之类的赝品不时在鱼目混珠，严重干扰精神文明建设的情况，洗砚园将坚决以信誉为第一。不饰伪以钓名，不挟诈以御物，以绝对真诚的态度为艺术家和广大顾客服务。

玉藏于璞，非卞和莫能明；琴焦于尾，非中郎莫能辨。为了确保自己所有展销作品的质量，洗砚园聘请一些学养有素的专家和学者担任艺术顾问，以便随时给予咨询和指导。

创业维艰，任重道远，切盼得到诸位的真诚合作与鼎力支持。

一九九二年四月六日

1934年9月10日，鲁迅在《门外文谈》的末尾有几段对改革者的描述，他写道：

“由历史所指示，凡有改革，最初，总是觉悟的智识者的任务。但这些智识者，却必须有研究，能思索，有决断，而且有毅力。他也用权，却不是骗人，他利导，却并非迎合。他不看轻自己，以为是大家的戏子，也不看轻别人，当作自己的喽啰。他只是大众中的一个人，我想，这才可以做大众的事业。

总之，单是话不行，要紧的是做。要许多人做：大众和先驱；要各式的人做，教育家、文学家、语言学家……这已经迫于必要了，即使目下还有点逆水行舟，也只好拉纤；顺水固然好得很，然而还是少不得把舵的。这拉纤或把舵的好方法，虽然也可以口谈，但大抵得益于实验，无论怎么看风看水，目的只是一个：向前。”

当初的王勇超，尚处于由建筑行当朝文化商品转化的萌芽期，况且，毛锜先生的文字得来全不费功夫，为他的字画店增色不少。

似乎开了窍的他，感兴趣的不再完全是建筑合同、图纸、施工进度、利润留成，等等。他一下子又闯入了名人字画这个陌生而充满诱惑的领域，并由此推开了咯吱吱响的民俗艺术的大门。

毛锜老先生，是我有生以来结交的第一个文人。时至今日，王勇超还逢人便讲，念念不忘。

王勇超平生结交的第二个文化人，是由毛锜先生介绍认识的画家修军。

修军，著名版画家，这时候住在西安钟楼北大街口的美协大院。他给人的印象是灰白的乱发风度十足，活像一头凶猛的狮子。但与之交往的人都说，修老儿人好，谦和儒雅，可亲可敬。

这个不够宽敞的美协院落，多年前驻留过一批超凡骇俗的大画家。有与冯玉祥、周恩来、张大千交往过的河北束鹿人赵望云，有从延安时代走过来的四川人石鲁，一个是奠基人，一个是旗手，共同创立了现代中国画的一个举足轻重的艺术流派，即长安画派。

这里弥漫着波及中国画坛的艺术气息，也残留着那场红色风暴遗留下来的生死对决的悲惨故事。

在这里，修军也是一个后来者。

王勇超听说过，石鲁当年一个人坐在院中的树下以酒浇愁，对来访者说，院子里长一棵树是个什么字？是个“困”字，难道要把我困死在这里不成？石鲁疯了，赵望云被造反学生用带钉子的木棍打成了残废。但他们没屈服过。有人和石鲁成了酒友，收揽了不少他的癫狂之作，当时看似一堆废字纸，日后却值了大钱。

乡下娃王勇超对长安画派的风云轶事听到的不多，也还没有那么深切的感受，但他觉得他们都是名人，是打心眼儿里崇敬的大人物。这院落是一块宝地，踏进门来，他的脚步也是小心翼翼的。

修军是个善于提携后学的长者，被下放耀县时，就培养了一批版画作者。对眼前这个慕名而来的年轻人，看他实诚聪明，手脚勤快，就毫无保留地讲授了许多字画方面的知识。罢了，还送他一幅画作《好猫》。修军擅长画猫，他的国画和书法，突显出版画的特征，黑白分明，笔笔出神，刀锋凛冽。不管白猫黑猫，逮住老鼠就是好猫。这话经伟人一说，便成了艺术家理解时代精神阐发自我心灵的一个物象。

字如其人，画如其人，王勇超开始从修老身上看到了这一点。

文化是什么，文人是什么，对于懂得种庄稼盖房子的王勇超来说，就是把字写好，把画画好，把文章写好。这是手艺，更是理解万事万物的手段，把人活得更明白一些，比别人更有出息一些，自在一些。

名人，是把事当事干出来的，是有大本事的人。自己先天不足，不会写，也不会画，但收藏成了他比种庄稼盖房子更有兴趣的一条毛毛虫，挠得心里头直痒痒。

他望着一幅字画，就发呆入迷，要从中弄出个什么究竟来。遇到好的字画，他就琢磨是出自谁的手笔，是什么题材内容，什么风格流派，年月几何，品相几成，能值多少钱。

当然，谁都有想把好东西归为己有的自私天性，问题是你有没有占有或购买它的能力，也就是收藏的实力。偶尔的获赠是有限的，交换藏品也是有限的，要想成为收藏家，拼的是实力，是靠丰厚的资金支撑的。当然，慧眼识珠是最重要的，靠瞎蒙只能是烧钱。

王勇超谋划着动用搞建筑安装赚来的钱，开一个门面，专门从事名人字画的收藏和交易，说不定比建筑行当更有诱惑力。

他想做一只能逮住老鼠的好猫，便朝西安城南门里的书院门走来。

书院门，也正在向他招手。

王勇超因爱好所致，这里是他经常流连的地方。

书院门街道不算长，但历史悠久。谈不上有多繁华，笔墨纸砚字画古董却实在是琳琅满目，应有尽有。大凡西安城里的文化人，或与文化沾边儿的官员、商人、平民百姓，都乐于来这儿，或淘宝，或观赏，或闲逛。对于从外地、外国来的游人，这里更是必不可少的一处游览胜地。

如果在书院门有一个门面，能在这儿落脚，就算找到文化的门儿了。他打听到，政府为顺应旅游经济的发展，在古城文化资源上大做文章，要把书院门改建成一条仿古旅游街，并依靠文化个体户的民营经济，让这条素有盛名的街道红火热闹起来。

他托人找到了改建和拆迁部门，看规划图纸，寻找从风水上、商机上、说法上都靠谱儿的庄基，想买一块地皮，按自己多年搞建筑的想法，修建一座仿古门面，经营名人字画的生意。

位于南城门内东侧，明城墙北的书院门一条街，东起文昌门内西安碑林博物馆，西至宝庆寺华塔，都有许多历史文化的说法。明清时代，书院门曾鼎盛一时。

书院门的地名起源于街道中段北侧的关中书院，明清时代是陕西的最高学府，全国四大著名书院之一，位列西北四大书院之首。关中书院的兴衰，就是一段传奇故事。

二十世纪初，关中书院改建为陕西省师范大学堂，当时成为西北五省的最高学府，民国初年改为省立师范学校，后为西安师范学校。

书院门老街，经历了四五百年的风风雨雨，到了 1990 年，碑林区政府组织实施旧城改造，新时期的阳光终于照亮了书院门。于是，沿街住户自筹资金，旧宅经规划设计改建成明清式建筑。

西口修有一座古韵十足的高大牌楼，上书颜体“书院门”三个金灿灿的大字。两旁是“碑林藏国宝，书院育人杰”的醒目对联。东口修跨街牌楼一座，额题“文物天地”四字。沿街二百多间门面房是清一色仿古建筑，街道为青石铺砌。鳞次栉比的店铺一色黑底金字牌匾，二三层雕栏楼阁，主要经营文房四宝、玲珑古玩、珠宝玉器、金银首饰、名人字画、碑帖拓片、精致工艺品等。

路两边是槐树，店铺门面古朴敦厚，很少有烦琐的装饰，进深狭长，显示出深藏若虚的特色。浓郁的古风扑面而来，甚至这里的商人气质与外界也不大相同。

王勇超有幸赶上了这一班顺风车。

他不是这里的老户，初来乍到，没几个人把他放在眼里。

他瞅准的是安居巷丁字路口坐北面南的头一个门面，这里原本是一个小纸绳厂。不是租用，也不是改建，他干脆来了个推倒重来，将房地产权归于自己名下。在当时，谁有百十万这么大的动静，让周围不少人瞠目结舌。人们预料，这位姓王的门面可能有两种结果，一是生意红火，二是吹灯熄火。

王勇超不信，谁的爹妈一生下来就是个文化人，就是个文化生意人。一样的地看谁种，有人把种子撒到土里，一遍锄过，等到收时收成是一个样，有人肥好种子好，锄不离地，经营得好，收获又是另一个样。都是搞建筑的，有人盖的楼质量不过关，甚至倒了，有人盖的楼里里外外找不出麻达。

字画生意是一个理儿，重人品，讲信用，多动脑子，待人诚心，不怕吃苦，精打细算，就有活路。店面，只是个店面，要经营好店面，得在外面跑断腿，才在店里头弄事哩。守株待兔，可以，就看你有没有那个缘分，那个运气，那个命。老兔不在窝里卧，狡兔三窟，就是这个理儿。好东西寻上门来了，你不识货，白白放走了。如果看走眼了，花大钱收购了一堆垃圾，你只能自认倒霉，怪不了别人。

这就得学习。而隔壁就是碑林，世上最好的字在那儿，最好的老师在那儿。

王勇超一有空，就溜进几十步开外的西安碑林博物馆。

那里收藏有万卷书——石头之书。

外地人到西安有什么好看的，无非是先看老古董，如秦兵马俑、唐大雁塔、碑林和明古城墙。如果在秦俑馆你会感到雄风扑面，登上雁塔有一种欲飞的想象，在城墙上漫步感到脚步沉重的话，那么在碑林中徜徉时你一定觉得如入禅境，躲进石头做的书页里可做一个千载难逢的好梦。

王勇超对文字、对汉字、对毛笔字，情有独钟，尤其崇尚古人的字。能够流传下来的字，都差不到哪里去。皇上的字，名人的字，带着他们非凡的独有的气血。纸质的字消失了，被刻在石碑上的字即使被黄土掩埋了，又变成拓片供后人品评。碑林的石刻艺术，简直就是中国书法绘画雕塑艺术的宝库。

碑林原先是孔庙，立在这儿已有一千年了。孔子的灵魂，却是从更悠远的历史源头出发的。石头没有多大变化，也不会说话，但依傍石头之林的古槐老柏会清晰地记录下自然时序的更替，甚至于曾经的每一缕阳光与风雨。碑林也在忠实地守护着它的承载物，记忆并证明着历史文化的一笔一画，即使让时光弄损了那一张张原本清白隽秀的脸，也不曾改变其真诚而生动的内容。即使身边拄着拐杖的古树倒下了，腐烂了，化成了泥土，石头之书仍旧会顽强地存在下去，面对未来的人类诉说衷肠。

王勇超来的不早也不晚，和众多游客一样，在他们所生活的年代的某一年龄段。或同学少年，或风烛残年，成群结队或孤独一人。这都没什么。是春是夏，也许是秋是冬；是早晨，也许是正午或黄昏，也都没什么。游人们来到了西安城南，让兴奋或疲惫的旅情，借古城墙靠一靠，歇一歇，先别忙着顾及周围眼花缭乱的古董书画摊，轻松又清醒地进入碑林大门，以朝圣似的敬意步入石书的殿堂，这才是所谓的正经事。它的门楼不高，或许与周围的门面或屋脊区别不是很大，内里却是庭院深深，藏龙卧虎，尤其是书法艺术库存，更是浩如烟海。

碑林正面是古树掩映的“孔庙”照壁，位于小巷北侧，一般游客是不大注意到的，据说是清代书画家刘晖手迹。唐时的孔庙在西隅国子监附近，宋朝年间迁址这里，使文庙、碑林、府学同在一处。庄严的正门面西，通常是关闭着的，游客大多得由东门进出。

对建筑物不陌生的王勇超发现，现在的碑林多是明清时的建筑，中国传统式的中贯轴线，左右对称，布局严谨，气势恢宏。如两庑、戟门、棂星门、泮水桥、太和元气坊、碑亭等，仍保留着原先的模样，古朴而隽永。碑林前院的两侧长长的屋舍，原本是历史博物馆的展览厅，周秦汉唐，宋元明清，漫长而丰厚的历史遗存精华经过浓缩，被挤在狭窄局促的角落里，实在是委屈了先人们若干年。前些年光顾过这里的人们，可能还依稀有一种认为是库房似的窝屈的印象。后来，也正是从这母性的地方，孕育出一个硕大威武的历史博物馆，雄峙于今天的大雁塔西北侧，展示着陕西历史文化的独特丰姿。如同房地产的发展，几千年历史的“遗产们”，也从简易的小平房迁居阔绰的殿堂了。活着的人需要居住环境的改善，人类发展中不灭的遗存物，也当享受现代文明的居住环境，以润育一代代人类子孙的精神和心灵世界。

真正进入碑林的世界，是院落的中后院。有一片相对开阔的小广场，正面的碑亭大方秀美，“碑林”二字很醒目。中国古代书法名碑重点藏品为怀仁的《集王羲之圣教序》。唐代玄奘取经归来，翻译经文，唐太宗亲自作序，太子李治为其作记。之后，长安弘福寺僧人怀仁从唐内府所藏王羲之行书遗墨中集字，将太宗序、太子记，以及太宗答、太子笺答、玄奘所译《心经》等五种集出。后由诸葛神力勒石，朱静藏镌刻，将其共刻一石而立。碑高三点五米，宽一点八米，碑首刻有七尊佛像，因而此碑又名《七佛圣教序》。

穿过碑廊、墓志廊，漫步于一座座碑室里，能亲近各式碑刻，有一种从远古而至的笔墨与刀石连同创造者呼吸的气息，直扑面颊，浸入心灵的泥土。留在纸上的墨迹，有耐活时光的限度，一旦被刻上石碑，则流传久远，且更具真实可信性。在它的史学价值之外，书法艺术上的价值更堪称稀世之宝，计有欧阳询《皇甫诞碑》、褚遂良《同州圣教序》、虞世南《孔子庙堂碑》、颜真卿《多宝塔碑》《颜家庙碑》、柳公权《玄秘塔碑》、怀素《藏真律公帖》、张旭《断千字文》等。

面对篆书之《峄山碑》、隶书之《曹全碑》、行书之王羲之、草书之怀素、楷书之欧虞褚颜柳，领袖风范，百代流传，令人不得不顿生膜拜之情。这一尊尊石头组成的史册，记载的是瑰丽的中国历史文化，也留下了汉字书法艺术的真经。无论是识字的平民百姓，还是书法爱好者，都会视碑林为别一意义上的祖庭，为之敬重，为之怦然心动。

王勇超走出绵密如织的碑林，走入石刻艺术馆的感觉，当是粗犷与形体的鲜活。文字的意义相对抽象，而具象的石刻正好补充了感性的另一面。它的体积和雕刻技艺，给人以无穷的审美愉悦。雕法的圆、浮、透、平或线刻，显示出不同的风格样式。尤其是汉唐石刻的雄浑气势、丰厚蕴含，在中国乃至世界古代雕塑史上也是显赫的。其陵墓石刻，地上或地下的，实用或装饰性的，画像或图案，都一样精美生动。仪卫性石刻的人、兽，如唐太宗昭陵墓前的六骏，体量硕大，造型十分肃穆。这里所展示的宗教石刻，以佛教为主，可以想见，佛教自汉代传入中国后，除文字的传播外，“以像设教”的艺术形式是何等广泛。还有一些实用性的石刻，如灯、函、镇、碑首、拴马桩，都饰有精美雕刻。

王勇超特别仔细地欣赏拴马桩，这是他后来的至爱，是他日后所陆续拥有的数千座拴马桩的同伴，荣幸地被供奉在此。

走出历史长廊，王勇超站在今天的阳光下，清新的风，会让他长长地做一次深呼吸。

历史是这样走过来的，文化艺术是如此生长的，书法汉字的根和枝叶是这样的形状。佛教西来久矣，在碑林的经文里，在石刻的线条中。昭陵六骏中的“飒露紫”“拳毛騧”，早在二十世纪初的那个月黑风高夜里，在那片黄土原野上，被外强掠走，如今流落在美国费城一座博物馆里。守在这里的四骏，是被四分五裂后拼接在一块的，它们与其伙伴，天各一方，兴许也会有百年的思念吗？它们如果复活过来，它们倘若有思维，面对碑林里不同肤色的游客，会领悟时下所谓“地球村”之世风吗？

听说碑林博物馆之所以能够使今人大饱眼福，尤其得感谢两个人。一位是北宋时的蓝田县人吕大忠，一位是现代的三原县人于右任先生。前者是碑林的奠基者，后者则是碑林的拓展者和完善者。于右任于 1924 年前后，一次性捐赠给碑林博物馆他个人所收藏的石碑就达二百九十多块。他们不愧是历史文化的卓越传递者。

王勇超经常从碑林院外走过，总是敬重地望着它。时空在变化，记忆在延续，他会永远感激碑林，守望着这里的神圣。他也力争去做一个传承历史文化的人，让后人感激的人。他细想着自己应该如何做收藏，如何抢救和保护民间文化遗存，更多更好地收留文化价值高的藏品，把事情做大。

但，此时此刻，对于他日后一个人创建关中民俗艺术博物院之事，王勇超做梦也不曾想过。

王勇超推倒重建之楼，便是书院门一号。

王勇超开始取洗砚园为书院门一号的店名，其寓意是在历史文化中淘金，是洗涤人的心灵，洗刷人的俗念。这里是字画的天地，是艺术的场所，是文人骚客的俱乐部，是继往开来的文化的田园。

常说古代文人习文练字，刻苦用功，把庭院里的一池子水都染黑了，方成大器。这古代文人便是说大书法家张芝，如何勤勉于功课。以小见大，以大喻小，是传统艺术理解事物的一种方法。池，水也，储水的地方。池有大小，大可千顷之阔，小可方寸之间，写字画画做文章的砚台，也可想象成浩渺的水池。而池在园中，是一幅好景致。洗，是洗墨洗笔，何尝不是洗目洗耳，乃至于洗心。

洗砚园如期建成。搞建筑多年，都是为他人作嫁衣裳。如今，王勇超终于建造了一座属于自己的如意小楼。

这是一座仿古小楼，长方形，五层高的规模，面南开设有正门，东侧设有三处门，在安居巷的南端形成了一道庄重儒雅的风景。

这古式门楼，有石狮守候，有拴马桩列队伫立，前角有巨石镇宅，显得风雅别致。灰色的砖墙，窗户疏朗，飞檐走兽，可以看出建筑行家出身的主人之良苦用心。

一处闹中取静的住舍，有点大隐于市的人物栖息处的感觉。

正门的对联，取自天下第一长联，来源于云南滇池的名胜。有道是：

> 五百里滇池奔来眼底，披襟岸帻，喜茫茫空阔无边。看东骧神骏，西翥灵仪，北走蜿蜒，南翔缟素。高人韵士，何妨选胜登临，趁蟹屿螺洲，梳裹就风鬟雾鬓，更苹天苇地，点缀些翠羽丹霞。莫辜负四围香稻，万顷晴沙，九夏芙蓉，三春杨柳。
>
> 数千年往事注到心头，把酒凌虚，叹滚滚英雄谁在？想汉习楼船，唐标铁柱，宋挥玉斧，元跨革囊。伟烈丰功，费尽移山心力，尽珠帘画栋，卷不及暮雨朝云，便断碣残碑，都付与苍烟落照。只赢得几许疏钟，半江渔火，两行秋雁，一枕清霜。

有一种说法，滇池大观楼与黄鹤楼、岳阳楼、滕王阁并称中国四大名楼。大观楼名声最大处莫过于门外的这幅天下第一长联，联文为清代文人孙髯翁所撰。

孙髯翁，祖籍陕西三原，清康熙年间人。因其父在云南任武官，随父寓居昆明。乾隆年间为滇池大观楼题楹，计一百八十字，号称海内长联第一佳作，髯翁即被后人尊称为联圣。孙髯翁早年因对科场搜身极为愤慨，认为这种“以盗贼待士”的举措有辱斯文，遂发誓永不赴秋闱之试。他中年丧妻，仅生一女，后因穷困潦倒，寄居于昆明圆通寺咒蛟台，过着以石洞为栖身之所，以卜筮为求生之道的清贫生活。他曾在诗中写道：“白眼无今古，黄金有是非。”

王勇超崇尚此长联，尤其崇尚孙髯翁这个老乡党，崇尚他的人格和才学。滇池何其大，洗砚园何其小，而一滴水也是一个世界。

踏入洗砚园大门，是空阔典雅的前厅。谈不上一般店铺的琳琅满目，而几乎是一目了然。通常，大厅里悬挂有几幅名人字画，或是郑板桥的，或是康有为、于右任的，或是长安清末才子牛兆濂的。

当今草书四大家之一的卫俊秀的一幅“大道无门”，超大尺幅，一堵墙似的立在那里，让人惊心动魄。店铺有门，不只是一道门，而主人心中的大道岂能有门阻隔？它是敞开的，八面来风，是连接广阔的文化艺术世界的。

大厅一侧，设一柜台，当值的一二位工作人员通常是干练的女子，会热情接待每一位前来咨询字画生意的客人。你如果只是路过，看一看，瞧一瞧，一睹书画名家的笔墨真迹，并无心或无力购置，也没关系，工作人员绝不会上前打扰你的兴致，任你如入无人之境，静心游赏。

古董柜子里有一些精致的摆件，金银财宝，玉器饰品，案头清供，袖珍玩意儿。你可以隔着玻璃端详一番，也可以唤来当值女子，问问行情，买与不买都没有关系，只要你喜欢，你过问了，店主人就心里安然。

有来客也许其貌不扬，动作迟缓，从怀里、从行囊里掏出一件宝物，打问收购行情，说不定就遇上了一个有缘千里来相会的主儿。当值女子拿不定主意，进了二道门，找来在灯下戴老花镜的长者，与来客商谈买卖。

要么，给堂主打电话，一会儿工夫，王勇超从楼上下来，或者从外边赶回来了，给卖主一个说法。

平时看上去有点冷清的大厅，不是摩肩接踵般的热闹。这里自然不是热闹处卖母猪的地方，它有它的威严，它的典雅。

它不是哗啦啦喧响的小河流水，它是一个深不可测的沉静水潭，藏着潜龙，卧着神龟，涌动着一个奥秘无穷的文化世界。

二道门里，是一般游客可望而不可即的地方。

出入这里的肯定是地道的字画生意人，石雕专业户，古民居的行家，来自周边的民间艺术和工艺品的经营者。三三两两，或身只影单，神乎其神。看货，鉴定，谈价，交易，一切都似乎平静如水，却暗藏玄机，丰富奇妙。

由北侧后门可以通向楼上，有藏品室、装裱室、小展厅、书画创作间，有联络部、接待室和供朋友喝茶聊天的地方。

在主人整洁明亮的客厅里，悬挂着康有为先生的“爱人为大”墨迹。

古之为政，爱人为大；不能爱人，不能有其身；不能有其身，不能安土；不能安土，不能乐天；不能乐天，不能成身。这是《礼记》中孔子阐述君子之人时与鲁哀公的对话。

深受儒家思想教化的洗砚园主人，对此论说洗耳恭听，心悦诚服。已经过了不惑之年的他，坐在这里，觉得自己的生活平淡一些为好，名利并无多大的诱惑力，人到这个份上，平为贵。

二十多年过去了，他的身份开始是建筑界的一个知名企业家，创建了自己的公司经营商务，投身绿化产业和建筑业。

那是一个被认为到处都有机会的年代，相当多的富豪都在那个时期完成了原始积累，而舶来的商业思潮也开始冲击着人们的传统观念。

不少在那时觉醒的中国第一代企业主，成了所谓的新教主义者，他们认为人活着应当勤奋，生命的价值就在于赚更多的钱，拥有新教精神中的勤、俭、诚实、信用等美德，赚钱既不是为了个人的享受，也不是为了满足任何其他世俗的愿望，赚钱已成为天职，或义之所在。

与许多暴发户不同的是，这里的主人看重的是传统文化。干建筑十来年赚了钱，本可以用它滚动更多的资金，然而他却感觉缺少了什么。他格外看重文化，羡慕那些有知识的文化人，他希望在自己的人生中不光有赚钱的需求，更有高层次的文化追求。他要把传统民间文化的根留住，让它重新发芽，重新绽放，结出丰硕果实来。

王勇超的朋友遍及商人、学者、作家、艺术家与政界官员，也涉及农民、市民甚至三教九流其他闲杂人等，来的都是客。

在一张长方形的明式桌子前坐下，自身虽然简朴，但待客的茶是好茶，烟是好烟，有时鲜水果零食，有工作人员随时续茶添水，拾掇几案。

话题可能聊得没边没沿，但无官话、套话、假话，咋畅快咋来。说着说着，三句不离本行，就又说到了正题上。

他的事业由小到大，甚至每一个重要的环节，几乎都是在这张明式桌椅上酝酿的。

饭时过了，就让楼下的工作人员从隔壁买来蒲城人做的烤包子，或者是面辣子、大肉芹菜或素饺子，吃得很香。花钱不多，吃个煎火，肚子里也谄和。

是神仙会，是智囊会，也是主人聚才、聚智、聚贤、聚能的一种方式。

日后关中民俗艺术博物院的蓝图，何尝不是在这里一笔一笔描画出来的呢？

而在这周围，环抱它的是一个文化底蕴浓厚的世界，王勇超就时常漫步其间。

“文化大革命”时期，书院门曾被愚蠢的人改名为健康街。难道书院就不健康了？后来恢复了书院门的古老名称。在仿古文化一条街上，书院门七十九号的九十多岁老人黄士桢就是一部活字典。他说，原来书院门都是阔气的老宅子，街面上的房子都是三进院，有门房、过厅、厢房。当年，西安很多名流都居住于此，国民党元老于右任先生曾住在书院门三十二号，关中书院对门照壁后有国民党高等法院院长袁家，还有后来碑林区政府所在地的王道台家，等等，都是名门望族的所在。

新中国成立前夕，书院门经过几百年的风霜雨雪，两旁的酒肆、茶房、店铺已荡然无存。房屋破败、街容陈旧，与近在咫尺的西安碑林博物馆极不相称。

二十世纪八十年代末，西安城墙以内棋盘式的规划格局中，两三百年以上历史的老宅院占据了半数以上。九十年代初，西安市建委、规划局、文物园林局经过较为全面的调查了解，提出三十处急需保护的传统民居和历史纪念性建筑。西安的古城改造，在世纪之交转向了保护性开发，这几乎是所有能留存下来的古宅子的唯一的生存理由。政府把这里改造为仿古文化旅游一条街，街面上的宅子一律拆除，改建明清风格的仿古建筑，街上的树木一律挖掉，改栽龙爪槐。

书院门的大规模改造，到 1991 年 6 月主体工程基本完成。按当时的规划，书院门古文化街将开拓成具有明清传统的旅游商业步行街，可十余年过去了，这条本应是游人如织、商贾往来、传统文化荟萃的街道，却成了一条车流通道。每到交通高峰时刻，七八米宽的街道到处都拥堵着车辆，人车混挤，很难彰显其历史文化风貌。

为还给中外游客一个古色古香的书院门街，政府先后投资数百万元，对建筑立面、牌匾等进行整治，拆除违法建筑，点亮了宝庆寺塔、关中书院、书院门牌楼。碑林区政府机构实行搬迁后，禁止机动车辆进入，从而形成了集旅游、观光、购物于一体的西安历史文化步行第一街。别看这条街不大，却印有世界各地游客的足迹。在各色材质的印章中，约有百分之五十是专为外国人刻外文名字缩写的。除了充满浓郁黄土风情的书画，陕西民间的艺术品，剪纸、泥塑、皮影、烫画、葫芦纷纷再次展现。

游客对这里的印象很深，说这条街是青石板铺成的，路两旁所有的建筑基本上都是二层仿古小楼，琉璃瓦，古色调。最引人入胜的是每个门面上都有一块匾额，字体迥异，五光十色。店铺的老板有的摆弄自己的玩意，有的在店外放把躺椅，拿着一个紫砂壶，眯着眼睛养神，有的三五个人一边研究画，一边演示起了茶道。书香、茶香、墨香四溢，仿佛又回到了那遥远而神秘的过去，嗅到了古时的风味。也会有老艺人在街边上铺开宣纸，一个画的是泼墨山水，另一个写着蝇头小楷，画完写毕，笔放在笔架上，端起茶壶又喝，任由旁边的老外大惊小怪。

这里还有专门经营文房四宝的小店，上好的宣纸，精制的墨砚，使外行也能闻出丝丝幽香。书院门的笔墨生意，世居的西安人倒不是很多，店铺主人大多是十几年前来到这里的江西人、安徽人，他们用传统的手艺打理着生意，用辛劳和智慧经营着小店。

在古城西安多年拆迁改建的风潮中，尤具慧眼、从事建筑行当的王勇超占尽天机，在书院门可谓独占鳌头，如鱼得水。

据说，另一个叫毋建国的人，九十年代初，与夫人经过二府街时，看到路边一个农民模样的人卖砖雕，他掏十块钱购得，从此开始了搜集“破烂”的历史。十年间他搜集了三十多卡车“破门烂窗”，在老家华县建起了一座占地一千多平方米的私人古建筑博物馆。清代军机大臣赵舒翘、民国陕西督军陈树藩、同盟会陕西都督张凤翙故居，民国学者党晴梵“华云精舍”等名人故居的遗物，均汇集于园中。

除了经营名人字画、日后以收集拴马桩和古民居出名的王勇超外，浸淫其中的超级爱好者也大有人在，他们的故事众说纷纭。

朱鸿写文章说，这是一座润泽馨香之城。闲散之时，约几个朋友，围坐八仙桌，喝着茶，低一声高一句地讨论鼎铭或玉色，似乎只有在长安，在故国旧都的某个街巷里才有真正的意味。也许通过这些街巷，陈子昂投过书，王维上过朝，李白使过性，杜甫求过仕，韩愈落过榜，白居易遭过贬，诗人的喜怒悲欢现在仍在不息地回响吧！

西安还有一种文化形态，是其收藏、书法、文学。有一个江南人毕沅，曾经在乾隆年间当陕西巡抚，工作之余，喜欢考古。从金石学出发，他收藏并研究石刻、瓦当、碑版，并著而成书。于右任在民国年间有一度任陕西靖国军总司令，其出于书法艺术的丰润，采集了一批石刻和墓志带往南京，在日本人占领南京之前，他却又送回西安。西安还有一位雅士阎甘园，是蓝田人，收藏大家，王子云在 1945 年见过他的珍品，竟有赵伯驹的画，周之兵器，秦之玉簪，汉唐石刻，还有瓦当。王子云是安徽人，曾经留学巴黎高级美术学院，其收藏在于研究。他是以民国年间西北艺术文物考察团领导的身份前来西安调查的，之后留在西北大学执教，收藏有种种瓦当，并起斋号为百瓦斋。他还收藏有铜镜、钱币、陶俑。

如今西安有种种收藏协会，逢集之日，古玩市场摩肩接踵，一片鼎沸。不敢认为淘宝的人都是求道者，然而祖先所遗存的文物或大或小，皆有道在，是奥博之文化，无深厚之学问不能务之。只有为中国文化所浸润的人，才会喜欢收藏、书法和文学。它们不能使人致富，然而它们可以养心。

有文章说，我所知道的，王勇超收藏石刻，任虎成收藏瓦当，张国柱收藏陶器，乔连学收藏铜器，宗鸣安以对碑帖的梳理而名世，陈根远以对印章的解析而名传古都。

第五章

关中书院

同是坐北面南，王勇超的书院门一号在东，稍往西近在咫尺，便坐落着关中书院。东西呼应，也许是历史老人不经意间的一个玄妙安顿。

王勇超对书院门的一切怀着敬重之情，对这里曾经发生过的故事着迷。他多少回踏入关中书院大门，走入深深的庭院，被这里独有的气场触动了。关中书院，曾经是明清时期陕西乃至中国西北部的最高学府。新中国成立至今，先是在此设西安市第五中学，后为西安师范学校及附小所在地。据说，清朝时还有个铸币局设在这里，可见曾经也是财源滚滚的地方。

书院有两重门，大门二楹，二门四楹，郡丞刘孟直书“八景诗”以壮其观，学者王大智书隶字为书院题名。庭院中间有六间讲堂，叫允执堂，其名取自《中庸》“允执厥中”之句。

明朝时陕西出了个冯从吾，官拜工部尚书，类似于如今的建设部部长、交通部部长、工业部部长，当然，那时的政府机构精简有加。明万历二十年（1592），冯从吾疏忤神宗罢官归里后，起先与友人萧辉之、周淑远等在大南门里的西宝庆寺讲学。

在今天书院门牌楼旁，你一眼就会看见它。宝庆寺，曾是大唐皇家寺院，修建于隋文帝仁寿年间，原址在隋大兴城安仁坊。唐文宗时以五色砖在寺内作塔，故宝庆寺也称华塔寺。五代时殿宇毁于兵火，唯塔存。

王勇超听说，前几年，日本友人给碑林区旅游局传回了一张图片，雕刻极其精美圆润，高瘦清朗，是宝庆寺十一面阿弥陀如来佛像珍宝。这尊出自宝庆寺的佛像有十一面佛头，大佛头上有十个小佛头，佛头后有佛光环，佛身雕刻得精美绝伦，束衣紧身，线刻清晰，两手分别提瓶与举枝。此为唐朝宝庆寺遗物，现存于日本东京国立博物馆，是新中国成立前流失到日本的。

近年，在宝庆寺遗址内还发现了莲化座柱蹲石，以及寺内的唐代古井，井上至今盖着花岗岩井盖。

冯从吾，按说是王勇超的长安乡党，曾荣登明朝万历进士，好生了得。之后授御史，巡视中城，阉人修刺谒，拒而不见。其为官忧国奉公，敢于直言抨击朝政的过失和劣迹。明神宗朱翊钧荒淫，常常贪恋美酒而欢饮长夜，倦于姿色而宴眠终日，官员腐败，但无人敢于直言抨谏。万历二十年（1592），冯从吾斗胆上书，历数神宗“郊庙不亲，朝讲不御，章奏留中不发”“每夕必饮，每饮必醉，每醉必怒，左右一言稍违，辄毙杖下”。提醒神宗“勿以天变为不足畏，勿以人言为不足恤，勿以目前宴安为可恃，勿以将来危乱为可忽”。劝诫神宗整顿朝纲官场，表现了一个正直官吏的忠直和胆略。

老虎屁股是摸不得的。冯从吾此举，惹得神宗大怒，要对他动用酷刑。恰逢当时是仁寿太后生辰吉日，同僚从旁讲话开脱，他才得以幸免。由于他指论朝政，冒犯皇帝，又一贯与阉党斗争，难以立足，被迫辞职。

冯从吾辞官离开京都，怅然回到家乡长安。他杜门谢客，造诣益深，遂讲学于宝庆寺。时人评其曰：“出则真御史，直声震天下。退则名大儒，书怀一瓣香。”明光宗朱常洛即位，起用冯从吾为尚宝卿，升任太仆少卿，而冯从吾以兄丧为由未赴任。

次年，即明熹宗朱由校天启初年，冯从吾应朝廷征召就职，一度出任大理寺少卿、左副都御史。但以魏忠贤为首的宦官集团权倾朝野，冯从吾不屑与其交往。适逢都城因战事戒严，形势十分紧张，朝臣们争先恐后疏散妻子儿女，冯从吾携带全家妻小抵京，毫无惧色。他深有感慨地说，国家无事，士大夫不知节义，一旦临难，便抱头鼠窜，相继而逃，要唤起他们的良心，就非讲学不可。在恶势力排斥下，冯从吾只好引归。

天启五年（1625）十二月，王绍徽派阉党爪牙乔应甲巡抚陕西，乔寻机捣毁了关中书院，并将中天阁内供奉的先圣塑像拖出“掷之城隅”。冯从吾面对书院惨遭劫难，“痛切剥肤，吁嗟跌坐，二日不就寝”。这位受人尊敬的学者，见自己呕心沥血经营多年的书院毁于一旦，悲愤成疾，第二年便含恨离开了人间，终年七十有一。

这不只是书院的一段故事，听听热闹罢了。

在迎面吹来的微风中，崇尚正直为人与文化品行的洗砚园主人王勇超，可曾聆听到文化先贤带血的叮咛？

王勇超读过一篇报道，多少年过后，冯从吾第十二代嫡孙冯致远先生在接受采访时，叙说祖先讲学的目的，就是要教育大家做好人，存好心，行好事。他有一副对联：“做个好人心正身安魂梦稳，行些善事天知地鉴鬼神钦。”另一个目的，就是要同以魏忠贤为首的阉党作斗争，关中书院的讲堂就是他与阉党斗争的阵地。

冯从吾又被世人尊称为关西夫子、理学大师、关学大师。关中书院依性质而言，属于民办官助之列。历史上，陕西关中地区自北宋张载以来，形成了一个理学派别，史称“关学”。张载，河南开封人，少年丧父，贫无所依，不得归葬，遂同寡母迁至陕西眉县横渠镇，与苏轼、程颢、曾巩为同榜进士。少时曾得范仲淹指点，著书立说，自成一派。

2006年9月，温家宝总理出访欧洲接受外国记者采访时，曾引用“横渠四句”：“为天地立心，为生民立命，为往圣继绝学，为万世开太平。”为此表达自己为官为人之心迹。

“关学”在中国思想史上占有重要地位，它反对坐而论道、空谈理论，主张身体力行、学以致用。冯从吾最早与好友在宝庆寺讲学，继承关学优良传统，又吸收其他学派一些理论成分，强调儒家学说要在实际生活中推广应用。

关中书院被废后，又于崇祯元年（1628）复建，由冯门弟子继掌其学，继续推行德教为先、务戒空谈的教学思想。

到了清代康熙三年（1664），西安知府、咸宁知县督修关中书院。康熙五年（1666），西安知府叶承祧重建关中书院，并礼聘学者李颙主持讲席，为李颙拒绝。康熙十二年（1673），总督鄂善复修关中书院，再次邀请李颙主持书院，李颙再三推辞后才就聘。李颙登台讲学之初，一时德绅名贤、进士举贡、文学子衿等众，环阶席而侍，听者几千人，甚至总督鄂善和陕西巡抚阿席熙也前来听讲。在李颙的主持下，关中书院在清初曾一度出现过繁荣的景象。但随着李颙离开书院，关中书院也日趋衰落，一度变为官署。

雍正十一年（1733），清政府拨给关中书院帑银一千两，作为书院经费补贴。乾隆二十一年（1756），御赐书院“秦川浴德”匾额。乾隆三十六年（1771），巡抚毕沅莅任之初，以为“移风易俗，教化为先”，重视学校教育，于是重新修建关中书院，并延请江宁进士戴祖启来陕主持书院，还在全省选拔一批优秀生徒入院学习。

关中书院，又响起了琅琅书声。

王勇超是体制外从事民营文化事业的，对于关中书院私营体制的发展颇感兴趣。地域性的关中文化渊源，在这里亦得以显现。

他读过一篇文章，其中说，中国有着重视教育的悠久传统，在春秋时期，学在官府的局面被打破，诸子百家纷纷著述讲学，私学从此兴起。

儒家学说创始人孔子开私学之先河，有弟子三千，贤人七十。战国末期在齐国国都设立的稷下学宫，成为先秦教育发展的里程碑。秦汉以后，官办学校太学、私学书院和科举并存，成为中国古代高等教育的基本模式。尤其是中国的书院教育，成为中国古代文化的重要组成部分。

中国书院的主要功用，概括起来就是整理古籍、聚集教师、培养人才和学术交流。其中的一个最重要特征，就是学术交流的开放式讲学。南宋时期，朱熹把这个开放式讲学完整地总结成“会讲制度”，就是邀请各种不同学术流派的人一同来讲学。书院精神适应性强，因而流传甚广。明代以来，朝鲜、韩国、越南、日本、意大利、新加坡等地，一直都有中国式的书院存在，成为当地现代教育的一种补充。

始于初唐而盛于南宋的中国书院，有过东林书院绽放和折射的独特光彩，而关中书院就是它的光和影在这儿的摇曳。那副脍炙人口的对联：“风声雨声读书声声声入耳，国事家事天下事事事关心。”现在依然闪烁在这里。

明清两代陕西理学的崛起和文风的昌盛，与这里有着密切的关系。著名学者周淑远、柏景伟、刘古愚、牛梦周等都曾在这里讲学，其时名人争至，桃李争辉，人才辈出。光绪二十一年（1895），康有为公车上书，陕西籍参加者多达五十五人，其中大多数人曾就读于关中书院。

王勇超在收藏名人字画的领域里，逐步接触并熟悉了这些灿若群星的名字。辛亥革命时期，更名为陕西师范学堂的关中书院有多名学生参与反清运动。大革命时期，这里已经有了中共地下工作者的组织。在抗战和解放战争时期，就读于这里的学生积极开展学潮运动，历史上著名的“西安事变”前夕，古城的爱国学生游行队伍正是从这里出发，前往临潼向蒋介石请愿。邓颖超、彭德怀等先后在此举行抗日民族统一战线宣传活动。

今天，书院一侧墙上仍存的“中华民族解放先锋队全国总部遗址”标牌，正是那段烽火岁月的历史见证。在关中书院，历代名人雅士为后人留下了许多题词楹联，字字千金，咀嚼不尽。

王勇超非常喜欢这些名人格言，也欣赏其书法的造诣。从关中书院的历史掌故中，他不仅长了见识和学问，更深刻感悟到了传统文化、文人品德、文化体制、文化价值诸多命题的含义。

书院在他的背后，他依此可以辨别出自己朝前走的方向。

王勇超听说，作为邻居的一位老教师，至今仍怀念刚到学校任教时的那段时光。也就在前些年，这里还没有这么热闹。院子里非常幽静，除了啾啾的鸟叫声，就是琴房里叮咚的佳音，或者学生朗诵的声音，感觉非常纯净。他还记得那时出了学校大门，沿书院门向东，一直到柏树林，沿途有各种纸笔店、字画铺、书店，一路溜达出去，再沿着城墙根走回来，感觉就像在历史和文化中徜徉，他称这才是真正体现古城文化的氛围。

真没有想到，西安还有一座“活着”的书院。这对洗砚园的主人王勇超来说，是多么亲切。

一位教育部官员说，中国历史上很多著名的书院，保留至今的不多，而保存下来的如今多数都作为旅游景点开发。比如岳麓书院，虽然地处湖南大学内，但实际上是一个相对独立的旅游景区。而关中书院至今仍作为教学场所存在，这种既有书院之名更有书院之实的“活书院”，在国内极为少见。

实际上，为了不影响学校的教学秩序，关中书院一直未对外开放。也正因为此，这处位于古城繁华之地并存留诸多历史遗迹的地方，多年来也并不为西安人所熟知，更游离于游人的视线之外，就连很多周围的住户也鲜有机会走进这里。

书院里沉静依旧，外面的书院门一条街却已是另一番景象。商业摊点一个挨着一个，招揽着来来往往的中外游客。按照有关部门的规划，从书院门到碑林再到顺城巷这条线路，已经作为古城历史文化散步道的旅游产品在进行开发。

其中有旅游界人士提出，书院门、顺城巷之所以火不起来，很重要的一个原因是这里商业气息太浓，文化气息不足。因此建议将蕴含丰富历史文化价值的关中书院对外开放，与南门城墙、宝庆寺塔、碑林共同串起书院门和顺城巷，在城墙脚下打造一条环形历史文化散步道。甚至有人提议，将西安师范学校搬迁，将关中书院旧址开发为旅游景点。

也许，就在不久的将来，关中书院就要撩开面纱，走出深闺，进入游人的视野。

由碑林博物馆出西门，为三学街的府学街和长安学街，出东门为咸宁学街，这三条街都连着一个“学”字。虽昔日风光不再，几经演变，已成了民宅和店铺，但其中丰富的文化内涵却韵味悠长。

三学街，是当年长安、咸宁、万年三县莘莘学子前来科考温习功课和留宿之地。透过历史的烟雾，仿佛看到士人学子秉烛攻读、昼课夜赋的情景，看那金榜题名时，“春风得意马蹄疾，一日看尽长安花”的恃才傲物，以及那科场失意、名落孙山时的沮丧、茫然和困惑。

府学街，则是宋代崇宁二年（1103）始置京兆府学之地。金、元、明、清各朝代均沿置府学，因此而得名。那么何谓府学？即当时为地方官办的最高学府。它聚精选粹，能到府学就读者，均非等闲之辈。

由碑林博物馆出东门，是文昌门，抬头可以望见魁星楼。

文昌门东不远处，是汉代大儒董仲舒的陵寝。历代儒生们路过此地，均要下马，以示对这位先贤的尊崇和敬意，于是，约定俗称，便得名下马陵。

而距下马陵向东不远处，据传是汉代的太学旧址。

关中书院是一部大书，王勇超在入迷地读，在吃力地琢磨，如果把自己摆入其中，应该是一个什么样的角色？那些人物，那些故事，凭借他的人生经验和教训，则并不难理解。

物是人非，许多历史的情景往往与眼下发生的事情，有着惊人的相似。当然，王勇超不是厚禄高官，也不是学富五车的大儒，只是一介平民百姓，却硬是要学习关中书院的先贤，做好人，行好事，留取一个好名声。

因关中书院而得名的书院门，无论从哪个方向都可以走近它。

同样，从这里出发，东西南北，可以走向历史与现实的每一处迷人的境地。

而由关中书院到关中民俗艺术博物院，由冯从吾到其长安乡党王勇超，其中应该有着千丝万缕的脉络与联系。

有人这样评说，西安书院门在数百年间发生了三件可圈可点的大事：一是关中书院的兴办，二是西安碑林博物馆的建立，三是日后王勇超由洗砚园及灏文堂而孕育了关中民俗艺术博物院。

从书院门出文昌门，顺文艺路向南端直走，到达终南五台山下关中民俗艺术博物院那一片文化天地，其间究竟蕴含着多少深远的意味？

第六章

灏文礼赞

那个碎个子老汉是谁？

碎老汉到底是谁，你们成天搀着他，出出入入的，当神敬哩。

一段时间，在书院门一号，来往频繁的一位长者，受到了邻里店铺们的注意。他们知道，书院门一号主人做的不是一般百儿八十块钱的小生意，那么，这个其貌不扬的老汉，被主人迎来送往，坐上轿车，吃宴席大餐，图他什么呢？

老人是个谦和人，不倚老卖老，不扎势，与街上走来走去的老年人没太大的区别。腹有诗书气自高，他是那类久经沧桑依然故我的老者，自然，平和，始终有一种安静的心境。

碎老汉？他是卫老，卫俊秀。

啊？卫俊秀！就是那个草书大师卫俊秀？

是的，哄你弄啥哩。

四邻们听书院门一号的店员这么一说，恍然大悟。

当时，王勇超在西安城健在的大书法家里，独独最推崇的人是卫老。一是人品好，二是字好。人品和他的字一样，刚柔相济，气势磅礴，不萎缩，不媚俗。字和他的人品一样，磊落大方，信手拈来，不张狂，不艳诈。

一有空闲，王勇超就带了小车，从南郊陕西师范大学院里把卫老接来，喝茶聊天，让卫老过目他最新的字画藏品，细听卫老阐释点拨，一起分享艺术珍品带给的乐趣。

老人的手艺是写字，嗜好也是写字，末了，免不了摆开场面，抻纸的抻纸，递茶的递茶，笔墨伺候，让老人一展高超的技艺，天马行空，笔飞墨舞，留下一幅幅墨宝。

卫老善写大字，如椽大笔在他手中挥洒自如，丈二的宣纸甚至同屋子地面大的纸铺开来，老人越是来了精神。至于写什么内容，老人满腹经纶，出口成章，字字句句都堪称是警世之言，锦绣之语。笔墨挥洒中，大汗淋漓中，享受着创造的欢乐，探索着劳作的玄妙。

往往是在一片叫好的掌声中，结束一场笔墨的演绎。

过些日子，王勇超会想念卫老，亲自上门，带上礼物去看望大师。或派手下人送去水果糕点，帮老人做一些日常生活方面的杂事。卫老喜欢他这么个人，办事牢靠，一是一，二是二，诚实精明，爱文化爱得着迷。也难得他这么个干大事善事的字画收藏家，眼光远大，有抱负，有恒心。

书院门一号的店铺名称起初叫洗砚园，出自毛锜先生的手笔，后来改换成了卫俊秀的墨迹，叫灏文堂。

毛锜先生是诗人、作家，在书法行当里被尊为文人书法家，因为是名人或者叫名人书法。卫俊秀比毛先生年长，大学教授，文化学者，在书法理论和书法实践中颇多建树，加之当时被誉为中国近当代四大草书大师之一的卫俊秀正成为媒体关注的焦点，如日中天，名气越来越大。

不是改换门庭，而是更名，是进步，主人的选择是不乏远见的。

灏文堂，灏，浩瀚，灏瀚，灏茫，皆指水势广远博大，宏阔苍茫。灏文堂是指水势无边际，大水，大文化汇聚的地方。

由此可见，主人的胸襟多么宏大广博。

卫俊秀，能被尊为书院门一号灏文堂的第一雅士，他从哪里来？在二十世纪九十年代的古城西安，他怎么就成了继石鲁、宫葆诚、刘自椟之后的脍炙人口的、名气最大的书法家了呢？

时势。时势造英雄。

卫俊秀，1909 年生人，王勇超结识他的时候，卫先生已经是八九旬老翁了。到二十一世纪的第二年去世，享年九十有四。

卫先生是山西省襄汾县景村人，自小天资聪颖，五岁入私塾读书，喜爱语文和书法。开始习字时，每天写仿十六字，后于字间增添小字，其书法习作颇受校长师维铎先生表扬并获奖励。在高师阶段广泛学习西方哲学，书法受名家常赞春、田羽翔指授，习何绍基、黄山谷、傅山诸家书，每天写字十张，从无间断。

他于 1932 年考入山西教育学院，改读鲁迅著作、苏联文学及严复译作等。1933 年撰写研究鲁迅和《庄子》的书稿，之后居于抗战时期的重庆，将自己撰写的《庄子与鲁迅》一文呈郭沫若先生指教。1944 年在黄埔军校七分校任教官，受郭沫若《蒲剑集》影响，萌发撰写《鲁迅〈野草〉探索》动机，集十年工夫成书，后由上海泥土社于 1954 年 12 月出版。1947 年，在西安出版了他的专著《傅山论书法》。

卫俊秀是在 1954 年调入陕西师范学院中文系任教的。次年，以“胡风分子”罪名被拘留校内，失去自由，受到多次批判。

胡风，文艺理论家。“胡风案”，是二十世纪五十年代曾经形成的一桩冤案。在批判俞平伯和胡适的同时，胡风等人成了一个所谓暗藏在革命阵营的反革命派别。胡风被捕入狱，并在全国各地逮捕路翎、牛汉等九十二人，使两千一百余人受到牵连。胡风被判处有期徒刑，后又加判为无期徒刑，从而造成一起重大冤假错案。直到 1978 年中共十一届三中全会前后，这桩冤案才得以彻底纠正，胡风获释，六年后病逝。

卫俊秀成了“胡风分子”，可见他在风雨如磐的二十多年里是怎样熬过来的。1956 年两次遭抄家，次年初问题查清，遂被释放，又登台讲课。不久，经西安市雁塔区法院审判，以“历史反革命”罪名，被判劳动教养三年，到陕北富县和铜川煤矿劳动。1962 年释放后，回原籍山西襄汾景村种地。

二十三年后的 1979 年，卫俊秀年逾七十岁时获平反，回到忍痛阔别的陕西师范大学当教授。他被首都师范大学聘为书法博士生考试咨询委员会委员，曾为纽约美国自然历史博物馆亚洲民族馆作“故国神游”榜书，被列为永久性展品。

书论家称，卫俊秀的书法属雄强一路，以草书见长，并成功地解决了草书的碑化问题，称其与于右任、林散之、王蘧常为二十世纪草书四大家。著述还有《卫俊秀书历代名贤诗文选》《卫俊秀碑帖札记》《居约心语》《卫俊秀学术论集》等多种，为海内外学界所称道。

卫俊秀一生命运坎坷，却鬼使神差地成了中国书法大师。

王勇超说，卫老是不幸的，然而也是幸运的。

就在卫老病重期间，有一天，卫老的三子卫平，来到书院门一号的灏文堂，找到了王勇超。

“你来了，坐。喝茶。”

“嗯。”

“你爸最近好吧？”

“他病了。”

“啥病？”

“心脏病。”

“要紧不？”

“要做搭桥手术。”

“啊！你这娃，咋不早说。”

王勇超忽地从椅子上站起来，着急地问：“住在哪家医院，需要我做什么。”

“卫老病了，该打个电话来，我就过去看老人。这阵子，你不守着老人，还跑出来？”

卫老的孩子面有难色，吞吞吐吐地说出意思，老父亲治病缺钱。

王勇超的眼泪快流出来了。一代书法大师，受了一辈子的罪，名气这么大，字写得那么好，临到老了，病了，还得做这难。文人好，文人让人尊敬，文人也可怜，一事无成是文人，没有体现出文化的商品价值。

王勇超说："是这，原先资助卫老出书的钱，卫老说要把剩下的钱还回来，我看不用了，就几万块钱，还啥哩，我跟卫老谁是谁，都留下给卫老看病要紧。给卫老治病的钱，包到我王勇超身上了，成不成？"

卫老的孩子，他能说什么好呢？

"谢谢王总。"

"是我王勇超应该感谢卫老才对。"

在当时，卫俊秀的字名气很大，但字画行情并不像几年后那么火爆。通常名人字画千儿八百，能值万儿八千就已经了不起了。不像十多年之后，当初三百元一幅字的名家，上了千，过了万，书画市场看好，发财的书画商大有人在。

字画的价码，往往不在于字的好坏，优劣的标准谁说了算？而在于画家、书法家的名头大小。有的人的字在书法本身下功夫，有了名气，是时势造就的，也有人的字功夫在字外，是寻情钻眼弄个名头抢钱的。弄不到官方的书法圈子的名头，干脆自立门户，名片上印着这个长那个长的头衔，瞒天过海，混世事罢了。

西安书坛，谁主沉浮？

像卫俊秀这样的一代文人，一代风雅之士，已经不多见了。

王勇超为此大为感叹。

有报道说，世纪之交，西安文化界出现了一个罕见的现象，忽如一夜之间，像是有许多的聚光灯，不约而同地一下子把焦点都调集到了老书法家卫俊秀身上，掀起了一股强劲的"卫俊秀热"。先是《西安晚报》专栏对卫老进行连续报道和评论，接着陕师大召开卫俊秀书法研讨会，继而西安文化界各路名人纷纷站出来发感想、谈看法，以至于影响到一般文人与市民大众，在聚谈中也少不了"卫俊秀的字"这般话题。

这正如有诗云："古时江郎诗才高，纸贵洛阳美名豪。长安书艺今更热，德艺双馨属卫老。"

媒体曾有"草书大师震西安"的报道，一条轰动古城文学艺术界的消息从北京传来，在中国文联首届文艺评论奖评委会上，《二十世纪草书四家评述》一书被评为一等奖，自然而然，陕西师范大学德高望重的九十三岁的老教授、著名学者卫俊秀，与于右任、林散之、王蘧常作为二十世纪四大草书大师的说法得到某种权威认可。

卫俊秀在谈到他与书法时说："汉语是一种心灵的语言，一种诗的语言，它具有诗意的韵味，这便是为什么即使是古代中国人的一封散文体短信，读起来也像一首诗的缘故。所以要想懂得书面汉语，尤其是我们所谓的高度优雅的汉语，你就必须使你的全部天赋——心灵和大脑，灵魂与智慧的发展齐头并进。"

这是说汉语，其实记录它的汉字，本身也具有无穷的"诗意和韵味"，它也是高度发展的"心灵和大脑、灵魂与智慧"的产物。

王勇超崇尚的卫俊秀，没有豪华别墅，甚至没有宽敞的县处级干部待遇的三室两厅两卫的住房。说是德高望重，说是尊重知识，尊重人才，尊重创造，经是好经，有的庙里的和尚把经念歪了，有的官本位的基层权力者没有把突出贡献的知识分子当回事。有的文化教育机构衙门化、政客化，反而将学者专家边缘化了。不知在哪个环节出了问题，老先生一直住在大学的一座宿舍楼里，一套普通的两居室，屋里除几件简易的旧家具外，没有多余的摆设，显得空荡而冷清。桌上放着暖瓶，暖瓶口上的塑料套圈已用成了花瓣状。

一位后学回忆道，虽然卫老生活简朴，为人们所熟知，但如此境遇，实在令人痛楚。卫老尽管身体不适躺在床上，还热情接待络绎不绝的来访者，招呼客人坐下，并为自己躺着待客致歉。客人会从老人亲切的目光和慈祥的面容中，读到很多东西，更感悟到大师的人格魅力。

观赏卫老的书法精品，那一幅幅气韵高古、态势雄奇的作品，如尝百年陈酿，其醇厚难以尽表。人必有非常之节，才能有非常之功。卫老经历了那样的人生坎坷，是靠什么精神走过来的呢？

八十余载的酸风苦雨磨砺而成的艺术瑰宝，因先生命运多舛久被尘封，被彻底平反后，其书作才渐为人知。在北京中国美术馆举办的首次个人书展，证明了他高标独树的一代大师的位置。《中国书法》杂志在一篇论述草书的文章中列出四位标志着二十世纪中国草书艺术顶峰的杰出人物，其中卫老是当时唯一健在且仍挥毫不辍的大师。

卫老不受名利干扰，静如澄潭。他看重的是人的精神，追求的是书人合一。

在陕北劳教期间，卫老对书法艺术始终是那样的执着和钟爱，没有书本就向大自然观察学习。一次在树林里休息时，他发现一株粗如椽的葡萄树，沿乔木缠绕爬行而上，辗转远扬，不见端倪，忽而垂绕而下。卫老由此联想起傅山的狂草，而更加生动活泼有力，这就成为卫老写草书的唯一范本。

他不把书法视为专门的技艺，而是当作生命的体验。

如果把书法仅仅视为发财之道，难道不是一个玩笑吗？

王勇超说，“家有卫书不算穷”，是当时西安城里流传的一句谚语。

纽约美国自然历史博物馆收藏了卫先生的榜书“故国神游”，要把他的名字与伦勃朗、凡·高、毕加索并列在一起。徐文达先生用“隔海观日”来形容他对卫先生书法的感受，说卫俊秀先生其人其书，博大精深，我们能感受到他的热度和光芒，但要说清楚很不容易，似乎中间隔着一片汪洋。

王勇超向柯文辉先生请教卫老书法，柯先生说，卫先生为二十世纪中国书法大家中最后一位谢幕的人物。新世纪旭日升起，卫先生立于文化峰肩挥动藤杖代笔，在凹凸如浮生小道的石壁上，替百年来的书法写了“谢幕”两个大字。

作为卫俊秀先生的同乡，林鹏先生基于对卫先生的深刻理解，在为《卫俊秀书法集》所作的序文中说：

> 当我们站在傅山先生的书法真迹面前时，我们首先想到的是先生的为人，他的高风亮节，他的无与伦比的伟大人格的力量。当我们拜观卫俊秀先生的书法时，和这情形完全一样，首先让我们强烈感受到的是先生的民族精神，伟大人格，铮铮铁骨，凛凛正气。它有一种不可抗拒的精神力量，那种摄人魂魄的情形，仿佛置身于高山大川之间，庄严雄伟，苍茫辽阔，令人无限振奋。

卫老对王勇超说，“做人”和“活人”，绝不相同。大凡会做人的人，必不会“活人”。会活人的人，也难以会“做人”。如屈原、司马迁、岳飞、文天祥、傅山，等等，都是会做人不会活人的人，在真理面前，绝不降志屈从。会活人而不会做人的人，即鲁迅所说的“哈哈主义”者，八面玲珑，随风转舵，机智而乖巧，圆滑而平稳。至如上官大夫、李林甫之流，为了往上爬，不惜牺牲别人的人，则连会活人的人也够不上了。

人间乐园，是卫俊秀对书法的一个精彩定义。艺术，给人以美的感受，得到幸福，从而产生了爱，爱民族，爱国家以至爱人类。这便是艺术深沉、纯朴和博大精神的终极目的。一个沉浸于艺术生涯的人，他那涵盖一切的心灵，永远像春天一般充满着温暖、和悦、希望和光明。卫先生说他是个惯于写作的教师，在写书稿，每遇到烦纷困扰，写不下去时，走进园林，寻求暂得解脱的办法，然而无效；唯有提笔作起字来，得救了。

王勇超听卫老说，八十年代初，为了落实政策，受尽俗吏气。在法院，他向一位审判官说：“我只要求把是非弄清楚。”

这位法官一手执茶碗，一手执香烟，神气十足：“现在还有是非？他要一把火把钟楼烧掉，你有什么办法？”

他实在气愤不过，几乎会害癫症。回到图书馆，正好见到桌上放着一本《霍扬碑》拓片，这真救了他的命，突然进了乐园。这本碑帖太有名，多年来求之不得，心上一切烦闷打扫得干干净净。如果能写出几个好字，真如妇女生出个婴儿似的，时时摸摸看看，得到无限的欣慰、希望。

王勇超说，在卫先生眼里，书法是一门综合性的高级艺术。书法的容量最大，吸收力也最强，是最高级的艺术，故最难，却又是普遍为群众所喜闻乐见的艺术，因为它有适用性。逢时过节，门上要贴对联。绘画是山水、花木、鸟兽，一眼即可看透，得到喜悦。而字看起来，就不容易了。所谓“佳书须慧眼”，没有一定的文化水平、聪明才智，就不易识，难就难在这上头。多一种知识学问，多一种经验阅历，书法便多一种营养、滋补，愈见其淳厚，愈见其精神。

卫先生逝世后，在他狭小简朴的寓所，全国多位书法名家、评论家发来唁电或送来挽联。

痛失大师，王勇超欲哭无泪。他斟字酌句，撰写了一篇悼词：

悼卫公俊秀先生

时值新纪壬午三月廿一，惊闻书坛哲人卫公子英先生乘鹤而去，我等恸哀之至，遂援笔悼念。先生秉性刚直，布衣终生，虽青壮历尽坎坷，然仁义忠信之质，纳川容物，怀恬淡平静之心，博通古今之学，生辣老拙之笔，当永为世之楷。抚苍松蒙雪气犹壮，劲竹含雾节长存。先生今虽羽化涅槃，然则张张遗翰（憾），篇篇妙文，垂裕后昆，功德永亦美名存，正是自遗操节千秋在，留得声名万古香。先生安息也。先生应无憾也。

灏文堂文化艺术有限公司董事长　王勇超　顿首拜上

公元二〇〇二年四月廿一日即五月九日

灏文堂在卫俊秀去世时，关中民俗艺术博物院为卫老拓了一幅面膜，是由孙稼阜先生一手帮助操办的。

这是永不消失的中国书法的面孔。

王勇超熟知，孙稼阜痴心书法艺术研究，崇尚卫俊秀先生的人品与书道。卫先生在弥留之际，始终是孙稼阜守候在病榻旁，亲儿子一样精心照料，将卫老送终。为此，孙稼阜丢失了读研究生的机遇，却得到了更多的学养。孙稼阜甚至把婚姻大事放在一边，推迟婚期，潜心研究卫先生的书道艺术。

孙稼阜曾为关中民俗艺术博物院编印的《毛颖足吞虏》一书撰写了题为《悲欣交集》的编后语，其中写道：

> 我深爱着弘一大师的这四个字。爱他的情真意切，爱他的通脱透彻。人的一生，即使长寿如八百岁的彭祖，也是有限的生命。《兰亭序》里作者情绪由乐而悲的飞流直下，一千多年的时间证明着他的哲理。能由热闹到悲是一种境界，能由悲到欣是更高的境界，它是人物合一，舍去人意志的小，归于造化的大的升华。
>
> 俊师终究要离开这个世界，是我好几年来心中一直预存着的念头。虽然我深知他老人家是参透死生的，但当终走了时，莫大的空虚仍固执地浸上我的心头。
>
> 春节前，敬爱的晋铭师母告诉了我想编此册的想法，在俊师子女卫树、王玲、卫臻、魏志和、卫强、温宦颖、卫健、徐爱芳、卫平、王陆、陈振玲等的帮助下，汇集了一大批资料，从中代表性地选出了此册的内容，这过程中曹伯庸、刘念先、柯文辉、程郁缀、柴建国、王勇超、赵守平、魏庚虎、李殿清、曹俊孝等先生都提出了宝贵的意见。年表由傅蔚学兄整理编辑，书的装帧设计由李建森、豆豆完成。我谨代表敬爱的晋铭师母及俊师的家人向所有为此册辛劳的师友深鞠一躬。我想俊师在天有灵也会微笑地看着大家的。

为悼念卫俊秀大师，书院门一号的灏文堂隆重举办了一个书法展，即卫俊秀书法展。书展的对联为：

> 世间众仰真君子
> 天下人尊大布衣

卫老与灏文堂有缘，与王勇超有缘，与书院门这一方文化圣地有缘。在卫俊秀先生一百周年诞辰之际，《书法》杂志将其《双开楼书论》之一公布于世。双开楼，是卫俊秀先生的斋号之一，其意源自《庄子·达生》篇“不开人之天，而开天之天”句。庄子意谓去人智，归天道，卫俊秀先生以为人智亦应重视，故名其斋“双开楼”。

在书院门一号灏文堂，人们至今还时常谈起卫老的轶闻趣事。

都说那时候，请老先生来这里写字。写丈八幅的“大道无门”，老先生一只手端着另一只手，吃力地在宣纸上留下瘦硬的一笔一画。该写小字了，老先生换了一支笔，还是用左手拖着右手，艰难地向前慢慢移动，写上落款。

书院门邻居说：“你们把哪里个碎老汉迎来送去，他是弄啥的？”卖字画的人不认识卫老，以为卫老字写得大气，一定是个大个子。

“心即是佛”。灏文堂珍藏的卫老在那幅百米长卷上写下的四个大字，与周围十多位名家的题款一起，从此进入了历史文化的长廊。

第七章

书画名家

灏文堂，有一件宝物，是悬挂在大堂瞩目位置的巨幅字匾。

“故国神游”四个雄浑的大字，是美国自然历史博物馆收藏的那幅书法作品的另一个版本，一看就是卫俊秀的大手笔。

大字的周围有十几位文化名人的题词落款，为霍松林、陈少默、刘文西、陈忠实、贾平凹诸家的墨迹。

王勇超当初有一个想法，以卫先生为主，邀请西安的字画名家，共同创作一幅巨制长卷，雅集于此，供同道欣赏，留予后人。当然，这样的长卷，陆续还制作了多幅。

堂主一个策划，手下人就得跑断腿。

灏文堂的一班人马被动员起来，抱着抬着大幅画卷，满西安城里寻找拜见书画名家，电话预约，楼上楼下，登门造访，抻纸移砚，笔墨伺候。

名家，有大名家，有小名家，有慷慨的名家，有只识钱不认人的名家。有人奓势摆谱，有人谦恭低调，有人推三阻四，有人热情洋溢。在名利场上，谁是真正的君子？

文人相轻，文人相重，全在人品和人格的力量。

有人从来只说自己的是，说别人的不是。人前不说别人坏话，人后不说别人好话。文化一沾上名利，是名利双收，亦是名利俱毁。在这个缺乏或有待完善游戏规则的竞技场上，名副其实者有之，名不副实者有之，货真价实者有之，欺世盗名者有之。

要不，为什么强调德艺双馨、人类灵魂工程师？

能被灏文堂崇尚的文人，八九不离十，都是有说道的。王勇超对他们一个个都是推崇备至，毕恭毕敬。说到某某名人，王勇超要么说，人好，人品好，说好的绝大多数。他要么说，人不咋相，或者干脆说是个哈物。哈物，不是个好东西，是在骂人了，被骂的人总是少之又少。

在王勇超眼里，人好必然字好画好，人品不好，其字其画是一堆字纸，垃圾，擦屁子还嫌脏，不如卫生纸干净。

他常说到最初帮助过他的作家毛锜先生，还有画家修军老，当然，论年长者首屈一指尊崇的是卫俊秀老，还有刘自椟老，令人敬重。

刘自椟，二十世纪八九十年代当过陕西省书法家协会主席，个子也不高，至老年弯腰驼背，好像凝固了长期伏案写字的身躯。陕西三原圣哲辈出，文风极盛，继于右任之后，又出了一位大书法家，他就是刘自椟。1914 年生人，对文字、考古、金石学等有很深的研究，其篆书吸收甲骨文、金文法帖的特点，博采众长，成为当代著名的篆书大家。既以篆书称雄，又各体皆能，篆书以大篆为基调，融大小篆为一体，用笔逆入平出，藏头护尾，守黑飞白，高古浑厚，形成了独特的书法风格，曾被日本《知远》书道杂志誉为当代篆书第一。西安碑林博物馆所藏《三体石经》，就是他捐赠给国家的。

接下来，就要说到擅长以鸡毫写字的陈老。少默老人，本名陈泽秦，1914 年生，陕西安康人，世居西安，享年 92 岁。早年求学于燕京大学，毕业于西北大学，新中国成立后曾在西北军政委员会文化部、西安工业学院就职。长于书法篆刻及文物书画鉴定，书法造诣精深，善写楷书、行书、隶书，并以鸡毫为胜，在书法界独树一帜。行内将其与刘自椟、卫俊秀、邱星三位老先生并称“陕西书坛四老”。一位后学回忆说，少默先生历来淡泊名利，不愿宣传自己，怕让人关注，怕惹麻烦，说现在别写我，等我“蹬腿”之后爱怎么写就怎么写。后来这位后学终于写成了一篇关于少默先生的文章，只能将文稿焚化以奠先生亡灵。

邱星先生，1914 年出生于浙江吴兴，其别署碧禅轩。其中“碧”取自“碧血黄花”，是因为他早年做抗战军人时，有许多老战友英勇牺牲，取此斋号是为纪念那个时代；而“禅”则取“空”之意，即以前所发生的一切对于自己而言都没有意义了，要学会解脱和重新认识世事。这个斋号从抗战胜利沿用至今，如今由他的爱女、书法家邱宗康继续使用。同时又因为曾在西安城内马厂子居住四十余年，因此自号“马厂酒徒”，嗜好杯中之物，但酒量不大。对他而言，所谓书法更准确地说是在“写字”，它不是职业，只是一个爱好。他说，我所写的篆书其实只是一种对古老文字形体的“抄写”，只能求其不错或者少错，不敢自认是“家”。除了书法之外，已至耄耋之年的邱先生依然笔耕不辍，著有《四诗五记》。

当初，勇超请来霍松林先生，在书院门灏文堂写字。霍先生写到来劲时，干脆脱了上衣，赤膊上阵，甚至光着脚丫子，跪在、趴在巨幅大纸上写。何谓笔耕，老先生在用笔作犁，耕耘文化田地。

霍松林，1921 年生于甘肃省天水市麦积区琥珀乡霍家川。霍先生上中学时就曾发表大量杂文、新旧体诗宣传抗战，被国学大师于右任称为“我们西北少见的青年”。在霍松林书房中，高悬程千帆题写的“唐音阁”斋名，书架边挂着于右任赠送的照片，上书“松林老弟，于右任”。五十年代中后期，霍先生的《试论形象思维》一文，曾被《红旗》杂志点名批判。之后遭受祸害，下放劳改达十年之久。新时期拨乱反正，霍松林和他关于形象思维的有关论述，因毛泽东给陈毅谈诗的一封信公诸报端而得以解放。霍先生无意作书家，却自成一家。于右任先生曾对他讲，有志之士应以造福人类为己任，诗文书法，皆余事耳。然余事亦须卓然自立，学古人而不为古人所限。

在王勇超看来，这些文化老人们是人上人，是人间精英，与他们交往，是一种荣幸，也是缘分。后来，他常常回想自己的人生命运，这些长者是他的楷模，他们受了多少罪，但从来没有丧失做人的尊严和气节。不事权贵，不媚恶俗，鄙视小人，堂堂正正，君子风骨。

王勇超自谦地说自己是泥腿子，想沾一沾这些大文人身上的文气。听他们回忆近一个世纪历史和文化的故事，讲述历尽曲折的生活和艺术的道路，讲字的好坏，讲画的得失，耳濡目染。他也渐渐成了内行，与他们的情感和价值观越来越近。

王勇超从先生们身上看到了什么？他们是一棵棵的苍松劲柏，在风雪雨霜中显示出顽强的生命力。文化老人们，是一代风雅之士，却与历史上的众多精英一样，有几个是从一帆风顺的境遇中走过来的？

人生不过百年，生老病死，谁也逃脱不了自然规律。文化的精英，活的不仅仅是肉体。是物质，更重要的是精神，是灵魂，让后来人从他们的名字所蕴含的精神之中，汲取生存的滋养。

王勇超说，名人字画是先人留下的纪念，是一种文化的记忆标本。人去了，字画还在，墨香扑面，那是他们留下的生命痕迹，一代一代传承下去。

今天的名人，不一定就是明天的名人，在历史的淘汰中，明天的名人就从若干今天的名人中诞生。收藏名人字画，抢救保护今天还健在的名人们的墨宝，是历史的责任。

对王勇超来说，这已经不仅仅是一种个人爱好了。

接触名人字画久了，王勇超以含金量来论比众多书画家。

人比人，活不成，骡子比马驮不成。多如牛毛的写字的画画的，能出名，出大名的有几人？海洋中露出的冰山的一角，就是大名家。

这么多年，要不是公家体制供奉，许多滥竽充数的文化人早就饿死了。因为有的人功夫在文外，不专心艺门，却热衷仕途游戏，背离传统道德，精通潜规则，或恶意炒作，卖大力丸，愚弄大众。其实什么也不是，小丑一个。

长安画派的奠基人赵望云，早年不去蒋介石的衙门拿薪水，是作为一代职业画家，在旧西安城里以卖画为生，养活一家老小的。他的画如果不精到，如果不比别人画得更好，就换不了钞票。

没有人给王勇超发工资，他建筑搞得比别人的好，才能挣到更多钱。同样，现在搞字画收藏，不精通门道，早就破产了。他从广种薄收开始，渐渐入行，在混个脸熟的花花世界中，交往好朋友，收集长安画派的遗作，结识了不少有潜力的中青年文人骚客。

西北画坛，在历史上出过毛延寿、阎立本、阎立德、韩干、范宽等画家。宋以后，原居于西北的优秀画家迁徙到了东南一带。抗战期间，会聚到西南的优秀画家开始向西北转移。以张大千、常书鸿、关山月、张振铎为代表的一些画家，去到敦煌临摹写生，而以赵望云为代表的一些画家，则径直迁居西安，使西北画坛得以复兴。

到西安后，赵望云开始了河西旅行，在重庆举行画展。郭沫若参观画展后，挥毫题诗："从兹画史中，长留束鹿赵。"周恩来订购了一幅《相马》，赵望云送去两张，说其中一张是赠予周公的。

赵望云能在西安立住脚，跟他的画销路好有关。贫苦无告而又热爱艺术的青年黄胄、方济众、徐庶之先后来到赵望云家，吃住在家里学画。西安解放前夕，国民党特务将与延安有关系的赵望云逮捕入狱，他在地下党和友人营救下，被关押刑讯了七十六天后获释。

新中国成立后，赵望云筹建西北历史博物馆和半坡博物馆。之后，被选为中国美协西安分会主席，石鲁任副主席。作为长安画坛元老的赵望云，与来自解放区的石鲁，北京的何海霞，安徽的王子云，河南的康师尧，福建的蔡鹤汀、蔡鹤洲兄弟，工笔画家郑乃光等，形成一个强有力的队伍，使得陕西画坛空前活跃。

1961 年，首都中国美术馆展出了石鲁、赵望云、何海霞、李梓盛、康师尧、方济众的国画作品，在全国引起轰动，是被之后称为长安画派的第一次亮相。

在西安，以长安画派为首的老画家相继去世，新一茬人陆续崭露头角，逐鹿长安。

二十世纪六十年代，石鲁画过一幅《东方欲晓》，内容是窑洞枣刺和灯光，写意见长。后来画了一幅毛主席转战陕北的大画，黄河边的崇山峻岭间站着毛主席，身边是战马，大气磅礴，意境深远。但被有些人指责为黑画，说是把领袖置于悬崖勒马的情境中，用心何在？石鲁疯了，不疯才怪呢。

庆幸的是，之后王勇超收藏了一幅石鲁先生的名作，也就是当年遭到批判的所谓“倒霉”。画面上是一枝苍劲的梅花，枝条向下，红梅盛开。题款为“梅为雪而娇，寒宵更放豪，惟余风漫舞，还看春更高。石鲁写花为诗也”。梅与霉谐音，文字狱在作祟。

到了七十年代，延安革命历史题材的画作有了气候，陕西一批中青年画家凭借长安画派的滋养，还有天时地利人和，陆续冒出了知名画作，也随机出现了刘文西、王西京、郭全忠、苗重安、陈忠志、王有政、张振学等一批知名画家。刘旷、陈笳咏、修军，还有王子武、李世南、方鄂秦、赵振川、杨晓阳，可以列出一长串知名画家的名字。

之后，有的谢世，有的南下，有的北上。二十世纪八九十年代的陕西画坛，处于山雨欲来风满楼的浮躁季节。

一天，王勇超从西安美术学院请来了大画家刘文西。多年不改一身灰白中山装行头，戴着沿沿帽的个子不高的这个浙江人，使书院门一号灏文堂倍感荣幸。

刘文西，1933 年生于浙江省嵊州市长乐镇水竹村，二十岁入浙江美院，是潘天寿的学生。毕业后到了西安美院，后来当了院长、中国美协副主席、省文联副主席。中国美术馆收藏有其《祖孙四代》《毛主席身边拉家常》等二十五件作品。人所共知，新版人民币百元钞票上的毛主席素描画像，就出自刘文西先生之手，论作品发行量世界第一。

刘文西在灏文堂留下的书画墨迹，向来被王勇超视为至宝。

其时，又一位名叫郭全忠的画家，突然有一天，成了王勇超灏文堂的座上宾。王勇超记得有一幅影响广泛的画，叫《万语千言》，作者正是郭全忠。

画面上画的是周恩来，还有陕北老农，他们的手紧紧握在一起。这幅画曾经广为流布，产生过大的影响并拥有社会和艺术生命力。这幅画，问世于1979年，在第五届全国美展上得过二等奖，被中国美术馆收藏。多年前，王勇超不经意看到过名为《万语千言》的画，也许只是注视过一瞬间，它却以铆钉般的锐气恒久地嵌在记忆里了。这是艺术品思想的力量，审美的价值。无疑，也是一个艺术家作品成功的明证。

王勇超理解的陕北，曾是一片燃烧着民族希望的黄土地，共产党人曾从这里把光明洒遍群山，扭转了中国的命运。到了画面上所表达的七十年代初，周总理旧地重游，了解到这里的老百姓日子很苦，群众生活还不及党中央在延安时的水平，难过地落了泪。当地领导答复说，粮食产量三年后变面貌、五年翻一番，总理听后，高兴地与之干杯。

作品把当时的社会背景凝聚于笔墨之中，着力勾画了焦虑不安的总理与愁思百结的老农那紧紧相握的双手。总理那明亮而深邃的目光，已缓缓地从老农脸上移向远方，胸中装着的是一个阔大的世界，是民之安乐，国之富强。

平时，郭先生待在龙首村一间画室里，没黑没明地伏案画画。《万语千言》，已经成为过去的荣耀。

王勇超登门拜访。平常一脸严肃的郭全忠，自然也是有理不打上门客，何况王勇超乃书院门灏文堂的主人，他瞧不上眼的人是不会主动去求见的。

面对满画室的墨疙瘩，一幅幅墨色浓重的画作，王勇超来了兴趣，自然是一个劲地好，好，好。能让字画商欣赏，郭全忠自然乐意，让自己的画进入书画市场，是多少点灯熬油下苦功夫的画画人内心的欲望。

名家的画，一幅可以让他吃一辈子，一个墨点点一年也吃不完。不值钱的画，同样五颜六色，画人画鬼画仙，画龙画虎画凤，画山画水画花画鸟，经常也就是废纸一张。其中有画商的牵线，关键你还得是那块料。

郭全忠，1944 年生，祖籍河南宝丰。1969 年毕业于西安美术学院国画系，陕西国画院副院长。郭全忠写意性的人物画作品，乍看去，并不招人喜欢，但是非常耐看。这对艺术创作的生命力是至关重要的。李松点评说，关键是他的人物画中有形象，而现在不少人物画作品是缺乏形象表现力和鲜明性的。郭全忠笔下的那些陕西农民自由自在地生活在他们的天地中，给人的印象有点像户县人在炎炎夏日吃的大肉辣子疙瘩，表层浮出的红色辣椒油让外地人看了吓一跳，却又香辣得诱人。又像听秦腔，如扯破了喉咙般的高腔，是从心底爆发出的激越高亢的情感，令人为之震动。画家抓住的是社会时代中心灵的东西，一种属于大西北独有的天籁。

王勇超就喜欢郭全忠的这个辣子疙瘩，画中的情景常使他想起家乡的生活情调，有苦有乐，趣味无穷。他请郭先生来灏文堂做客，喝茶聊天，留下墨宝。

在王勇超这里，郭全忠为这个高大英俊的堂主画了几幅肖像画，说是肖像画，却全然没有照相式的临摹，像画关中农民一样的笔触，墨色浓重，笔调拙朴，画出了其人的性情和精神状态。

王勇超时常请郭先生来，从中讨教和交流书画行当的见解，渐渐成了莫逆之交。

不服不行，王勇超对郭全忠是佩服的。

张振学，是王勇超在一段时间内交往甚多的一位画家。

他是陕西城固人，1940 年出生。毕业于西安美术学院，曾在宝鸡生活多年，后调入陕西国画院。

擅长中国画，以山水画著称。八十年代初，他以长卷《入蜀图》出名，《生生不息》在第六届全国美展上拿了铜牌。之后的作品《昨夜星辰》，在美术圈子产生了很大影响。应邀为北京人民大会堂创作巨幅国画《延安颂》，为天安门创作国画《黄河春秋图》，使他的名望越来越大。在当代长安画坛的山水画中，张振学的画以雄强刚健风格著称，他用笔苍劲有力，雄伟峻拔，用墨浓淡相宜，酣畅淋漓。

张振学认为，艺术家首要的是培养气质和精神，技法次之。他传授的中心是用好笔墨，中国画的精神首先在笔墨中体现。而笔墨两者，尤以用笔为重。

有评论家撰文，把八十年代以来在陕西和全国其他地区画界崭露头角的画家，粗略地列为三种大的类型。第一种类型的作品具有较浓郁的西北风情和长安画派遗风，主要便有崔振宽、郭全忠、张振学等。

张振学在画画之余著书立说，注重低调做人，说一个人不管取得了多大的成功，不管名有多显、位有多高、钱有多丰，面对纷繁复杂的社会，也应该保持做人的低调。有道是地低成海，人低成王。低调做人不仅是一种境界、一种风范，更是一种思想、一种哲学。

王勇超之所以与张振学成为至交，恐怕首先看重的是张先生的为人低调。不张狂，不胡吹冒撂，才能干成事，干成大事。

提起王西京，王勇超说，这是咱老哥，信得过的老朋友。

七十年代后期，王西京的人物画创作遇到了良好的契机，彭德怀等一大批近代和现代人物，都以精彩的典型形象走入了他的人物画中。之后，他曾为近百个历史人物留下了传神之作。问世于 1984 年的《远去的足音》是他这一时期的代表性作品，用写实与写意相融合的手法，再现了“戊戌变法”中谭嗣同、林旭、杨深秀、康广仁、刘光第、杨锐等六位殉难志士群雕般的壮烈气概。之后，其创作的笔触又同时伸向了中国古代的历史人物画。钟馗是王西京喜欢画的题材之一，他的钟馗画笔墨酣畅、气势磅礴，稚拙中富有天真，独具风格，深为人们所称道。

王勇超曾经得到王西京赠他的一本画集，序言中曾写道：“我的一生也许都是个‘悔其少作’的过程，是一个艺术的苦行僧，是个尽管心地虔诚但却手足笨拙的‘朝圣者’。倘真如此，也许反而感到一种挣扎的、充满艰辛、苦痛的欣慰。”

对于西安书法界当时的中青年名家，王勇超的交往更多。中青年书画家可谓风起云涌，豪情万丈，书风各异，林林总总，不胜枚举。

在王勇超的交往中，这一批活跃于八九十年代至新世纪的陕西书坛的佼佼者，也就是明天的历史，明天的历史名人。

当然，时间是无情的裁判，究竟有哪些人物可以走得更远，这要看他们的造化。

曾经有一篇《陕西书坛谁主沉浮》的文章，在充分尊重书法大家艺术成就的同时，调侃地剖析了多位书法家个性书风背后的毛病。一石击起千层浪，渐渐地也就没有了声息。

西安书院门的笔墨纸砚生意，照样红火。店铺林立，游人如织。

在摊点主人呜呜的埙声中，在箫笛胡琴的斑杂声响中，在纸张翻动笔墨飞舞中，风雅之事一日胜似一日。

起初，字画可以卖钱的行情刚刚萌生，也是停滞多年的艺术商品拨乱反正之际。

七十年代后期，写文章有了稿费，一千字二十元。渐渐地，从境外和沿海地区天价拍卖名人字画之风吹到了内地，家里收藏有一幅长安画派的字画，就能成为万元户。

有人说，他家里原先有某某名人的字画，送人了，或是当废纸丢了，不肖之子孙。时下能值一部小轿车的钱，把肠子都悔青了。有人见机行事，开始收揽散落于民间的名人字画。

王勇超是醒来早的人，也是起来早，起来就去拾粪的人。

灏文堂只要开门，总有寻上门来推销字画的生意。人说家有万贯，不如开一个烂店。何况，是作为书院门一号的灏文堂，自有把事情弄大的条件。

他一手伸向历史民间，一手抓住当下。别说把眼下的名人字画一网打尽，就是收藏几成，也是一笔不可多得的财富积累。

当下名人的字画价码，在近二三十年间一路飙升。开始羞羞答答，一幅字画五十一百、千儿八百，就能到手。到后来，水涨船高，万儿八千，十万百万，已经不奇怪了。

其字画消费者，一是装点厅堂，二是收藏，三是送礼。

在这样一个发展广阔的文化市场里，要做的事多了，就看你怎么做。

九十年代，王勇超与西安书画圈子里的许多名家成了朋友，收藏了一大批当时写的字，画的画，如今就成了宝物。

在书画家之外，只要是名人，文人的字，作家的字，也被书画市场认可，当然也逃不过王勇超的视线。

在除陕西、西北地区的书画家之外，王勇超广为征集收藏全国当代、近代以至古代的名人字画，尤以近代历史名人的墨迹为重。

这时候，他结识了陈忠实、贾平凹等一批作家，开始收藏他们的字画。

贾平凹的字，最早出现在西安柏树林的一个私人书店的门匾上。当初被王勇超邀请到灏文堂的贾平凹，名气已经不小。与其他众多书画圈子里的朋友一样，一来是朋友盛情难却，二来有当时不菲的千元润笔费，抽烟喝茶谝闲传，他是乐意来这里做客的。听来的故事，说不定就进入了他的小说《废都》或《秦腔》。

而陈忠实，作为王勇超的长安乡党，二人十分地对脾气。

大作家陈忠实来灏文堂做客，加之也是擅长书法，于是，在文学写作之余在此舞文弄墨，一泄胸中块垒。王勇超与乡党聊长安的人和事，讨教《白鹿原》里的人物性情，尤其是近代百年来长安的名人逸闻，让灏文堂主人受益匪浅。

王勇超提到陈忠实，会神情振奋地说，老陈是咱老哥。老哥很平易近人，但也不失威严持重，聊到高兴处，时常会仰天大笑，也时而沉默不语，半晌没话。

有一回，善于琢磨事的王勇超问陈忠实："柳青老先生那阵子在王曲写书，你得是老先生的得意门生？"

陈忠实谦逊地说："我那一阵还刚刚喜好文学，对大作家柳青可望而不可即，有人说我是柳青的学生，是学生，但不是人们理解的交往密切的学生。我只是远远地仰望他，悄悄地学习他的著作，练习好自己的功底，走向神圣的文学殿堂。"

论及书法，陈忠实只是说，写大字写毛笔字是自己的喜好，不敢与大书法家论短长。其实，王勇超独具慧眼，很赏识陈忠实的字，硬朗而洒脱，有点筋骨盘结，也有点龙飞凤舞，味道十足。作家的字，名人的字，写到这个份上，已经是一种造化天成。

日后多年，灏文堂的工作人员还记起陈忠实来这里写字的情景，说陈老师开笔一写，即如“长风破浪会有时，直挂云帆济沧海”。这是李白的呼唤，当初如何拔剑四顾心茫然，欲渡黄河冰塞川，将登太行雪满山，行路难，多歧路，今安在？

王勇超知道，忠实从不吝啬笔墨，只要是朋友索字，说是办事要用的，一概分文不取。作者出书，求他题写书名，他从不拒绝，也不收费，鼓励老少同行多出书，出好书。有人硬要塞给题写书名的费用，他会拒收，还会生气，日掘你。

陈忠实听王勇超说，他五岁时，竟然对母亲端给他的一碗面条惊诧地问，这是什么饭？这么好吃！什么时候能天天吃这饭呢？

1999年，陈忠实在报上发表了一篇文章，是为王勇超而作的。文章的标题是《自信是金》：

书院门的古文化一条街，是西安古城里一个别样风姿的亮点。书画墨客诗家骚人钟情于此自不必说，那些对中国古文化包括民俗建筑兴趣很高的域外男女，看了兵马俑登了乾陵膜拜了法门寺游转了古城墙，然后告别伟大的神和伟大的死人而遁入民间，到古文化一条街的书院门去逛达。这里的每一条巷道每一扇门窗及至铺路的青石板，都弥漫着很久远年代中国人的民间烟火，无论国人无论洋人，其实大家都是靠民间烟火维系生命启迪智慧滋养创造能力的。

自信是金子的王勇超就在这条街上占有一坨风水宝地。卓尔不群的“洗砚园”又是这条街的一个亮点。

多年以前，我游览这条刚刚复建的古文化一条街时，一幢幢风姿各异的房子令人流连忘返，一幅幅意蕴千秋笔墨骇俗的对联令人陶醉，尤其是一家一店的名称匾牌更令人不由自主地琢磨主人的性情和意趣。走到三岔巷道时，看见“洗砚园”三个字的匾牌，便不能移步，驻足良久，真是觉得这个名字取的不俗。看看署名，竟是毛锜手笔墨迹。毛锜是陕西当代一位博古通今的大家，如果论起知识装备构成来，他应该是属于学者型的作家，是王蒙多年前倡导的“作家应该学者化”的一个令我钦佩的作家。毛锜的字是文人字，不是那些把汉字写到似龙类蛇的专业书法家的字，这恰恰是我更感兴趣的那些古代和现代文学大家们手稿上的字，即把汉字当字写的那些文人的字。我那时候尚不认识这幢气派的四层建筑物的主人王勇超，只是感沛他找毛锜取名“洗砚园”并题写斋名真是有眼识得金镶玉，找对了门子。

多年以后我和“洗砚园”的主人王勇超有一次交谈。他是长安郭杜人，五岁时竟然对母亲端给他的一碗面条惊诧地问：这是什么饭？这么好吃！什么时候能天天吃面条呢？这个五岁孩子的问题听来令人心酸，甚至令今天的同龄孩子以为是天方夜谭。其实稍有点年岁的陕西人，尤其是以面食为首选食物的关中人，起码在近一个世纪以来的生存理想就是五岁的王勇超的理想，即什么时候能盼到天天吃白面面条白面馍馍的天堂般的生活呢？我们曾经在一段很长的时间里嘲笑过赫鲁晓夫对共产主义的注释是“土豆烧牛肉”的名言。其实我们自己的百姓只有死了牛，方可以分得一绺干瘦如柴的牛肉，土豆在山区是作为主粮代替麦子和大米来折算供给定量的；我们的百姓根本不敢乞望什么牛肉，只是企盼天天能吃白面馍馍或白面面条就完全遂愿了；我们吃着土豆杂粮甚至饿着肚子嘲笑诅咒赫鲁晓夫亵渎了共产主义的崇高和美好，我们的嘲笑也就显出了虚伪的空洞。邓小平以果决和求实结束了虚伪造成的中国人生命和精神世界的那个可怕的空洞，白面馍馍和白面面条早已是关中人的基本食物了。五岁王勇超的生存理想由邓小平一句话就实现了。

然而，争取吃白面面条吃白面馍馍的欲望却更强烈了。他从长安大地的赤兰桥村走进了西安，在古香古色的古文化一条街上撑起来一幢浸洇着墨香的“洗砚园”。这碗“白面面条”可是做得够长的了，这个“白面馍馍”蒸得可是够大的了。无须备述他从一个生产队长到一个三家公司老板的创业过程，相信有传记作家或王勇超自己来完成自传的。我只是对这个从长安大地闯进西安的青年农民表示庆祝。许是我自己也是从古长安大地走进西安的乡村人，也是到城里寻找物质和精神的“白面面条”和“白面馍馍”的一个不想安贫乐道者，因此我对一切从乡村走进城市的人都会生出心理本能的共鸣。

中国的城市本身就是没有得到充分发育的城市，尤其是中华人民共和国成立以前的城市，不过是比乡村人口更集中一些的庄或村罢了。然而城市对乡村的居高临下的习惯性意识足以使任何心强气傲的庄稼人变成“稼娃”。这种更多地表现为市民乃至市侩意识的东西一直延续下来，随着社会主义初级阶段较长时期的存在形态，随着城市文明较之乡村更快的发展，还会延续下去。一个乡村人要实现他的人生理想和抱负就更为艰辛一层，比如在乡村读书的孩子，比如从乡村创业成功进入城市占有一坨地盘的企业家，通常都只能是更艰辛于城里人。然而令人欣慰的是，许多富于智慧也富于自信的乡村青年，走进了地方和中央的高等院校，随后便进入政权、社会科学、自然科学和实业界各个领域，成为国家和民族复兴的栋梁之材。中国属于发展中国家，在整个地球上，中国实际也就是一个最大的村庄。进入欧美那些发达国家，一个个中国人的步态和行为其实总使人联想到进入大观园的刘姥姥。然而关起国门来，城里人立即就显出对乡里人的优越来，官更像官，大款更像财主，城里人绝不混同乡里人。人和人的本质性差异，其实并不在他落生在经纬里或土炕上，在于他的智慧和品质。毛泽东的祖宗是乡村人，他的智慧自不必赘述；美国开国总统华盛顿原是一位农场主，投犁从戎参加独立战争并成为三军司令，论其祖先还是一个乡村人，仅仅只是两百多年前的事。

乡村青年王勇超以其智慧和诚实干成了一番事业，立即进入大学去自修，先修理工大学，再修中文。他进理工大学的目的是针对自己日渐壮大的建筑实体发展的需要，必须自身提升成为内行；他修中文却是一种兴趣使然。技术和文化含量的提升，人就发生心理和气质的变化了，我们更不可能用一般的城里人或乡村人的陈腐意识去说长论短了，这才是现代中国人更应看重的治本的东西。

毛锜先生取“洗砚园”之名，有历史典故在：民间出身的画家王冕有“我家洗砚池头树”的佳句；《格古要论》中有“凡砚须日涤之”的规矩讲究。可见毛锜先生肚里装了多少老古董新学问，取下这样一个雅而绝俗的斋名。作家徐剑铭感于此名而敏于诗情，推及深层发问：“凡砚须日涤之，那么人呢？人不也应日日洗涤自己的灵魂，以纯洁的灵魂描画自己多彩的人生吗？”我再据此反诘，不洗不洁的灵魂又怎能描绘出洁美的人生图景！

王勇超在与我交谈中说过一句话：“我相信我是一块金子。”这样的话着实令我为之一震。我几十年里自然遇见过不少自信的人，骄傲以至狂妄的人，然而自标为真金的人尚未碰见。我又想了，其实自信和骄傲以至狂妄是有本质区别的，这是人的气质中泾渭分明的形态，无须再论骄傲和狂妄的涵盖和特征。勇超自信是金却显示的是自信。

他向我表白，他靠诚实起家靠诚实创业，主要是靠诚实处人处世，以诚实接活干活，赢得拥挤的建筑市场的一条生路；以诚实既取得主家的信任，也得到了他的帮手乃至工人的信赖。在当今已经复杂化了的社会生活中，许多人类共筑的道德准则和生活准则开始被颠覆，包括诚实做人做事这样的人生信条。勇超自信是金主要指向这一点。然而单靠诚实也未必能成大气候，得有智慧。有智慧的人，再兼备诚实的品德，智慧便可能超出常规得到极限性发挥。同样有智慧而缺失了诚实修养的人，一个可能是害人，乃至祸国殃民，如古今中外的佞臣奸雄，也都是很有智慧的人；另一个可能就是害己，不诚实的品行导致智慧的浪费，事难成大或一事无成。

自信是金。可贵的是这个自信，可贵的是对“金”的品格的坚守，是对时下某些人类美德颠覆的再颠覆。然而从另一面——人的品质锻铸——自信的素质才是人立身的中柱，是金。

自信才是金。

陈忠实的文章，让王勇超感动，也让他更加自信。

这是文化的自信。

许多人也是从陈大作家的文章中认识了王勇超，一传十，十传百，书院门一号的王勇超的名字不胫而走，为众多人所知晓。

他大舅他二舅都是他舅，高桌子低板凳都是木头。出了北门朝南走，屁子在前肚子在后。路上遇见人咬狗，拾起狗来砸砖头。说了等于没说，正话反说，反话正说，是关中古歌，是农耕时代庄稼人的智慧与幽默。

人是吃五谷长大的，所谓的风雅之士，其实与果腹的食物联系甚密。不接地气的人，是活得没有根基的人。

土地生长庄稼，耕读传家，于是有了文化，有了时代的文明进程。空里飘的所谓风雅之士，那不是纸糊的风筝吗？

第八章

寻宝三秦

人类文明几千年，遗留至今的历史见证有文字，有遗址，有文物，有非物质文化遗产，让后人遥想千载，弥补个体短暂生命的局限。诗经里的公刘墓在泾河中游的偏僻沟壑间，周秦汉唐的陵阙在关中与渭北的原野上。在西安城里，有唐朝的雁塔，有明代的城墙，有清末民初的名人古居和豪门故院。

在旧城改建的浪潮中，近代的建筑遗存面临着推土机的威胁。而散落民间的古董，在渐渐流失。好在人们清醒了，在衣食无忧的条件下，开始了文化的精神消费，当然包括名人字画一类艺术品，它们很快成为与舶来品时尚并行的追逐对象。

探宝，寻宝，搜宝，这在九十年代前后，成了西安一大批有识之士的嗜好。倒字画，一个倒字，听起来怎么也有点儿不舒服。投机倒把，倒卖文物，这些词汇还带有不少已经过去了的那个时代的烙印，让人心有余悸。

王勇超不是先知先觉，他的名人字画生意做得小心翼翼，如履薄冰。但他的眼光是远大的，经营方略是智慧的，也是一手向着传统，一手向着现实。

除非是在古墓里重见天日，汉唐以来的字画遗存那是国宝。宋元时代的字画，所能见到的也属稀世珍宝。明清的字画遗存，尽管经过多年破“四旧”

运动的浩劫，也总有漏网之鱼散落广大民间。

关中大地，周秦汉唐的荣耀，当年与大明宫的栋梁一起，在一个叫朱温的人的手中，随东去的渭水滚滚而下。但帝王之都，毕竟是曾经的藏龙卧虎之地，曾经的歌舞升平之地，在日后的宋元明清时代，也自然古风犹存，铁马秋风的同时，自有风花雪月之事在进行。民国以来，关中风云际会，名流辈出，文化古都的积淀，书画的时兴，不难想象。

王勇超的推断不会错，民俗不俗，藏宝在民间，民间有大美。

近来，经常来灏文堂的一个青年学生，引起了王勇超的注意。

他叫左东风，九十年代后期从西安美术学院国画系毕业，家境困难，前途一筹莫展。靠山吃山，靠水吃水，学画画的，只能在画上找出路。

小左与同学在城里租了房子，与进城打工的农民工差不多。经过市场预测，决定从收购销售字画入手，开始在一起倒画。

尽管从来不喜欢“倒画”这个说法，小左还是满怀希望投入其中。他有一个同学，家在甘肃马家窑附近，提供线索说，那里的彩陶在民间可以收得到，价码也不算高。他就和这个同学一起，奔赴另一种田野调查的目的地。

人说强龙难战地头蛇，同学的地理位置概念清晰，人际关系基础牢靠，小左搭上了往返陕甘的长途汽车，开始了充满信心与风险的新生活。

他们很快收到了几件马家窑的彩陶。回到西安后，他们恭恭敬敬地送给事先瞅准的几位画家老师。彩陶，马家窑的，这可是宝贝，画家老师高兴得不得了。

马家窑彩陶钵，属陶器类，出自新石器时代。分别代表三个发展时期。马家窑类型彩陶造型有壶、罐、瓶、钵、盆等，多为细泥橙黄色陶，器表打磨光滑，多以黑彩描绘条带纹、圆点纹、波纹、漩涡纹、方格纹、人面纹、蛙纹、舞蹈纹等，构图严谨，笔法娴熟。图案设计采用以点定位的方法，使画面充分展开，尽情变化，具有强烈的韵律感。

时至今日，马家窑文化彩陶上古老的母题仍不失其迷人的魅力，那流畅的线条所产生的韵律感仍带给人们以美的享受。

小左和同学把宝贝送给了画家老师，从此画家老师书橱里多了一件古代艺术品，主人赏玩，也让来访者开眼。画家老师自然知道行道，得回赠献宝的学生一幅画，也作为交易，你好我好大家好，后会有期，再见。

小左拿着陆续到手的画，自然心花怒放。穷乡僻壤里盛五谷的坛坛罐罐，或者当了弃物，这么翻山越岭地弄到城里来，拿给有风雅意趣的人，却成了珍宝。对于小左来说，小钱可以换成大钱，以物易物，这生意有门儿。

书院门灏文堂是大门面，小左和同学踏入大厅，把一幅幅名家的画作展示给店主人看，希望店里能收购，免不了讨价还价一番。

王勇超看过画，嗯，是真的，好画。

眼前这些画的作者，王勇超是熟悉的，有的还是老朋友了。搭眼一看，不必辨认落款也能认出哪一幅出自哪一位画家的手笔。再要说个大话，就是烧成灰也能认得出是谁的作品。

画的作者清楚了，而现在来的画的主人，王勇超看着面生。

“小伙子，你是哪儿的？”

“我俩都是美院毕业的学生，我是咱关中道里的，我同学是甘肃的。”

“美院学生？你爸你妈供你个大学生不容易，国家培养个艺术人才不容易，不好好画画，咋弄这事哩。你先说，你这画哪儿来的？”

“老师送给的。”

“老师送的，面子还不小。那你不好好珍藏着，留个纪念，咋就急着卖钱哩？”

“家境不好，又没找到好工作，急着还上学欠的债哩。”

“你咋不早说？”

“王经理，我就老实说吧，画不是老师送的。”

“咋？偷的？娃，可不敢弄见不得人的事。”

“画是换的，用同学甘肃老家的彩陶换的。”

“马家窑彩陶？那是好东西。噢，我明白了。”

王勇超是个软心肠，起先话问得不客气，是威严，也是幽默的口气。听小左和同学这么一说，他信了。

小伙子不容易，价给让宽些，这几幅都收了。不能亏了学生，就这。

王勇超匆匆上楼去了。

小左二人感激不尽，从收彩陶到换得画，再到这书院门的老板，他们庆幸是遇到了好人、吉人，这生意开张了。

有经理王勇超的话，店堂女子不敢怠慢，收画，付款，送行，让小左俩人在心里偷着笑哩。饿了好几天肚子了，今天咋说也舍得掏把，也是有得掏，得好好去吃一碗羊肉泡馍了，优质的。

小左从此开始，从西安出发，到陇东一带，甚至到宁夏、青海，除了寻找马家窑彩陶，还有散落偏僻民间的其他古董。然后拿到西安城里，找名家换字画，再拿字画到书院门换钱。这么三点一线，吃苦少不了，只要有钱赚，做的又是自己喜欢的生意，也就自得其乐，乐此不疲。

与王经理打交道，小左觉得爽快。王经理人好，心肠善良，各人赚各人的钱，守信用。王勇超当初说，不能亏你们学生。这话能让初出茅庐受此滴水之恩的年轻人记一辈子。当时，左东风对王勇超的印象，块头大，猛猛的，后来体会他侠骨柔肠，直爽。

日后，王勇超与左东风成了忘年交。

从农民或者古董贩子手里拿到货，价码高的时候，上千元一件，好的字画也要几千元，有时只赚一点不多的差价。名画家的画，几千上万元一幅。小左他们当时打交道的一批名家，有的价高一点，四尺三千元，像大名家的画四尺八千元，斗方三千元。

人算不如天算。如果从十几年前攒到现在，一幅名家的好画就能置一幢好房子。小左没齿不忘一件事，并让他心痛。他曾和同学拿着从乡下收的彩陶，找卫俊秀老先生换字。这一回，小伙子走错门了，认错人了。

卫老说："这是好东西，应该送到博物馆收藏，我用不上。"

卫老还叫保姆来欣赏，但拒绝了交易。卫老没有收他们的彩陶，还是写了字送给他们，并给他们讲文化，讲哲学，让小左和同学心里感到自己窝囊，污浊。

这世上还真有不贪婪的人？

卫老是谁？

凡人，非凡人。真正的高人。

王勇超与张振学是朋友，左东风在生计问题得到保障的同时，又拜张振学为老师，跟着学画。张老师原在宝鸡，画了《生生不息》，在全国得了铜奖出了名，一步步画出来，经铁路文协，落脚到了北郊龙首村的陕西省国画院。

左东风一边学画，一边隔三岔五要到书院门转一圈，了解书画行情，看王经理有什么事用得上他。再说，他学画实习的费用，是王勇超资助的，哥们，讲义气，他不能忘了恩情。

有一天，在灞文堂，王勇超见了左东风，突然想起什么似的，放下手中的事，把小伙子叫到楼上会客厅。二人一边喝茶，一边聊。

“小左，你跟张老师学画，学的咋样？”

“张老师说还有进步，但我心里不踏实，老分心。”

“是这，学学画，也得到处跑跑，一来增长见识，二来还得挣点钱，还了债，娶个媳妇，成家立业。”

“王经理你吩咐，我能帮你干点啥？”

“你最近能不能到关中乡下跑跑，了解一下拴马桩的事。”

“拴马桩？”

“听说过没有？见过没有？”

“听说过，也见过。”

“那就好。”

左东风的老家在富平流曲，他从小见过拴马桩。前不久，他的同学雷向红告诉他，说是在北山见到一种好东西，石头的，就是拴马桩。

小左立马回老家一趟，走村串社，四处考察，哪里偏僻往哪里跑。见到拴马桩，不问好坏，一律拍成照片，记录在案。

回到西安，他连夜赶到书院门，把一沓子照片拿给王经理看。长安极少有拴马桩，郭杜没见过，王勇超家的赤兰桥村也从来没有过。这类东西，与游牧部落有关，通常在渭河以北的高原山地被尊崇，平原上是鲜见的。

前几年，王勇超在渭北一个地方考察时，偶尔从一家农民院落里发现了拴马桩，就知道这是好东西。最早在书院门古董商那里，他也见识过拴马桩。通过查阅历史资料，与考古学家交流意见，凭他的直觉和经验，便对拴马桩上了心。但他也不曾预料到，这些老石头，日后竟然成了他关中民俗艺术博物院的重要品牌，成了他花费巨大精力财力重点保护的民俗遗物。

看到左东风拍回来的一批拴马桩照片，他很感叹，立即吩咐让小左想方设法收上来。

左东风的哥哥在老家地方税务局，与周围地面上的车辆管理部门人熟悉。他按图索骥，到了踩好的点上，见到了卖主。在农村家门口收，人家是五十元一根收来的，讨价还价，他掏九十元，卖方很高兴。有的拴马桩两米多长，得用卡车拉，他们雇了车辆和人力，一车能拉十几个。

在当时，毕竟不是光明正大的营生，在装了拴马桩的车上面铺上树枝，遮人耳目。等到夜深人静，晚上十二点从那边出发，把货送到高陵，半夜三四点钟就赶到了西安城里。

与王经理联系上，让把这一批拴马桩送到了长安郭杜的库房里。

当时，王勇超给他的差价够可以的了，左东风手中的资金倒不开，他不好意思给店里开口，找蒲城的中学同学借了几千元，又收了一批。

到了蒲城北边的高阳，也就是民国陕西的名人井勿幕、井岳秀的老家一带，上好的拴马桩不少。石头东西，死沉死沉的。村民找来行家，用电葫芦铁链子吊上蹦蹦车，送到附近地点，再倒大卡车拉。雇的车是黑车，农用车在乡下跑，没办养路手续，是偷着跑的。蒲城一百五十公里，富平一百公里，东风车到西安要四百元运费。

为联络方便，左东风骑的是摩托车，烟山土雾，奔驰在山塬沟壑之间的土路上。一次，他骑的摩托车栽到了沟里，人没出事，摩托车却摔坏了。

左东风还算运气好。他认识的一个叫孝林的小伙子，有一次在运拴马桩的途中让警察抓住了，罚了不少款，连本钱都赔进去了。

政策不明，有人认，有人不认，是不是文物，几级文物，允许不允许个人收购收藏交易，一下子说不清。在乡下，有的把拴马桩的头砸了下来卖钱，下面的桩子铺了路。也有一部分，在偏远村子的门口还有使用价值，拴马也拴牛拴羊拴狗。

左东风了解到，母校的程征和王宁宇老师曾经研究过拴马桩，八十年代写了有关文章，还在北京办过展览。王勇超发现后，注重实践，告诉他说，这东西在农村越来越少，我们先把它收下来，抢救保护，集中统一保管，总比糟蹋了流失了好。

王勇超开始见拴马桩就收，渐渐分出了好坏优劣，只收雕刻精美的人骑兽，一般单狮子的就不收了。一年之后，一个拴马桩的价码达到了上千元，人骑兽四千也收不到了。左东风作为刚出校门的穷学生，只要赚到生活费，还尚有节余，就鞍前马后忙个不停。但很快有一批贩子加入进来，层层加钱，使拴马桩的市场价值越走越高。拴马桩的精品，更是高达上万甚至于十数万元。

小左帮忙收了好几百个拴马桩。人骑兽，有三层的，一般两米到两米五高。蒲城一个最大的高三米，超出实用价值。九十年代末，一般收购价码九十元到一千元，这个三米高的“拴马桩之王”主人标价四千元，而且不卖，说是祖上传下来的，不能当败家子，又不是没吃没喝，家里用不上，就在墙根垒着，当景儿看哩。

“拴马桩之王”的主人有个大儿子，在西安工作，小儿子在乡下。老人说卖，儿子却不同意，说我爸有神经病。这桩生意，没做成。

之后，左东风从国画院出来，王勇超对他说，你是专业人才，来灏文堂，在画廊给咱帮忙。左东风求之不得，二话没说，成了王勇超的得力助手。

当时的书院门灏文堂大厅，一楼是打通的，很宽敞。左东风是一位称职的员工，鉴定画，往来业务，收购与销售，干得很出色。在店面收名人字画，属于当代的西安名画家，他多半都认识，他们的画作什么风格，顾客拿来一幅画，出自哪位画家的手笔，他基本上都能辨出真伪，八九不离十。

古代近代的字画，有了好的线索，王勇超就带左东风、瑚燕、王小兰等高足兼助手出外谈生意。近的到关中各县，远一点的到陕北陕南，也到邻省山西、河南、甘肃一带，寻找民间宝物。

有一次，打听到一幅近代名作，卖主是富平庄里人。说是于右任撰文，民国时期的名人胡景通的弟弟胡景翼的墨迹。王勇超让左东风落实线索，左东风把庄里倒字画的人搜罗了一遍，原来就在他家流曲附近，发现有个姓门的老先生作字画生意，运气不错，凭这个不下笨苦的营生，家里盖了新房，过上了富裕的日子。

左东风给王勇超汇报了情况，第二天，就一起开三菱吉普直奔流曲。不巧，到了门老先生的家门口，主人不在，看不成东西，不免令人遗憾，只好驱车返回。一回生，二回熟，隔了不久，王勇超带了小左又去了一趟流曲。这回算轻车熟路，终于见到了门老先生。

生意上门，而且是西安书院门灏文堂的店主，门老先生喜出望外，烟茶招待，谈得很投机。说到那幅近代名作，主人说这幅字不在他手里，货在三十里之外，但亲眼看过这幅字，货真价实，是好东西。

于是，由门老先生亲自带路，王勇超一行又驱车三十里地，赶往宝物的所在地。天下了雨，一路泥泞，好不容易到了藏字的人家。门老先生与这家主人熟悉，说明来意后，主人翻箱倒柜，找出了镇宅的传家之宝。

一轴轴摆好，又一层层打开包裹，这字原来是写在红蜡纸上的，展开时掉渣儿，不像宣纸那么柔韧。而令王勇超一行大为吃惊的是，这是一幅巨大的画，十二条屏八尺，在近代字画市场上几乎是极少见到的。虽然残剥不全，品相欠佳，但气象不凡。

王勇超说，这样的宝贝，如果仍然放在农村土屋里，时间长了就会破损，便出高价收了下来。

灏文堂，又多了一件珍宝。

在店面收字画，如同守株待兔，时而，就真会有兔子撞上门来。

一天，店里来了一个中年妇女，穿着打扮一般，说是从山西来的。她知道山西出的大书法家卫俊秀，在书院门挨家挨户找卫老的字，找到了灏文堂。并说他山西老家有于右任的字，还有康有为的字，问店里收不收，并留下了电话。

左东风把这桩事汇报给王勇超，对，于右任的字咱收，康有为的字更要收，只要是正经货，品相好，出高价也要收下来。

但过了好久，电话打过去，人家扳得很硬，不来。一个妇女家，那么贵重的物品，这么远的路，带来也不方便、不安全。

王勇超说，人家不来，咱去，立马办。这便带了小左、小瑚一行三四人，坐三菱吉普出城，朝东过了潼关，跨过黄河，赶到了太原。

那个曾经找上灏文堂门的中年妇女，她的老母亲住在太原，让她到书院门打探行情后，在家静静等候。民国时，老母亲家大业大，很有势力，娘家妈又是个梨园名角，与梅兰芳有过交往，积累了不少财富。说到往事，老母亲恰好与卫俊秀认识，这也是缘分。

上门求宝，王勇超耐得住性子，几经周折，在太原待了三四天，终于见到东西。这是于右任的八尺中堂，康有为的八尺八条屏，都是近代书法不可多得的珍品。

在当时，于右任的字二万到三万一幅，康有为的字价更高。

王勇超几乎是出了血本，将其收入灏文堂的囊中，如愿以偿，满载而归。

左东风习惯叫他经理。在经营理念上，王勇超总是跳跃式思维，高人行事，只见龙头不见龙尾。事实上，王勇超已经开始请人设计关中民俗艺术博物院规划的草图了。

王勇超老说自己泥腿子，但事情搞这么大，在小左看来是大智慧者所为，先天带来的气质。卫老呢？是个神。小左说，我等只是小智慧。

儿子小不了左东风几岁，但王勇超让儿子把小左叫叔。

当初，王勇超让小左挣钱娶媳妇。新世纪初的第二年，左东风终于结束了长达六年的恋爱史，结了婚，随媳妇去了汉中工作，但他从未中断与王勇超的往来。

一个偶然的机会，王勇超得到了一件绝世珍品。

这便是文徵明小楷南华经册，它成了关中民俗艺术博物院藏品之精品。之后，在2009年第一期《书法》作为经典发表，让世人为之惊叹。

所刊《文徵明小楷南华经》，纸本，二十九开，每开宽九点七厘米，高十九厘米。所书内容为《庄子》的《逍遥游》《齐物论》《养生主》《人间世》《德充符》《大宗师》《应帝王》等七篇。

按落款“嘉靖壬辰七月上浣”，应是文徵明六十三岁时所书。帖前有曾任清陕西学政、内阁学士的孙如仅题签“文衡山南华经小楷”八字。帖后有孙如仅题跋。

此《文徵明小楷南华经》八千三百余字，其中《逍遥游》《养生主》为全文书，《齐物论》等少书若干段落。有个别字句因版本原因或书写脱落处，计百余字。相比于《南华经》原作，共少书写五千二百余字。但所少书段落，多是寓言，缺之不伤文气，或为作者书写时有意省略。

本册所书小楷，自首至尾，气格如一，气凝神定，点画圆劲，无一懈笔，虽字如蝇头，然疏处可走马，极见开阔之势，细审有近似倪云林处，然端正劲利过之。

《文徵明小楷南华经》，每开三百格，总计八千三百余字，而且完整无缺页。另，据悉，现湖南省博物馆亦藏有一文徵明小楷《庄子南华经》册，整册近一万七千字，其后自跋云：“乙卯（嘉靖三十四年，即1555年）十月八日徵明识。”以落款年月推算，与所刊文作书写时间相去已近二十年矣。

孙稼阜先生著文《写亦是一种修持》，兼说文徵明小楷书法，非常精到。

孙稼阜，1992年毕业于陕西师范大学中文系。1988年至2002年从卫俊秀先生研习书法。主持编辑有《卫俊秀学术论集》《毛颖足吞虏》等。著有

《草书十讲》《从临摹到创作：黄庭坚》等。

此文说，文徵明的书法沉实劲健，无论是行草，还是小楷，都无轻滑处。他的书法不激不厉，沉劲入骨，至垂暮之年，其笔力弥坚，亦无丝毫衰弱气象。这件《文徵明小楷南华经》的刊发，有利于读者对小楷书法的了解和研究，是对中国书法文化的一大贡献。

王勇超和他的关中民俗艺术博物院的贡献，远不仅如此。

而这件宝物是怎么流传下来的，哪些达官贵人收藏过它，处于怎样的境况又如何多番易主，最后又怎样到了灏文堂主人王勇超之手，至今仍然是一个谜，一个没有破解的传奇。

孙稼阜先生对王勇超可谓了如指掌，在他看来，王勇超在二十世纪九十年代初就闻名圈内，知道他是一位成功的企业家，又极热衷文化事业。但真正开始较深入地了解他，是迟至卫先生生病到去世那段时间，他的不忘旧情与慷慨，让人感佩。近年来，对于他的人、他的事业，日渐有了较全面的解读。

孙先生说，我一直觉着，一个人，只有将民族利益、国家利益、集体利益和个人利益统一时，才有可能真正成功；否则，个人无论多么“富有”，都是小家之气，没有多大社会价值、历史意义。王勇超先生的可贵之处就在于他属于前者，以民族文化振兴为己任，这需要巨大的勇气、高瞻的眼光、坚强的意志与超强的能力。但我也知道他在这条路上走得极其艰辛，饱受不解与猜忌，长时间不被认同。但可贵与可喜的是，由于他的执着与坚持，他的人、他的事业，正在为我们这个社会越来越认同、越来越重视。

回望历史上各种有成就的人物，无不饱经风霜，而又无不具有坚强的信念与远大的抱负。客观地看，历史总是公正的，一个人为历史付出多少，就会在历史上留下多少痕迹。

王勇超，在他这条曲折艰辛的事业路上，能走得更远、更精彩吗？

第九章

拴马石桩

王勇超自从在渭北考察时关注拴马桩，就独具慧眼，将其列为灏文堂的标志性品牌，与名人字画收藏同步，从而拓展出一个全新的文化天地。

左东风们在王勇超的指点下，搅动了渭北拴马桩地下交易的深水，也为灏文堂开拓主打品牌探索了较早的路径。

几百个拴马桩，堆在长安郭杜王勇超的古董库房里，立起来就是一个威风凛凛的军阵。但它们只能潜伏下来，等待时机，冲出遮蔽它们的黄土和柴草，成为继秦始皇陵地下兵马俑之后呈现在关中大地上的又一“地上兵马俑”壮景。

行情在市场上。大凡有卖什么的，就有买什么的，卖主与买主之间自然形成一个中介环节。过去一度把流通渠道叫作投机倒把，唯利是图，无商不奸。市场经济合法化之后，中介的交易变得名正言顺，成了发展市场经济的纽带和桥梁。

拴马桩，随着西安古董市场的需求量增长，各中介环节的利润留成在迅速调整。拴马桩，从渭北一线的穷村僻壤到乡镇，到县城，到地市，再到省城西安，以至北上京城，南下广州，进入深圳、香港，出海至境外。

国风

风，是从南方吹来的。

第一件拴马桩，是怎么从渭北庄稼人的窑院里出发，辗转到了香港，换取钱财的？这成了一个永远的秘密，无凭无据。随后，一些打着港商名义的文物贩子，顺藤摸瓜，潜入渭北民间，踏破铁鞋无觅处，终于瞅见拴马桩，瞅准了上好的拴马桩。为路途运输方便，他们只要拴马桩的头部，其余弃为废物。被肢解后，头部装了麻袋，装箱托运。乡下人好哄，几十块钱一件，贩子运到香港，据说可以换取一辆小轿车。

啊？而且是当时驰名中外的奥迪车，少说也值几十万。这一本万利的生意，实在让人咋舌。

这条商业机密，在西安古董圈内不胫而走。

王勇超知道南方贩子将上好的拴马桩生生砸断，身首异处，就觉得心里疼。作为一个炎黄的子孙，对先人留下来的文物应该充分尊重，抢救保护，而不是见钱眼开，损坏、转售民俗遗产，让其流失殆尽。

他的眼前摆开了一张无形的考察图，西起陇县，东至韩城，十多个县，上百个村镇，几乎是八千里路云和月。他组织几十号人马，驱车上路，奔赴散落在黄土高原地带折皱里的偏僻村落，搜寻拴马桩。

这几乎是地毯式的普查，又是民间的行为，以书院门灏文堂的名义，以一个民营的文化机构的形式，察瞰拴马桩潜居的每一个角落。

王勇超暂时远离了喧嚣的城市，像回到了久别的家乡。空气是新鲜的，视野是开阔的，心情舒畅却也担了事：他是来寻觅拴马桩的。这是一门学问，一门高深莫测的大学问。他带了研究资料，聘请了研究民俗文化的专家朋友，一起探讨拴马桩的生成起源和它的流布规律，以及它的种类样式和艺术价值。

拴马桩的主人，也会乐于提供情报，讲述拴马桩的不同类型和在周围的分布状况。谁家过去是大财东，谁家祖上曾经出过达官贵人，谁家的高骡子大马有多威风。也讲某某地方的一个什么样子的拴马桩，让从哪儿来的一个贩子买走，多少价码。

在澄城，王勇超刚在一个农户家坐定，一碗水解完渴，让老乡在地里扳一些嫩苞谷棒子回来，好煮了吃，垫一垫呱呱响的肚子。老乡说，隔壁有一个好门礅石，早上让一个外省人弄走了。王勇超急了。

“咋个好法？比人骑兽的拴马桩还好？”

“咱不懂，反正上边刻的人人马马，花花草草，好看得很。”

“多钱买走的？”

“两千块钱。”

“是外省哪儿的？”

“听口音是河南。”

王勇超没来得及吃嫩苞谷棒子，对手下人说：“动身走，去撵。”

这便找到卖主，好说歹说，要到了河南贩子的电话号码。

一行人驱车紧赶慢赶，几百里路上没有喘气，终于在山西侯马追上对方的行踪。经过讨价还价，两万二成交，这一颠一倒，让对方赚了个结实。但王勇超觉得自己占了大便宜，得到了一件款式独特的门礅石。

他说，石刻的拴马桩或门礅石，都是石匠手工雕刻的，一个与一个不一样，少了一件，缺了一种样式，一种风格的，就觉得心疼。再说，让它流落到了外省，就是陕西人的损失，假如再流失海外，就是咱中国人的损失。

又一回，走到合阳，路过一个村子，他听见了院子里一阵吵闹声，伴随着刺耳的铁石碰撞声。

王勇超问路边人：“乡党，这院子里弄啥哩？”

“打锤闹仗哩。”

“为啥？谁跟谁？”

“兄弟俩分家，先人留下一个大马槽，石头的，雕花的，没办法分，正往开硬锯哩。”

“世上还有这事？去看看。”

王勇超踏进院子，走上前去，看见一个好几吨重的绝好的雕花马槽已被锯了一条缝子。急忙拦挡，说是刀下留人。此情景是有锯下留石的味道。

“这么好个东西，咋就往坏的弄哩？”

主人见来了一个陌生人，高高大大的，话还说得不好听。莫非是文物部门的人？

“我不是文物部门的人，我是搞收藏的，爱好这老石头东西，你说个价，我要了。”

兄弟俩目瞪口呆，这么个旧东西，按说也没想到值多少钱，但它总是个先人留下的遗物，分家就得公平，锯开两半也是没办法分，才出此下策。

“真是馊主意，你兄弟俩就不怕老先人心疼？”

王勇超掏出几百元递给主人，说：“这东西归我保管了，以后惦记，来西安的博物院里看。”

主人连连道谢。

由拴马桩到其他老石头物品，再到古民居、老庙寺、老戏台、老牌坊，王勇超像进了一个民间文化的百宝库。由此，一个更大的梦想，一个日后有占地几百亩的巨大博物院的梦想，在他意念中萌动。

王勇超撒向第一线的几十号人马，不间断地往返于偏远山区与西安城的路途之中，成百上千的拴马桩，在悄悄地运往灏文堂的仓库、园坊。

但只靠店员四处奔波，精力毕竟有限。在通讯十分方便的今天，一个无形的地下网络很快自然形成。

随着对拴马桩的考察研究，王勇超制定了一整套的抢救保护和收藏方案，有条不紊，扩大规模，甚至不惜血本。

收购运送的拴马桩一类老石头，都是在半夜三更行动，被人说成是做地下工作。人们都睡了，路上就安全了，沉重的石器需要用吊车吊起，车上边掩盖着柴草树枝。拴马桩拉到一个地方以后还得栽起来，别人问的时候就说原来就在这里栽着。收购人员被拦住多次，屡遭罚款。

那段时间，王勇超出门时，就想着今天能不能再回来，坐在家里或晚上睡觉，心里边就想，公安随时可能闯进来。因为是比较有影响的收购，容易受关注。别人有各种理由，随时就可能报案。

王勇超想，这些民间的东西，如果谁把它砸掉不算犯罪，但是谁把它征藏保护起来就会被认为是有罪的。晚清衰败，八国联军入侵中国，把多少珍贵的东西抢走了。“文化大革命”时期，把好多民俗器物都毁坏了。把祖宗遗留下来的文物保护起来，是应该受到政府重视的，文化兴国是一种文明的进步，一种开放和包容。

征集收藏大量民俗器物需要钱，王勇超整天为资金发愁，常常就坐在那儿思考钱的问题。兄弟姐妹、亲戚朋友都认为他在外头干大事呢，实际上只是付出，没有回报。

多年之后的一个晚上，王勇超从新闻报道中得知，陕西有一个局长或董事长什么的，执法人员从他北郊的屋子里一次搜出几千万元现金。王勇超当时第一想法是，如果当初能把这么大数额的钱借给我，就能干许许多多的事。征购、运输、复建、收藏，就觉得钱的重要性，缺钱哪！

人与人相比，他多少次都觉得，自己连个卖菜的、开饭馆的都不如。为啥？人家家里可能有个什么事情，需要五千元、一万元，人家马上就能拿出来，可他拿不出来，确实是一种窘境。他不得已而为之，把正在运行的几个企业都以很便宜的价格卖掉了，用来维持收藏计划的正常进行。在这个领域里，有人说他有病呢，可他心里很清楚，自己征集收藏的这些东西是不可再生的。如果要把资金搞活，变卖一些藏品，就能解决困境。比如说一个库有 168 根拴马桩，如果同意出让的话，别人当时就给两个亿。两个亿可以办多少事情？舍不得啊，老祖先留下的宝贝，不能离开这一地区。这是地域性的文化，也是见证物，是历史的积淀。如果为了个人那点利益，把它们换成钱，就是子孙后代的损失。

确实有一百个一千个理由把它们变成钱，可他没有变卖它们。

他说，不是我境界有多高，确实是舍不得，这是对收藏的一种情感。尽管自己是一个社会最基层的人，却始终保持一个老百姓朴实的思想气质。虽然缺钱，但在金钱和利益面前心不动，君子爱财，取之有道。为啥有的人不愿意坚守，尽管坚守是一种人品，一种道德，一种气节，但会有某种利益的损失。

有人说，拴马桩，不就是过去农村拴马用的石桩吗？有啥稀罕？

拴马桩，其中的学问，可以串起中华民族几千年的文明进程。从游牧文化到农耕文化，它的历史文化意义，早已超出了当初的实用价值。

拴马桩，一个充满传奇意味的课题。

在民间，有耳朵旁边长“拴马桩”的说法。

孩子耳朵旁多长出一块赘肉，说是拴马桩。有的家长担心，说要到医院切了，别人劝说，不切的好，都说这样的宝宝有福气，很可爱的。

哈萨克人说，无论马走到哪里，最后总会回到曾经拴住他的马桩子，无论这马桩多么难找。

大作家孙犁《荷花淀》中的拴马桩是指什么呢？

指的是能管住丈夫的女子。

呵呵，把男人比作马，女人把男人拴在家里。就这么个意思。

在新疆吐鲁番胜金庄乡西南的火焰山上，有一石柱，巍然屹立，形同木柱，人称拴马桩。据说唐玄奘西去印度取经路过此处，曾把白龙马拴在石柱上，拴马桩由此而得名。印度在穆罕默德时代，有个圣人名叫艾力，来到火焰山，也曾把马拴在此石柱上。

据说，山西五台山五郎庙内的拴马桩很有名。

北方拴马桩做工粗犷而豪放，南方也有，则做工精细灵巧；中原地区的，集南北特点于一体，浑厚端庄，是我国民间石刻艺术不可多得的珍贵遗物。

专家认为，拴马桩，是用石头雕刻的民间艺术品，在陕西渭北高原上分布甚广，其数量和品种可称得上在全国独一无二。

千百年来，曾经是乡绅大户和殷实富裕之家拴系骡马的实用条石，以坚固耐磨的整块青石雕凿而成。一般通高两三米，宽厚相当，约二十二至三十厘米不等，常栽矗于农家民居建筑大门的两侧，不仅成为宅院建筑的有机构成部分，而且和门前的石狮一样，既有装点建筑炫耀富有的作用，同时还被赋予了辟邪镇宅的意义，成为庄户富人家的“华表”。

拴马桩，也称拴马石。雕刻精美的拴马桩称“望桩”“看桩”。所用石材多是灰青石、黑青石，少数用细砂石。一般石桩分四部分；桩头是石雕的主要部位，桩颈也就是台座，承托桩头，通常为上圆下方，其上浮雕莲瓣、鹿、马、鸟、兔、云、水、博古等图案；桩身，少数刻串枝纹、卷水纹、云水纹；桩根则埋入地下。桩头圆雕，有表现人物、人与兽和多人物组合形象，也有表现神话故事人物如寿星、刘海、仙翁等。动物形象，则有狮、猴、鹰、象、牛、马等。

较精彩的是人骑狮，多在石狮子前肢或人臂腕间镂凿穿系缰绳的孔眼，石狮子突出其扭转身躯的动态，骑者则表现为俯身前冲，或驼背蜷伏的动态，颇为生动。人物五官及衣饰刻画细致，所持物件如烟斗、如意、琵琶、月琴等都很逼真。拴马桩石雕在整体上能综合运用圆雕、浮雕、线刻手法，具有浓厚的地方特色。

进入新时期的八十年代，一批学者如程征、王宁宇就著书立说，对渭北拴马桩艺术进行考察，引起关注。

晏新志，曾在陕西历史博物馆从事研究工作，后来担任了汉阳陵博物馆副馆长。

晏先生认为，作为一种民俗文化的载体，渭北拴马桩可谓独具特色，在全国范围内较大规模发现并引起关注的仅见于陕西东部渭河以北地区，从而使其具有了浓厚的地方民俗文化特色。拴马桩遗存，集中分布于富平、澄城、蒲城、合阳、韩城、大荔及周边地区，地理范围在泾河下游以东、渭河下游以北、陕北黄土高原以南、黄河以西，处在关中平原的东端。澄城县文化馆、西安碑林博物馆、陕西省群众艺术馆中，收藏陈列的仅是很小的一部分，而关中民俗艺术博物院，对拴马桩的收藏源起甚早，故而藏品丰富，种类繁多，数千件藏品中精品尤丰，可谓渭北拴马桩收藏单位中的扛鼎者。

王勇超则研究认为，在古代，渭北一带曾有大的马匹交易市场，大量的拴马桩，是中国北方数千年来多民族共存和文化交流融合的历史见证。

王勇超认识的画家中，有一位擅长画马的画家，叫高民生。徐悲鸿画的马是拉车的马，赵望云画的是耕田的马。自然，高民生画的马不便与大师画的马相提并论。他的马多为英雄豪杰骑的战马。

高民生爱马，画马，也自然喜欢拴马的石桩，而且研究颇丰。他写过一篇文章，认为拴马桩乃庄户人家的“华表”艺术。此言颇有见地。

多年来，围绕拴马桩的一些提法，似被学术界公认。但高先生作为考察者之一，心里一直不踏实。因为从造型风格看，它们不是同一时期的产品，并非每个村每一户都有这样的桩，也并非每个桩体构造样式及高度都便于拴马。若专为拴马，门前非马厩，院侧另盖的跨院才是马的专用建筑。在四合院的街墙上，以铁环镶入墙体，高度一米有余，应为拴马专设。门前拴马，只是临时便宜之用。对精打细算生活简朴的农户来说，如此雕饰石桩而只为临时拴马，似奢华得不近情理。而立置于农舍门口颇为讲究的石桩，桩身雕饰吉祥图案，桩头以胡人骑狮者居多。其形相异趣，最富特色。雕像方位皆向门，如迎宾状，而且立桩之家桩数不等，桩位因门向区别左右。这些令当地乡亲现在也道不清原委的事实，似乎隐藏着立桩的深层含意。破解这层经年之谜，首先得明确石桩是依附于乡村民居建筑大门旁的小品雕刻，属于建筑的外部空间构成。中国封建社会，强调“卑尊有分，上下有等，谓之礼”。视宅舍宫室为“礼之具也”。以礼制伦理门庭，讲究宅居的识别性和各种象征、隐喻乃至禁忌。

石柱又称望柱。高先生说，乡宦世家在攀高附贵、矜势炫富的心理驱动下，降级而仿效华表形制，作为望柱，立于阳宅门前，以彰显门第，“表阙乡里”，正是民间拴马桩之滥觞。现在有桩之家，不是先祖遗产，就是宅基易主。当地乡民指称立“望桩”的人家为先人有本事、发了家的人。其意不仅在大户人家养的牲口多，更着眼于这些人家的先祖是有社会地位的人。表征门第、光前裕后，应当是门前立柱的本初含义，或者说是“望柱”原型的民间普适性。石桩的第二义是镇宅。作为人的生命本体意识，消灾避祸、求吉祈富的社会心理生发出种种崇拜和禁忌，以地理环境为依据，附比阴阳、五行、八卦生克的“堪舆学”应运而生，其实就是古代环境心理学。

画家高民生的以上论述，得到了广泛的赞同。

靳之林，中央美术学院教授、文化部特聘专家，来西安参观考察后，对王勇超保护收藏的拴马桩作了权威评论。

靳教授说：“拴马桩是陕西有代表性的民间文化，特别是在渭南这一带比较集中。全国主要集中在陕西。这个价值是多方面的，它既是一种民俗，因为拴马桩主要还不是拴马，它主要是镇宅辟邪，八蛮进宝。它还是为了镇宅辟邪。另外它又是民间艺术，它代表中国民间的石刻，几千年的文化传承，艺术手法也非常丰富，艺术品位也很高，时间拉得比较长，确实是国宝。”

靳教授感叹道：“王勇超把拴马桩集中起来，我还是有生头一次看到这么多，可能是最集中的，将来这个地方就是拴马桩的博物馆，我觉得应该是国家一级的，代表国家水平的一个博物馆。保存各个民族的文化，是人类的共同任务，如果没有各个民族的特点，完全一样了，这个是大家都不愿看到的，是个悲剧。”

他说：“民族文化说到底，是一个民族群体的文化，代表了全民族的民族精神，代表全民族的哲学观念、美学观念、艺术观念，以及造型观念、色彩观念。所以为什么说它是中华民族文化的基石和根，保护了它，就保存了中华民族本源的文化，本源的哲学，本源的美学，本源的民族精神，是文化的精华。”

现在的问题不是转型的问题。西方文化来得太猛了，太快了，你还来不及转型就毁灭了，毁掉了，所以我们的任务就是需要紧急抢救。

在书院门灏文堂的文人墨客中，曾经出现过作家贾平凹的踪影。

王勇超在研究拴马桩的兴头上，读到过贾作家以拴马桩为题的文章。原来，能写会画的贾平凹，竟然也曾经对拴马桩产生过浓厚兴趣，而且和王勇超一样，驱车前往渭北乡下，亲自收购过几根拴马桩。

贾平凹题为《拴马桩》的文章写道：

> 二十世纪的九十年代，西安人热衷收藏田园文物。拴马石桩原本是农村人家寻常物件，如石磨石碾一样，突然间被视为艺术珍品，从潼关到宝鸡，八百里的关中平原上对拴马石桩的抢收极度疯狂。
>
> 据说有人在城南辟了数百亩地做园子，专门摆列拴马石桩。
>
> 在关中平原大肆收购拴马石桩一类石雕的风潮中，我也是其中狂热的一员。去年的秋天，我们开着车走过了渭河北岸三个县，刚刚到了一个村口，一个小孩扭身就往巷道里跑，一边跑一边喊："西安人来了！西安人来了！"立即巷道里的木板门都哐啷哐啷打开，出来了许多人把我们围住，而且鸡飞狗跳。我说："西安人来了怎么啦，又不是鬼子进了村？"他们说："你们是来收购拴马石桩的？"原来这个村庄已经被来人收购过三次了。我们仍不死心，还在村里搜寻，果然发现在某家院角是有一根的，但上边架满了玉米棒子，在另一家茅坑还有两根，而又有一家，说他用三根铺了台阶，如果要，可以拆了台阶。这让我们欢喜若狂，但生气的事情立即发生了，他们漫天要价，每一根必须出两千元，否则只能看不能动的。
>
> 那一次，我们是明明白白吃了大亏购买了五根拴马石桩。
>
> 我曾因窗外有这五根拴马石桩而得意过，而现在，我却为它悲哀：没有我的时候是有马的时代，没有了马的时代我只有守着拴马石桩而哭泣。

贾平凹文章中所说的，有人在城南辟了数百亩地做园子，专门摆列拴马石桩，说的正是王勇超。

事实上，之后王勇超的关中民俗艺术博物院奠基之日，邀请了西安美术学院院长。看了王勇超的拴马桩阵势，院长大为震惊，连夜开会，部署收购拴马桩一类老石头的战役。

而在这时候，王勇超早已捷足先登，几千件上好的拴马桩已静静地安卧于库园内。还有一些已经建档入册，交了定金，暂时保管在广阔的乡间田野。

收割第一茬庄稼的人，肯定是醒来早、起身早的人。

贾平凹的话精彩：马没有了，我们只能守着拴马的石桩哭泣。对城乡间生态境况的感叹，此言入木三分。

但，如果马已消失，就连拴马桩也消失了，那更是悲哀的事。

王勇超想，我不可能去抢救保护马，但我有条件有能力抢救保护曾经拴过马的石桩。石桩是文化，是艺术，是历史，是中华的根脉与精神。

王勇超想让后人从这一实物标本，去怀念马的时代，体味马从驰骋沙场到拴了起来，马从游牧到农耕时代价值的转换；去追忆历史，感怀先人创造的文化、艺术。

第十章 石上逍遥

数千件拴马桩，在王勇超的统一指挥下，从渭北一线的山塬沟壑间，陆续聚集于西安。它们在长安的库园里艰难地度过潜伏期，等待天日，重新站立起来，傲视四方。

王勇超从一开始，就叮嘱员工，对每一件拴马桩编了号，登记造册，并拍摄了照片，建立了有条不紊的信息系统。几月几日几时几分，从什么县什么村什么人手里得到，它是什么样子，多少钱收购的，存放何处，具体哪个位置，都清清楚楚。

他一边收集实物，一边钻研学术理论，与专家学者交流，很快成为拴马桩行当里既有学识又有实践经验的行家里手。他想找到一个学富五车的顶尖级学者，来完善这个拴马桩的文化盛宴。王勇超已经把料给备齐了，菜谱也有了，就看大厨师怎么烹制了。

经过多方了解，从中筛选斟酌，王勇超赶到了北京，走进了文化部的中国艺术研究院，敲开了柯文辉先生的门。

柯文辉，看似一位仙风道骨的美髯公。1935 年生于安徽安庆，少年做洗染店学徒，曾任农村工作队员、教务员、教师，被错划为右派，平反后任编辑，后成为中国艺术研究院研究员。著述甚丰，有传记《弘一大师传》《刘海粟传》，诗剧《爱之弦》，京剧《汉家月》，美术理论《陪画散步》，小说《司马迁》等。他以终生“布衣”自豪，钱君匋评其人：“睁眼做梦，梦里唱歌。”

王勇超见到柯先生，二人一见如故，言谈甚欢。

“我是向柯先生求教来了。”

“岂敢岂敢，王先生是民俗专家，实践家，我会写会说，但不会做，只是个空头理论家。”

“柯先生学养深厚，想请先生去看看我近年收藏的拴马桩，点拨点拨。”

“一定学习，好好学习。”

王勇超递上自己主编的《关中民俗艺术论集》《灏文堂藏古代书画集》《灏文堂藏于右任书法集》几本厚书，柯文辉不胜感慨，赞叹不已。

王勇超说：“拴马桩雕刻艺术，是明清时期中国雕刻艺术之一，也是杰出代表。想请柯先生编一本书，写点诗话，图文并茂。”

柯文辉想了想，说：“这本书所选的拴马桩，应该是从关中民俗艺术博物院八千余件藏品中选出的精品。主要内容应该有雕塑浅谈、中国雕塑特色、拴马桩石刻等。不过，图片的整理和注释，还是请王先生操刀。”

“柯先生瞧得起，我也就权当是赶鸭子上架了。”

二人哈哈大笑，一起出门，找地方喝酒去了。当然，一碗羊肉泡馍，是少不了的。

之后，仙风道骨的柯文辉来到西安，在王勇超引领下，漫步于文化古都的街巷中，并走遍关中大地。他考察了拴马桩石刻，进入了一个诗意充沛的新的雕塑世界，感慨万端。

柯先生在西安见到了四根华表，柱高三米多，柱顶所刻动物面如狮虎，长发似山魈，目视远方，神情威严。他怀疑此物是拴马桩的远祖。因无年号，不敢草率作结论。

他看到的拴马桩上的动物数量以狮子为冠军。造型多样化，大致与元朝以后的石狮近似。石匠们为了生存而迎合买方趣味，又突破了廊庙狮子的形式。

让柯先生动情的是，关中民俗艺术博物院收藏的一桩，只刻一狮，头占全身七分之三，鬣毛朝天直立，呈三角形，如火焰飘闪。腿短而曲，身子扭动，变形为荒诞的真实，破格将现实物象上升到象征效果，雕家激情与玩无敌兽王于掌上的气概交织在了一起。

他将狮子与人的关系约略分为几种：

驯服如老牛，威风尽失，民家畜无异，安于命运，似逆来顺受。个别现象拟犬化，被蹂躏得无奈，可怜，生气甚少。

反抗精神突出，一心欲掀掉背上的胡人而左右挣扎，似暴怒烈马，须发戟张，意态不平。

顽皮如儿童，一片天真，嬉戏恬静，无猥琐、衰疲成分，带玩具色彩。

狮子身上表现出来的类型，除奴隶、志士、不觉醒的乐天者外，少数仗势欺人如恶仆奴才，都是世态百图之一。

在与王勇超的交谈中，柯先生想起了什么。唐代石刻佛像底座上的胡人力士像，和拴马桩上的胡人十分近似。

拴马桩上的胡人，虽史有所据，但非某一国某一族形象的实录，很难见到这类人出入马厩牛栏的史料，而是先民取材传闻，融入冥想，满足多种需求所创造出来的石头种族。

拴马桩的作者们，远离朝廷大文化圈之外，放下了旧日重荷与六方冷眼的挤压，我行我素，作品没有压抑、纤弱、小巧、变态的暮气，是何等的身手啊！

柯先生面对拴马桩，诗兴大发。

又深情地再三依依回首，抚摸吐出不同音色音量的小石头人儿们，狮子猢狲们，听到黄土高原之下岩浆奔啸的回声。他呼唤：华山巍巍，黄河滔滔。二十一世纪的司马迁，您在哪里？

王勇超，为柯先生的诗兴所感染，有点英雄气，也有点黯然神伤。

柯文辉认为，关中民俗艺术博物院古民居、书画、木雕等好，都比不上拴马桩好，其重要价值是世界性的。

离开西安时，柯先生向王勇超要了一百零八件拴马桩的资料，拟写一百零八篇文章深入研究。

一是恢复中国写意雕刻在世界雕塑史上的地位。

二是强调民族雕刻学派，唤起爱国主义热情。

三是推动中国和东方的审美活动，重新开发中国雕塑美学遗产。

四是提供借鉴，丰富当代的雕塑艺术。

王勇超与柯文辉先生依依惜别，他的胸中平添了几多英雄气概和盎然诗意。

回到北京，柯文辉整日与一百零八件拴马桩上的形象对视，夜不成寐。这是怎样不同的传统意义上的一百单八将啊？

在柯文辉看来，中国雕塑，从四面八方都能用一根流动的情绪化的线条画下来。而西方雕塑以块面结构为主，米开朗琪罗、罗丹的线条虽很抒情，但主要用于表现轮廓。中国几千年书法的积淀，对相关艺术产生了积极影响，线性慧眼，诗性煮梦锅下圣火不熄。无数艺人前仆后继的求索，才积攒成套艺术方言，独立于西方大师话语之外，磨杵成针。

他把拴马桩石刻列入民间艺术史论述的范畴，认为任何文明古国，还没见过第二个民族在辟邪迎瑞兼拴牛系马这件事上，像中国人这样精益求精，不厌其烦，在延续数百年甚至更久远的岁月中，创造出如此大气磅礴、无法计数，每一个个体又绝不雷同的奇迹。

他赞道：拴马桩平平常常，不夺人视线，仅仅是中国文化大树上的一片小红叶，却足以雄视后代五百年。

日后在上海出版的这本书，叫《石上逍遥》。

开卷，是何满子先生亲书题咏拴马桩的诗。诗云：

寻常系马桩，
巧匠做文章。
风格难辨唐或汉，
面貌却兼胡与羌。
镌刻近粗犷，
神采倍轩昂。
人兽相依富情致，
凿迹刀痕尽敛藏。
洵称民间佳工艺，
历史文物堪传扬。

书中前言说，拴马桩雕刻艺术，是明清时期中国雕刻艺术杰出代表。但长期以来，因其“民间性”，而未被广泛关注。在提倡挖掘、整理、继承优秀文化遗产的今天，给予这一深具东方特色的雕刻艺术以应有之重视，是必要的。同时将这一艺术推而广之，使其发挥应有之价值，也有积极意义。

本书的出版，既能为雕塑艺术工作者提供相关资料，也能增进广大读者对这一独具特色的艺术品的了解。书中所选拴马桩是从关中民俗艺术博物院八千余件藏品中精选，图片的摄影整理工作由刘德望、瑚燕、王长启等完成。

柯文辉先生以《雕塑浅谈》代序言云：

拙文缺乏见识与华彩，权当是写给当代热爱中国文化群体的一封长信。这些滚烫的话汇积心头四十多年，在稿纸来不及放正的时刻，便像投入激流的不系舟一样，任性情所之。毁誉两忘，一吐为快。在全球化过程中，欧美文化对我们的潜移默化，国人自发地为西方生活促销，形势严峻。我渴望同时代人的回应，渴盼历史骑着时光的骏马奔腾万里。你们为减少传统文化不应有的流失，为平视世界与西方一切流派平等对话付出的辛勤劳动，为先哲创造真善美的宏博天才而咀嚼出一份炎黄后代的骄傲。

柯先生说，王勇超告诉我，关中民俗艺术博物院已购藏了八千六百余根拴马桩，林林总总，蔚然壮观。当一种艺术样式不为专家众人所重视的年月，具备草中拔萃、沙里淘金的超前巨眼，行程数万里，涉水越山，克服经费人力诸多限制，所历艰辛，远非局外人可以想象。论及拴马桩石刻，如果说史书上记载过文豪嵇康喜欢打铁的罕见史料，却从未出现过学者文人（更不会有帝王公侯名流巨卿）好刻石人石兽的咄咄怪事。刻石，只能是石匠农民们承包的活儿。难怪官史私史上对匠人们极少涉及，给现代人的研究留下文献不足的后遗症，一时尚难补救。

也正是王勇超他们提供了实物与敬业热忱，使柯先生如坐古代匠师春风，痛饮天和泥香，重温纯美民情，助他草成此书。

石上逍遥，正是石打石，即实打实的艺术箴言。

在《石上逍遥》一书中，选取了拴马桩中的部分精品，详细列出其名称、年代、质地、尺寸和特征描述，柯文辉诗文赏析，王勇超释图，图文并茂，蔚为大观。

摘录如下，其一：

人物驯狮拴马桩，宋元，青石，通高 155 厘米，桩截面 30 厘米× 31.5 厘米，驯狮桩首，驯狮人头戴高圆毡帽，浓眉大眼，高鼻，留串脸胡须，身着圆领窄袖长袍，肩背袋。腰佩弯刀，直剑与壶，脚穿长靴，坐于台座。左手置左腿上，握铁链，链下拴一小狮。右手上举，抓头上小狮。桩颈四面分别浮雕“晋”字形几何图案。四角下各有雕花果饰。

幼狮拒铁链，挣扎欲相持。
胡人气更沉，驯化仅开始。
磨去无火光，咬碎兽王齿。

野性随风散，身活心先死。
狮是枕头，送孩子入梦乡。
又是玩具，给幼童以欢快。

大王都做过父母玩具，长大后才一吼山川动，生灵尽避开，风云颤，星光抖。如此人生蓝图离平常心十万八千里。凡人心中当有世界，虽未必高远，然亦忌鼠目寸光，这与那些追求独与天地精神往来、志不可夺的匹夫哲思并不相抵牾。和而不同的环境，和光同尘的心态，都极难得。没有审时度己和自由意志，绝对为物欲所感，根本得不到自由。

虐待是刀凿，刻出生命潜能，又削尽叛逆野气。

其二，狮子拴马桩，诗云：

太朴雄浑，溪山可吞。
扫除枝节，浩气足珍。
上承汉唐，全院冠军。
老夫稽首，常读常新。

其三，人物驯狮拴马桩，诗云：

捻须背小猴，驼背复何求。
动势生元气，风沙入白头。

其四，人物驯狮拴马桩，诗云：

驭手发福，兽王瘦小。
无力驮起，居然压倒。
暗隐危机，得意过早。

其五，人物驯狮拴马桩，诗云：

珠宝献公乞自由，抗争无用改温柔。
伪真难辨胡人乐，狮子居然有计谋！

其六，背背猴拴马桩，诗云：

柱上非真，谁说全假？
水月镜花，心猿意马。

其七，猴子拴马桩，诗云：

额上三纹代帽，缩颈粗腰简妙。
臂长腿细灵巧，举重若轻意造。

其八，人物驯狮拴马桩，诗云：

匠师眼明，造险破格。
失真更真，不在形色。

《石上逍遥》一书中，柯文辉先生捕捉到了拴马桩形象的真谛，其诗文绘声绘色，亦庄亦谐，嬉笑怒骂，令人时而捧腹大笑，时而深思良久。

而王勇超的命运和他的生活轨迹，无不可从一件件神情万种的拴马桩雕刻中找到印证。

从柯先生的诗文中，也无不可窥王勇超在拴马桩的海洋中所经历的欢乐与痛楚。

石上逍遥，谈何逍遥，而真正的逍遥恰在其中。王勇超在解读一件件拴马桩，与它们对话，与这些既是石头也是灵魂的对象诉说衷肠。

而与柯先生的交谈，透过柯先生入木三分的阐述，让他越发自信于热衷民间艺术的价值。

王勇超在题为《人之寿夭在元气，国之长短在风俗》的书后记中写道：“只有民族的才是世界的。遗忘等于背叛。对于优秀文化遗产的漠视与遗忘，反映了人们的短视与无知。无数前贤们毕其一生所创造的具有高度文化价值的民间艺术，是我们这个民族的宝贵财富，也是全人类的宝贵财富。”

他还说：“关中民俗艺术博物院立足于民俗文化艺术的抢救、整理与开发，想要为留住中华民俗文化的‘根’尽微薄之力，让人们感受到我们民族曾经的辉煌，获得自豪感，因之生出前进的勇气和信心。”

石上逍遥。逍遥是相对的，王勇超在事业途中并不逍遥。

第十一章 秦岭五台

最初，关中民俗艺术博物院的名字，叫紫宸。

也就在二十世纪九十年代末期，一个夜深人静的晚上，书院门灏文堂楼上的灯还亮着，王勇超和他的朋友们喝茶聊事，已经忘记了时辰。

这天晚上，他约请来的是他的智囊们，在筹划建立博物院的大事，他要圆一个更大的梦。

近些年，他将从事建筑生意赚来的几千万资金，用来抢救保护收藏古董，从名人字画到拴马桩，从各类石器到古民居，实物的储藏堆起一座座山了。继续让它们蜷曲在狭小的空间里，起不到保护的作用，不是他的初衷，那么，就需要尽快筹建一座博物院，让这些民间宝物各归其所，为广大民众提供文化享受的资源。

要办的博物院多大规模？是八亩十亩，三十亩五十亩，还是上百亩？不是他的胃口越来越大，而是他收藏的民间文物成千上万件。应有多大的地盘，才可以妥善安顿这些宝物？

如今位于南五台山下的五百亩大的博物院，却是他当初想也不敢想的规模。尽管，现在看来，五百亩也确实小了。

那天晚上，灏文堂楼上的一个可谓大胆的设想，为日后的关中民俗艺术博物院播下了一颗可贵的种子。

当时取名紫宸，无非是紫气东来，吉宸良机。汉刘向《列仙传》说，老子过函谷关前，关令尹喜见有紫气从东而来，知道将有圣人过关。果然，老子骑着青牛而来。紫宸，比喻吉祥的征兆。

王勇超自谦为一个泥腿子，却不是一只燕雀，燕雀安知鸿鹄之志哉？当初从离开乡下来城里打工，说是挣了钱，要给家里盖一院一砖到顶的大瓦房。他给别人盖了广厦千万间，家里也终于盖了一院房，又盖了几层楼的灏文堂。按说，应该是知足了。

可如今他的眼界宽了，目标大了，要盖一个百亩大的博物院。他有实力有能力，建造一座民俗艺术博物院，把收藏的千军万马布局其中。

他开始一步步推进，聘请专家论证，订规划，出图纸，筹集资金，联系政府各个相关部门，没有一个安稳的觉睡了。建馆选址从郭杜到五台，面积从几十亩到几百亩，规模从单一展示民间文物到复原古民居群落，功能从展览到集展示、体验、旅游研究等一条龙服务。那么，规划设计图纸也是几易其稿。

他的一个梦，就从南五台山下考察归来的那天晚上开始。这令他进入了一个前所未有的充满诱惑的理想境界。

王勇超抬眼望着城南的天边，那隐隐约约的一抹山脉，就是终南山。

他从小就看惯了终南山，那是祖辈人进山砍柴割茅竹的地方，也是年馑不好时去扛木头拾山货的地方。那里神秘莫测，是天堂也是地狱。听老辈人说起过终南山的种种故事，让他对其久已敬畏。

终南山，是秦岭的中段，与西安城遥遥相对。

在中国版图的正中央，一座唯一自西向东的最高山脉，便是秦岭。

正是因为有了秦岭的存在，雄伟的北方与秀美的南方才有了分界线的依据，并由此形成黄河与长江的分水岭，徐徐展开了一幅相得益彰的壮丽的中国山水画卷。脉起昆仑，尾衔嵩岳，苍龙一样盘踞在华夏大地的中央，无论从自然地理位置，还是人类历史文明进程，都被尊为中华之龙脉。秦岭山水，雄秀天下，无论古今还是中外，都被称作中华文化的天然博物馆，极具不可估量的自然和人文价值。

《诗经》有“节彼南山”，《禹贡》称“终南惇物”，《山海经》亦言“南山”。秦岭之名，始见于《史记》，谓“秦岭天下之大阻也”。柳宗元一语中的：“终南居天之中，在都之南。京都在名山之下，名山随国威而远扬。”由此可见，秦岭在很久以前，就成为中国的一座呈现龙脉的名山。

狭义的秦岭，仅限于渭河与汉江之间的山地。峪，它所代表的意义从字面就可以看出来，泛指山谷，仅秦岭北麓就有七十二个峪口，自西向东一字排开几百公里，每隔数公里或数十公里就有一个，成为深入大山腹地的自然通道。古代人们为了越过秦岭，开拓了不少道路。秦岭间南北向的深切河谷，自古就是南北交通孔道，“栈阁北来连陇蜀”的诗句，就真实地记录了古代秦岭的陆路交通的景象。从汉江与渭河之间横越秦岭的古道，基本上都是顺着南北奔流的河流通行的。“千里栈道”，在古代文化交流和经济来往上都发挥了重要的作用。今天，翻越秦岭沟通南北的铁路和高速公路，也都基本上是沿着这些河谷修筑的。

蓝关道是唐朝发配京官南下的必经之路。公元 820 年，唐宪宗在法门寺大开水陆法会，韩愈感到耗资巨大弹劾此事，惹恼了皇帝，当日被免去长安“市长”并遭流放，时年五十二岁的他走在这复返无望的路上，位列“唐宋八大家”之首的韩愈发出“云横秦岭家何在，雪拥蓝关马不前”的喟叹。

在《蜀道难》中，李白写道：“西当太白有鸟道，可以横绝峨眉巅。”祖咏的《终南望余雪》有“终南阴岭秀，积雪浮云端，林表明霁色，城中增暮寒”的诗句。一本《全唐诗》，留下多少吟咏秦岭胜景的绝唱。而“明修栈道，暗度陈仓”“上林苑骑猎”“诸葛亮木牛流马计”“一骑红尘妃子笑，无人知是荔枝来”；以及“伐薪烧炭南山中”等故事，都发生在秦岭。汉钟离、吕洞宾等八仙修行处的“钟吕坪”，唐玄宗携杨贵妃游汤峪所建的“唐子城”，药王孙思邈上太白采药的栈道等历史遗迹，也在秦岭。

秦岭道观与古寺数量之多，可谓“一片白云遮不住，满山红叶尽为僧”。无论秦岭北麓七十二峪，抑或终南山的二十八峪，峪峪有佛寺，山山有道观。唯识宗祖师玄奘，被誉为“中国的佛”，他在生前称终南山为“众山之祖”，死后，他归葬的地方，一眼就能看见终南山。

春秋战国时期的中国大地，实在是太烦乱，太嘈杂了。诸侯们忙于战争，文人忙于推销自己。这种环境让老子觉得厌烦，于是便骑上青牛，走上了寻找心灵净土的西行归隐之路。然而到了函谷关，老子却被把守关隘的函谷关令尹喜挽留了下来。道教尊老子为教祖，奉《道德经》为根本经典，楼观台成为天下道教的祖庭。老子骑青牛一路吟唱“道可道，非常道；名可名，非常名”。

在经历一次次严重的人为干扰和破坏之后，秦岭依然能够保持其苍翠，依然庇护众多生灵于其博大的体怀之中，依然位居全球生物多样性十一个关键地区之一，这不能不说是旷世奇迹。在中国文化中，人对自然充满敬畏。而与秦岭并称世界名山的阿尔卑斯山，就远没有秦岭那么幸运，由于地理和文化的差异，阿尔卑斯山的大型野生动物早已被人类屠杀得一干二净。

上苍赐予我们秦岭，对这份得天独厚的礼物，我们的内心充满感激。人的心是可以和大自然沟通的，秦岭山民有着朴素的天人合一的认识。深秋，山民们将树上的果实并不摘尽，特意留一些给鸟和野兽吃，他们将大树、小草、动物都视为可以对话和沟通的对象。

秦岭是中国的一叶肺。但是，西安人对于秦岭的认识还是有些保守了，秦岭不仅是自己城市的后花园，更是中国人的中央国家公园。

《诗经》是中国最早的诗歌总集，中华民族的瑰宝。其中，“国风”中的“秦风”有一篇是“终南”，说的就是关中民俗艺术博物院身后背靠的终南山。

终南捷径也罢，终南望余雪也罢，君子至止，隐逸游走，宗教弥漫，文化鼎沸，是一个神秘莫测的圣地。

茫茫秦岭，竟蕴藏着如此深奥的秘密。

而王勇超的关中民俗艺术博物院，最后选址于秦岭终南之南五台山下，无疑更是一处千载难得的风水宝地。

关中民俗艺术博物院背靠的南五台，是一座标奇耸峻的山脉。

南五台，它是以大台、文殊、清凉、灵感、舍身五个小台，即五座小峰而得名。有人说，南五台本身就是一座构造地貌博物馆。

自然景观之一，乃流水石。民国博增湘《秦游日录》说，“出村南，上里许，人谷口。过土地祠、流水石、兴宝泉、滴水堂，至竹林寺”。村子名留村，谷口为竹谷口，俗称台沟口。流水石，原有一寺称为流水寺，因寺后有一流水石瀑布而得名。入山一里多，正热汗淋漓，遇此流水石瀑布，掬甘泉来解渴洗尘，顿觉清凉而舒适。石上刻有“中流砥柱”四字，游人话书圣，说怀素，确实悠闲自在。

二景为连理枝。紫竹林路旁，有两株紧紧连接一起的锐龄栎，其形酷似一对情人，似在拥抱，又好像在接吻，如亲昵偎依，又宛若窃窃私语。观者无不惊叹，大自然怎么如此多情，竟造化出这么一个活根雕杰作，一株情人树，一棵连理枝。游人在此留影，诉求爱情，在天愿作比翼鸟，在地愿为连理枝。

三景为犀牛石。石犀牛卧置崖边，以观赏者角度不同，其形象变化各异。或屈腿伏卧，其态平和，或向崖下远望，其神悠然，或臀肌高隆，凶猛异常。有人联想到长安大画家韩淙的《五牛图》，其犀牛石，真神物也。

四景为玉兰连理枝。南五台多情，在紫竹林上方又养育出一对玉兰连理枝。两株相抱，一似白马王子，一如婀娜淑女。又如一对舞伴，在晨风鸟啼伴奏下旋转歌舞。当春季到来，满枝玉兰花开，洁白如玉，或绚丽如霞。

南五台风洞，位于观音台下南坡半崖，下临湘子洞，上有观音洞，耳洞口有筛子大，里边能容五六人蹲蹴。此洞不管春夏秋冬，其风呼呼有声，洞口风吹草低，堪称神奇。湘子洞，亦称无门洞。洞口有一石竹，洞顶是老虎岩，令人惊恐战栗。八仙之一的韩湘子在这里修行，欲修炼为仙，秋水不波，让鲁班在床上抛一墨线，林英虽为其妻，但同床不共枕。如今这里还住着僧人，内供奉菩萨，亦称华严洞。

史料记载，隋修建大兴城，取南山之木，见有五彩光环，以为神异，建寺庙为“神光寺”。宋代先后六次出现五色圆形光环，易名“圆光寺”。还有壁立万仞的舍身崖奇观，游者如将纸表用石裹包从崖边抛掷崖下，其石脱落，纸表则被气流腾冲直上云霄。

弥陀寺，位于南五台北坡台沟口土地祠南，是终南山国家森林公园南五台景区山下的寺院，创建于隋。1943 年蒋介石在长安皇甫召开军事会议时，曾到过此寺。1944 年春，张治中、邵力子与林伯渠、吴玉章等在此寺举行秘密会谈，商讨抗日事宜，为“双十协定”作筹备。二十世纪八十年代，释德成重修弥陀寺大殿，海内外宗教界人士及善男信女尽力赞助，五间大雄宝殿翻修落成。之后，又修建成僧舍禅房楼二层十四间与弥陀寺山门。此为现今南五台较完整的佛寺之一。

大悲寺建于元代，位于五佛殿头天门下。据一些老僧人讲，大悲寺坐东向西，东西两边有塔志，原寺内存古钟一口，上铸有大悲观音。1937 年，尚有前段三间，一道六间廊房，再后边五间大殿，有一和尚住寺。

圣寿寺位于南五台塔寺沟内，建于隋仁寿年间。寺东松林中，有近代高僧印光法师影堂石塔一座，塔上有民国政府主席林森及大书法家于右任的题字石碑，塔内有民国第一任陕西都督张凤翙撰文戴博贤书的“莲宗十三祖印光大师塔铭”。

圣寿寺为城南名寺，据传隋文帝、文帝之母，唐太宗、太宗之母每年都来这儿消夏拜佛，使南五台誉满京城，成为佛教圣地。据新修《长安县志》“文物志”曰，寺内原有直径约两米的大钟，钟上铸有隋时修庙建塔的记载，1958 年大炼钢铁时被砸碎，致建塔的确切年代难以考证。该寺历为名僧云集之地。

到了近代，慈禧太后、蒋介石、宋美龄、胡宗南等也都先后游过此地。五佛殿至圣寿寺之间的斜坡，有日本前首相田中角荣来访时特赠之落叶松，已形成参天大树。

五马石，位于朝天门之上，一天门之下，即现在道班新修大桥之处。关于五马石，有两种截然相反的传说。其一，传说观音菩萨从西天至南五台，骑五匹白马，行至五马石处，下马小憩，故得名。沿下边山道数处，山路大石上都留有马蹄印痕。其二，传说五匹妖马在南五台行妖作怪，残害生灵，观音菩萨在此降伏了五匹妖马，为民除了害，所以民修寺以纪念之。

到了金元时期，全真道教因宗祖钟离权、吕洞宾和创教祖师最初在终南山修道，因此终南山成为全真道教最早的发源地。除了修道之人在终南山上修炼外，在北魏太武帝和北周武帝的两次灭佛后，随着长安城内的僧人因避难至终南山，僧人们开始在此修行。

叙写二十世纪当今终南山隐士的是美国人比尔·波特。他的《空谷幽兰》，让身处西安的文人在倍感趣味十足之余，有一种深深的愧疚，为之脸红，为之汗颜。

为什么？终南阴岭秀，是唐朝文人的情怀，现代人已经很少有遥望终南的闲情逸致了，尽管它只不过是举“首”之劳。至于那里有多少隐人，他们的生存状态和精神处境如何，它在这个喧哗的尘世有什么意义，似乎并不关你我的事。另一种人生方式，真的就和我们没什么关系吗？

不远万里前来的美国人比尔却钟情于终南山，一次次地走遍诸山名寺，寻访若干现代中国的隐士，向世人展示了他采撷于终南山空谷里的一束幽兰，据此在欧美大地刮过一股关注中国传统文化的清新的风。这是更令人信服的“文化苦旅”，被摧残的老树干上萌生着鲜亮的嫩芽，从而传达出复兴传统文化的希望之音。那些在孤独的道路上行进的人们，是我们不可以遗弃的某种“暗物质”，不发光，也不反射光，但却具有万有引力。

中国的隐逸文化可谓源远流长，黄帝朝拜过隐士，尧选择隐者舜做继承人，之后隐逸之风一直伴随着中国的历史。在人生方式上，一直有人情愿在山里度过一生，吃得很少，穿得很破，住茅屋，垦薄田，话不多，留下来的文字也许只是几首小诗，或一两个仙方。远于尘世而亲于烟霞和季节，轻物质，重精神生活，一直受人崇敬。隐士是一些韬光养晦者，他们不想惊动人间的好梦，有着夜一样深沉的呼吸。隐者不为名利所动，不为俗务所害，修身成道，少有言语，却孕育了精神生活之根。

爱因斯坦生前有一个梦想，就是独自一人去看守灯塔。现代生活中的你我，其实总是做着自己心灵的隐者，不妨请美国人比尔作向导，去寻访终南山里的隐士。

踏上山野之旅，便是走向自己的家门，离心中的归宿不远了。

王勇超在南五台考察期间，还听到了此处不少的民间传说 。

据说在唐代，南五台山下的留村还是一个不足二十多户的小村。依山傍水，春来堡外桃李花开。奇怪的是，曾经有那么连续三年，村子的百草都未发芽开花。村里人议论纷纷，疑惑不解。

唯有一举人说："三年花不开，苍天降人才。女皇立殿试，京城喜报来。"时过不久，女皇开科，果然留村有一乡贡，连中三元，被州县送京城参加会试。贡生一表人才，对考官的提问对答如流。人们都猜测，今科状元，非他莫属。可当主考提出最后一个问题时，留村贡生却哑然了。

其提问："石墙、石梁、石柱、石瓦、石门、石窗、石桌、石凳、石香炉，供奉石佛之石屋为何屋？在何处？"

贡生答不出，屈居探花。

尽管在曲江杏园举行了探花宴，游遍名园，但他却觉得美酒寡如水，佳餐味同嚼蜡，游园赏景，毫无兴趣，心头总萦绕着那个答不出的问题。他为自己未能高中状元而自责。当喜报进村，街巷沸腾，寻找探花，却不知去向。原来他独自信步向村南山里走去，边走边扪腮自问："石屋，是间屋？在何处？"就这样边思边走，竟不知不觉来到山沟一座石桥旁。多日来接连应试，已觉疲惫不堪，今天气炎热，只觉得睡意朦胧，便依桥栏进入梦乡。

遥闻一阵仙乐之声自远而至，一双仙鹤翩翩飞来，上驮一书生，手持洞箫，其声悠扬悦耳，超尘脱凡。一仙女的歌声清晰地传来："舀舀洞箫七岁琴，青烟袅袅炼汞金。白鹤云游在四方，仙道原本书外寻。殿试石屋奈何谁，南山樵夫口中得。”

留村贡生欣喜若狂，有说不出的羡慕。他猛然觉得应向这一骑鹤人求教寻问，于是急忙追赶上去。

大仙，等等我。

这一喊，他醒了。却只见一樵夫背着一捆山柴边走边唱：“殿试石屋奈何谁？南山樵夫口中得。”

贡生不由顿悟，此是仙人给我指点迷津，于是就将殿试主考所问一一说给樵夫。

樵夫随口说：“就在那个山梁，人称甘公庙，你去一看便知。”说着就背着柴下了山。

贡生爬上山梁，果然见山顶有一打磨石板砌成的小石庙，里边石桌、石凳、石香炉，并供奉着一个石佛。那香炉里蜡炬闪动，青烟袅袅。

留村贡生顿悟，一下跌坐在庙前，口里喃喃地吟出四句诗：“平生任读五车书，不如南山一樵夫。遇仙桥上指迷津，原知书外还有书。”

自此以后，此贡生归隐于南山，不知所终。而关于石屋的课题及石桥上遇仙之故事，却一代代流传下来。

终南自古为隐逸之地，隐士如云。

秦有东园公、夏黄公、绮里季、角里先生，时呼四皓，共入商洛，隐于商山，以待天下定。及秦败，汉高帝召之，四人乃深匿南山，不能屈之。

王勇超还听说过，在南五台，有一座早已消失了的民间圣殿，也就是送子殿。当初，位于胜宝泉与下宝泉之间，同四方镇并排坐落于山路两旁。送子殿，亦称娘娘庙，敬奉姜嫄圣母。

据传姜嫄是豳人的先祖，心地慈善，勤劳手巧，人缘很好，可三十多岁亦未生子。一次出外，踩了野人脚印，只觉身木心悸，不久怀孕生子。她认为不吉，后弃子于野外山道。虎狼出没，非但不伤其婴，反为其哺乳，百鸟也纷纷飞至，展翅为其遮风挡雨。姜嫄感动，又将婴儿抱回，取名为“弃”。

升天后，被天上玉皇大帝封为送子娘娘。

南五台六月庙会，在诸多寺院汤房中，送子殿香火颇盛。

别处多老汉老婆，其衣着色彩灰暗，唯此段最多年轻妇女，相比之下，其装饰尤显艳丽。她们向送子娘娘虔诚祈祷，跪拜像前，边烧香叩首，边咏唱祈子歌，向送子娘娘许愿，并向添香柜丢钱。然后悄悄从供台上拾取用黄表裹着的彩塑泥婴，离开送子殿。来去路上不能与人说话，以防送子娘娘将子送岔，给了别人。所祈之彩塑泥婴，有男有女，祈子心切，常迫不及待要拆表偷看，还有过庙门绊倒摔坏泥婴者。观者忍俊不禁，欲笑不便。祈子者有的看后心情沉重，闷闷不乐；还有的放长声痛哭，可悲可叹。

祈子者须在庙里过夜，时至六月，男女香客混杂一起，于麦秸铺上天南地北漫议。妇女长年禁锢，如鸟初放，虽苦亦觉新奇清爽。一见钟情者，亦皆有之。祈子者回后，也偶有怀孕生子者，不管其因如何，当还愿于送子娘娘，烧香修庙者有之，唱大戏还愿庆贺者也有之。

可惜送子殿如今早已被毁，只剩下遗址上的一片荒草了。

根据陈忠实获得中国文学最高奖茅盾文学奖的长篇小说《白鹿原》改编的现代舞剧，由和谷编剧，夏广兴导演，首都师大排演出品，在北京保利剧场、北京大学百年讲堂、西安人民剧院公演数场，其中有一场小娥与村妇在娘娘庙求子的舞蹈，取材于终南山下的娘娘庙。衣着鲜艳的众女子腆着肚子，扭动小腰，在欢快而戏谑的音乐声中，尽情宣泄着生活的希望，令人陶醉。而为多年后文学艺术提供资源的地方，少不了南五台山下这片故土的贡献。

王勇超当下所要做的大事，是让这片传统文化的故土，重新焕发出时代的光芒。

他已从终南山及南五台的沧桑变迁中，读到了传说中的神灵的启示，受到了一代一代圣贤们的鞭策，要把二十一世纪这一代长安人的忆念留下来。

传统文化的历史链条，不能从这里中断，相反，应该是最牢固最华美的一环。

第十二章

博物院记

南五台山下的留村，隋唐时代曾经是一处汤坊。

汤坊，即是朝山者吃喝住的地方。过去人们上南五台山，主要是前往进香拜佛，来回在这里休息。

相传隋文帝、唐太宗等，都曾经到这儿朝觐拜佛。据《长安县志》记载，留村形成于唐代以前，可追溯至西汉时期，至今已有几千年的历史，是古代重要的宗教文化区。

村内自古就流传有“三十六丁字路，七十二座汤房”之说，就是说村里没有一条直路，而汤房是寺庙给朝圣的人沿路提供汤饭、住宿的地方。至今，留村还保留着一些明清时的布局和庙宇痕迹，颇具古风。

五台乡，新中国成立初为留村乡，六十年代初建五台公社，八十年代复改乡。2002 年，国务院批准撤销长安县，设立西安市长安区。同年，长安区撤乡并镇，将原五台乡、石砭峪乡合并为新的五台乡，乡政府驻地留村，之后称街道办事处。

南五台古称太乙山，佛教圣地，因其位于耀县五台山即药王山以南，故名南五台，五台乡据此而得名。

据1986年独松阁水池发掘的四枚石斧可知，新石器时代已有先民于南五台一带居住。

留村，有张良庙，建筑年代已不可考。据村人所传，仅知明清各代皆有修葺，并说留村为张良之封邑，但未见载于正史。

五台乡，面积二十三平方公里，人口一万余。辖十七个村，八十二个村民小组。耕地面积八千多亩，林地面积十七万亩，人均有林十四亩。但其中高稳产农田仅有二千六百亩，农业生产率低下。虽有水利设施，大部分年久失修，损坏严重，多数农田望天吃饭，天干受旱，下雨成涝，农业基础薄弱。

五台乡，尚有光荣的革命历史。1932年11月5日，徐向前率领红四方面军主力部队四个师两万余人，从湖北安徽边界西进陕西，遭受国民党三个师及陕军一部的围困。部队突出重围，经长安引镇、王曲、子午、户县、周至，步步逼近西安。红军与国民党军在五台乡的西甘村、东甘村之间的山沟进行激战，消灭大量国民党军。

“八水绕长安”之一的滈河，发源于长安区五台乡石砭峪，与潏河在香积寺汇合后向西，在鄠邑区秦渡镇附近注入沣河。五台乡境内的石砭峪水库，所在河流为石砭峪河。

而对于五台乡来说，文化旅游资源优势在这里最为显著。境内的自然、历史、人文、宗教资源独特，自古以来就是旅游胜地，被历代文人墨客所赞颂。终南山国家森林公园，将南五台山列为特级景区。有圣寿寺隋塔、西林寺北魏石窟、弥陀寺五百罗汉堂、五佛殿唐槐古柏等六十余处景点。

是锦上添花，也是雪中送炭。五台乡要发展文化旅游，繁荣当地经济，增加广大乡民收入，多了一座庞大的关中民俗艺术博物院，不管在谁看来，也是千载难逢的大好机遇。

招商引资，是政府官员的政绩指标。来了一位王勇超，带了丰裕的珍藏，为五台乡建造一个无污染的文化产业基地，建造一座可以传世的文化殿堂，何乐不为？

是财神爷来了，是文化使者来了，五台乡当求之不得。

关中民俗艺术博物院，在五台乡的留村占地五百亩，是列入规划的五台山文化旅游风景开发区的最大项目。如此举动，可以看成王勇超进城从事建筑多年，继而经营书院门灏文堂后的落脚点。

王勇超的关中民俗艺术博物院，堪称全国规模最大、藏品最巨的民办文化遗产抢救保护项目。

之后，文化部第三批国家文化产业示范基地简介中称：

> 西安关中民俗艺术博物院由民营企业陕西省天都集团创办、西安灏文堂文化艺术有限公司承办，位居西安南五台风景区内。从二十世纪八十年代开始，博物院的创办者就组织人力对陕西关中地区的民风民俗、历史遗存进行大规模的调查搜集和登记造册。二十多年来，累计出动人工三千多人次，投入资金二亿七千多万元，共收集了各个历史时期，特别是宋、元、明、清时期的各类民俗物品以及名人字画三万三千六百余件套，还保护了四十个院落，近千间明、清时期的古民居，整理了大量非物质文化遗产。目前，博物院整体设计为明清园林风格，建有民俗文物展览区、古镇游览区、文化名人活动区、关中民俗文化研究中心和会议中心。藏品分民间艺术、关中民居、民俗风情、名人字画四大系列、九个类别。从不同侧面集中反映了关中人民不同历史时期的生活风貌，其中最具特色的是大量的拴马桩和整体迁建修复的古民居。

在征地拆迁过程中，王勇超依据法律程序，腾出所有资金，东挪西借，完成了取得土地使用权的一切合法手续。

博物院所使用的土地，是政策许可的旅游开发用地，多是一些沿山的坡地，粮食和果木林的经营收益不佳，流转为文化旅游设施，可以为村民带来当下和更长远的实惠。同时，将为之后五台文化古镇的开发和五台山景区的旅游发展，带来可持续、不可估量的连锁反应。

这一点，留村的干部群众心里很明白。但要把好事办实，把实事办好，都会不同程度地遇到阻力，都不会是一帆风顺的。

一些村民有意见，需要调整土地补偿资金，说明事情没有办妥当，有话好好说，有事好商量。自以为出身农民懂得农民心理的王勇超，稳操胜券，不着急，慢慢来，问题总会解决。

王勇超梦中的博物院，总是在一步步地从宏伟的蓝图，变成看得见摸得着的活生生的现实。

而在前面等待他的艰难与风险，其程度是他不曾预料到的。

关中民俗艺术博物院奠基的日子，选在2002年7月28日。

在王勇超邀请嘉宾的名单中，有一个重要的人物叫董森林，1944 年生人，学农的却做了一个中学的美术老师。董森林自己在中学的美术老师，是抗战时由徐悲鸿任校长的桂林美专毕业的朱冰清。朱老师的夫人韩雪岩，曾留学德国，给董森林教农业机械，擅长花鸟画。二十岁的董森林，有一天被二位老师带着，来到西安北大街一号的省美协大院，见到了大名鼎鼎的画家石鲁，拜石先生为师。

石鲁教导董森林，绘画的基础不是素描，而是书法。一切艺术在于神质，中国绘画是写出来的。

王勇超和董森林认识，也是在作家毛锜家中。毛锜也是石鲁家的常客。王勇超痴迷文化，想在文化事业方面有所建树，董森林也乐于参与其中，一起谈到陕西文化发展的趋势，二人在见解上有共同点，这么一来二去，成了朋友。

八九十年代，市场经济活跃，书院门刚建成，各地商贩热衷工艺品，包括石雕石刻。王勇超和董森林看了，就查找这些石雕石刻的来源，一起到渭北一带考察。这时的拴马桩，在当地只卖到七八十元、一百元，猴子头的，非常精美。王勇超说，这么好的民间艺术品流失外地，太可惜了，他想把好的拴马桩收集一批，留在关中。董森林说，你能多收就多收，收它一百个，收得越多越好，形成规模，社会效益就不一样了。

由拴马桩到饮马槽，由上马石到石门楣，从石雕、砖雕、木雕到古民居，由此及彼，由一个物件到整个院落，让王勇超渐渐入迷，胃口越来越大。董森林说，石刻是依附于建筑的，是建筑的有机组成部分，是配套的，能多收就多收，逐渐形成系统。

他们到了合阳一个偏远的村子灵泉村，看到了明清风格的民居在半塬半山上。有城墙城门，五六米高，街道整齐，房屋高大，二进三进的、三合四合的、三间五间宽的院子。家家门前有拴马桩，有的有四根拴马桩，戏楼有四根石柱，有石头旗杆，还有祠堂。其雕刻之精美，建筑格局之宏伟，让二人惊叹不已。名人党晴梵的老家就在此村，这在关中乃至中国北方也是少见的。

二人还考察了大荔的姬家庄，石碑记载是周文王的后裔居住地，建筑和雕刻也很精致。又到了合阳的李家庄，一院落三间，三个庄子，其厦房的雕饰独具一格。还到了陈家庄，建筑古朴，格外高大，清嘉庆九年（1804）所建。

接着，又跨过黄河，一路考察了山西、河北、山东的古民居。相比之下，陕西古民居的特点是高大，雕刻精致，内容丰富多彩。又比较南方安徽、江苏、浙江的古民居，陕西古民居则大方沉稳，博大厚重。

如果能把这些精美的古民居搬迁到西安，加以保护，集中复建，有农业文明建筑文化的经典意义，是系统性的中国农业文明的活化石。其对于延续文化传统，认识历史，都很有价值。

于是，王勇超从第一根拴马桩开始，一直收集了八千多件，形成了千军万马的阵势。并且，又拥有了古民居建筑群落。

当初，王勇超还结识了陕西师范大学的傅功振老师，一个为他的博物院事业出过不少好点子的人。

王勇超一口一个傅老师。都是长安人，一个是郭杜人，一个是大兆人，当地人把大叫“代”。在少陵原上，两家近邻，相距十多里地，所在的村子甚至是连畔种地。

早在九十年代初，王勇超就与傅老师认识。傅老师的叔父傅祖浩，是有名的剧作家，在戏曲研究院做编剧，写有《金麒麟》，当时还正写一出治沙造林的戏。那时候，王勇超虽然搞建筑，却对文化人很敬重，有意与其接近，讨教一点学问。他经常上傅祖浩在东门口小楼上的住处去，少不了帮忙，也跟剧作家学一些文化艺术方面的知识。傅老师也常来看望叔父，一来二去，二人就在这里认识了。

当时，王勇超已经开始收藏名人字画和民间古董，收下先藏起来。民间文物的收藏环境还很恶劣，一些官员和群众不理解，对民间文化遗产认识不足，说是烂石头，没用，并把从事这方面爱好的人说成文物贩子。

傅老师是学汉语言文学专业的，留校后从事教育工作多年，在民间文化方面造诣很深，后来做了陕西省民间文艺家协会的主席。当初傅老师热衷于民间文化遗产研究，自然与敢于实践的王勇超一拍即合。

他们一起到渭北跑过多少回，到了乡下，傅老师发现王勇超是个能人，有本事人。到了哪里都有他的联络点，一群文物爱好者朋友形成网络，跟地下工作者似的，非常热心，进行地毯式的收购。进了人家后院，看似荒草滩，下边埋藏的却是拴马桩、石槽。进屋什么也没有，墙里藏的则是木雕。要上马石，还是要格子门，一个电话，东西就送来了。接着，就用汽车、拖拉机运回西安的郭杜库园。一些老古董，也通过王勇超的征藏，把价提上去了。

王勇超开始收拴马桩，藏在郭杜，不是收藏，是潜藏、窝藏。偷偷摸摸的，人说是文物贩子，日鬼掏蛋的。社会舆论不好，并与一些官方关系也处得很僵。相关政府部门，从中阻挡、制约，一些人甚至在破坏。有人认为不值，烂石头，是打着收藏文物的旗号，搞建筑挣了些钱，这些东西也便宜，用钱收买，不知道王勇超想干啥。

王勇超是陕西最早动手搞这一行的，开始还有一些架子。说："我是个农民，当地领导哪个不是农民？"有人说，要办事，你不巴结人家，也不想着把谁的嘴抹一下，人家不理你。南方人开放早，从渭北一带收购拴马桩给老祖先修墓，好的卖给香港换奥迪车。高投入，高风险，从而也刺激了陕西的民间收藏市场。

傅老师听王勇超说，他看见有农民为分家要锯断饮马槽的，花钱收了回来。意识到是个文物，上面的雕刻很精彩，千姿百态，而这些石雕，一个和一个不一样。

有朋友劝他，你喜欢就弄几个，何必大动干戈。王勇超不听劝说，孤注一掷。王勇超他舅给他帮忙看门，舅觉得外甥搞建筑，挣点钱不容易，自己喜欢，弄几件就行了，你成百上千地买回来，老石头也不生崽娃子。

一次，他舅拉住傅老师说："我看勇超还听你说哩，把钱都买了烂石头了，糟蹋啦，太辛苦，再甭折腾了。把钱花在这上头，我看不值。"

傅老师给他舅说："值，你老汉保守，替外甥担心，但年轻人有年轻人的想法，我支持哩，你也甭操心。"

王勇超从灏文堂到关中民俗艺术博物院，傅老师是一步步看着走过来的。他帮忙出谋划策，充当了其间一个智囊的角色。他知道，王勇超是家藏万贯，但却身无分文，经常倒不开手，借朋友钱，着急收藏一件难得的好物件。此举已经成了王勇超的信仰，走进去出不来了。

傅老师认为，从渭北西部的永寿一直到黄河岸，有独特的石雕，地域性很强。关中拴马桩十分精美，是多民族文化融合的产物，是从游牧文明到农耕文明的文化见证。渭北一带与陕北、陇东接壤，当时主要是羌族的栖居地，胡人胡马，到后来的木兰从军，没马不行。这一带官员多，立功封侯，韩城进士就有几百个，从实用到镇宅，拴马桩从汉代到元代就有了，这一点，汉代墓砖可以考证。

在汉代，汉武帝爱马，不是个人偏好，得到汗血马是为了打仗，驯马是为了强国。与突厥的战争是为了马，还有西域刀，钢水好。唐代好养马，到了宋代文官治国，马政衰落。金国将秦岭以北统治了近百年，靠马。元代，是用马统一了国家。清代，也是马背上的民族。尤其是在西北，羌人尚武，吃牛羊肉，热能高。拴马桩，开始是实用的标志，农耕用牛，马是军事也是政治产物。石雕形象是以胡人后裔为主，也有妇女形象，都是胡人文化，汉族儒家向来是轻视妇女的。宫廷是华表，拴马桩就是渭北民间的华表。再说皇帝尚龙，马是龙种，马放南山，是天下和平。

西府是周文化，尚礼，渭北东部野性，穷，性硬。汉代墓画有驯马，当然就有拴马桩。马，就是现在的核武器。马政建设，在北方尤为重要。汉唐雄风，雄在哪儿，雄在马上。金是个小国，统治渭北很长时间。拴马桩只有在渭北才能产生，民族融合过程中，家家有马，胡人胡马。渭北民居较迟，看重安居乐业。从实用到审美，胡人文化元素较迟，汉人看淡了，胡人看重，对进入农耕定居的珍重。由此形成了一方地域的民间文化，马不作为耕地的牲畜了，成了文化图腾。

在傅老师的眼中，王勇超收藏的拴马桩价值体系，其事业主线是抢救保护文物，而且动手早。新世纪初，著名作家冯骥才发出了抢救民间文物的呼吁书，而王勇超征藏民间瑰宝的实践活动在九十年代已经成了气候。在一批有识之士的感召下，王勇超的文化意识从朴素惜爱文物上升到了理性高度，继而上升到了一种自觉状态。一些政府部门和群众，对于王勇超的事业，从不认可到认可，从反对到支持。这是文化建设上的进步，开掘了民间深藏的热情。从韩国端午节申遗成功的事例中，应该吸取教训。国家从文物保护到文化产业条例，过程在缓慢推进。也就是说，国家、专家和民间保护者有积极性，且高层政策非常到位，但中下层官员实施行动不到位是瓶颈。

在发展民间文化方面，其矛盾是先前各级政府的行为准则，有的出现了偏路和歧途。申遗立法，根本是如何保护，王勇超走的是一条自觉保护的路子，应得到广泛提倡。有的地方政府，文化意识滞后，花国家巨资贷款搞文化形象工程，利用土地政策空间搞房地产，利用遗址人为建造景区。这其实是旧的农耕文化意识，劣根性在起作用，爱面子，奓势，劳民伤财。西方文化保护注重原生态、原遗址，而如山东孔子城的人造景观是灾难性的。自发组织是一条出路，尊重民间自觉，达到周围人文环境的统一。

有人用遗址搞回报，而王勇超的关中民俗艺术博物院的回报少，收回投资几乎没有可能。王勇超的保护是实物类，以及非遗址保护，真正体现回归民族的精神家园。它是一面镜子，是正道儿，是有潜力的文化产业，是文化软实力。

傅老师还说，王勇超收藏的每个物件和古民居庄院，都有档案，大多是明清以来的。从哪里来的，交易的过程，都有详细记载。他收藏的一些珍宝文化价值高，比如在八十年代，一处唐代庙址搞基建，挖出两个石头巨龟，民工要砸碎，他花了两三千元买了，连夜运回来。现在这对石龟的价值极高，专家考证比碑林博物馆里的石龟年代还早。

关中民俗艺术博物院的藏品，体现了一种精品意识。同样一张画，有的几百元、上千元，有的几十万、几百万、上千万。同样是拴马桩，价值不一样。用王勇超的话说，来了一堆人，其中有一个人是国家总统，就有价值了。

王勇超是个灵性人，近墨者黑，近朱者赤，经常和专家聊天，受益匪浅。他父亲曾说，自看自大，终究不大。还说，成事在天，谋事在人。他爱琢磨，先要想到才能做到，好比看见一个山，正面上不去，侧面上，总要上去，要动脑筋。只有把自己的小事干好，再干大事，才有资格说话。

对个体经济的位置和民间文化经济的尊重，在政策导向上越来越明确。开始说是“文物贩子”，受到各方面的制约。“私企”的命运是一步步得到改善的。而在民间文化遗产保护方面，王勇超是先行者，是先知先觉，有前瞻性，但路很艰难，举步维艰，用民间语言来说，就是干哭没眼泪。

王勇超说，每一个环节都困难，永远是一个梦。受尽委屈，阻力重重，领导越重视，压力越大，罪还得自己受。

傅老师说，在沉重中前行，也正是生命价值之所在。从文物贩子到保护者，用民间经费为国家做事情，博物院归根结底是国家的，不是个人的。历史上的忠臣，好多没好下场，这是悲剧，命。

但王勇超这个把石头往山里背的人，却乐此不疲，勇往直前，且永不回头。

关中民俗艺术博物院奠基那天，西安市政协副主席刘德才被聘请为活动总指挥，杨晓霞是副总指挥。请来了电视台的名主持陈爱美。整个奠基仪式就是一台戏，场面搞得红红火火。

杨晓霞，是王勇超认识多年的朋友，在西安市教育局工作，爱好收藏，业余时间常到灏文堂帮忙。当初，卫俊秀先生来灏文堂写字，她陪伴左右，写错了字，丢了，她就捡起来，对在一起收藏好。卫老说："你真是个有心人。"

节假日，杨晓霞跟着王勇超一行到大荔去考察民间文物。到了一个偏远的村子，她看见拴马桩倒在地上，过去做消防用的石头缸、生铁缸、铜缸，里面种了荷花。农民家里有祠堂，有老照片、狮子枕头，有的是从周围收的，很丰富。在农家吃饭，是从地里刚掰的苞谷棒。这次，收了一对石鼓，品相好，时代久远，有典型性。后来一起到合阳去看一个古民居院落，建筑物已经坍塌，石雕、砖雕和雕花门格子散落在荒草里。他们做了档案记录，照了相，给主人付了定金，留作将来拆迁，异地保护，修复古民居院落。文物是不可再生的，它是社会历史文化发展的依据。

王勇超为拿到创建关中民俗艺术博物院的批复，从西安到北京跑了多少回，他也记不清了。踏破铁鞋，跨过多少沟沟坎坎，他也已经忘记。说是民间文物，之前请文物部门审核，又到文化部门、计委，向领导汇报情况，强调抢救文化遗产的重要性，是把民俗艺术的根留住。几上几下，上上下下，沟通磋商了多少回，终于如愿以偿。

在抢救保护性征集民俗文化器物中，瑚燕是王勇超的主要助手之一。她是 1974 年 9 月生，陕西镇安人，1995 年加入工作。最初曾任灏文堂画廊营业员。由于本人学习刻苦，实践中磨炼，工作能力渐长，她有激情，有魄力，有胆识。关中民俗艺术博物院成立后任博物院常务副院长兼办公室主任。本人系西安市碑林区政协常委。其在博物院筹办、建设和抢救、保护性征集民俗文化器物，以及在企业管理、企业发展中，做了大量的卓尔有效的工作。曾获得"陕西省民间艺术抢救保护工作先进个人"和"西安市 A 级旅游景区创建工作先进个人"称号。

前来参加仪式的有数百人，当地周围的村民，坐马车、拖拉机赶来看热闹。仪式现场事先设计了伞，伞上有博物院标志，防雨又防晒，整个会场成了伞的海洋。民间艺术表演，演的是猴上树。

在此前后，华裔美籍博士黄权裕来关中民俗艺术博物院参观。他的素质教育在美国的影响很大，对中美文化差异有独到见地，对民俗文化非常感兴趣，说这是中国文化之根。他看了展室，说王勇超不得了，为中华民族立了一大功。

正式奠基，结束了名不正言不顺的局面。名不正则言不顺，言不顺则事不成。奠基当天，刘美红以“地上兵马俑，西安圆明园”为题，发表关中民俗艺术博物院的宣言，从博物院之由来到宝藏的理念，全面诠释，切中要害，纵横捭阖，令人为之一振。

刘美红，在创办关中民俗艺术博物院期间是王勇超的主要助手之一，1956年生，湖南人，陕西师范大学文学院汉语言文学专业毕业。他曾任教师，思维敏锐，善于思考，常常是对事情深思熟虑，有激情，能干事，会干事。对博物院前期的创建、发展写下了重要一笔。

奠基后，《陕西日报》《西安晚报》《华商报》等记者都写了报道，曲江新区刚到任的领导在车上看了报纸，马上指示部下打电话，想约见王勇超。原来他们认识，约王勇超见了面。曲江说给几个亿，把关中民俗艺术博物院放进曲江，并说，这将是发展曲江的十部发动机之一。

王勇超仔细考虑，曲江地价涨了，他的资金还不够买地钱，再说这不是钱多钱少的事儿，他要坚守的是民俗无形资产的精神高地，便谢绝了。

而奠基后的头一桩大事，就是筹备召开民俗文化研讨会。地点选在常宁宫。这里临山望水，景色宜人，是长安有名的旅游度假胜地。

隋朝末年，唐太宗李世民之母窦氏前往此地三观庙降香，不幸遇匪劫驾。窦氏一行慌忙弃车逃命，忽见高崖下有一小洞，便慌忙入洞避难。劫匪一路寻来，眼看就要被捉住，凭空飞来一块巨石，正好砸死最靠近洞口的几名劫匪。大将秦叔宝、尉迟敬德飞马赶到，窦氏夫人化险为夷。为感神力相助，求佛祖保佑李唐王朝，太宗李世民谨遵母命下旨在此建造寺庙，命名常宁宫。

抗战期间，国民党黄埔系将领胡宗南驻陕主持西北军政，对校长蒋介石很敬重。胡宗南在巡理校政之余便慕名来常宁宫游览，深感这里风光秀丽，地势险要，安全甚为可靠，遂花费两年时间，将这处唐朝皇家御苑建成蒋介石的西北行宫。1943 年至 1946 年间，蒋介石曾三次来陕，就在此居住。

蒋介石的二公子蒋纬国从德国军事学院学成回国，在搭乘火车时，与西北纺织实业家石凤祥之女石静宜小姐邂逅，四年后喜结连理，由蒋介石和宋美龄亲自为他们主持婚礼，蒋纬国与石静宜也就在此度过洞房花烛之夜，之后，这里便又成为蒋纬国夫妇的度假别墅。

常宁宫，所处之地就是柳青体验生活的皇甫乡，是因以前的黄埔军校七分校而得名。著名作家柳青的巨著《创业史》，就是对皇甫乡当时农村合作化火热生活的真实写照。民间传说柳青写《创业史》时，为了描写当地农妇骂人的神态，站在崖上端了一盆水倒在人家晾晒的被子上，农妇骂他时，他就拿个本子蹲在旁边观察记录，后来被农妇认出，他这才讲明情由，并赔了一床新被子。由此可见作家对文学的严谨及挚爱。

2002 年 12 月底，雪花飘舞，常宁宫高朋满座，四十多位专家学者济济一堂。前来参加关中民俗艺术研讨会的学者中，有给予了王勇超许多支持的郑欣淼。回到西安，郑欣淼是回到了自己的家乡。亲不亲，故乡人。乡党的事，家乡的事，文化上的事，就是他自己的事，不遗余力地给予帮助。虽然到北京已经多年了，但他的身上还是刻着浓重的陕西符号，一是口音，二是饮食习惯。他说，连战来故宫的时候，他出席了接待会，连战立即判断说他是陕西口音。就是现在他在北京和家人说的也是陕西话，吃面的习惯也和口音一样，融在了血液里，是改不掉的。

郑欣淼，陕西澄城人，毕业于西北大学，曾任陕西省委副秘书长、国家文物局副局长、文化部副部长兼故宫博物院院长。在文化理论研究、政策科学研究方面，有《政策学》《文化批判与国民性改造》《鲁迅与宗教文化》《雪泥集》等多部著作。

郑欣淼分析了形成民俗保护热潮的原因，并说关中地区是中华民族发祥地之一，有着大量优秀的民俗文化和重要文化资源，我们要抢救保护和开发利用并重，大力振兴民族文化事业，将关中民俗文化推向全国。现在陕西省委、省政府对文物保护工作非常重视，陕西的文物保护工作做得很好，他很高兴。陕西的文物影响很大，像兵马俑、碑林等文物，他觉得在保护文物的时候，应更加注重整体化的保护，而不是只保护某个孤立的建筑。同时，还有很多文物是非物质文化遗产，如民俗等，也是需要保护的，这样的文物不一定要政府统管，民间机构也可以来管理保护，发动各种力量保护文物，陕西的文物保护工作一定会做得越来越好。

仔细考察了关中民俗艺术博物院后，郑院长说："看到这么多的藏品和收集的东西，很受震惊，有这么多东西需要保护。过去我们说文物，认为好像就是青铜器呀、瓷器呀、字画呀这些传统的东西。现在大家感觉到，随着现代化步伐的加快，城市化的加快，我们民族的、民间的文化应该是我们文化的一个根，关中民俗艺术博物院也很明确提出这一点，'把根留住'。留给我们的不是简单的思古幽情，它作为我们人类文化发展的一个历程，作为一个重要的文化源泉，觉得只有看了这些东西以后，活生生地看这么多，更能感到它的必要性。确实，好多我们感觉不经意的一些东西，如果用历史的眼光，用艺术的眼光来深入地看，记载了过去好多信息，值得我们认真研究。关中民俗文化的保护，是替政府干了一件政府应该去干的事，对中国文化的继承和发展立了一个大功。"

在民俗文化研讨会上，郑欣淼先生对民俗文化理论问题的精辟论述，让王勇超大开眼界，更有信心了。

在常宁宫民俗艺术研讨会上，专家学者们高谈阔论，为王勇超的关中民俗艺术博物院号脉，出谋划策，有不少高见。其研讨成果，后结集为《关中民俗艺术论集》，由三秦出版社出版。

著名评论家肖云儒指出，关中民俗是活着的文物、活着的文化传统、活着的地域文化、活着的民族精神，它既凝固着物态的精华，又流淌着心态的光彩。

民俗专家赵剑文说，倡导公办文化事业，扶持民办文化，发展民办文化产业，可弥补国家在文化财政上的投入不足，民办文化产业是社会主义特色文化事业重要组成部分。因此，民俗文化的继承发扬和作用的发挥，以及新生活思想的注入，需要人们理性去对待和科学化的呵护关爱。

民风民俗作为人民精神文明基本表现的“软件”，和一切文化、科学、教育活动一样，要比建设精神文明的“硬件”复杂得多。民俗专家王仲一认为，在物欲横流、光怪陆离的社会风气纷扰着一些人思维方式、价值取向和人生追求下，许多人日益为物欲、利欲、金钱欲所役使，有意无意地违背基本道德和民俗水准，已严重影响传统婚配丧葬风俗和道德水平。新民俗应当作为一种社会进步催化动力，各级领导机关都应把树立良风新俗列入议事日程，给以正确对待。

民俗专家甄亮，论述的是民俗文化研究的现代观。他认为，现代意识的民俗生活，要突破传统文化的依附观，突破传统民俗活动的年节观、单一娱乐观，以经济文化共同一体发展观、民俗文化产业观去经营开发民族民俗文化资源。要在开发中发掘民俗文化精神动力，在保护民俗文化遗产中去发展民俗文化产业，取得保护民俗文化遗产的社会效益和民俗文化产业的经济效益的双赢收获。

美术史论学者王宁宇，对民俗艺术与学术规范有独到见解。他认为，民俗与民俗艺术本身是人类社会的一种基本文化现象，今日中国把民俗学与文化人类学作为一个专业并列在人文社会科学领域的民族问题研究学科中。那么，其中的民俗艺术学部分，在实际上形成和坚持了自己应有的学术规范了吗?近十多年，是中国各地民俗博物馆特别是民办民俗艺术博物馆大量涌现的时段，其实博物馆本身应该是学术建设和学术规范的示范。

国家已十分重视各类博物馆的建设，政府投入大量的资金去保护民族文化遗产。画家李宪基说，许多有远见的民营企业人士也把目光投向文化产业这个朝阳事业，各种类别、类型的民间博物馆纷纷建立。关中民俗艺术博物院的建设，就是王勇超先生的一项有识之举。

在常宁宫研讨会上，雕塑专家陈云岗、民俗旅游专家李骊明、成本管理专家王平心、民间文艺专家史耀增、民俗专家李健彪、历史专家惠明、文史专家叶增宽、文物专家刘成、民俗文化专家宁锐、历史学家韩养民、文博专家王长启等多位专家学者，从自己的研究领域入手，就民俗文化和关中民俗艺术博物院的建设，发表了精彩的观点。

王勇超，当然是常宁宫民俗艺术研讨会最受注目的人物。

人们期待着他的演讲。

在研讨会上，面对众多的教授学者，王勇超显得胸有成竹，发表了"把根留住"的主旨发言。

他说："世界上到处都有华人，到处的华人都说叶落归根。华人的根在哪里？在中国！中国的根在哪里？在陕西！追根寻源，我们都是炎黄子孙。陕西黄陵黄帝庙的牌匾上大书着'人文初祖'，陕西白水仓颉庙里也有一块牌子，曰'文化初祖'。

"西安是一座具有三千多年建城史的文化名城，与开罗、雅典、罗马并称为世界四大古都。从古到今，承蒙上苍厚爱，这块土地承受过多少阳光雨露。长安、碑林、莲湖、未央、雁塔、临潼、蓝田、曲江，光听听西安区县这些意味深长的名字，足以让你浮想联翩。华岳仙掌、骊山晚照、灞柳风雪、雁塔晨钟、曲江流饮、草堂烟雾、咸阳古渡、太白积雪，诗情画意的'关中八景'无不令人心旷神怡。更不用说那世人皆知的华清池、大雁塔、兵马俑、汉阳陵，周秦汉唐十三个朝代在此建都。地上的地下的，消逝的现存的，深厚的历史积淀，丰富的文化资源，鲜明的地域特色，一切都在昭示：陕西为华夏文明的发祥地，是中国文化精神的荟萃之地。

"曾几何时，西风东渐，欧美文化日盛，盲目的欧式建筑如雨后春笋，西班牙式的、爱尔兰式的、德国式的、荷兰式的，走进那一栋栋花园洋房，喷泉、花坛、罗马廊柱、欧式雕塑扑面而来，以至于让我们不知身在何处。如果千年古都丢弃了自己的文化传承，割断了自己的历史血脉，舍近求远地追逐异域风情，硬是要用千万吨水泥浇铸出一番西洋光景，那才是一种莫大的悲哀，既是西安的悲哀，也是欧洲的悲哀。其实，外国人早就明白这个道理：伦敦就是伦敦，巴黎就是巴黎。巴黎人不会毁掉自己的香榭丽舍去筑一座白金汉宫，而伦敦人也绝不想将巴黎圣母院搬到牛津去。所谓存在决定意识，环境造就人。与洋建筑相呼应的，是如今年轻人的洋时尚，吃汉堡包、喝可口可乐、听克莱德曼、过情人节，摇滚乐代替了秧歌舞，卡拉 OK 压倒了民间小曲，长此以往，古都西安的年轻人势必对本地域的器物无法认同，对本民族的精神产生隔膜。不知有汉，毋谈魏晋，更遑论继承中华文化传统。”

王勇超接着说：“在关中农村，农民过上小康生活的显著标志便是拆掉旧房盖新房。红砖水泥加楼板，清一色的小二楼鳞次栉比。一大批明清时代遗留下来的古代民居于顷刻之间化为乌有，更不用说那些镌刻着历史文化的砖雕、木雕、石雕、牌匾、碑刻、神龛正在面临灭顶之灾。剪纸、年画、面具、木偶，只能博得外国人的青睐，本国人已不再喜欢这些土里土气的东西了。秧歌、鼓舞、皮影、线戏，这些标志着民风民俗的活动正在消遁。还有那遗弃在荒郊野外的拴马桩、饮马槽、石马、石牛、石狮、石人，任凭风吹雨打，愈发无人过问。具有讽刺意味的是，一方面原生的、真实的、本源的古迹被当成了垃圾，反过来一些人却舍本求末地在‘仿’字上大做文章。大到仿古一条街，小到仿铜车马、仿唐三彩、仿兵马俑。大雁塔旁，偏要不伦不类地修一座秦王宫；华清池侧，又要建一座西游记宫。不仅在西安，前些年全国兴起一股人造景观热，各地为仿古建筑而大兴土木，不惜以破坏城市生态为代价。有的‘假古董’单项投资就超过了亿元，而国家每年下拨给七百五十家重点文物保护单位的‘专项补助经费’，只有十三个亿。

“古都西安的旅游事业一旦脱离了历史，脱离了文化，脱离了民风民俗，势必成为无本之木，无源之水。古都西安一旦失去了自己的灵魂，文化古都将变得徒有其名。在我看来，名副其实的古都需要更多真实鲜活生动的东西加以支撑，而不仅仅靠一些陵墓和寺庙。现状是西安古都的文化资源并未得到充分的开发和利用，其产业化和规模化的程度远不尽如人意。”

王勇超说：“在我看来，唯有民族的，才是世界的；唯有地域的，才是广阔的；唯有民俗的，才是全体的；唯有历史的，才是未来的。

“现实是严峻的，种种迹象表明，那些富有民族地域色彩的、那些具有民俗历史内涵的东西，由于种种原因而危在旦夕。记得《文艺报》头版头条大字标题《抢救！抢救！抢救！》我们忧心地耳闻目睹着民间文化遗产频频告急，无数珍惜罕见的民俗技艺和民间文艺随着老艺人的逝去而销声匿迹；改造旧城的推土机把大片大片的老城民居和附着其中的民间文化訇然推倒碾碎；民间文化典型器物大量流失海外。许多民俗文化和民间文化遗产，我们还没有来得及记住，它们就悄然远离我们而去，许多民俗文化和民间文化遗产本可以保存、传承和发展的，也过早地被人毁灭和抛弃。这令我们痛心疾首。文化遗产和自然生态一样，都是一次性的，一旦毁灭，无法生还。我们焦虑，在乡村城市化、城市趋同化的演进中，我们祖先留下的千姿百态的城市文化和经历千年的乡土艺术、民俗器物将所剩无几！

“现代化的列车，乘着西部大开发的东风呼啸而过。在我看来，西部大开发不光是经济的开发，也应是一种文化的开发。对于陕西这样的文化大省、西安这样的历史名城，更是如此。但在一些人眼中，西部大开发就是推土机，就是打夯机，就是大吊车，就是一条条马路纵横交错，一座座高楼拔地而起，甚至恨不能把西安推倒重来。多年前因为交通堵塞，还有人建议拆掉城墙。1997 年，陕西为修西安至黄陵一级公路，硬是将黄帝陵旁的一个山坡夷为平地。在局部范围内，大开发变成了大开挖，大开挖造成了大破坏，而许多凝聚着传统文化血脉的人文景观，一旦毁坏，则永不复还。”

他说：“二十年前在中国，如果有人说足球篮球、琴棋书画、山水风光、历史遗迹、影视娱乐，包括游乐园、博物馆等也是经济发展的组成部分，可能被人讥为痴人说梦。但时至今日，这已成为日常现实。据一些媒体报道，文化在某些国家已成为该国经济的支柱产业。例如，韩国早就提出要以‘文化产业’来立国；日本的娱乐业经营收入，已超过汽车工业的产值；美国的视听产品是仅次于航空航天产品的第二大出口产品；迪士尼乐园所涉及相关产业的规模及盈利，已稳入世界前十强。毫无疑问，文化产业将成为未来世界经济大盘中最具活力的增长点。得天独厚的古城西安，占尽了天时地利之便，能否抓住西部大开发这个千年机遇，占尽人和，这是西安未来发展成败的关键。

“毋庸讳言，全球经济正在走向一体化。但应明确一点，世界经济的一体化同各国各民族文化的多元化，是共生共存相得益彰的。中国加入WTO以后，如何保护民族文化，保持中华民族的文化个性，继承和发扬优秀民族文化传统，振奋民族精神，弘扬爱国主义，将是不容忽视的一个重大课题。”

王勇超说：“‘让世界认识西安，让西安走向世界’，这是历届西安古文化艺术节挂出的标语，提出的口号。但我很想追问两句，让西安以什么样的面貌走向世界？让世界以什么样的眼光认识西安？别的不谈，仅就旅游而言，每年来陕西旅游的外宾占全国总数的百分之四十，其创汇额却不足全国旅游总创汇的百分之二。我们的旅游发展有缺陷。我们应探究缘由。我们必须为世人，包括我们的子孙，保留足以证明古都昔日辉煌的实物与活物，而不能老让外宾‘白天逛庙，晚上睡觉’，让我们的后代仅在书籍图片中阅读历史，任后辈讥笑我们刻意营造的那些‘假古董’。”

“美国一位舞蹈史家说，‘明天将是今天的昨天’，意味深长。”

王勇超说：“我不会忘记，我原本是一个脚踏黄土的农民，后来又曾当过背负蓝天的工人，自觉应为头顶和脚下这块皇天后土承担某种责任。有时还要蒙受不白之冤，被某些人当成文物贩子，遭受白眼和屈辱。我曾暗想，若干年后，我们的后辈子孙将会怎样想？在二十世纪末的中国陕西，为开创一项功在当代、利在千秋的事业，不仅要负重，还要忍辱。但正是在这种忍辱负重的精神支配下，这项伟大的事业才得以前行。至今让我难以忘怀的是，在进行这项艰难而伟大的事业当中，曾经得到政府、民间各界人士的鼎力相助，不由使我感激涕零。

“随着收藏物品的日益丰富，我们开始考虑如何利用这些珍贵的遗产，使其发挥珍贵的效用。经过反复研讨、论证，我们决定以博物院的形式来展现历史、传播文化、传承文明，并决心以此为契机，培育市场，打造品牌，在发挥其文化功能的同时，也发掘其经济潜能。从大的方面，这也是符合我省省情及政府有关战略构想的举措，文化是一个民族最深刻的内在特质，与经济发展相互促进。物质形态的文化遗产，可以直接转化为经济开发的资源和资本。虽然做了这些工作，但面对严峻的现实依然觉得是小水大渴。唯有提高整个民族的文化文物保护意识，我们的抢救事业方能大见成效。文物是历史的框架，民俗是历史的灵魂。中国文坛上那些领军人物用‘抢救’二字来表达他们保护历史、保护遗产文物和民俗传统的急切之情，是可以理解的。因为，再不‘抢救’，便救不及了。”

最后，王勇超向全社会大声疾呼：“为了中华民族的今天和未来，把根留住！”

关中民俗艺术博物院院长发自肺腑的演讲，引得了与会者的一片掌声。

有一首流行歌曲《把根留住》，原版演唱者是童安格，歌中唱道：

> 多少脸孔，茫然随波逐流，他们在追寻什么？为了生活，人们四处奔波，却在命运中交错。多少岁月，凝聚成这一刻，期待着旧梦重圆。万涓成水，终究汇流成河，像一首澎湃的歌。一年过了一年，一生只为这一天，让血脉再相连。擦干心中的血和泪痕，留住我们的根。

“把根留住”，这是王勇超作为一位率先抢救保护民间文化的践行者，在竭力奋斗与艰难处境中的心灵的呼唤。

他深知“把根留住”这一目标的宏远，他更明白要实现这一使命的艰辛。前后二十余年，他负重前行，无欲含悲，刚毅不屈，临辱不折。他的内心，拥有一个怎样的天地世界？

第十三章

终南曲径

“人各有志，有人是灵人，走的是终南捷径，而我是闷人，走的却是一条终南曲径。”王勇超经常这样说。

多少年了，他从青少年时就萌发远大理想，自信是一块金子，却一直没有找到捷径的感觉。从农民到民工，从建筑队到书画店，从收藏拴马桩到创办关中民俗艺术博物院，一步一个台阶，每一步都艰难曲折。在他面前，不是没有所谓成功的捷径可走，如果把自己收藏的民间文物和资产变成现钱，他可以一夜暴富，身价十数亿。可他偏偏选择了一条通向自己理想境界的曲径，山重水复，柳暗花明，接着又似乎山穷水尽，困顿不前。曲径通幽固然好，但时不时会迷茫无措，难免心境凄凉。

终南捷径，往往是指求取功名利禄的便捷途径。这个在今天应用广泛的词汇，原出《新唐书·卢藏用传》记载，是说一个叫卢藏用的人，想入朝做官，隐居在京城长安附近的终南山，借此得到很大的名声，终于达到了做官的目的。

二十世纪的王勇超，不是想当官发财，连一个公家人的体制内的饭碗也没有，只是想在终南五台山下创建一个关中民俗艺术博物院，收藏展示自己抢救保护的民间文化遗存，为国分忧，为民族留根，却经常被困在半道上。然而把碌碡掀到半坡里，说不再往上掀了，都由不了你自己。

遥想唐代的时候，另有一位叫司马承祯的人，也在都城长安南边的终南山里隐居了几十年，替自己起了个别号叫白云，表示自己的高尚和纯洁。唐玄宗知道了，要请他出来当官，却被他谢绝了。于是，唐玄宗替他盖了一座讲究的房子，叫他住在里面抄写校正《老子》这本书。后来，白云先生完成了这项任务，到长安见过玄宗，正打算仍然回终南山去，偏巧碰见了也曾在终南山隐居，后来做了官的卢藏用。

知音相见，两人说了几句话，很有意思。

卢藏用抬起手来指着南面的终南山，开玩笑地说："这里面确实有无穷的乐趣呀！"

卢藏用的话，可谓经验之谈。早年求官不成，便故意跑到靠近国都长安的终南山去隐居，容易让皇帝知道并请出来做官。达到目的的卢藏用，是在百步笑五十步。

司马承祯想对投机得意者的这种行为讽刺一下，便应声说："不错，照我看来，那里确实是做官的'捷径'啊！"

真还别说，卢藏用，这位终南捷径的既得利益者并非是庸才，他还为后世留下几首诗作。如《九日幸临渭亭登高应制得开字》，诗云：

上月重阳满，中天万乘来。
萸依佩里发，菊向酒边开。
圣泽烟云动，宸文象纬回。
小臣无以答，愿奉亿千杯。

风景秀丽的终南山，曾吸引了不少人在此筑宅卜居，历史上一些政治上失意的文人武士也常隐居山中，在大自然的怀抱中寻求解脱。汉代李广被解职后即居于此，唐代诗人宋之问、王维也在此结庐。这里离长安不远，所以后来有些文人借归隐终南山沽名钓誉，以达到求取功名利禄的目的。

而新世纪的王勇超，是要在此地为中华民族文化建功立业。

当时，对于从事他这一行当的人，还没有一个好的公正的认可的社会环境。因民间文物方面的法律滞后，真正有超前意识和文化自觉的王勇超的作为，不被一些部门的人理解。他想做成一件事，一件民间文化的事，一件由民营私营来做的事，难上加难，四处碰壁。当地一些基层的官员，对这样一个文化项目也认识不到位，觉得不能立马赚钱，见效慢，显示不出政绩，甚至认为，不如娱乐场所或温泉澡堂子有用。

王勇超忍受着这些误解或打击，感到自己作为一个堂堂正正做人的男子汉，一个为民间文化奉献了二十年青春生命的正直的人，一个一心做善事做好事的活雷锋，被社会上的一些人所曲解，这使他的自尊心受到了极大的伤害。

王勇超后来说，你要知道当年的“地富反坏右”，也就是地主、富农、反革命、坏分子、右派有多背，有多倒霉，王勇超当初就有多背，有多倒霉。没人理你，没人愿意接近你，没人乐于上你的门。甚至当初的老朋友，有哪一位肯在你受难时来书院门坐一坐，喝一杯茶？来了，抽一根烟，也可能觉得是对你王勇超的器重与报答。

让王勇超想不通的是，多年来，省市领导一直对这项目非常重视，批过几次字给予支持，但始终落实不下去，推诿扯皮，解决不了实际问题，博物院工程迟迟不能推进。几年过去了，偌大的几百亩地里还是一片荒草，或几间工棚，王勇超绘制的蓝图还久留在纸上，耸立在昼思夜想的梦中。

从事关中民俗艺术保护的王勇超，从民间文化的权威人物冯骥才的观点中受到了启发与鼓舞：如果说一个民族的思想文化传统是在精英文化之中，那么中国民间文化就是中国老百姓精神和情感的载体，是民族亲和力和凝聚力的核心。如果说精英文化是父亲文化，那么民间文化就是母体文化、根性文化。然而，在现代化与城市化的进程中，耳闻目睹着民间文化遗产频频消逝，这是令人痛心疾首的。如果现阶段再不加以保护，对后人将是一种犯罪。

多年来，王勇超把他手下几家公司创造的全部利润都用在了收藏上，为此投入了巨额资金。而且，为了不漏掉看中的每一样物品，他还欠下巨额外债。有人曾建议他挑一些价值高的石雕艺术品卖掉，王勇超生气了，说：“我们本来就是要保护这些东西，如果再把它们卖掉，那我们不就真的成文物贩子了吗？”

其实，王勇超所面临的问题远不止这些，因为无法取得合法的收藏身份，没有明确的法律法规作保护，长时间被人们当成文物贩子，甚至连人带车都被扣押过。似乎有一只无形的手，在让他不得安宁。

王勇超苦苦追求的，甚至只是一种由所谓的文物贩子到文物抢救保护者的正名。名正了，言顺了，然后成事。先需要得到社会的认可，政府的支持，有了话语权，才能让关中民俗艺术博物院的梦想变成现实。

自古拥有风调雨顺五谷丰登的八百里秦川的庄稼人会惊叹，我的天呀，一个人占了五百亩地，都种啥哩吗？

王勇超自小在长安县郭杜乡下种地，人均一亩地。像儿戏狼吃娃，是狼多娃少。种的麦子、玉米、红苕、洋芋，老人、婆娘和娃连肚子都填不饱。他老家的村子才几百亩地，曾经养活过老先人的王曲坡底有个郭财东，说是下了王曲坡，土地都姓郭，他能有多少地？一年能收多少租子？当今这个姓王名勇超的，不也成了终南山下的大地主王财东了吗？何况，王勇超名下的五百亩地里不种五谷粮食，种的是文化，种的是艺术。

你听说过吗？文化是啥？艺术是啥东西？能吃还是能喝？它既不能吃又不能喝，就是给人看的，是个景儿，叫人爱看，教人念想。世界上除了吃喝，还有许多比吃喝更有意思的事情，比如，这五百亩地里种的民俗艺术。

那不就是玩乐吗？吃喝玩乐，齐了。吃一碗面也是吃，喝一碗苞谷糁子也是喝，没错。吃鱼翅、鲍鱼、燕窝等山珍海味也是吃，喝龟汤、菌羹、西凤、茅台等美酒羹汤也是喝，吃喝不一样。人家说，那叫生活质量。但弄不好的话，也是酒囊饭袋，醉生梦死，行尸走肉，枉披一张人皮。而说到玩儿，说到找乐儿，可也真是五花八门，讲究大了，一时说也说不清，道也道不明。

民间有蓝田种玉的传说，从终南山下东去数十里，就是咱的老先人的老先人蓝田猿人生活过的地方，种的玉玲珑剔透，堪称稀世珍宝。玉是什么？玉也是石头，好石头，精美的石头。二十一世纪的王勇超，在终南山下这片土地上种的也就是老石头、旧砖瓦、旧字纸一类金银财宝，当然还少不了老树和花草。

教授学者、权威人士说了，王勇超用多年从事建筑行业赚来的钱，投资数亿元抢救保护的数以万计的藏品，是民俗奇观，艺术大观，是民间文化之瑰宝，是关中文化风物集大成者。用中华民族民俗文化资源的眼光看，它是中国之最，世界之最，独一无二，还不可复制。

终南曲径，决定了王勇超将遭遇的九九八十一难，远远没有到头。

私人办博物院？

鲜有所闻。

从改革开放起始，向市场经济的转型已经明确了民营成分的应有位置。私人可以办企业，那么作为文化企业，也自然无可厚非。但是，要建一所原本应属于国有性质的公益性质的博物院，能成吗？

能成，即使眼下在申报审批程序上有困难，王勇超相信，不远的明天，随着改革的发展和社会文明的进程，一定能办成自己的博物院。

数年间，为兴办民俗博物院，王勇超多次上京拜访故宫博物院郑欣淼院长，汇报自己的想法和进展情况，听取郑院长的指教。当初申请创办博物院，省市文物部门认为，陕西还没有私人申办博物院的先例，不予批准。后来，上报至国家文物局，时任副局长的郑欣淼思想解放，敢于创新，经多次协调后，方由西安市文物局批准成立。

在筹建工作遇到困难时，王勇超就找郑院长寻求解决问题的办法。在民办博物院的开放政策方面，郑院长通过理论与实践，为王勇超提供了许多重要的建议，并多次与政府各部门沟通，给予关键性的支持。这使民俗艺术博物院才走到了这一步。

尤其让王勇超赞赏的是，郑欣淼先生一再强调西部文物保护要解决观念问题，提倡以温情与敬意厚待民族文化。郑欣淼的一生，与文物有着很深的渊源，一直从事着与文物有关的工作。对我国文物了解的加深，让他越来越觉得对待文物必须持开放的态度。

什么是文物？郑院长在参观考察关中民俗艺术博物院时说，王勇超收藏的都是民间物品，不牵扯到国家文物政策，主要是增强社会对民俗物品的认识，比较有远见。要不光看到陕西是古都，还要了解老百姓是如何生活的，民俗艺术博物院提升人们对关中文化的全面认识，对皇家文化的了解也会有帮助。

前些年，王勇超从事的建筑业业绩不凡，西安灏文堂文化有限公司的声望如日中天，他被评为陕西优秀青年企业家，加入了民进，当上了市政协委员、省人大代表。

在博物院筹建最困难的时候，王勇超找到了时任西安市政协副主席的刘德才。1997年市政协换届时，刘德才担任市委统战部部长。当时，工作人员给他递了一份民进推荐的政协委员人选名单，其中有王勇超的材料。他还不认识王勇超，民进的领导和工作人员便带他来到了书院门的灏文堂，进行实地考察。

他见了王勇超的面，感觉其人不善言谈，憨厚，聪明，很能干。从大堂到楼上楼下，看了好多名人字画和收藏品，又到郭杜堆放拴马桩的库园参观。他十分佩服王勇超抢救保护民间文物的精神。

换届时，推荐的人选很多，但农民界的委员名额缺少，王勇超的材料比较充实，有代表性，便被列入了候选名单。当上了委员，王勇超很珍惜，积极参政议政，递交提案，参与调研考察，表现出色。

这一天，王勇超见到刘德才，二人在沙发上坐定，亲热地聊了起来。

“刘主席，我向你汇报工作来了。”

“好好好。最近博物院工程有啥进展？”

“有进展，但在项目规划上还没弄顺。”

“如果没规划，就不能征地，建设项目就批下不来。”

“我这就是寻你来了，让规划部门支持一下。”

“那好，民营文化产业，应该支持。你干的是政府早就应该干的事，你是在为政府排忧解难，要大力提倡才对。”

过了几天，刘德才约来了规划部门的领导和工作人员，一起来到了书院门灏文堂，接着去了现场踏勘。看了荒草地里阵势庞大的拴马桩，规划部门的领导说：“这个文化项目可行，应该解决规划用地。”

随后，下了规划书，为民俗博物院的筹建解决了大难题。

到了征地的时候，王勇超又去找刘德才。

王勇超说：“征地的报告，向土地部门报了多次，还没有认可。”

刘德才说：“我给他们领导打电话，问问情况。”

土地部门的一位领导回答说：“王勇超是一个皮包公司，还办啥博物馆？”

刘德才生气了，局里不给办事，那就寻市长。

送走王勇超，刘德才回到家中。一吃完饭，他就硬着头皮开始写信，反映筹建民营博物院的事。接连写了几个晚上，直到把情况吃透了，才写好给时任市长的信。

信中写道：

> 市政协委员、陕西省人大代表、陕西天都集团总裁王勇超先生，历经十几年收藏保护了近两万件民俗民风文物，创办了“关中民俗艺术博物院”，经市政府文物局、文化局、民政局审查批准正式同意成立，又经市旅游局推荐报批为市重点项目，最近，以教育文化十大重点项目之一见诸报端。
>
> 为建这个博物院，在长安南五台征了五百亩地，一切手续齐全，市规划局也办了规划定点手续，市土地局的手续却迟迟办不下

来，理由是他们征了几块地。我想，只要是真正的好项目，开发利用石滩地、山坡地尚无不妥，而且应该鼓励大开发、大发展，何况人家是几个独立法人的企业，各自开发谋求发展，有何不可。

我向你写信，一是想请你看看他们的有关资料，了解一下他们的想法。二是想请你在百忙之中抽点时间，我陪你到他们的企业看一看，看看他们是在贩地还是在干实事，搞事业。如果这样一个有胆识，有雄心、有理想的民营企业家得不到支持，何谈发展民营经济？何谈加强创新？

市长，我深知你很忙、很累，但我还是想打扰你，请你在百忙之中抽空到这个企业看一看。如有可能，打电话联系，我一定陪你去。

刘德才写好信，想亲自送到市长手里。他和市长同住一个院子，去了两次，市长都没回来。

第三次上门，他事先写好了条子，市长果然还没回来，就让人把条子转交给市长。

过了一天，市长打电话给刘德才。

“你是刘主席，我到你家里来。”

刘德才高兴地说：“我上你家去。”

一分钟后，刘德才来到了市长家。他说了王勇超是怎么一个人，递上灏文堂的画册，市长认真翻看着画册。刘德才交上写好的信，说：“你看一下，支持一下。”

第二天，市人大开会，市长要参加会。刘德才见到了市长，市长说：“你写的信我看了，已经批给郭秘书长了，让调查一下，回头再说。”

过了四五天，郭家民打电话给刘德才，说信转到了，要找哪些部门调查？

刘德才建议加上城建部门，叫上副秘书长、城建局长张建政牵头调查。

一行人约定，驱车到了五台乡，对民俗艺术博物院实地考察。

张建政思想开放，观点明确，说：“我看五百亩地不够，应预留五百亩，这么好的项目，应该大力支持。”

事后，张建政写了报告，建议将王勇超南五台的征地问题尽快解决。报告交给了郭秘书长，请市长批。

市长批了，土地部门还没办。

刘德才找到郭秘书长，商量以市政府办公厅名义给土地部门发文，履行督办程序，这才办了。

刘德才还是那句话，王勇超办的是政府应办而没办的事。

但要层层落到实处，仍然阻力重重。

王勇超鼓足勇气，先后给省市领导写了几封信，要求解决筹建民俗艺术博物院过程中的困难。

时任西安市委书记袁纯清，先后批了王勇超写的几封信。

2004 年秋天的一天，袁纯清书记来到了五台乡，仔细察看了民俗艺术博物院的筹建状况，提出了中肯的意见。

袁书记归纳说，一是王勇超抢救保护了这么多丰富的民间艺术瑰宝，很了不起；二是关中民俗艺术博物院在为政府办事，办好事；三是还要办成文化旅游产业，要赚钱。

王勇超从袁书记的身上，看到了共产党好官的职责和道德，不涉及半点私人交情。袁书记是把王勇超的事业看成了西安和陕西的事业。

之后，袁书记秘书给王勇超打电话，说书记让他去一趟，二人又谈了一个多小时的话，看如何才能有效地创建好关中民俗艺术博物院 。

王勇超回忆往事时，不止一次感慨地说：“没有袁纯清书记就没有关中民俗博物院。”

到了开协调会的时候，相关部门给予热情支持，积极落实具体措施，但意见也不尽一致。

一个部门的副局长说：“既然遇到了解决不了的困难，当初要这么多地弄啥？”

当时，五台旅游风景区招商引资，望眼欲穿。但在金钱面前人人平等，一视同仁，拿钱来，给办征地手续。实施过程中遇到了问题，是投资者的过错，还是一些政府职能部门的责任？

有一回，时任陕西省省长的陈德铭陪客人去南五台参观游览，经过民俗博物院工地附近时，让一些村民拦住了车。一问，是当地村民因为博物院项目征地纠纷上访的。

王勇超听了，急得像热锅上的蚂蚁，满头是汗，本就不善辞令的他，结结巴巴说不上一句话来。因征地问题挡了省长的驾，这还了得？王勇超在内心检讨自己的工作失误，但也一肚子的苦水，一下子倒不出来。

事后听当地基层政府的人员说了缘由，陈省长严肃地说，建民俗博物院是好事，要干好，先把当地群众的工作做好了。

凡有上面领导来民俗艺术博物院考察调研，下面基层领导也跟着来，表示大力支持，帮助解决好问题，姿态很高。但极个别基层人员，具体办起事来，稀松，空空屁。

用王勇超的话说，干部中有人是德才兼备，一身正气，也有一些人意志薄弱，利益均沾，还有极少数人认识不到位。

王勇超心想，土地是咱农民的命根子，兄弟们失去了土地，这心情他不会不理解。征地合同是受法律保护的，是有效的，但也考虑到农民兄弟们的一些意见，地价涨了，当初出让土地好像吃了亏，他也愿意拿出一些钱来作补偿。真心希望兄弟们继续支持，把民俗艺术博物院建起来，这其中也有兄弟们的功劳和福利。

为与当地群众搞好关系，妥善处理征地中的补偿问题，在政府相关部门的组织下，王勇超跟着基层干部，到了村上参加协调会。

王勇超满怀诚意，带了十万元现金，作为合同外的补偿款，想当场交给村民代表。

王勇超想对村民代表说：“我也是从农村出来的，我们都是农村兄弟，我进城这么多年，赚了点钱，想给社会办点事情，也是想给咱这儿的老百姓办点好事。感谢大家支持我，提供土地兴建民俗博物院。民俗博物院建好后，一定会给当地老百姓带来好处。”

但没等王勇超把话说完，会场就炸了锅。

一位村民代表说：“你甭说了，把你说得跟一朵花似的，你跑到这儿弄啥来了，还不是占地来了？”

王勇超很尴尬，没有吭声。

另一位说：“你看起来就不是个好人，你把些没人要的烂石头烂树桩弄来，是些啥值钱东西？咱这儿再缺啥，就是不缺石头。”

又一位说：“你把石头往山里背哩，是灵性人谁干这事，你得是瓜怂一个，跑到这儿祸害人来了。”

还有一位气愤地说：“为征地的事，你把我老婆都气死了。”

一位说：“我妈也是你气病的。”

有人吵吵，把人家老妈气病了，得掏钱给人家看病，没啥说的。

有人喊叫，你把人家老婆气死了，让你老婆来给人家做饭，伺候人家。

王勇超忍气吞声，强装笑脸不是，发火也不是，他感到自己长这么大，还没受过人这么糟践他，恨不得有个老鼠洞钻进去。这把啥羞先人的事做下啦？

基层工作人员劝说，有话好好说，王总是给大家送钱来了，带来了十万元，大家甭着气，事情好商量。

有人说：“还想拿钱收买人心哩，没门儿！”

有人喊：“对，打，打这狗日的！”

“大家安静，请安静！”

“没啥说的，打！往死里打！”

“甭乱，甭乱！”

霎时间，会场乱了套，一些情绪激动的村民朝王勇超扑过来。

王勇超窝了一肚子的火，在随行而来的治安人员保护下，仓促离开了协调会场。

王勇超成了知名企业家，刨根问底，也是个农民娃，咋能不知道土地是农民的命根子的道理。农民失了地，便失去了生存的唯一资源，失去了生活的安全感，总想多换取一些日后生活的保障条件，这一点，王勇超心知肚明。他也尽可能地想与土地出让方求得和解，即使增加一些征用土地的成本也在所不辞。但政策环节，有许多需要磋商的地方，矛盾各方都存在一定障碍。

当地一些村民的工作一时做不通，政府有关部门上上下下协调，也难以冲破民俗艺术博物院筹建中遇到的种种阻力。

关中地区皇家遗存已为人知并受到保护，而许多宝贵的民俗文化遗产却正悄然消失。包括中国科学院、中国工程院院士在内的十余位专家、学者汇聚古城西安，出席由中国建筑师学会、西安市规划局、关中民俗艺术博物院共同主办的抢救保护关中民俗文化遗产研讨会。刘开济、彭一刚、钟训正、马国馨、张锦秋等三十多位院士、建筑大师、建筑专家共同为保护文化遗产献计献策。

王勇超介绍情况说，号称八百里秦川的关中地区，东起潼关、西至宝鸡、南接秦岭、北抵陕北高原，包括西安、咸阳、宝鸡、铜川、渭南五个地市，是黄河文化的摇篮。十多个王朝在此建都，历史文化遗迹遍布城乡各地，其中众多的皇家遗存已广为人知，也受到了较好的保护，而作为其中一个重要组成部分的关中的民俗文化遗产因为相对比较普通，随着现代化进程推进，其中相当多的一部分已经悄然消失。

他举例说，在二十世纪八十年代，西安地区有保存价值的古民居还有二十多套，但目前仅存几套。渭北地区有四十多套，如今只剩下十一处。这些民居大多数因建筑新的房屋被拆除，保存完好的越来越少。在关中农村，红砖水泥加楼板的建筑物迅速兴起，大批明清时代遗留下来的古民居顷刻之间化为乌有。那些保留着历史文化信息的砖雕、木雕、石雕、牌匾、碑刻面临灭顶之灾。面具、木偶、秧歌、皮影、线戏只能在国外寻觅知音。遗弃在荒郊野外的拴马桩、饮马槽、石牛、石人无人过问，损坏严重。民俗文化遗产必须得到保护已是不容置疑，但是怎样保护却是一个现实的问题。

参加研讨会的专家一致表示，西安作为一个文化底蕴和历史积淀深厚的城市，历史文化遗迹遍布城乡各个角落，关中民俗文化是黄河文化的源头，抢救和保护关中民俗艺术文化遗产就显得更为重要和具有独特意义。

专家们对作为民间人士的王勇超所进行的抢救保护工作给予极高评价，他们认为抢救工作一定要得到全社会的理解与支持，抢救方式最好是就地保护，但就现状来说异地集中保护也是一个不错的选择。当然保护工作应该与商业利用结合起来，否则保护工作就成了无源之水，难以持久。

中国工程院院士、建筑大师、西北建筑设计研究院总建筑师张锦秋，始终关注民俗艺术博物院的创建，由她的学生郑犁担任民俗艺术博物院的整体设计工作。张锦秋和她的丈夫总规划师韩骥都参与了论证。

在会上，张锦秋认为，原地保护最理想，过去研究传统意义的文物，都没有将民俗文化遗物纳入，文物部门也只保护传统意义的文物，民俗遗产现在还得不到很好的保护。目前，在政府没有力量做的情况下，就要靠民间有志之士来进行，政府给予支持。作为民俗文化最理想的保护方式是“原汁原味”地就地保护，如必须进行异地挽救性保护，应经过周密细致规划后进行。

北京市建筑设计研究院顾问、总建筑师、国际建协委员刘开济说，民俗文化应吸引人来看，现在，全世界的人都注重自己的历史和文明，但保护不要依主观愿望进行，挽救应根据实际。关中民俗文化遗产除保护展示外，还要能吸引人，能创收。

中科院院士，天津大学教授、博士生导师彭一刚的观点是，民俗文化遗产的保护应少而精，历史物件在发现后应找有关专家进行鉴定，有文化价值、艺术价值的精品留下来保护。

专家的建言献策，让王勇超吃了一个定心丸。

这年冬天，岳崇约请相关文物部门的领导和专家，前往参观考察民俗艺术博物院。专家们先后到了南五台和书院门，很震惊，说实话也很恐慌。

时任省监察厅副厅长、省民进副主委的岳崇，早听说过王勇超，很关注他的民俗文化事业。新世纪之交，岳崇与王勇超认识，观赏了他丰富的收藏，感到真是不可思议。在接触过程中，他感觉王勇超人老实，农民本色。

后来，岳崇听说他筹建民俗艺术博物院的事，有些方面不太支持。王勇超在主流体制之外，一个人，单枪匹马，上下奔波，想干点事，受到很大限制，当时也有法律政策方面的障碍。岳崇到过文物部门调查研究，一起交谈时，提到法律滞后，民营文化事业受到掣肘的现象。

这次参观考察，开始有的领导认为，有些情况是《文物保护法》所不允许的。早就知道情况，不好明确制止或支持，今天却进了禁区。他们认为违禁了，自己违禁了，窃窃私语。这让岳崇也感觉有点不安。

当时的民俗艺术博物院基建工地，没树，也没房子，一大片拴马桩埋在土堆里。慢慢地，领导们的心态平和了一点。对文物价值，在认定上有一些纠正。

一位领导很激动，说："我可要说狂话啦！"

岳崇心里不平静。

这位领导说："这里的东西是国家级的，有些是汉代的东西，不支持也不行了。"专家们看到王勇超在一点点收集整理，收藏的东西极有价值，又了解了整个事情的发展过程，思想受到了冲击。领导和专家们说："这事要谨慎支持，因为有客观障碍。"

之后，岳崇又约请一些厅局长们到民俗博物院参观，让他们了解王勇超和他的民俗文化事业，争取各方面的支持。

在博物院筹建期间，证办好了，圈地围墙，依法办事，但由于一些基层组织和少部分村民不理解，甚至误会的因素，发生了围攻甚至流血事件。岳崇给相关部门做工作，依法妥善解决。

当时陈省长去五台，让村民挡住，反映王勇超的问题。省长去，村民怎么知道的？岳崇让有关部门调查问题的症结。

岳崇认为，王勇超先是搞建筑，后来把钱撂在抢救保护民俗文化里边，掏空腰包，勒紧裤带，应该是千古功臣。他收藏的文化财富是社会的，是投入型的，暂时没有产出，也无经济效益，应该得到政府和社会的支持。

年初的省政协会议上，岳崇接着渭南旅游局局长发言，呼吁正确对待并重视文化，陕西欠缺的是旅游文化产业，不能都是关中男人女人匪事碎戏，应挖掘关中厚重的历史文化，旅游要发展，文化要先行。

岳崇的呼吁，在旅游文化界产生了广泛的影响。

与王勇超结识多年的刘宽忍，是作为一位艺术家走上陕西省文化厅副厅长职位的。他向外地来陕的文化界领导和知名人士热心推介民俗艺术博物院，带他们实地考察，为王勇超鼓劲。他对创建民俗艺术博物院的举动大加赞赏，认为这是发展陕西文化的一支不可忽视的力量，在力所能及的范围内给予肯定与支持。

省上召开文化保护方面的会议，刘宽忍力排众议，坚持请民营身份的王勇超出席会议。没料到，王勇超的一席发言，不是照本宣科，不讲官话套话空话，不是云里来雾里去，讲得实在，出彩。会后给关中民俗艺术博物院颁发了文化保护示范单位的牌匾，让王勇超深受鼓舞。

在推选有突出贡献专家时，王勇超填了申报表。以往的推选评定范围，仅限于国有企事业单位专家，民营的贡献大小似乎与此命名无关。

省人事厅专家处温新民处长，对王勇超在抢救保护民间民俗文化方面的创举开始是精神上的感动，那么艰难，倾家荡产去做政府应该做的事，有人有那么多钱，早就过安逸日子去了。他带了孩子去参观，孩子从未见过这么多的民间文物，也就是他快半百年纪的人了也很少见过。他也带了一些专家去看，专家对这么大的阵势，都感到震撼。经过了解，他们认为王勇超不仅保护收藏了这么丰富的民间文物，一般人靠个人力量早就撑不住了，而且日积月累，知识渊博，在石雕、字画、器皿鉴赏方面有独到的造诣，达到了专家的水平，应该予以肯定。

温处长看重人才，认为像这样的人才，应该不论身份，不论学历，不论体制内外，只要对发展陕西文化事业和社会进步做出了突出贡献，就应该破例给予命名，并加以倡导。

时任省人事厅厅长的陈存根，听了温处长的汇报，说：“像王勇超这样的实干家，政府应该给立个碑子。”

但申报时遇到阻力，有人说他就是个王石头，收了一堆烂石头，凭啥报专家？在官场上，妒贤嫉能，武大郎开店，向来对人才采取关、卡、压的庸人没消失。关键环节，省文化厅副厅长刘宽忍慧眼识珠，挺身而出，从中沟通协调，并在评定会议上阐明自己的观点，最后得到了社科类评委的一致赞同和认可，全票通过。颁发命名，一次性奖励两万元。这次与王勇超一起获得命名的，还有一位非国有体制的农民科学家。

陕西破例为民营公益事业的人才评定有突出贡献专家、国务院特殊津贴专家，始开先河，一时成为全国多家媒体争相报道的焦点。

尊重知识，尊重人才，尊重创造，按说能有什么问题呢？但真正具体实施起来很难。如果没有维护正义的有识之士的鼎力相助，一些出众人才势必就会永无出头之日了。

曾经担任过西安市土地局监察处长的薛方复，与王勇超认识好多年了，是看着他一步一步走过来的。他曾和王勇超去过几次渭北，考察拴马桩和古民居。王勇超搞建筑赚了钱，但也是在没有完成原始积累的情况下做起来的。一边挣钱，一边完成设想。因为民俗文化事业，不只是钱的事，也不只是石头的事。一般大企业家是在完成原始积累后才搞慈善，而王勇超是一边干一边搞保护，抢救濒临绝境的民间文物，在经济拮据的状况下从事公益文化事业。

有段时间，遇到了挫折，他感到民间收藏没出路。搞成了都会出面，搞不成不关心。逆境中靠的是朋友，包括政府官员的支持。他对朋友们实在，有农民的质朴，也有商人的精明。他曾买过一幅画，据说只有故宫有，画面上是五个仙人，有康有为题跋，据说值几千万。有明朝的字画，文徵明题款。近几年收了不少民国期间名人的作品。这已经不是私人财富，成了社会共享的文化财富。

让薛方复佩服的是，王勇超横向拓宽了自己的生命价值。

给他很多支持的另一位是九十年代末的长安引镇工委书记。

新世纪伊始，引镇工委书记调到长安土地局工作，王勇超为了办民俗艺术博物院的事去找他。

投资者征地，一些基层官员开始说得好听，到后来就有点关起门来打狗的感觉。过去长安人在找项目，把招商当成政绩，来了好项目，地又一涨再涨。王勇超的民俗艺术博物院，被说成是烂树烂石头，秦岭里多的是。在五台乡留村、星火村征了四百六十四亩地，有几个村民在反面做工作。最后，竟然说给多少钱也不卖了。

局长多次前往五台乡做协调工作，有一个本子记的开了四五十次会。最白热化的一次，是他让王勇超拿上几万元，由组织出面做群众工作。有的村民破口大骂，言语不堪入耳。场面一度失控，要打起来了，最后算是安全撤离。

2006 年，国务院法制办来了一位姓方的司长和随行人员，对五台乡部分村民反映的问题进行实地考察。当时，农民是弱势群体，他们告状，政府便强调征地后保证村民基本利益。在这件事情上，村民说是开发商亏了当地群众，提出征地补偿要达到三万元一亩。

考察人员一脸威严，摄像机跟随，到现场调查情况。王勇超出于礼貌，上去握手，人家不伸手，害怕村民误解。

回到常宁宫驻地，方司长一行态度缓和下来，改变了一脸的不好看，阴天转晴天了，并表态说，这是一个非常好的项目，政府应该干的事让民间干了，民营经济承担了压力。

省国土部门一位处长说：“原以为是占地，到现场来和想象的不一样。”

当时的民俗博物院工程刚刚启动，规模小，还没什么眉目。考察人员清查了相关资料，考核了征地项目的程序，没有发现什么违规操作，都是按政策和程序走的，是好的。说是回去后，再认真研究处理意见。

长安区土地部门的领导，随后专程上京汇报了一次。

国务院法制办又派人下来了一次，也住在常宁宫。

几位告状的人也来了，大吵大闹，说："区上、市上、省上国土部门不是人，人面兽心。原以为国务院法制办的人是神，救世主来了，这把我们卖了都不知道。"

国务院法制办的同志说："合法征地没有错。五台的民俗博物院项目有征地公告，有土地登记，当地群众有知情权。如果是造'神七'发射基地怎么办？征，是征用，征兵一样。陕西省政府 2004 年〔177 号〕文件是对的。"

局势这下才安宁下来。村民谈到的每人每年给医疗费，加上生活保障，一亩地到了三万多元。这在农村低保政策尚在酝酿的当时，实在是一大突破，而这个突破要下嫁到民营企业头上。村民还提出，只给二百五十亩地就行了，政府部门坚持原来的规划不变。圈地内原没有建筑物，应为四百九十四亩地。

接待国务院来人的是省政府法制办，国务院来人把关法规，由省国土资源厅负责协调。

后来，少数村民又不准民俗艺术博物院修建工地圈墙。

王勇超给土地部门领导倒苦水，说在征地上太费神了，比做其他什么事都劳人。多少次他心灰意冷，给自己说，干脆不弄了，却又说服下了自己。

领导笑了笑说："你是拿着金碗要饭哩，你的财富儿子孙子八辈子也吃不完，硬要建什么博物院，自己活受罪。"

后来各级领导重视，有政策支持，王勇超还出资帮当地政府修路，局面有了缓和。六组村民每人还有二分地，当地土地部门又花了二百多万元，划出没水的小水库作为耕地。原来每人不到一亩，土地被征用后，保证人均耕地在三分以上。征地款项，村上没预留多少。

王勇超想，哪怕补偿四万元一亩，只要把事情办好了就行。但沿山的建设用地，也是有宏观控制，不能超出统一标准。这又采取变通办法，把有的钱折成了补偿面粉和医疗费用补助，一把将钱兑现了。

没有民俗艺术博物院，就没有五台古镇后来的开发项目，政府给了一个亿建设古镇。在历史上，五台没有设过镇，是一处佛教寺院，山下形成了镇店。后来五台乡领导调整了，区上一届比一届支持力度大。长安近年文化、教育、体育项目有多少个，唯有民俗艺术博物院得到上层高度关注。

王勇超的先祖曾经在王曲马场，过去那里出了一个郭守悦，人说下了王曲坡，土地都姓郭。其郭氏后辈人当过县委副书记，听说如今也有当区长的。早先长安有十大地主，东大出了一个名人，国民党七十四师的师长叫张灵甫。如今郭杜出了个人物，建造了一座民俗艺术博物院的王勇超，远近闻名。

陕西电视台的刘占邦，是六七年前通过傅老师认识王勇超的。他成了王勇超在媒体的一个老朋友，跟踪宣传民俗艺术博物院的建设过程。

刘占邦说，王院长太难了。当初，几百亩地圈不了墙，他和王勇超一起去库房，难遮风雨的棚子里放了好多木器、床、门窗、桌椅，很可惜。开始，王勇超想通过媒体呼吁，解决与部分村民的纠纷。后经过反复考虑，改变了主意，他对刘占邦说，难有难的道理，我不同意曝光，不愿与基层对立。刘占邦后来就跟踪做一些影像纪录和领导视察、专家研讨活动，搬迁过程，几年来积累了大量资料。

为了迎接中央和省市及外地重要领导、专家前来考察，出于汇报工作的需要，王勇超委托刘占邦制作了一部专题片《把根留住》。

设在南五台的民俗艺术博物院项目，是王勇超在 1998 年立项的，于四年后的 2002 年奠基，两年后的 2004 年得以圈建围墙，又四年后的 2008 年 12 月试营业。

十年，短暂又漫长。

王勇超的民俗文化事业曾经受人歧视，忍受常人难以想象的委屈和羞辱，遇到不公正的待遇。许多人百思不得其解，王勇超为什么能成功？其中原因之一，就是经受得住磨难和痛苦的煎熬。

曾经让王勇超始料不及的是，因圈墙与村民发生了进一步的冲突。

王勇超心里隐隐作痛。咱就是农民出身，挣了几个钱，在这儿干事情，却让农民兄弟戳脊梁骨。

事情甚至发展到了不说理而趋向暴力的程度，利益关系不可调解。在相当长的一段时间里，王勇超又深深地陷入了进退两难的困境。

冤仇宜解不宜结。再说了，强龙难战地头蛇。

王勇超想，日后还要在当地扎根，得靠广大村民的支持，只有与当地群众搞好关系，为他们谋利益，提高群众的生活水平，共同致富，才能把民俗艺术博物院的事情办好。

事情过了不到一年，波澜又起。有关网站上出现了一个帖子，引起了网民的注意。

帖子严厉要求有关领导给出答复，说是乌云密布，“在西安市长安区五台乡发生着一件征地事件，这里面的问题很大，投资商是西安市书院门的灏文堂，那里的村民有的被打，有的本身有病被气死的。电视台也可能采访过这个投资商，但是你们也应该深入了解一下民情呀，你们知道吗，那里民心在流血呀。我们也应该在网上呼吁一下，希望有关部门给出一个满意的答复，不要让人民失望，还人民一片蓝天。”

有跟帖的说：“我们支持这件事。”有的说：“我要西安的蓝天，严厉打击那些腐败现象。”有的帖子建议，村务制度公开，还说现在很多地方在征地工作上出现上下勾结、私分征地款等腐败现象。

有的帖子说：“不是不公开，那些领导都很黑，谁弄谁就会有麻烦。已经往北京去过好多次，是上访，都没多大作用呀。唉，这个社会真是让人可悲呀，有的领导真不是东西呀。”有的帖子说：“哈哈，我到成都去过几次，发现四川已经远远地超过了陕西，四川人敢说敢做，佩服他们的魄力，陕西人就知道守旧。”

有的帖子建议，从网上向国务院信访局举报，专门有举报窗口，可以保护自己。有帖子说，现在一些领导，都是嘴上一套、底下一套呀！有时人实在没办法了，就必须骂一下，人心里才踏实呀。还说，据了解，村民正在和开发商打官司当中，也希望大家和法律援助部门能关心支持和帮助村民。

2006年11月19日，新华社西安专电，记者崔晓刚、实习生马红，记者陈昌奇、杨一苗，编辑张如仪、余福卿，在“新华纵横”栏目发表了题为《民俗文化保护遭遇尴尬》的报道。

报道说，中共中央、国务院《关于深化文化体制改革的若干意见》中提出：“要以发展为主题，以改革为动力，加快形成以公有制为主体、多种所有制共同发展的文化产业格局。”为积极响应这一号召，一个具有较强竞争力和影响力的大型文化项目——西安关中民俗艺术博物院于 2004 年正式投入建设。然而，两年的时间过去了，这个被社会各界看好的项目却陷入一种进退两难的地步。

西安关中民俗艺术博物院位于西安市长安区五台乡，占地近五百亩，建筑面积十万平方米，以抢救、保护、收藏、展览民俗文化遗产为特色，被列为陕西省和西安市“十一五”重大项目。西安关中民俗艺术博物院院长王勇超说，它展示了中华民族五千年历史文化的根，表现出一种民族的气节，充分体现了中华民族的渊源与厚重。

然而，2006 年 9 月，当记者来到这所远近闻名的民俗艺术博物院时看到，工程建设已经停滞，大量精美的民俗石雕、砖雕随地放置，成堆的木雕器件暴露在路旁，不少珍贵的民俗字画也散乱地沉睡在阴冷潮湿的地下库房。

西安关中民俗艺术博物院刘副总说，像这个建筑构件，木雕、砖雕不能尽快地恢复复建，又没地方放，就露天堆放着，还有石雕、拴马桩这样一些藏品只能露天堆放。这些出自中华民族源头的民俗器件，包括了自秦汉以来历朝历代的各类石雕、木雕、砖雕类文物、各代民间的生产生活遗物共计三万三千六百余件套。另外，还有明清和民国时期的古民居建筑三百二十栋，可复建和组建古民居院落四十座。

关中民俗艺术博物院主任瑚燕说：“我们征集的这些东西，大部分出自关中渭北一带，像澄县、合阳、蒲城，这些地方我们几乎全走完了，几乎跑遍了。”

博物院还搜集有包括地方戏曲、礼仪活动、民间娱乐、传统工艺、民间饮食等各类非物质文化遗产，初步形成了以关中明清民居、石雕艺术为主体的四大藏品系列，被文博专家们形象地誉为“地上兵马俑”。那么，就是这样一个具有极大民俗文化价值的场馆建设，怎么会陷入如此尴尬的境地了呢？

刘副总说，在建设过程中，出现了进行打砸现场的行为，先后有二十一件文物，主要是石雕文物被拦腰打断。

博物院工程技术人员朱斯广说，原来都堆放得整整齐齐的，一下子被掀到崖底下了。

长安区五台乡党委书记说，把这个项目引进来，为了发展五台乡的经济，依托南五台风景旅游区来发展这个民俗项目。

项目引进不久，主办方就完成了在五台乡留村、星火村共计四百九十五点六亩的土地征用手续。但工程实施到今，土地却难以利用。

刘副总说：“我们实际使用的土地不到二百亩，还有三百多亩土地农民还继续在耕种着，就是不让我们使用。”

西安市灏文堂文化艺术有限公司与五台乡政府就签订的合同规定，平均每亩地土地补偿价为一万元，迁坟补偿五年内外分别为二百元和五百元，青苗补偿每亩为二百元。除此之外，灏文堂另支付五台乡政府管理费三十万元。工程建设期间，乡政府负责协调并创造良好的施工秩序和治安环境。为加快项目进度，西安市灏文堂文化艺术有限公司按时履行了合同中的各项条款，并取得了政府颁发的合法土地使用证，随后开始动土施工。可没有想到的是，就在建设围墙的过程中发生了意外。

博物院人员还介绍说：“2004 年有一次，来了好多人，来把咱们支的砖墙、模板全部拆毁，把他们担的大粪往上倒。”

那么，既然履行了合同，兑付了款项，项目建设为何又受到村民的阻挠呢？

五台乡留村村委会主任说，原来定的每亩一万块钱，可能那款没有及时给，如果那时给了，这些问题也不存在。

刘副总说，一共是四百九十三亩多，所有的费用包括给政府的各种税费，还有给农民的各种各样的补偿也都到位了。

拿到了资金，五台乡政府又开始着手协调，可一晃又过去了两年，协调工作不但没有任何进展，反而更加困难。一些村民表示，余下的土地不再打算出让。

留村一位村民说："我这人就没见他乡政府钱，他就说不过嘛，你给钱，我不要嘛？"

一些农民表示，出让土地后还应为他们办理最低生活保障，增加生活补助，实施培训安置，同时还要解决医疗保险等，总费用超过了上千万元。这让投资方难以接受。就这样，为求得当地的社会稳定和项目的健康运行，已经耗资巨大的关中民俗艺术博物院建设项目不得不暂时搁浅。

五台乡党委书记说："如果要说是经验教训的话，现在要客观地讲，有些事宜快不宜迟。开发商要说人家合作了这些年，人家没有啥。作为政府来说，只能说咱政府承诺的没作为，不是人家没做好。"

一个为社会各界看好的文化保护项目就这样被束之高阁，几近夭折。

记者写道："我们为那些露天存放，遭受风吹日晒的文物感到痛心，也为政府部门的协调不力或无所作为感到无奈，我们期待着传承历史文明的西安关中民俗艺术博物院能早日建成，绽放异彩。"

正是上述的这篇权威报道，澄清了期间众说纷纭的事实，让王勇超长出了一口气，也让村民们弄清了事情的原委，使当地相关部门的责任大白于天下。

协调不力，或无所作为，造成了如此风云变幻的社会影响，直接和间接的经济损失更是不可估量。

好在拨开乌云见晴天，王勇超的兴头又来了。

第十四章

蒙难遇险

在此期间，涉及王勇超的书院门一号，还曾发生了一个案子。

九十年代，王勇超曾与人合作了一个开发项目，准备在秦岭北麓一个峪口征地，筹建一所民办学校。后在合作中发生了纠纷，公司律师的胳膊被人打断了，其他人也被打过。报了警，案件还没破。

接着，又出事了。那天下班，会计小韩正往回走，走到南门外，一辆面包车里突然出来人，抡起铁棍打了她，就跑了。结果，小韩的胳膊被打断了。

受害者说：“对方戴着口罩，看来一直在南门附近埋伏着，是有预谋的。”当天下班时，有人来公司闹过事，并威胁过，矛盾激化了。公司的人被打断胳膊，事态脓包被挑破了。来公司闹事的人，便是重大嫌疑。当晚，他们给派出所报过案。

一位老公安干警认为，这是涉黑性质的连环伤害案件。

王勇超向老干警讨主意。生意兴隆不兴隆不要紧，店员的生命安全受到威胁，他作为老总，心情可想而知。

老干警胆大心细，经过周密考虑后对王勇超说："找谁都不如写反映材料。"

次日八点整，情况报告已经放在公安分局陈局长桌子上了。报告指出打人的人是谁，要求警方采取措施，惩治违法行为，保护相关人员生命安全。

王勇超当时是碑林区政协常委，柏树林商会副主任。王勇超和老干警一起，去找市政协孙主席汇报以期平息事态。

从市政法委书记位子上退下来的孙殿奇，曾是一位"铁书记"。西安市出过一个张铁民，为民办事，刚直不阿，被市民称作"铁市长"。在央视黄金时间播过的电视剧《铁市长》，扮演主角的是李默然，影响广泛。铁，是说作风严厉，说一不二，敢于负责。他是眼里容不得沙子的领导，敢抓敢管。

老干警领着王勇超，来到西一路三楼孙主席的房子门口，王勇超怯生生的，一起进了门。老干警穿一身警服，敬了礼，向孙主席作了自我介绍，并说："王总是区政协委员，遇到了事来找孙主席。"

孙主席问道："什么事？"

老干警直截了当说，有人加害他。

随即拿出资料和照片，给孙主席看。

孙主席一边看，一边说："我不管政法了，这事请找局里。"

老干警说："你是政协主席，政协委员的合法利益需要保护。"

当时，还没怎么见过大官的王勇超满脸的汗，结结巴巴，没说上几句话。

孙主席说："那好，我先仔细看看材料。"

接着，老干警和王勇超走了事先酝酿好的第三步棋，来到省政府大院，找省公安厅厅长艾丕善。

秘书说："艾厅长正在开会。"

他们就把材料放下，让秘书递交艾厅长。

材料中说，埋伏在南门一带袭击灏文堂女会计的人，是与香港有关系的人，带有黑社会性质，此案是治安的新动向，如果不迅速处置，漫延开来，会使市民产生恐慌情绪。

市政协孙主席当天批示，政协法制委派人当天到分局调查情况。艾厅长也批了。很快，派出所抓到了嫌疑人。

公安部门综合各种因素，得出处理意见：打人的人赔偿受害者医药费，写出保证不再闹事，放了人。

老干警说："要执法必严，绳之以法，宜将剩勇追穷寇。"

王勇超说："适可而止，息事宁人，咱要弄大事哩，不纠缠了。"

一场危机平息了。

这位老干警叫邹少陶，当时在西安市公安局监管支队工作。他知道王勇超诚实，讲信用，待人宽厚，知道王勇超干的是大事，但也不容易。王总没钱时，还曾问他借钱，说："有一千块钱没有，中午请人吃饭。"这种事，有过几回。王勇超经常为藏购民俗物品，资金周转不过来，在朋友中拆借，有的借几万、几十万甚至上百万，有借有还，再借不难，是讲信用的。

民俗艺术博物院工程动工后，王勇超在五台用标杆量地，也把邹少陶叫去了。之后征地手续办好了，发生了与当地村民的矛盾，以致造成流血事件。时值冬天，下了雪，邹少陶一听出了事，急忙开车前去。他从楼上往下走，大理石台阶滑，一下子绊倒了，胳膊肘儿受伤，一个青疙瘩。急忙到航天医院，把新毛衣剪开。医生诊断说血管断了。但他包扎了一下，又上路了。谁知半路上，又撞了车。赶到村上，人家把墙头推倒了，把拴马桩砸了不少，双方人也伤了。

邹少陶从法律角度，帮王勇超进行了分析。一是咱在有土地证合法经营下施工，外人冲击是违法的，有法律保护。二是冲击中用木棒砖头袭击殴打是伤害行为。三是保安在被打中自卫，不负法律责任。

当时，王勇超向上级有关部门上报了情况。

从2000年开始，王勇超陆续投资上亿元，在五台乡征地五百亩，建设关中民俗艺术博物院，得到国家文化部领导和省市领导的大力支持，被列为西安市重点建设项目。

2004年8月底，王勇超已办完了所有征地手续，按规定交清了各种费用。本应正常施工，但遇到当地少数人的骚扰阻挠。

11月19日，时任西安市委书记的袁纯清专门做了批示，长安区着手调查落实。

11月21日，因原先由测绘院埋下的标高桩点被人拔掉，测绘院前往五台复测。设备刚支好，来了数十名村民追打测量人员，撕毁测量图纸，抢夺设备。接着，冲进施工现场捣毁古民居修建基础，向工地泼大粪。王勇超向当地派出所报了警。

12月20日上午9点半左右，数十名村民手持铁锨、锄头、钢棍，冲进正在施工的古民居修建工地，见东西就砸，见人就打，并对正在修建的东九间民居肆意捣毁。

现场施工经理上前劝阻，立刻围上来数十人，用铁锨、棍棒将其打倒在地。当工作人员把他从人群中救出时，他已浑身是泥，胸闷气短，脚腕被严重打伤，行走困难，住进了航天医院附属二院。

与此同时，文物库房前也有数十人，把数十件上马石、柱顶石等从一米多高处推到坎下，数十件石雕文物掀翻砸坏，有的被拦腰摔断。几个妇女还用锄头砸文物库房的大门。

博物院负责文物保卫的人员跑过来劝阻，话还没说就被数十人团团围住，他们挥动铁锨、锄头、铁棍向他身上头上打来，有人高喊着："打死他，把他放倒！"有人还用砖头往他头上砸。人被打得抱头乱跑，一直跑到星火村，被人送到航天医院急诊治疗。检查发现头后有血块，胸闷头昏，立刻被院方安排住院观察治疗。

民俗艺术博物院负责文物保卫的人员逃出后，少数村民还四处追打其他员工，几个员工吓得发抖，痛哭不止，直到工作人员打110电话报警，派出所出警后事态方才平息。

博物院长安之星面包车在出门时，还被一个小伙子从后面追上来，用铁棍砸烂汽车后保险杠。

在这次冲击施工现场殴打工作人员、破坏文物的事件中，博物院负责文物安全的主管为了保护集体财产，面对自身生命危险，他捡起木棍自卫，使对方一人致伤，依法属正当防卫，理应受到法律保护。

21 日，当地派出所接到了博物院递交的书面报案。

22 日 12 时许，派出所派人到航天医院外科住院部四楼，欲将正在输液治疗的保卫人员带走。医护人员过来阻止，说病人正在接受治疗，不能离开医院，却被拔掉输液针头，强行将人带走了。

冲进博物院建设施工现场寻衅闹事，破坏市、区重点文化工程、损毁珍贵文物，群殴正常工作人员的少数人却依然逍遥法外，王勇超怎么也想不通。天理何在？法理何在？

他感觉到，民俗博物院多次遭冲击，好像有一只无形的手，在幕后操纵着村民不断闹事，阻挠着工程的进度。但王勇超始终告诫自己的员工，尽量克制，不要动手。

王勇超想，是谁在暗中策划，唆使村民不断闹事？是谁在每次村民闹事中推波助澜？是谁有意纵容村民的不法行为？致使一个完全由自己个人投资，在全市、全省、全国将都有巨大反响的民间遗产抢救、保护项目，在建设实施时竟然这么难！

王勇超向西安市公安局局长写了一封信，反映当地派出所执法不公，正当防卫反被拘留一事。

材料很快上报，得到了领导的重视。在西安市公安局局长的关注下，案件得到了妥善处理。

参与事件的一村民致伤住院，王勇超支付了其医疗费。他想，小不忍则乱大谋，得把精力用在建设民俗艺术博物院的大事上。

王勇超总是让步、妥协，但心里在流泪流血。

在突如其来的打击面前，他将自己多年的经历不知回顾了多少遍，把自己经营之道中的人与事梳理了多少遍，简直跟梦一样。

他的心情时而亢奋，时而沮丧，时而自责，时而自信。但他始终惦记的是他的那些民间收藏品，惦记的是他的关中民俗艺术博物院的基建进度。

也许，他的眼前闪现的是拴马桩上的某一个生动的形象，也许，是古民居某一位主人的起落历程，或者是一幅字画书写者的坎坷磨难。

或者，是佛心，是道法，是禅意，是神明，是仙境。

蒙难，蒙受，蒙是受的意思，难是肉体或精神上的痛苦，或牢狱，或疾病等。

他不怨天尤人，不狂妄自大，是把命运中的挫折当作奋力前行的警钟，默默受到鞭策，一步步走向事业的高峰。

王勇超记得，在全省优秀民间文化抢救保护工作会议上，他曾代表关中民俗艺术博物院做过经验介绍。

他曾动情地说，今天的青年一代，许多人都不知如何过年，品味不到中秋月饼的香甜，更体会不到重阳登高的清爽，而津津乐道的是西方的愚人节、圣诞节，连小学生都大呼小叫“过情人节啦”。这种现象不能再继续下去了，“观风俗，知得失，自考正”，每一个文化工作者，每一个有良心的中国人，都有责任捍卫我们的精神家园，迅速整理系统完整的民族文化宝库，让国人特别是年青一代了解历史，了解传统，了解我们民族辉煌的文化。特别是要把那些行将被漫长岁月吞噬、或人为破坏遗存不多的历史遗物、风俗遗物、文化遗物尽快搜集整理出来，让这些民族精神、民族智慧的化石充分发挥其教育教化的作用，拨乱反正，正本清源，发扬光大民族精神。

正是基于这种认识，王勇超才下决心要创建一个民俗艺术博物馆。然而，他必须要付出岁月、金钱、健康、血汗，承受常人难以承受的各种压力，他才真正知道“抢救”这两个字意味着什么。这不仅仅是一种责任、一种道义、一种忠诚，还应有一种精神，叫作自我牺牲精神。

关中民俗艺术博物院，是一颗迟迟发芽的种子。经历了太多的阳光明媚，也承受了不少的雨雪风霜。

漫长的二十年，短暂的二十年。人一生有几个二十年？

二十余年的奋斗与煎熬，让王勇超这个三十多岁血气方刚的小伙子，一转眼变成了五十奔六的半截子入了土的老汉了。

但他是条关中汉子，矢志不移，从不信邪，走得端，行得正，碰倒南墙连土担。

二十年磨一剑。

二十年建一院。

值！

第十五章 晋京开光

2008年3月5日，王勇超作为陕西省推选的第十一届全国人民代表大会的代表，从西安来到了首都北京，步入神圣庄严的人民大会堂。

陕西文化界、民营企业界的代表屈指可数，王勇超是杰出的，也是幸运的。他坐在人民大会堂，思绪万千，难以抑制发自内心的激情。他自豪地说，我这是代表陕西人民，为民间文化开光来了。

这是王勇超式的质朴、睿智而诙谐的话，这是他独特的语言风格。他可能是全国唯一说此话的人。

开光？

佛教术语。佛像落成后，择日致礼而供奉之，谓之开光。亦曰开眼，或开眼供养。开光，又称开光明、开眼、开明，就是新佛像、佛画完成想置于佛殿、佛室时，所举行替佛开眼的仪式。此为开眼佛事，在佛教中，经过开光的佛像具有宗教意义上的神圣性，受到佛教徒的顶礼膜拜。

其实开光就是为佛像举行一种说法的仪式，主法者先拿新毛巾向佛像做一个擦佛像的动作，说一首偈语，赞颂佛菩萨的功德，此谓开眼也。其次再用镜子向佛像正面对照，说几句寺院、佛像完成的因缘，然后主法者拿起朱砂笔，再说一首偈语，然后将朱砂笔向佛眼的方向做一个“点”的动作，大喊一声“开”，经过如上的一番仪式，开光才算完成。

王勇超用“开光”二字来表述前来人民大会堂参加全国人民代表大会的感受，借用了佛教语言，表达了他对中华传统文化和民俗艺术的敬重之情。

从被人们舍弃的废墟中，他抢救回来多少民间珍宝，别人视为烂石头。从陈旧的村落中，他购藏了多少古民居的文物，被人们视为破砖碎瓦。他收集了散失的名人字画，也从年事已高的名人手里抢救墨迹。甚至他在出门时，不敢说自己是搞民俗研究的，怕被人瞧不起。如今，文化成了生产力，成了软实力，民俗文化成为不可或缺的一部分，引领人们回归精神家园。王勇超打心眼儿里说，这得归功于党和政府，感谢改革开放的新时代，感谢各级明白的领导，感谢人民大众。

不是先人的坟风水好，不是碰运气，是他多年来实实在在为民俗文化做了一点事情，党和政府才信任他，人民群众才拥戴他，投他的票，让他代表底层人民群众的利益和愿望，替人民说话，替社会发言。王勇超的话语权，不只是代表自己，还是代表关中民俗艺术博物院，代表民营经济，代表民族民间文化。民族民间文化在国家的发展大局中，占有一席重要的位置。

多年来，收藏民间遗存，似乎在法与非法、罪与非罪之间行走。

而如今，进京出席全国人民代表大会，一人住一间房子，西服领带，庄严肃穆。他像做梦似的，琢磨再三。王勇超终于悟出来了：我来了，到人民大会堂给民间文化“开光”来了。从一个乡下最普通的泥腿子，到全国人大代表，二十多年过去了，今天来到人民大会堂，投出庄严的一票，他有了成功的感觉。

王勇超从小在乡下，也傲气，七八岁时，他和小伙伴说：“我长大要当村主任。”当时称大队长。小伙伴讥笑说：“你谝得美。”他在村上交了两份入党申请书，因家族矛盾被阻止。如果当初当了工农兵大学生，上北大清华，如今也许干大事了。关键是敬业。他父亲说：“自看自大，终究不大，要动脑筋，把自己的事干好，才有资格说话。”

如今和省委书记、省长甚至中央领导坐在一起，他感到自己的事业得到了认可，同时也感到了无形的压力。只想把自己这件事弄好，真正体现民族精神家园的价值，体现文化产业的软实力，才能对得起“人大代表”这个光荣的称号。

王勇超给大会提交的第一份提案，是关于“把陕西设为传统文化保护开发示范区”的建议。

提案写道，长期以来，党和政府都反复强调加强文化建设，提高全民族文化素质，努力为中国文化发展繁荣开创新局面。事实上，文化建设必须要承前启后。鉴于西安、陕西特殊的历史地位和优越的社会条件，建议把陕西设为传统文化保护开发示范区。

从物质层面来看，大到先民遗迹、昔日都城、诸朝陵墓、风景名胜、石窟造像、石雕碑林、明清民居、民国字号、寺庙、街道，小到剪纸、年画、刺绣、服饰、印染、香包、草编、面花、木版年画、彩陶、石雕、砖雕、木雕。从非物质层面来看，关中的秦腔、鼓乐、社火、锣鼓、信子、高跷、皮影、木偶、线戏、老腔。从文化的类型上来说，既有庄严的帝王文化，肃穆的庙堂文化，也有深邃的精英文化与生动的民间文化。更不要说世人皆知的黄帝陵、汉阳陵、法门寺、兵马俑。在外地人看来，陕西处处是文物，事事有典故。

领导高度重视，陕西省政府工作报告中明确指出：“丰厚的历史文化底蕴与多元化的文化形态，赋予了陕西催生新兴产业体系的独特优势和巨大潜能。以产业化理念开发文化资源，以项目化手段培育产业集群，以一体化战略延伸产业链条，提升文化软实力，构筑竞争新优势，是建设西部强省的重大选择。”新一届领导班子审时度势，因地制宜，已经建成且在全国产生重大影响的有曲江新区国家级文化产业示范区、中国黄帝祭祀文化之乡、法门寺佛教文化景区。正在加强文化遗产保护和开发的有秦始皇陵遗址公园、汉长安城、唐大明宫。

胡锦涛总书记在党的十七大报告中强调“深入挖掘传统文化的有益价值”，并将此提升到“弘扬中华文化，建设中华民族共有精神家园”的高度，其目的乃是古为今用，旨在发扬中华民族这种“生生不息、兼容并包、积极向上、团结和谐”的民族精神。从某种程度上说，陕西光辉灿烂的传统文化，在中华文化的形成发展过程中，长期处于核心地位，呈现出本源性、连续性、系统性、多元性的鲜明特色，应是中华优秀传统文化的当之无愧的优秀代表。

王勇超建议，将陕西设为传统文化保护开发示范区，根据陕西的特殊情况，给予陕西特殊的政策，让陕西为其他地区闯出一条民族文化的中兴之路。

在另一份提案中，王勇超提出了有关培育民间文化产业骨干企业的建议。

人的生存离不开黄土地，文化也正是人们在黄土地上的创造，这个黄土文化，就是“根”文化，就是民间文化。所谓精英文化、庙堂文化，都是在民间文化基础上的再创造。所以说，我们建设民族共有的精神家园，就离不开民间文化这个根。民间文化最为集中地体现了中华民族的精神和智慧，有着极大的凝聚力、亲和力与向心力。这几年，国家明确提出要“调动社会团体、企业和个人参与文化遗产保护的积极性”，并鼓励和支持非公有资本进入文化产业。在相关政策的推动下，民间力量、民营资本以各种形式，越来越多地参与到文化遗产的保护与开发当中，其中，博物院、博物馆的建设就是一种最为活跃、最受关注的形式。截至 2006 年，陕西注册登记的非国有博物馆、纪念馆已有二十四家。

然而，多年来，虽然政府积极倡导，但由于缺乏法律认可，没有相关配套政策，再加上体制不顺、资金缺乏、管理不善，民办文化机构普遍经营困难，连生存都成了问题，更谈不上发展了。

比如，1998 年成立的陕西第一家民营博物馆——三秦自然博物馆，开办仅仅一年后，就因付不起房租而闭馆。

2005年，曾在全国收藏界享有盛誉的西安金泉货币博物馆，也因资金困难而宣布破产。

2006年，宝鸡农民集资兴办的秦公一号大墓博物馆也因无法维持而被政府收归。

据了解，陕西民营的博物院或纪念馆，现在只剩下了十六家，而且，基本都是惨淡经营，有今没明。

王勇超说："二十多年来，我为此投入了全部的家产和公司的所有收入，并且还欠下了不少的外债。我为啥要这样干？我觉得，我的根在农村，我熟悉农村的一草一木，一砖一瓦。我们民间遗留着大量珍贵的民间艺术，它是我们祖先千百年留下来的宝贵财富，但随着城市化进程的加快，很多东西正在飞速消逝。因为这些宝贝一旦流失就无法再生了，这实际上就是在挖我们祖先的根，所以，我就下决心收藏。因为缺少相关的法律法规，很长时间内，我的收藏被视为非法，其中的委屈真是没法说。2002年6月25日，这是我终生难忘的日子，这一天，我终于拿到了成立关中民俗艺术博物院的批文，总算可以名正言顺地做事了。

"作为一名来自民间文化领域的人大代表，作为一个民营文化企业家，我想就民营企业参与文化产业提几点建议。

"希望国家对民营企业参与民间文化保护和文化产业开发给予更多的法律、政策，乃至资金上的支持，为他们创造更加宽松的环境，培育出一批民办文化产业的骨干企业，创造更好的社会和经济效益，让更多民间力量能够为国家文化的大发展和大繁荣出力。

"建议在全国设立一批民间文化产业示范区。拿关中民俗艺术博物院来说，通过二十多年的建设，这里不但成了一个民间文化遗产保护展示的基地，一个民间文化遗产的研究基地，一个优秀传统文化的教育基地，一个旅游观光的基地，在此基础上，我们最终想把博物院建设成一个规模较大、规格较高、功能齐全的民间文化产业示范区。和中国黄帝祭祀文化之乡、曲江新区国家级文化产业示范区一起，面向世人，全方位展现陕西深厚的文化宝藏，切实推动陕西乃至全国民间文化的保护和开发。

“我们盼望，在国家的重视和支持下，民营企业能够在文化遗产保护开发中扮演越来越重要的角色，在文化产业的发展道路上走得更好更快。”

会后，王勇超的提案，得到了政府有关部门的重视。经过调查研究，批准了第三批国家级文化产业示范基地，西安关中民俗艺术博物院在列。

在第十一届全国人大二次会议上，王勇超提交了建议支持民营资本兴办文化产业的提案。

目前发展文化事业和文化产业的外部环境总体上比较宽松，但在实际工作中仍存在一些比较突出的问题，应当引起国家有关方面的重视。一个是投入不足，在资金扶持上是杯水车薪。另一个是民营文化企业待遇不平等，特别是民办博物馆与国有博物馆政策支持、税费减免等方面不能一视同仁。

他建议，通过贴息、补助、奖励等多种形式，鼓励引导社会资本兴办文化事业和产业，使非公有资本真正享有平等参与和竞争的机会，应从法律和政策上进一步明确。

王勇超的提案，反映了民营文化企业的呼声，得到了广泛的赞同和相关部门的重视。

在全国人民代表大会上，王勇超还先后提交了《关于进一步鼓励民间资本参与文化遗产保护事业的几点建议》《关于进一步推进丝绸之路跨国联合申报世界文化遗产的建议》《关于在陕西建立国家级大遗址保护示范区的建议》等提案。

身为民进成员，作为民主人士，王勇超一直关注社会发展中的民主法制进程，积极参与公益事业，为民谋利，为社会造福。

安国柱，担任过陕西省民进驻会副主委、省政府参事。安主委是通过民进中央组织部部长认识王勇超的，是在书院门灏文堂见的第一面。知道他是搞建筑的，在收藏上有成就。

那天，安主委在灏文堂大开眼界，王勇超如数家珍，把自己多年收藏的瑰宝一件一件拿出来，给客人欣赏。名人字画有孙中山的，蒋介石的，冯玉祥的，于右任的，安主委看了很震惊，真是了不起。

中国民主促进会，简称民进。由从事教育、文化、出版、科学和其他工作的知识分子组成，具有政治联盟性质，是为社会主义服务的民主政党，是与执政党中国共产党通力合作的中国特色社会主义参政党。1945 年 12 月 30 日在上海成立，主要创始人马叙伦、王绍鏊、周建人、许广平等，大多是上海文化教育界的进步知识分子。民进成立时的宗旨是发扬民主精神，推进中国民主政治的实现。

王勇超有加入民进的愿望，安主委当时就决定做介绍人，让他填表，准备吸收王勇超为民进成员。通过了解和实地考察，认为王勇超是个自学成才的文化人，政治上可靠。加入民进后，他积极参加组织活动，热爱民进，从中得到精神寄托与归属感，也获得一股动力。

省民进扶贫点在关中西部的麟游县红泉乡菜子沟村，王勇超每次都参加活动，主动掏腰包，送戏下乡，扶贫济困。村子没水，从井里打一桶水要两个小时，人下到井底一勺子一勺子舀。一盆水洗多少人，再给牲口喝。省民进联系到省天主教有关慈善机构，从澳门天主教联系到德国、奥地利宗教人士和慈善组织，经过省民进申报，他们派人来考察。外国友人爱心捐款十六万，改善这里的吃水环境。经过水文地质考察，在沟里打出了水，引水上山。德国友好人士，非要引水入户。水源水质好，从此有了自来水。光棍也娶了媳妇，牲口也多了，还能浇地。

王勇超参加了打井引水的工程。他本身是农村人，熟悉农村和农民，能干，又非常热心。因为此项目成功，民进成了十五个省级单位在县上的召集者，热情高，贡献大，五年时间引进资金六十多万，改善了当地的生产和生活条件。民进组织无权无钱，但干劲大。

王勇超因抢救保护民俗文化做出了突出贡献，被选为省民进委员。民进又写推荐材料到省委统战部、省人大，王勇超做了全国人大代表。每次会议，王勇超的提案都有质量，参政议政，逐渐成熟。

著名作家、民进中央副主席冯骥才，呼吁保护民俗文化，他对王勇超说，我是呼吁者，你是实践者，赞赏他的关中民俗艺术博物院事业，并为博物院题了词。

关中民俗艺术博物院奠基时，安主委前去祝贺，题词为：

藏宝于民宝永存，勇超护宝第一人。

功臣标兵载史册，青史永存颂人间。

2010 年 3 月 5 日，王勇超出席第十一届全国人民代表大会第三次会议，提出了关于加快制定《民办博物馆促进法》的建议。

2014 年 3 月 5 日，在第十二届全国人民代表大会第二次会议上，他提了《关于强化民办博物馆扶持政策》的建议。

2016 年第十二届全国人民代表大会第四次会议、2018 年第十三届全国人民代表大会第一次会议，王勇超两次提出了关于落实《博物馆条例》促进非国有博物馆可持续发展的建议。

2019 年第十三届全国人民代表大会第二次会议，他第三次提出关于进一步落实《博物馆条例》推进非国有博物馆发展的建议。

他说："之所以如此三番五次地提出同一个建议，在于非国有博物院的创办运营异常艰辛曲折；在于非国有博物院已经成为国家公共文化服务体系的重要组成部分和建设文化强国的一支重要力量；在于非国有博物院的引领精神难能可贵；在于非国有博物院发挥的作用不容忽视；在于 2015 年 3 月《博物馆条例》颁布以来，其一直没有得到很好地贯彻落实。以西安市为例，非国有博物馆本身因较高的运营维护成本和微薄的门票收入，导致入不敷出，而在土地使用，水、电、气、税收等方面没有享受相应的优惠减免政策，这样就更是雪上加霜、举步维艰，所以我要不遗余力地反复提建议。

"为实现非国有和国有博物院一视同仁、平等发展；为将非国有博物院纳入国家财政补贴名单，真正实现财政政策'公平对待、扶持引导'的作用；

为确保博物馆的公益性更好地发挥，我建议切实推进‘公平对待’非国有和国有博物院的政策落实，尽快出台与税费相关的纲领性政策，建议实行非国有博物馆免费开放政策，把非国有博物馆纳入公共文化服务体系建设。期待这些建议早日能变成现实。”

作为全国人大代表、关中民俗艺术博物院的院长，王勇超对习近平总书记关于“一个博物院就是一所大学校”的重要讲话精神，有着深刻的体会。

2017年3月5日，他出席十二届全国人大五次会议向大会提交了《学习一个博物院就是一所大学校的思考与建议》，在举行陕西代表团会议时，作了《关于一个博物院就是一所大学校的体悟》的发言。

无论是建议，还是发言，都诠释了他的理解：博物院（馆）不仅要抢救文化遗产、保存各类文物、珍藏民族记忆、守护中华文明；不仅具有研究、探索、分类、展示、讲述中国故事、传播中国声音的功能；也不仅是一种文化、文物、旅游行业，更重要的是要把传承中华传统美德、提高民众道德素质作为自己的光荣使命和义不容辞的责任。简而言之，就是让博物院（馆）的职能完成由护物到化人的重大转型，由以藏物为主到以育人为主的积极转变。

王勇超所要强调的是，所有博物院（馆）都应当充分注意全面培养、提高观众的“德识才学美”等方面的素质，所有博物院（馆）必须把道德教育放在第一位。道德教育的核心内容是中华传统美德。中华传统美德是构筑中国精神、中国价值、中国力量、中国梦想的取之不尽、用之不竭的基因仓、标本库。

如何更好地贯彻落实习近平总书记关于“一个博物院就是一所大学校”的重要讲话精神，他觉得加大全国中小学生研学旅行活动，非常有利于发挥博物院的大学校作用。为此，他做了认真的思考，形成了《关于继续加大全国中小学生研学旅行活动力度的建议》，并在2019年3月5日，出席第十三届全国人大二次会议向大会正式提交。

他认为，继续加大中小学生研学旅行活动力度，需要博物馆（院）承担起“大学校”的责任，发挥好“大学校”的作用。

为此，关中民俗艺术博物院近年来做了大量卓有成效的工作，量身定制研学旅行方案，设置丰富多彩、真切生动的体验项目，组成专家引领指导、阵容强大的讲解团队等，受到来自国内外3 000多所学校、60余万名大中小学学生的赞誉。

在建议中，他以关中民俗艺术博物院为例，客观地指出了一些不利因素制约着非国有博物院（馆）发挥“大学校”作用。这些不利因素主要是知名度不够，对外宣传不到位，外省市学生参观数量仍偏低，就餐、住宿等接待配套设施不足。如何解决这些问题，他提出各部门联合行动，多措并举，综合发力。

另外，将一批优秀的非国有关博物馆（院）纳入国家公共文化服务体系，列为全国研学示范基地，便于加强餐饮、住宿等接待配套设施的建设和管理。提出这两项建议，有利于推动中华优秀传统文化创造性转化、创新性发展，更重要的是，能使其“大学校”的公益性、教育性、示范性作用得以更好地发挥，为提高、增强民族整体素质，为弘扬传承中华优秀传统文化发挥更大作用。

十年前的2008年3月，王勇超首次走进了庄严肃穆的人民大会堂，激动万分、无比欣喜。十年后的2018年3月，作为第十三届全国人代会第一次会议大会主席团成员，王勇超非常荣幸地在主席团就座，与省委书记、中央领导坐在一起。

心情之激动，不能自抑；精神之振奋，难以言表。使命感、责任感不断增强，积极参加人大组织的各项视察调研活动，进一步以人民为中心，深入基层广泛开展民间文艺考察走访活动，自觉将个人、博物院与社会发展紧密联系在一起，认真思考、精心准备，提交更多更有质量的建议，还勇于发言。3月8日，在陕西代表团全体会议上，以《文化自信与“横渠四句”的体悟与建议》为题做了发言，激起了与会代表强烈的共鸣。

习近平主席的重要讲话，如春风暖地，不但成为本次大会的点睛之笔，而且也会成为未来的前进动力。

文化何曾让海内，风流谁不数关中。这是三秦父老最值得骄傲和自豪的所在，也是三秦大地得天独厚的地方。作为生活在这块土地上的一位文化工作者，王勇超想，我们的所做所为，是否对得起这块钟灵毓秀、英杰辈出的土地？我们还需要再做哪些工作，才能让这块土地重振雄风、再铸辉煌？我们应当怎样做才能尽快将陕西由文化大省变成文化强省？

2019 年 3 月，他再次荣幸地当选第十三届全国人代会第二次会议大会主席团成员，就座主席团。他提交了《关于进一步落实〈博物馆条例〉推进非国有博物馆发展的建议》《关于大力弘扬传承优秀乡规民约、家风家训文化的建议》《关于保护、传承民间非遗技艺的建议》《关于继续加大全国中小学生研学旅行活动力度的建议》四项建议。在陕西代表团全体会议上，他以《学习政府工作报告，弘扬优秀传统文化》为题做了发言，引起了较大的反响。

他觉得，这是一个实事求是、客观准确地总结去年成绩，认真谋划、深思熟虑地引领未来发展的好报告。报告牢记初心，不负重托，时时关注民生事，处处充满公仆情；立意高远，视野宽广，内容丰富，数据充实，具有很强的说服力和指导性，为政府工作报告确定的目标任务和各项重点工作的落地实施提供了有力支撑。他认为，作为一名文化工作者，要紧紧团结在以习近平同志为核心的党中央周围，应进一步树牢“四个意识”，坚定“四个自信”，坚决做到“两个维护”，继续做好抢救、保护、研究、传承、弘扬中华优秀传统文化等工作，让我国文化事业更加灿烂。

回首过去，王勇超以全国人大代表的身份，连续出席全国人民代表大会，年年提交提案，累计有 30 份，离不开弘扬传承中华传统文化、优秀民俗文化、民间艺术的主题，发言也绕不过将一个个建议变成现实的迫切心情和美好初衷。

展望未来，他表示，要认真学习和领会习近平总书记系列重要讲话精神，积极贯彻落实党的路线方针政策，在大是大非面前立场坚定、旗帜鲜明，自觉和党中央保持一致。注重专业业务学习，积极拓宽知识面，并不断提高作为人大代表的履职能力，提交更多有重要决策参考价值的建议，为国家出台相关政策和决策部署起到积极推动作用，对文化、文物、文博、旅游行业的发展提供重要的智力支持。

第十六章

风清气朗

2008年秋日的一天，王勇超接到电话，让他去参加一个重要会议，是由时任中共陕西省委书记赵乐际亲自组织召开的民营企业座谈会。

赵乐际书记从青海到陕西上任后不久，看到一份由省委政策研究室报送的调查参阅件，内容是应重视对西安关中民俗艺术博物院的扶持。由省委张会民副秘书长从中协调，政研室李林、王增跃做的调查，袁纯清省长、杨永茂副书记、赵德全副省长对此均做了重要批示。

调查报告说："公益性文化事业主要靠政府投资兴办，但长期以来，大量的民俗文化遗产因政府财力不及而散落民间，或流失或毁坏，是文化管理事业的一大缺失。在我省有民营企业斥资办起了公益性民俗艺术博物院，其规模和档次在全国也不多见。民营企业为什么干不赚钱的事？他们的初衷是什么？一种强烈的新奇感驱使我们前往调查。西安关中民俗艺术博物院已初具规模，填补了陕西乃至西北地区大型民俗文化旅游的空白。"

对于民俗艺术博物院建设中面临的主要问题，调查报告写道："一是土地到不了位，建设项目不能按计划进行。二是资金筹集困难较大，工程进度较慢。三是宣传不到位，社会认知度不高。建议要积极鼓励社会力量兴办公益性文化事业，为博物院建设营造良好的发展环境，文物、旅游等部门要把博物院纳入全省旅游开发重点线路，博物院要边建设、边营业。”

赵乐际书记敏锐地看准了这个民营事业对于发展文化与传统教育，以及推动陕西旅游经济的典型意义。于是，在张会民副秘书长的陪同下，亲自到关中民俗艺术博物院实地考察，感慨良多。

赵书记第一次去，正是 2007 年“七一”党的生日。王勇超记住了当时赵书记的一句话：“你有啥过不去的坎儿，就来找我。”

这不，上个星期六，王勇超才给赵书记写了一封信，汇报民营企业发展中遇到的问题，星期一就通知开会。他由衷感佩领导对民营文化事业的关怀。

会上，赵乐际书记做了重要讲话。民营企业有八位代表发了言，其中提到信贷困难的问题，需要出台相应措施给予解决。

有的厅局领导说，在信贷方面，对民营企业信任不够。

赵乐际书记说，要充分信任他们，支持他们，比如王勇超的关中民俗艺术博物院，不简单，也不容易，要关爱，要扶持，这是纳税人的事业。

有个周末，赵乐际书记轻车简从，来到了地处五台山下的关中民俗艺术博物院。这已经是他第三次来这里考察了。一段时间以来，赵书记把外地来陕西的领导、朋友都介绍安排到关中民俗艺术博物院来参观，让其感受陕西优秀的民间民俗文化，宾客参观后都说了不得，震撼。

这次，赵乐际书记从古民居到拴马桩到民俗工艺画，又细细看了一遍，还到后院转了一大圈，详细地询问了关中民俗艺术博物院的规划建设情况。

赵乐际书记对王勇超一句又一句称老王，亲切地说：“老王啊，你我是同龄人，你干的事情很大，是大好事，大善事，我支持你。一定要克服眼下的困难，把民俗博物院建好。还是那句话，有啥过不去的坎儿，你就来找我。”

赵书记鼓励王勇超的民俗文化事业，对基层领导干部说，老王确实了不起，他替社会和政府干了一件大事，这在国有体制下不一定能做到的。关中民俗艺术博物院对历史是个贡献，对社会是个贡献，对长安更是一大贡献。眼下我们就是要依托这些重点项目，开发培育国内外驰名的文化产品和品牌，要做大做强优势特色产业，这是我们实现西部强省战略中“文化强”的关键，同时也是贯彻科学发展观，构建社会主义和谐社会的重要举措。

赵书记走后，王勇超动情地对博物院的员工说：“赵书记越支持咱，咱越感到肩上的压力大，越要集中精心把事情干好。人家当省委书记，有多少大事要办，与咱一不沾亲，二不带故，凭啥关心支持咱这民营博物院？他是看咱干的是正事，善事，是有利于发展陕西的好事。不是为了个人怎么样，而是出于公心，把公家的事办好，把陕西的文化和旅游搞上去。”

四年间，赵乐际书记先后数十次，或亲身到关中民俗艺术博物院考察，或陪同领导和客人来此参观，推介这一文化创新项目，想办法解决实际问题，使民俗艺术博物院修建工程逐步完善，走上良性运转的轨道。

袁纯清省长最早是在 2004 年 4 月 11 日前往博物院调研的。几乎是在博物院最困难的日子，出于公心，袁省长力排非议，挺身而出，支持公益文化事业的发展。

自任西安市委书记到当省长，他先后为关中民俗艺术博物院作了五次批示。他惦记这个民营文化项目，费了大量心思。

王勇超遇到了阻力，干不动了，就向袁省长写信反映情况，希望给予支持。他曾在一年时间内写过两封信给袁省长，一封信是在袁省长收到后两个小时就批了，另一封信是在两天内批的。袁省长当机立断，指示有关职能部门调查解决。

王勇超举步维艰。作为他命根子的关中民俗艺术博物院的工程进度，几乎是凭着袁省长的指示，一步步往前走的。他心中觉得，没有袁省长的支持，关中民俗艺术博物院的梦早就破灭了。

2008 年 2 月 17 日，在陕西省委书记赵乐际、省长袁纯清等陪同下，时任中共中央政治局委员、全国政协副主席刘延东，来到关中民俗艺术博物院。

刘延东一见到王勇超，就高兴地说，久仰大名。

王勇超连忙说，岂敢岂敢。

参观考察后，刘延东对王勇超说："你的事是件大好事，书记和省长特别推荐我来看，收藏的东西太好了，真是不得了，给国家做了很大贡献，对中国历史文化贡献很大。"

王勇超说："这是我应该做的。"

刘延东夸奖说："你是民间文化的大功臣，你这位人大代表当得好，真是做了大贡献，当得值。"

此行的一个月后，第十一届全国人大选举刘延东为国务委员，分管全国文化、教育、科技等方面的工作。

有一天，王勇超见到了刘延东。

刘延东说："我认为陕西的文化底蕴很丰厚，这个事业只有像王勇超代表这样的有心人才能做到。一定要把关中民俗艺术博物院建设好、管理好、作用发挥好。一是建设好，继续收集，建成全中国全世界独一无二的民俗博物院。二是管理好，这么大的家产，安全保卫问题，日常经营问题都要注意。三是把它的作用发挥好，来展示我们中华文化，既是博物馆文化事业，又把它做成产业化，让陕西的、中华的文化走出去，发挥更好的效应。"她对王勇超亲切地说："今后我到国务院工作主管文化，希望将来你在这个方面带个头，要推动一批民营企业家关心文化事业，让文化大发展、大繁荣，这是十七大的主要精神。"

这一年，不少领导与贵宾前往关中民俗艺术博物院参观考察，表示支持。

第十届全国人大常委会副委员长热地到访博物院后，对王院长说："你为抢救、保护中华民族几千年的珍贵文化、灿烂文化，做出了巨大的贡献。"

全国政协副主席陈宗兴在博物院考察后，盛赞王勇超竭尽自己的钱财精力，"建设了一个中国文化的千秋工程"。

国家财政部副部长王军、中共中央纪委副书记李玉赋、国家劳动和社会保障部副部长孙宝树等考察后，均给予了高度的评价。

国家文物局局长单霁翔来访，亲切地说：“咱这博物院早就听说过，不少同志也推荐过，今天能有幸亲眼来看，确实还是很震撼。可以想象投入了很多心血，付出了很多努力，也经历了很坎坷的发展历程。现在可以看到这么一个成果，确实来之不易。我非常赞成专题片里一再强调的，建博物院的宗旨是‘把根留住’，保护我们民间民族的珍贵文化。”

全国政协常委、中央巡回检查组组长、北京市政协主席程世峨，率全国政协专题调研组至博物院考察调研，给予高度的评价。

陕西省 80 位省政协港澳委员，由省政协副主席周一波带领，至博物院参观考察，一致给予了高度的评价。

2008 年 10 月 31 日，一位与王勇超的事业千里有缘，被业内尊称为民间民俗文化“旗手”的人士，来到了博物院。

早在 2003 年春，在将于西安常宁宫举行的首届关中民俗艺术研讨会的论文结集时，编者和出版方便请他题写了书名《关中民俗艺术论集》。

他便是全国政协常委、国务院参事、中国文联副主席、中国民间文艺家协会主席、著名作家冯骥才先生。他与时任陕西省民间文艺家协会副主席的王勇超见过好几面，谈得很投机。他们之间，已经是民间文艺界的老朋友了。

冯骥才这次一见到王勇超，就高兴地说：“今年两会期间，刘延东同志约我谈了一回话，特别给我说，你要到西安，必须要看一看那个博物馆。一个私人、个人，一个企业家能够花那么多的功夫把民俗遗存收集起来，他是有心人！王勇超确实很了不起，到目前，他倾毕生的精力和积累，他本人把民间的，特别是西北地区文化抢救保护工作做得非常好！”

王勇超说：“感谢刘延东同志的信任，也感谢你大驾光临，让民俗博物院蓬荜生辉。”

冯骥才，是新世纪初中国知识界发表抢救民间文化遗产呼吁书的倡议者和组织实施的领衔人，堪称“旗手”。他当着博物院现场数十位文化新闻界人士，倾心盛赞：“勇超在我们城市化、现代化巨大的冲击下，一个人承担着一个地域的文化的抢救，他把抢救一个地域的文化损失这个责任扛在自己的肩上。我很佩服勇超，这么大一个量，凭个人的力量，不仅是经济的力量，还有个人的意志，能在这种时代转型中，把它们聚拢起来，成了气候，这样的状态，匪夷所思。我们说出这件事的道理是容易的，可以把道理说得很深，但我们要实践它是很难的，而肯实践的，至今仍是少数。”

他望着王勇超说：“你还是把民间民俗文物作为重点，第一个是民居建筑，把它作为民俗博物馆的重点。第二个是拴马桩，无人能比，我认为是中国石雕艺术的骄傲，也是民间文化的骄傲。应该讲它是我们民间古代的图腾，民间文化的一个图腾。所以我觉得拴马桩甚至于能够作为陕西民间文化的品牌，应该把这个标志优势打起来。”

王勇超说：“是的，省上领导也这么认为，你讲得很有操作性。”

冯骥才说：“这个项目一定要做得好。我认为省领导意见很对，一定要做成全国特色的，而且全国能够叫响的，这么一个民间文化的博物院，因为你的资源太好了！只要把你这个博物院做起来，陕西文化实际上就打响全国了。”

冯骥才显得很激动，说：“我向王勇超同志学习，向王勇超同志致敬！”

王勇超谦逊地说：“我得向你学习，你当年的‘抢救抢救抢救’的呼声，给了全国同行巨大的力量，给了我精神上巨大的支撑。”

在关中民俗艺术博物院，冯骥才题词：

灵魂不能下跪，大美不言在民间。

“灵魂不能下跪”，冯骥才先生曾以此作为自己所写的一本保护历史文化遗产文集的书名。

如此高的规格，中央、省和相关部门这么多重要领导和专家前来关中民俗艺术博物院，让王勇超和工作人员喜出望外，诚惶诚恐。

2008 年 4 月 11 日，陕西省人民政府在长安五台乡召开了一个现场调研办公会议，专题研究关中民俗艺术博物院建设问题。

陕西省委副书记、省长袁纯清出席会议。西安市市长陈宝根主持。

随行的有副市长李秋实、市委宣传部部长王军。参加者有省政府办公厅、省委宣传部、省发改委、省财政厅、省国土资源厅、省建设厅、省文化厅、省文物局、省旅游局、西安市委、市政府相关部门和长安区委、区政府负责人。

下午两点半，袁纯清、陈宝根等准时到会。

与会人员首先考察了博物院古民居院落、拴马桩库房、木雕库房、书画库房，以及在建工地现场。参观结束后，就地召开了现场办公会。

王勇超有点激动。他在做项目建设情况汇报时说，关中民俗艺术博物院是一家集文化事业和文化产业为一体、以公益性文化事业为主的大型民办文化旅游项目。博物院突出明清园林风格，规划建设民俗文化展览区、古镇游览区、文化名人活动区、关中民俗文化研究中心、会议中心等各具特色的功能区。建成后将成为集收藏、整理、研究、展示于一身，融旅游、体验、购物、餐饮为一体的综合性文化产业基地。

王勇超在汇报中，请求帮助解决以下问题：

一是尽快使已征的二百五十八亩土地完全到位，确保项目建设顺利进行。

二是请求各级政府给予资金扶持。

三是请求给予税费等政策倾斜，使博物院在建筑税、配套费、土地使用费等方面能够与国有博物馆享受同等待遇。

长安区区长汪文展作了项目建设有关情况的汇报。他说："区政府计划以博物院为依托，建设五台民俗古镇，并力争在 5 月 15 日前完成项目征地工作，确保围墙圈建，努力加强与项目单位的沟通协作，做好博物院外围环境协调保障。"

参会各厅局及西安市领导在发言讨论中一致认为："关中民俗艺术博物院通过二十多年的艰苦努力，取得今天这样的成就，令人感动和震撼。"他们纷纷积极表态，对此项目的建设一定会想方设法给予大力支持。

省文物局局长赵荣说："这个博物院完善了陕西博物馆体系，非常重要。国有博物馆有国家拨款，但民营博物馆在政策上有些问题，我想政策应该突破，支持民营博物馆的建设。这要通过体制上的调整。三万多件民俗文化遗产如何保护好，政策上要明确、要支持。"

省财政厅厅长刘小燕说："看后非常感动、震撼。王勇超二十年来坚持收藏与保护，除有实力外，还是一个有毅力、有胆量、有魄力的人，才能坚持下来，用这么大的精力来保护。如何来支持，我认为思想要解放一点，首先在政策上应明确，民办文化企业也应享受一些优惠政策。银行贷款可能不好贷，但有些股份银行，如东亚银行我认为可以，没有抵押物也可以贷。这么多的宝贝，在安全保卫上要加强，使博物院尽快开业，早一点受益。财政部来人，我一定要带他们来看看。"

省建设厅厅长李子青说："王勇超做了一件千秋大事。要支持长安区依托关中民俗艺术博物院建古镇，要进一步完善规划。我同市规划局商量一下再研究。省政府给我们定了三年，每年建设一百个古镇，今年长安的工作要加紧做，把五台镇纳入一百个古镇的建设规划。省上定下来我们做什么，我们全力以赴去办。"

省文化厅副厅长蒋惠莉说："博物院建设充满了艰辛，经历了酸甜苦辣，奋斗二十多年，对陕西文化保护做出了巨大贡献，在省市领导支持下，取得了巨大进展。现在遇到了困难，要逐步解决。这几年文化厅很重视，2004 年就给民俗博物院挂了'示范基地'的牌子，去年我们把王院长推荐为文化部'非物质文化遗产保护先进个人'。省上对民办文化在政策上要支持，今后要大胆一些，给予资金方面的支持。现在把博物院列为重点，但作为产业，政策上、资金上要给予突破。我同发展银行行长谈，他们也有兴趣，要支持博物院建设。同时整体的开发要同长安古镇发展一起来规划一下。我们会一直关注这个项目，尽力给予支持。"

喻建宏是省国土资源厅总工程师，他说："现在重点是星火村土地问题，要从长远解决农民生活的问题，要把后路解决好。我们要给农民做工作，如搞农家乐等，区上要想些办法。”

主持会议的陈宝根市长说：“民俗博物院是中华文化传播基地，关中历史的再现，你替西安、替国家操心，在干事，市政府会全力支持你，包括道义支持、资金支持援助。”

现场办公会上，西安市委书记表示：“目前要立足实际，从土地、资金、政策以及博物院的长远建设规划四方面给予支持。当下最现实、最急迫的支持就是尽快把土地问题解决好，这一点是长安区要全力以赴做的，市委市政府全力帮助。把围墙圈起来，开始开展二期和三期的建设。这个我以前有承诺，现在就按到 5 月 15 日，我想这个时间不能再推了。当然我们要做好群众的工作，一方面群众的合理诉求我们要解决好，另一方面引导好，让群众真正地认识到我们这个博物院建起来营业后，会给他们带来很大的好处，会比他们从土地上得到的好处大得多。对他们的就业、收入，对他们的生活方式的转变，对生活基础条件的改善都有好处，要把这些给他们讲清楚，把工作做好，把土地问题解决好。

“其次，西安市要从资金上给予一定支持，要从发展旅游产业、文化产业的角度支持一定的资金，力度也不会太小。还有，政策支持。刚才几位同志谈到了，我非常同意。政策上我们必须要突破，在政策上有点突破不算太难。具体做的，比如在土地出让金方面我们能不能变通一下，在城市建设配套费方面。这些是西安市能够说了算的，当然还有其他政策，我们下来按照文化产业，提出一个比较完整的政策支持措施。

“最后一点，也是一个很重要的问题，对博物院的支持要着眼于它的长远发展。现在我们给资金、给土地，把它建起来，你说你缺一个亿，就是给你一个亿让你建起来，它的经营成本也是很高的，不是建完就完了，光收门票，你什么时候收回成本？真正的支持就是要把关中民俗艺术博物院纳入西安发展的整体规划中来，这个是很重要的。民俗博物院再好，一枝独秀是不行的，要万紫千红才行。我们要把它纳入西安市文化发展的体系，纳入旅游产业发展的体系，纳入五台古镇的规划之中来统一考虑。我们全市要加快纳入。你必须把周边发展起来，这是一个配套的体系，你把人引来，把餐饮业、旅游业、文化产业做起来，包括我们以后也可以搞一些适当的土地开发。所以，要研究市场之道、经营之道、长远的发展之道。这一块区域文化发展底蕴很深厚，要把子午古道、众多的寺庙，还有南五台山的自然旅游景观结合起来，打造一个以民俗博物院为核心，周边几平方公里的一个整体的文化旅游产业区域。这个条件是具备的。这个地方富起来了，农民就富了，你这个地方的矛盾就解决了。下来我们再具体研究，要作为一个大事来抓，给予大力支持。”

这让王勇超感到了温暖，为他增添了极大的动力。

在这次博物院现场办公会议上，袁纯清省长做了系统的重要的讲话。他那带有湖南口音的普通话，令王勇超感觉熟悉而无比亲切。

袁纯清省长说：

“今天来博物院是一次实地的调研，也是一次现场办公，我想我们准备的态度、准备的力度，是不多见的，我们对国有的文化体系也没有这样的力度。反映出省委省政府、市委市政府对文化产业发展的高度重视，这也是对我们省从事文化事业的同志们的高度重视，或者说褒奖。

“王勇超能做到今天这种程度，首先是他自己的努力。他从一个文化的关注者、热爱者，到一个开拓者，由对文化的关注实践上升到一种历史责任，这是很了不起的。他在这个过程中所表现出的对文化的热爱、执着和追求，确确实实是值得我们学习的。他是陕西一个代表性的人物，是一个积极的典型的表现，我们陕西民间的社会的力量参与推动文化的大发展大繁荣，也是我们作为一级政府的动力源泉之一，这增强了我们建设西部文化强省的信心和决心。做到今天这样一个程度，我觉得是我们大家共同努力的一个结果，首先记第一功的是王勇超同志。这个地方已经不是个人的、私营的财产了。

“我们今天来开这个现场办公会，大家都形成了一个共识，认为王勇超同志取得了了不起的成就，做出了常人难以做到的事情，就是要支持他。要支持他做好、做强。大家都表了态。都争着发言。下一步按照说的这样做，我都是很赞成的。

“我们要认识到，这是一个文化保护工程，我们现在不管它是民营的还是国营的，我们先排除这个性质不谈，这里收藏了这么多东西，首先是个文化保护工程，我们作为政府来讲，就应该来支持他。也可以讲，这个文化保护工程是保护我们老百姓自己文化的工程。我们刚才说它是民营的，这个政策也没有，那个政策也没有，但我们如果站在这个角度，很多问题就迎刃而解了。所以我们要站在这样的角度来认识，来加大支持力度。这个观点是成立的。

“既然是一个文化保护工程，一个保护老百姓自己文化的工程，我们就应该列为陕西省和西安市两级人民政府的文化工程重点项目，实际上规划里边也已经列进去了。现在关键的问题在哪里？就是要一视同仁，核心的问题就这四个字‘一视同仁’。应该从实际出发，想办法来解决目前某些政策方面的障碍。要解决这些障碍，必须站在一个很高的层面。而且它很重要的意义在哪里？我看，实践就是检验真理的唯一标准，要服从它的价值，要以他的价值来作为我们突破政策的一个依据，这样的话，我们有些事情是可以做的。

“比如，我们现在的文化产业资金，应该也像实施重点项目一样地对待它，这是完全可以的。像我们的旅游推介，也可以作为我们的重点项目去做。比如刚才讲的宣传部的文化事业经费，我们宣传部的文化事业发展的资金，也应该和同类的重点项目一样去支持。我们发改委的文化重点项目也要和国有的重点项目一样去上报。还比如我们的文物局，也应该像我们保护非物质文化遗产一样，和国有的、公有的一样来对待它。还比如我们解决贷款的问题，也一样地应该去推介，开发银行也完全可以解放思想。你们去想办法，我给你们把题目出出来，其他的相关的政策，刚才清云已经讲了，能够支持的我们都支持。”

“我们只求所在，不求所有。它不是我们陕西人民的吗？不是我们西安的吗？它所有的资产是搬不走的，不是王勇超个人的，他是个创业者，我们也要支持创业者。我觉得要解放思想，这是我讲的第二条意见。

“我们首先不是拿多少钱的问题，首先是我们要突破，然后每家都拿出你们的想法来，省发改委做一个协调，然后跟西安市来对接，责任主体还是西安市，省上来支持你们。我有一个基本的意见，我们一比一，市上拿多少，省上拿多少，具体多少我们先不说，先提出这个概念。

“要按照一体化的观念来构建博物院，什么一体化？城乡一体化，就是说我们要把一个区域，既作为一个社会主义新农村，又作为一个推进城镇化的亮点，这不就是城乡一体嘛？这是一个一体化。另外，院和镇的一体化，你不能孤零零一个，那是搞不下去的。第三个一体化，就是文化事业和文化产业的一体化，它也是个文化事业，大家要来看，如果你完全是经营式的，收那么高门票，人家也是不来看的，这是三个一体化。

“我认为应该按一个什么样的思路建设呢？既要还原历史，更要还原生活。在西安市我讲过，‘走进历史，感受人文，体验生活’，这个里面是大有文章可做的。我们现在就是让来的人走进老百姓的历史，走进老百姓自己的生活，这就是前途之所在。要围绕这个来开发相关的旅游产品，应该让博物院作为一个核心，成为我们以关中民间文化为主要内容的一个文化旅游名镇，要成为一种新的示范，按照这个标准来打造。只有这样，我们这个博物院才能真正有一个可持续的发展，才能生存得下去。

袁纯清省长望着一旁的王勇超说：“勇超你要增加一点社会运作、市场运作、产业化运作，也只有这样，我们才能够使当地老百姓也因为你这个博物院发展起来、富裕起来。老百姓应该得到好处，但好处不是你给他扛来几袋子面，而是通过开发这个地方，地价提升了，人来得多了，他们就可以做生意啦！能够实现一个由无地的农民，向市民、城镇居民的转变，只有这样，这个地方才能真正发挥出它的文化效益，也才能发挥出文化效应所带来的经济效应，然后博物院越做越大，老百姓也围绕你这个事业越来越走向富裕。

“我要讲的就这三句话，反正我们从政府的角度肯定要支持，勇超你还继续发挥你的自力更生、艰苦奋斗的精神。”

袁纯清省长考虑得很细，他说：“还有我们宣传部要专门做一些专题，让我们新闻媒体要大力报道，电视台无偿地给予宣传，在上星的节目里播一播，这也是支持。”

袁纯清省长还对王勇超说：“你必须要有好的管理团队，所有权和经营权要分离，一定要有职业经理人来搞管理，否则的话只能走进历史，不能走进生活。”

王勇超对袁纯清省长的指点，洗耳恭听，心悦诚服。他觉得，省长书记和领导们的话的确讲到了自己的心坎里。

得益于正气在身的省市乃至中央领导，博物院的事业发展有了良好的大环境。袁纯清省长，在王勇超心目中是个好官，他对袁省长充满着深深的敬意。

王勇超，似乎已经看见了梦寐以求的关中民俗艺术博物院开业的一天。

此时此刻，他的心里一片晴朗，空气分外清新。

终南山，在静静注视着这个赤子。

两年后，中共中央决定，袁纯清出任中共山西省委书记。

2010 年 6 月 3 日，王勇超禁不住一定要为袁省长送行。博物院一位随同的部下，给她在外地的老师发信息：“上午去机场欢送袁纯清省长，感动了、流泪了。”

第十七章 四重门楼

这一天，是公元2008年深秋时节的早晨。

果实累累，风扫黄叶，山川一片萧瑟。甚至有点冷。

王勇超立在终南山南五台山下的大路旁，不时缩缩脖子，跺跺脚，将藏蓝色的呢子大衣裹了又裹。

他的身后，是一座五百亩大的园子，围墙高耸，坐东面西的博物院大门牌楼庄重典雅，石雕砖雕相映生辉。匾额及对联文字乃集自汉碑所刻，楹联可谓酣畅淋漓。大凡识几个汉字的游人，大多都要朗读一遍，品味其中的深蕴。

今天是关中民俗艺术博物院开张的好日子，院主人低调，叫成试营业。既无大张旗鼓，又无鞭炮齐鸣，也不车水马龙，静悄悄的，像在迎迓一个本分耕读世家婴儿的诞生。

笔者应院主人王勇超之邀，从文昌门口驱车赶到了这里凑兴。

王勇超是民间艺术界的名人，说到拴马桩，说到古民居，说到名人字画收藏大家，人们必然就提到这个名字。

可谓相见恨晚。笔者见过他几面，却少有深交，留下记忆的最初印象，就是这个深秋的早晨，他高高大大裹着呢子大衣立在博物院门前风里的模样。人长得排场，浓眉大眼，白白净净，说话有点木讷，却风趣幽默，不时有些民间的哲言和文化鉴赏的高论。他机警、敏感，是性情中人，义气而豪爽，还有收藏家的精明练达和神秘莫测。

前去的路上，笔者用手机询问他怎么走好。他说，出城端向南，三条大路皆可抵达。如果走韦曲，端南到环山大道，找南五台或五台古镇即可。

见面后他说，博物院试营业，在晚报上发了豆腐块大一个公告，找熟人打了折，也花了三千多元。既没有发请帖，又没有单独通知，许多朋友是看到了晚报上的告示才赶来的。虽说不是门庭若市，也不至于门前冷落车马稀，络绎不绝也有不少慕名而来的游客。

有人说："你是亿万身家的大老板，梦想成真的博物院初具规模，开门大吉，何不撂它几十万、上百万、上千万，买电视报纸版面做广告。啬皮！"

他说："我的钱来得不容易，不是舍不得花，而是博物院正需要花费更多的钱。急事要缓办。先把自己的事情做好，做到位，酒好不怕巷子深，不急没人来。有兴趣的人，睡不着觉都想来看看，花上百十块钱，在里边找感觉，找自己先人的记忆，找他的根儿，欣赏完了，回去睡觉也踏实了。这就叫文化，叫思想，叫灵魂。没兴趣的人，你给他送票，他也不来看，八抬大轿也抬不来。人家有人家的爱好，不勉强。"

他说："我给儿子说了，你每次来博物院，进大门的时候，一定要衣冠整齐，走得端，行得正，怀敬仰之心，持敬重之情。不只是对你父亲的事业的尊重，而是对先人历史、对文化、对艺术、对传统美德的敬畏。"

人们好奇地问他："你这么大的家当，价值连城，不传你儿孙？"他说："这么大个博物院，说是私人的，我王勇超的，更是社会的，公家的，也带不到自个儿棺材里去。儿子没干这一行。说句不好听的话，这一行不是人干的，自己爱，自己受苦，活该。驴粪蛋外面光，不知道里面受恓惶。"

"这么多年，为了这个博物院的梦，有乐趣，也没少受罪，整天是拆东墙补西墙，有时候实实是干哭没眼泪。但人各有志，儿子有自己的志向，去考了公务员。”

他说着笑了。

“走，进去看咱的宝贝，都是老先人留下来的好东西！”

这时候，王勇超的自得其乐，溢于言表。

一眼就看见了拴马桩。

博物院内甬道两旁，迎接来访者的是神采奕奕、形态各异的拴马桩。与时下大酒店门口亭亭玉立的迎宾美女不同，它也许不活鲜，不那么有血有肉，同样不说话，同样是摆谱，用陕西话说是扎势。可这石头玩意儿比真人活物实诚生动。它是石质的，是几百年前从大地的骨骼也就是石头山体上开凿下来的，它是大自然的筋骨，而后被能工巧匠雕琢成了人和动物等模样。

也许在数百年前的一天早晨或者黄昏，渭河北塬上一片苍茫。山塬上的一户游牧家族的后裔，遇到了麦子成了的好年景，新窑院也盖成了，好马或好驴生了个马驹、驴驹或骡驹子，一时兴起，叫石匠给打了个高高大大的拴马桩，立在了大门外的场院里。

石头柱子开凿个系牲口缰绳的窟窿，顶部雕刻个野兽、牲畜或人像，既是装饰，也是镇宅辟邪。

石桩有铭文记载：“增记道光二十九年价银六千三百文。”专家说当时六千三百文可置良田三亩。

后来，这名曰“拴马桩”的石头柱子拴不拴马？也许拴的是驴、骡、牛、羊，也许拴的是一条看门狗，也许什么也不拴。它也是拴马桩。人，都是学样儿看样儿，张三家门口栽了一根拴马桩，李四也觉得好，气派，也在门口栽一根。王麻子听人说了，跑去一看，好东西，咱也置一根拴马桩。有的派了用场，有的干脆就是摆设，逐渐演变成了文化人说的图腾。

高骡子大马，不是一般庄稼人谁都能置买得起的，得是达官贵人、地主老财、名门望族。得有几进几出的庄院，得有雕龙画凤的大楼门，有石鼓石兽上马石，这拴马桩才有了相得益彰的背景。那不是拴马桩不拴马桩，那就是一种家当身份的象征，代表一种家族的尊严。

王勇超当初跑遍了拴马桩的栖息地，东起合阳，西至永寿，十几个县，几百个村镇，四处搜罗这些被遗弃的老石头。有的还顽强地戳在荒废村落的茅草之中，雄性地直指蓝天，宁折不弯，见证着愈行愈远的逝去了的日子。有的被砌进了墙基，有的被埋葬在了黄土里，有的当了铺路石，有的被文物贩子砍了头，装进麻袋，运到了香港，一个几百块钱的拴马桩的桩头能换一辆价值几十万的奥迪。

他把这些拴马桩搜罗到了自己的名下，是罪非罪，是法非法，王勇超不知道。他只知道，这是老先人留下来的好东西，是民间瑰宝，不能被白白糟蹋了，更不能被文物贩子偷运到境外，让拴马桩浪迹天涯。他把它们埋在城南郭杜置买的一块地里，上头搭了棚子或种了东西，遮人耳目。

他从此成了石头王，成了王石头，成了拴马桩的保护神。连在书院门给他看门的他舅都说，这娃疯了，搞建筑挣点血汗钱，换了一大堆老石头，能吃么能喝？你爱好这玩意，弄几件可以，成百上千件地收回来，埋到地里，看能长出个啥？

2005 年 10 月，华商报曾发表名记者秦子的整版长文，标题：《精美的石头会唱歌》，说的就是“石痴老王”的故事。

在辽阔的渭北乡村，到了二十世纪的九十年代，养牲畜的庄稼人越来越少了。从拖拉机到播种机到收割机，逐渐从平原开到了偏僻的山区，机械化取代人工劳作，也取代人与牲畜结伴的劳动。牲畜，曾为农民的朋友，便成了多余的累赘，成了现代餐桌上一道可以爆炒、红烧、醋熘的下酒就饭的美味。最后的牛马在哭泣，农耕文明怅然失落。拴马桩、拴牛桩，在实用价值上彻底没有了意义。

人算不如天算。王勇超当初收藏拴马桩的动机，是爱好这些宝物，是抢救，是保护。但他并没有料到，正是这些不会言语的老石头悄悄地告诉它们的恩人：“你不瓜，你没有看走眼，你这一把赌赢了。”也正是拴马桩，这些曾经为它们的主人光耀过门庭的石头，这些被实用至上的没落家族的后人们遗弃的累赘，把一种不可思议的灵性传达给了视它们为掌上明珠的王勇超。

也正是从拴马桩身上得到了一种灵感，由此，在抢救保护这些民间遗存的奔波中，在西安书院门一号灏文堂的小楼上，逐步诞生了建造一座民俗艺术博物院的构想。

王勇超的梦，一个人创建的博物院的梦，流传后世的梦，也许就这样开启了。

也许是拴马桩上的狮子或驯狮人，或者就是那一只可以命名为“思想者”的猴子告诉他的。

关于拴马桩，学院派的研究者早有注目，在澄城县博物馆收藏有精美的实物，在书院门在碑林在曲江遗址有样品，在西安美术学院有群体物件，在中国现代文学院的庭院里是一道独特的风景。然而，最早有意识地由少到多，多到数千件地收藏保护拴马桩的人，唯关中民俗艺术博物院院长王勇超。

在博物院的甬道两旁，在博物院座座古民居门庭外，在这一令无数来人震撼不已的辽阔大院的山坡上、树林里，各式各样、千奇百怪而绝不重复的拴马桩石雕，高密度地巍然矗立。像密植的庄稼、密植的林木培育基地。一次次见到，脑海一次次都蹦出“奢侈”两字。

主人就如此富有，如此奢华，真让人羡慕。

不仅如此，五百亩大的园子里，一处处夹杂在树林土丘的柴草和土壤之中，还不知掩埋着多少拴马桩，多少老石头，多少石雕宝物。

在一处宽敞的库房里，最为珍贵的一批拴马桩列队挺立。

它们来自哪里？它们将为中国北方数千年多民族的冲突厮杀最后达到融合，提供怎样的历史文化风尚习俗的研究标本？地下的兵马俑，是大秦帝国的旷世作品，让受西欧文化滋养的有优越感的人们大跌眼镜，叹为观止。而这“地上兵马俑”，更让有研究和爱好的众多访者，或迷惑不解，或赞叹不已。

如今，虽地下、地上兵马俑都是对先人工艺雕技的赞美，成为念旧的课本和旅游的景观，但一些学者，仍耿耿于怀，认为它们具有身份背景的不同。

柯文辉先生在《石上逍遥》中指出，陶俑无意间反映了最高统治者大一统的观念，其基础是专制高于普天下生灵，皇权必须愚异黔首，泯灭个性，杀人如草不闻声，封闭思维，让全民变成驯服工具。故陶俑的人性含量远远不及拴马桩。

而鄢烈山先生则在《系马桩的文化根系》一文中，提醒人们，今日再现周秦汉唐“盛世辉煌”时，可别淡忘了雄主明君“不问苍生问鬼魂”的贪婪，别不记得“秦始皇的残暴”，别模糊了“山河表里潼关路”“兴，百姓苦；亡，百姓苦”的残酷历史真相。鄢先生说，正是而后参观了关中民俗艺术博物院，才解答了他上述的疑惑思虑，使在西安的观感取得了一定的平衡。

拴马桩，你无压抑，无掩饰，无矫揉造作，无变态暮气，你是活着的生灵，是自由的化身。博物院里，处处一饱眼福的是拴马桩的神采，流连忘返的是一种牵动神思的凝重的感染。

人们爱他的心爱物，这时候的王勇超，会笑眯眯地立在一旁，在观赏者专注的神色中，收获自己曾经为之付出的艰辛，甚至是辛酸历程之后的慰藉。

曾经把石头往山里背的傻瓜，和外国神话中那个把石头往山顶推的痴人，都是一个理儿。

除了坚韧不拔，忍辱负重，没有其他更合适的词汇，来说明这个处于草根阶层做石头梦的人内在的超群品质。

进入博物院坐南面北的第二道门，前方便是嵯峨的南五台黛色的山峰。它面朝一望无际的关中大平原和隐约可见的广厦林立的西安城。

这座大门楼与院门楼不同，它的石雕门洞庄重典雅，透出深藏其内的不易发现的奥秘。

庭院深深深几许?

王勇超说，这座高大的建筑物，早先是白水县驰名的赵家门楼。原来的主人名叫赵树勋，清光绪十五年（1889）生人，民国初年曾任国民党靖国军混成旅旅长，戎马倥偬，卓有功勋。

赵家门楼始建于清末，结构呈“品”字形，上下两层，东西长十五米，南北宽五米，高十三米，高大雄伟，气势非凡。门洞中开，两边附带侧门，中门为巨幅石门。

其两边有石刻对联，上方镶有石匾，使原本雄伟壮观的门楼显得更加庄重典雅。门楼正面饰有大量精美的石雕和砖雕图案，云纹、人物、花草，吉祥如意、福禄寿。当年农耕社会的道德和理想，在特有的建筑艺术中展示得活灵活现。

赵家门楼正面的石匾“地通乾元”。乾，为周易六十四卦第一卦，寓天指北方，同坤为地卦相对应；元，为万物之本源，万物为其衍生。意即此地直通上苍中心，一个无限美好的地方。

门楼东侧的石刻，上联是“台仰怀清清辉一片镰峰月”，意思为楼台向上，心底清明，清明得像一片水中能映出镰刀弯月一样。

门楼西侧的下联是“门高通德德泽千尺金水波”，意思是宅第宏大，品德高尚，德泽之水，水波荡漾，深达千尺。

整个对联喻示主人心底清明，品德高尚。

赵家门楼东侧偏门，系八仙贺寿纹石门。门楣正中高浮雕九个人物，正中老者驾鹤腾云，鹤的下方为一仙鹿，此人为南极仙翁。其右侧为八仙中的吕洞宾、张果老、汉钟离、铁拐李，左侧为韩湘子、蓝采和、何仙姑和曹国舅。八仙各踏祥云，手持法宝，从两端各有仙树寿山，在几人的背景处阴线刻有琪花、瑶草、祥云。

东偏门也书有联语，左侧为“忠孝流芳万世光辉门庭”，右侧是“勤俭治家千载不朽之荣”。字体瘦劲，笔法流畅。

牌联下为蹲卧的麒麟，体态矫健，气势凶猛，足踏祥云。

石门门楣内侧面中间阴线刻八卦图案，八卦图案两侧刻七凤祥云图。三只仙鹤在花枝间飞翔，线条流畅。天马四蹄腾空，姿态雄健，口吐火焰，奔驰在山峦上。

赵家门楼东侧偏门墙面砖雕，为衣锦还乡图。这正是宅主人的如意企盼。

赵家门楼西侧设西门楼，为家仆出行通道，门额为人物出行图。

门楼西侧设西门楼，为乳姑奉亲看墙石，描绘的是唐夫人乳姑奉亲的场景。唐夫人和其婆母居中，左侧的屏风后一少女探出多半个身子，神情疑惑。其身侧高大的圭座上放置着瓷瓶，内插花卉等物。

唐夫人乳姑的故事为二十四孝之一，说的是唐代崔山南的祖母唐夫人，对婆母非常孝顺。婆母年老牙齿脱落，唐夫人每日用自己的乳水喂养婆母，婆母虽数年未食米粒，身体却很健康。“我今生不能报答儿媳之恩，但愿子孙如儿媳一样有孝敬之心”。这便是婆母的由衷嘱咐。

八蛮进宝纹石门，位置在赵家门楼西侧偏门。石门由门楣、门边框和座组成。

石门楣，内刻楷书“康宁”二字，在框上有一坐佛，后有圆形背光。右边有一文人，身着宽袖长袍站在那里赏花，后有侍从相随，其图为“陶渊明爱菊”。

右边也是文人，身穿宽袖长衣，站在那里观赏莲花，后有侍从相随，其图为“周茂叔爱莲”。

两侧门框为“八蛮进宝图”。

赵家门楼的南门洞，为暗八仙拱寿拱形门楣。这个拱形砖雕外围一周圆边框，共分成九个小段，变形“寿”字图案居中。两边各是四个暗八仙图案，由左至右依次为花篮、长笛、拍板、荷花、蕉扇、宝剑、葫芦、渔鼓筒。

暗八仙是在八仙图案基础上得来的，没刻画人物，只是将他们各自手持的八件法宝刻画出来。这也是民间美术一种诙谐机智灵活的体现，寓意着宅院主人崇尚多才多艺，精致如仙。

赵家门楼门洞南侧，是苏武牧羊看墙石。石雕外方内圆，中间的圆形素边框内雕刻有两人。左边持节坐在山坡石块上的是苏武，苏武一副汉人的装束，其身旁有羊群在吃草。

在苏武面前有一位匈奴使者，头戴胡帽，身穿窄袖长衫，双手持盘。盘中放有食物，苏武却视而不见，正襟危坐，表示出人物的忠贞气节。

老莱子侍亲看墙石，则置于门楼门洞南侧。看墙石外方内圆，中间的圆形素边框内刻有三人。躺在地上手持小鼓的是老莱子，坐在桌旁的两人是其父母。

老莱子，春秋末年楚国的隐士，相传居于蒙山之阳，自耕而食，极力孝敬双亲。年过七十从不称老，常穿五颜六色的衣服，像小孩子一样，在父母面前玩耍，以此让年事已高的父母能永远开心，度过晚年。

瑞鹿迎春图，设于门楼内西侧倒座山墙。整个画面观之令人心旷神怡，以瑞鹿迎春象征着主人的事业像春天一样兴旺发达。

赵家门楼内影壁北面，为麒麟献瑞影壁砖雕。

单凤戏莲纹影壁砖雕，位置在门楼内影壁南面。

赵家门楼门联匾额“终南霞蔚”，意即终南之地霞气鼎盛，山川行胜。

赵家门楼东的对联，“甲第当阳轮鸿开千载固，箕奕世衣冠骏发万年新”。意为主人所居宅第高大华美，面朝南边向阳而修建，不仅世家业绩永久牢固，而且住宅能使用上千年；主人克承父辈事业，代代相传开创万世新基业。

赵家门楼西的对联，“口吿何为只立身无愧天地，传家可久唯种德以贻子孙”。意为来到世上立身应对得起天地，传家可以长久的办法，最好是培养高尚品德留予子孙。

步入赵家门楼，穿过门廊，越过拱形小桥，缓步拾级而上，望南五台山，行数步而左拐，便至博物院的第三道大门。这是一座与院大门牌楼朝向相同的坐东面西的雄伟门楼。

可谓一步一重天，一道门楼是一道门楼的讲究、排场。

这原本是渭北富平县庄里镇唐家堡的城门楼，西京雄镇，属于明代建筑。南北长十八米，东西宽十米，高十点八米。门洞上方镶有明崇祯十三年（1640）“西京雄镇”石匾。意即西京地势险要，足以控制四方之地。

西京雄镇城楼西门前北侧的石狮，粗眉巨目，宽鼻，阔嘴龇牙，双耳后抿，头颈发须卷曲成乳丁状。口含长带，颈戴项圈，挂有铃铛与璎络。前腿撑立，后腿曲蹲，昂首挺胸，头微左转，形象高大威猛，整体威严肃穆。

城楼西门前南侧的石狮，它与北侧石狮为一对相呼应，由三部分组成。

下、中分别为两层石座，上层石狮蹲坐在石座上，石座三面雕有飘带。

城楼南侧门房南，是方型荷花纹门墩石。上层方石上面，雕刻一只伏地的狮子。

城楼南侧门房北的方形荷花纹门墩石，与南面墩石互为一对，相映成趣。

门洞之上刻有集贸市场图案的砖雕，有肩挑重担的劳力，有占卜测字的卦师，有外出购物的游人，有乘轿骑马的显贵，俨然有些民趣盎然的《清明上河图》的味道。其人物栩栩如生，一派繁荣景象，体现了当年这个古镇经济文化的发达，也展现了建筑工匠们高超的技艺。

但凡民间艺人刀笔下的砖雕，无非在讲述八仙过海一类古老的传说，介绍仁义礼智信，传扬家和万事兴，称颂耕读传家。它与农耕社会的生存哲学有关，与平民百姓的精神寄托有关。它是通俗易懂的，却也深奥莫测。

从这里，来访者便走入了千百年前的关中大地，踏上了渭河北岸平坦的原野，进入了一座座乡村名门望族的院落。

“梨园”门楣石匾高悬。这又步入了一个偌大气派的院落的大门。

梨园的名称，大概是唐玄宗皇帝的商标版权。那座皇家梨园有霓裳羽衣舞，也有渔阳鼙鼓声，有雨霖铃，也有长恨歌。

而眼前古民居的梨园，则是古代戏班在家演戏的地方。

这座梨园门前的门墩石上有年号“泰定元年”，证明此园在元代的基础上于明清两代再次修建。狮子呈卧状，时刻维护着梨园的安宁。梨园主要建筑分为两部分，即古戏楼和看戏楼。看戏楼上下两层，梨园前门正面，巨幅砖雕石雕图案极其精美，每幅都堪称是精妙绝伦的艺术品。

通过门洞，映入眼帘的是古戏楼，它是一百三十年前的建筑物。

斗转星移，物是人非，来访者不是当年的看客，还能想象得到台上曾唱的是秦腔还是眉户，演的究竟是哪一出呢？观众又是些什么官人富豪？引车卖浆之流呢？

戏楼正门的浮雕人物纹石门，其右图为山石树林。古松下有一对鹿回首而望，其间有五位将士，前方一位持剑而坐，其他的或持弓箭，或持刀，或牵马。

这是一幅战败后的景象，故事名为“死诸葛能走生仲达”，取自《三国演义》。

左图的山石间有一古树，树下坐着一位手持节杖的牧羊老人，周围羊群在吃草觅食，有两位身着战服的西域官兵在劝降，故事名为“苏武牧羊”。

两侧门框正面，由上而下浮雕山间群狮图。其间长满古树，十六只狮子出没其间，有的嬉戏玩耍，有的树下休息，有的出山里，等等，形态各异。

内侧面各雕三图，对称相同，即花石昆虫图、鱼蟹图、山石花卉图。

戏楼门楼东西两侧的石对联，上联“国史流芳赐酒之恩荣如昨”，意为主人参与国史编撰、得到朝廷赐酒奖励的事，就像昨天才发生似的。下联“家风继美联珠之作述依然”，意为主人传统家风是著书立说，世世代代不断。

戏楼门楼东西墙对称，各有一幅镜地开光砖雕图。

此图正中用一圆形石雕搭配来点缀砖雕画面，图中山石间长有一棵老松，针叶繁多簇成一团，空地上有两匹骏马，一只在低首觅食，另一只在回首顾盼。

画面和谐自然，用于“梨园”，观之心情愉悦，遐想万分。

梨园门楼上，是戏剧人物图砖雕。画面分为左中右，左右两端画面相同，相互呼应。

戏楼东侧门楣，置有石匾，正面为“日月争光”，即太阳月亮，光芒四射。日月争光多盛赞人或事与日月同辉，其光芒堪与日月相比。

背面为“冰霜比操”，意即操守纯洁清白，用作匾额系褒扬室主情操高尚无瑕。

梨园戏楼西侧，是喜上梅（眉）梢图。

王勇超爱秦腔。民国时代外爷家就操持过自乐班，方圆几里，逢年过节红白喜事都少不了外爷家的戏班子，红火热闹一阵子。母亲自幼也能唱上几折，潜移默化，王勇超自然成了一个秦腔迷。

秦腔是秦人之腔，秦国的老先人在甘肃天水一带给周天子放马，隔山隔沟吆吆喝喝，是牧马人之吼，尔后成了秦腔的源头。

周秦汉唐一路下来，帝王之都的长安一带，国戏恐怕就是秦腔，起码是宫廷和民间戏曲艺术的主旋律吧。宋元明清时代，政治经济文化中心东移，秦腔在这曾经的帝王之都没有泯灭。一种苍凉之吼，在某种意义上化作民间劳苦大众的精神呐喊。

时代在变，邓丽君、麦当娜、杰克逊、周杰伦，谁也挡不住。娱乐至死，疯狂无价，让中华传统戏曲遭受重创。

老戏台子，在时代的风雨中坍塌，一个农耕文明的娱乐天地从此几乎荡然无存。

王勇超曾经立在乡间废弃的老戏台子下，想吼一声“老了老了实老了，十八年老了王宝钏”。

王宝钏是王勇超的一家子，恐怕八百年前还在一个锅里搅勺把子哩。

《寒窑》还在唱，寒窑前的村子和田地迁移了，回归到了唐朝。曲江南湖碧波浩荡，游人如织，老戏台子成了风俗体验区。

王勇超把渭北村子里遗弃的老戏台子一根梁一片瓦地捡了回来，给它们在博物院里安了一个新家，让昔日的梦幻有了一个安妥的落脚。

时而空荡荡时而古戏激扬的博物院的戏台子，在悄悄地回忆消逝了的喧哗，还有那些帝王将相、才子佳人、奸臣害忠良、相公招姑娘的故事，以及那些马革裹尸的悲怆与风花雪月爱恨离愁的情调，在悄悄地等待一个朝花夕拾般的当下时尚的娱乐宴席。

王勇超适时将华县老腔和皮影艺人请到了这里。

老腔，俗称“老腔影子”，距今已有两千多年的历史，被赞誉为“中国戏曲的活化石”。其唱腔豪放激昂、铿锵有力，具有阳刚雄浑的韵味。自家的木凳，自制的琴弦，口耳相传了千百年的唱词唱腔，如今，这种土得掉渣、震撼人心的老腔，就以它的原生态，被原封不动地请到了大都市、大剧院那豪华的舞台。

2006 年 5 月 20 日，老腔经国务院批准，列入第一批国家非物质文化遗产名录。事实上，无论是在剧史的本源性、传承的封闭性、剧种的独存性、风格的张狂性等方面，老腔都有其独特的史学价值和艺术价值。

听老腔，一嗓子吼起来，不用背景，天地就是背景，不用铺垫，五千年金戈铁马就是铺垫。一股苍凉高亢之气，如千军万马四面杀来。来不及看，来不及思量，它已挟裹着阵阵雷声呼啸而过，一冲千里，直上云霄。

关中民俗艺术博物院老腔剧团，由 12 名老艺人组成，拿手的曲目是《将令一声震山川》《关中古歌》《秦琼打粮》《临潼斗宝》《征东一场总是空》《白鹿原》。其中：

《将令一声震山川》
军校！啊！
拉马！啊！
抬刀伺候！
将令一声震山川，
人披铠甲马上鞍，
大小军校齐呐喊，
推动人马到阵前。
头戴束发冠，
身穿卸连甲，
胸前狮子扣，
腰中挂龙泉。

弯弓似月映，
狼牙囊中穿，
胯下青鬃马，
豪杰敢当先。
正是人马向前进，
呜呀呀前哨军人报一声。

《关中古歌》
伙计们，啊！
都来啦，啊！
女娲娘娘补了天，
剩块石头成华山。
太上老君犁了地，
钩条渠渠成黄河。
麦青了又黄了，
人兴了又张了。
天空大地做伴了，
鸟儿背着太阳打转了。
华山与黄河做伴了，
田里的谷子笑弯了。
男人与女人做伴了，
镢把抡得更圆了。
女人与娃娃做伴了，
旮子拧得更欢了……

《白鹿原》
伙计们，啊！
都来啦，啊！
抄起家伙！
他大舅他二舅都是他舅，
高桌子低板凳都是木头，
太阳圆月亮弯都在天上，
男人笑女人哭都在炕上。
男人下了原，
女人做了饭，
男人下了种，
女人生了产，
娃娃一片片都在原上转，
娃娃一伙伙围着锅头转。

陕西华县皮影起源于汉代，俗称灯影戏，同样被誉为“中国戏曲的活化石”，被列入首批国家非物质文化遗产名录。

关中民俗艺术博物院碗碗腔皮影剧团，先成立于1984年，多次为来自加拿大、法国、美国、叙利亚、瑞士、日本、泰国、德国等友人演出，团长姜建合，已被编入《世界名人录》。多次参加中央电视台专访和演出，联合摄制《劈山救母》。如今，该皮影剧团在博物院的孙福堂宅院内，展演着卖杂货、撑船、包公大审、降火龙、周仁回府、宝莲灯、店遇、赠钗等段子，逗乐了一茬茬观赏者，场场博得满堂彩。

平日面对喧嚣纷繁世界、蒙受工作生活重压的游人，置身古戏园子的宁静氛围，聆听中国戏曲本源老腔酸耳辣心的狂吼，观赏电影动漫的祖宗皮影的精彩，该是多么舒坦惬意之事，又恰是多么时尚的娱乐逍遥！

第十八章

古宅新颜

流连忘返，来访者步入了博物院的关中古民居展览区。

从二十世纪八十年代中后期开始，从事建筑行业的王勇超潜入名人字画收藏，操持惯了会计账目的他开始了收藏鉴别。其所应该具备的不仅是胆量，更重要的是智慧和学识，还有机遇。

从名人字画又到拴马桩，从石雕再到古民居，他发现自己进入了一个神乎其神的广阔世界。

风风雨雨，二十多年过去了，从下手征集抢救第一院古民居开始，迄今保护了濒临消失的四十多院近千间明清古民居。他放弃了建造现代洋楼大厦的生意，却在一堆又一堆古老乡镇的废墟之中，发现了金子般耀眼的光芒。

眼前这些古民居，是按照原宅院布局结构，采用原宅院的石木砖建筑构件，迁移复建在博物院的。

一个时代或一代人离去，却把自己最伟大的创造留在世上，这便是建筑。一切都灰飞烟灭，一切都香消玉殒，除了历史的教科书之外，遗留在大地上的信息无非是建筑。

没有接受过正规国民高等教育的王勇超，仅靠自己勤奋学习获得的知识，靠先人遗传基因给他的聪明才智，靠自己的悟性，破译了民间建筑艺术的密码。

在他看来，传统民居是一种凝固的艺术，一种动听的历史音符，一种历尽沧桑而依然存在的文化精神。传统民居，它深深扎根于民间，民风浓厚，古朴典雅，蕴藏着关中民俗文化的渊源与血脉，应该是人类智慧的结晶，具有极高的观赏价值和研究价值。

走入这处宅院。它原来的主人名叫阎敬铭，1817 年生人，1892 年逝世，活了七十六岁。宅院原坐落于今天的关中东府大荔县，清代叫朝邑县，远近无人不晓。他六十五岁那年就任户部尚书，类似今天的国家财政部长，两年之后被授东阁大学士。

阎敬铭为官四十余年，清正廉洁，刚正不阿，以善于理财而著称于世，被誉为救时宰相。而史称天下第一仓的丰图义仓，就是由他主持建造的。

这座古朴庄重的宅院，始建于清咸丰年间，为两进两院式。宅院分前房、东西偏院、二进门楼、东西厢房和上房，整个院落布局对称，错落有致，宽敞宏伟。宅院内砖雕、石雕、木雕内容丰富，颇具气象。

五间门房的西侧，是一幅凤戏牡丹图。细细流淌的溪水，山石间生出一株牡丹，三朵牡丹花在枝头开放。空中一只凤凰盘飞，两翅展开，尾羽飘动，形体似弧形。牡丹与凤凰都象征富贵，此图寓意宅主的心愿，同享富贵。

一路连科图，置于二进院东侧。泛起涟漪的水面上站立一只白鹭，张嘴曲颈收翅鸣叫。硕大的莲叶展开着，枝头莲花相继开放，下方一朵含苞待放。一路连科，是对科举考试学子的一种祝颂，谓此可连中三元。

并蒂同心图。莲花与莲藕相连称并蒂同心，比喻宅院主人夫妻和美，形影不离，爱情忠贞。

寻贤图，在二进院西侧。表现了宅院主人钟爱人才、求贤若渴的愿望。

寿山图，突兀耸立造型奇特的山石，呈灵芝状展放，图中线条明快，峰回路转，变化无穷。寓意寿比南山，长生不老。

西院门联匾额所书“知事忍事勿多事，存心动心莫欺心”，意为要懂得事理，不讲不该讲的事，不管不该管的事；要做有心人，动脑思考问题，行事不要违背自己的良心。

有字匾若干，都是些精言妙词。“凝秀”，意即凝聚美好。“源远”，意即为水的源头很长，引申指事物发展的历史由来已久。“巧固”，意即美好而坚强。“和顺”，意为和谐顺从。“康宁”，意即为康乐安宁。“廉耻”，也就是要守廉洁知耻辱。“山明”，形容山势明朗俊秀，比喻自然风景优美。

来访者颇感兴趣的福纹砖雕字，在一进门的院墙东侧。寿纹砖雕字，则在进一门院墙的西侧。一路清廉图，也在院墙西侧，上面刻有鹭鸶和莲花，“鹭”与“路”谐音，“莲”与“廉”谐音，意为一路清廉，是宅院主人的自勉与向往。

当地流传这样一个故事，说在阎敬铭任户部尚书和军机大臣期间，国家财政困难，慈禧太后却强令光绪皇帝下诏，动用大量国库银两为其修筑颐和园。光绪皇帝不敢违抗，即任命洋务大臣李鸿章为统领，即日筹划动工修建。阎敬铭已闻之内情，便以库银缺少坚决不予支付，并多次上奏皇帝和太后，缓建楼堂馆所一类形象工程。但不仅没有奏效，还遭到了革职之罚。

你不按游戏规则行事，就没有好果子吃。阎敬铭回到府中，愤愤不已。忽然翻看到他前两年写的《不气歌》，默念一番，才慢慢平静下来。

却说两年前，慈禧为给她一位族亲大办婚事，诏李莲英到户部提银，阎敬铭曰：“私人婚礼，从国库提银，成何体统！”坚决拒支。这便引起慈禧震怒，曾当面斥责他，当差的还想当主人的家，不是找死吗？他一心为朝政，还受委屈，着实生了几天闷气。

后为了自我消解，便信手写了这首《不气歌》：

他人气我我不气，我本无气他来气。
倘若生气中他计，气下病来无人替。

请来医生将病治，反说气病治非易。
气之为害大可惧，诚恐因病将命废。
我今尝过气中味，不气不气真不气。

由此可见，阎敬铭为官一世，落一个清正廉洁的好官的名声，确实不易。此类《不气歌》，版本各异，在乡间庙会上非常畅销，作为招贴常见于村舍炕头，安慰老年人的心事。

三阳开泰与鹿鹤祝寿图，也在院墙西侧。这幅砖雕是为宅主人祝福祝寿，企求大吉大利。另一幅梅竹花鸟图，下角一鸟立于山石上，引颈仰望，山石间生有数棵竹子，其旁有棵梅树，朵朵梅花在枝头盛开。梅竹兰菊，并称四君子，为世人所钟爱，可见宅院主人品性与精神追求之高洁。

王勇超欣赏如此景物，也从中汲取古贤之精神滋养，不断校正自己的价值观，去处人、处事、处世。

长安八景图，分为三部分，分别描绘了华岳仙掌、骊山晚照、灞柳风雪、草堂烟雾、雁塔晨钟、曲江流饮、太白积雪、咸阳古渡。有关长安八景，碑林博物馆有一首《八景佚名诗》，云：

华岳仙掌首一景，骊山晚照光明显，
灞柳风雪扑满面，草堂烟雾紧相连。
雁塔晨钟响城南，曲江流饮团团转，
太白积雪六月天，咸阳古渡几千年。

不同的版本，不同的形式，都在丰富或补充着源远流长的古都长安的文化景观。

隔壁是古民居展览区的崔家槐院，原始建于清乾隆年间。原先的老主人是澄城人，名叫崔圪塔，一个土得掉渣的名字。

王勇超说，这个土财东有点故事，发人深省。

清咸丰年间，他开始经营烟酒糖茶生意，因精明能干，善于理财，积攒了不少财富。到了光绪时，其曾孙崔彦彦生意越做越大，富是富了却还不贵，便花银子捐了个府台四品虚衔，住宅也由原来六院扩大成十二院。富贵荣华，应该是达到一种人生的境界了。

但让子孙万代享清福，当人上人，恐怕就难了。人说家无三代富，子孙坐吃山空。崔彦彦之后，崔氏家道中落。其后人终日吸食鸦片，日渐衰败。如今有买官者，没有廉耻心，害了自己还会害后人。

二十世纪九十年代的一天，从西安奔波至此的王勇超，惊奇地发现了这处宅院。令他惋惜的是，曾经气势宏大的崔家十三院建筑群，仅剩其中一院。杨姓人家购买了这个院子，也几乎是一处危房。后来被列入街道改造拆除范围，王勇超及时赶到，进行了抢救保护。

这座宅院布局为三进三院式，有前房，东西厦房、腰房和上房。

宅院狭长幽深，房屋高低错落有致，四周高墙围护，是关中地区民间古民居的典型样式。有“光裕”二字的匾额，光裕，意思是给前人增光，造福后代，寄托了主人内心的美好期望。

但叫人遗憾的是，创业的老主人的期望却破灭了。

松鹤延年图，位置在崔家槐院门楼西侧，表达了宅主人事业延续持久兴旺发达之期冀。梅花双鹿图，位置在崔家槐院门楼东侧。梅花双鹿，寓意宅主人招财进宝，生意兴旺。

一进门院内东侧还有一块人物骑鹿纹看墙石。正中的寿星倒骑在鹿背上。飘飘欲仙，寓意着宅主人对美好生活的向往。

另一大院，为始建于明代的孙氏宅院，原主人的名字叫孙丕扬，生于1531年，卒于1614年，富平人，系明代三朝元老。孙大人曾任授大理丞，吏部尚书，类似今天的组织部部长等职，一生为官长达五六十年，直到八十一岁拜疏归家，享年八十有四。

孙氏宅院布局为二进两院式，有前房，西侧带有偏院和两间门房。进入二进拱门，西侧是厢房，东侧栽有一棵千年古槐，对面为上房，西侧有后偏院和北房。整个宅院建筑独特，高大雄伟，砖石木雕活灵活现，栩栩如生。

二进院门门楣上，有三朝元老石匾。此匾为陕西监察御史李思孝立，以作为对孙丕扬为官功德的赞颂和纪念。孙丕扬一生，陪伴了三个皇帝，即嘉靖世宗朱厚熜、隆庆穆宗朱载垕、万历神宗朱翊钧。

孙丕扬，刚正不阿，不徇私情，公认是一个清官好官。

明史记载，孙丕扬官拜吏部尚书期间，朝中百官不敢私自请托他办事，为杜绝太监破例请托，他创制了所谓的“掣签法”。签以竹为之，大选，也就是凡听选及考定升降者归之双月，急选，也就是凡教授、改制、丁忧、候补、归之单月，悉听其人当堂抽签选择。

如此一来，谁也不能随意托关系，走后门，行贿受贿，贪赃枉法，买官卖官。此法实施，一时选人盛称无私，是为当时官吏考选制度的一大改进，深为后人赞颂。

孙丕扬宅院一进院内北侧右边，是一幅富贵花三春图。凤凰是富贵的象征，一般和各种花卉相搭配组成寓意吉祥、富贵的图案，常用于民居三雕中。玉兰、牡丹和兰花都在春天开花，常寓意春回大地，万象更新。故此图名为富贵花三春，寓意主人官运亨通，春风永驻。

五子夺冠图。典故说，五代后周人窦禹钧，教子有方，他的五个儿子先后考中进士，留下五子同科或五子登科的佳话。民间绘画常用五子戏夺冠帽，暗喻科考高中，仕途顺利。

还有福禄寿喜图、多子多侯图、功名万代图等。

孙丕扬宅院的“福”字，就是诸事皆吉的总称。福，是中国人民热爱生活和孜孜不倦地追求幸福生活的愿景。“天官赐福”，即天官赐给吉祥。“千祥”，为吉祥语，极言祥多。“诚致”，即真诚的表达，表示主人真心实意。“锦堂清韵”，即锦绣的殿堂上散发着清新芳香的韵味，寓指文人墨客家中洋溢着翰墨书香。

对联“良田有种图堪味，书德是福心无尘”。意为自己的良田自己耕种，自己种出收获的东西吃在口中，就能得到更好的味道；读书明理，品德高尚是一种福气，多读好书，心里就纯净，不存有灰尘。

“勤俭传家口乃祖绪，诗书启后贻厥孙谋”。意为要用克勤克俭传家之宝来传家，要继承祖辈的世业；以诗书教育后代，把知识遗留给子孙。

“积金积粟积阴德传家至计，勤商勤农勤诗书教子良畐”。意为积攒金钱，积攒粮食，给人做好事、做善事，这是传家的最好计策；努力经商，努力务农，努力读书求知识，这是教育子女的最优谋划。

再观一处，耿家宅院。始建于清光绪年间，原宅主名耿元耀，澄城人，光绪二十三年（1897）武举。布局为一进院式，有前房两层，影壁、东西厢房和上房窑洞。建筑规模宏大，风格独特，廊厅间架结构考究，石雕、砖雕、木雕精彩纷呈。上房窑洞有宽敞的轩廊，正壁上有大书法家董其昌的“朝元山房”木匾，使宅院愈加生辉。窑洞门前九间门房东西墙上，各有一幅狮子戏绣球图。内圆外方，图中狮子双耳斜奋，大眼突目，颈戴项圈，下挂响铃。身旁系一绣球，行走于山石之间，气势凶猛。此图为镇宅之物，祈求平安。

另一幅麒麟望日图，置于院中照壁南面正中。麒麟，人们心目中的祥瑞神兽。它威而不害，不践生灵，不折草木，沐浴在光辉之中。

气象宏大的八仙过海人物图，在窑洞前脸墙上自西向东依次展开。曹国舅、蓝采和、何仙姑、汉钟离、铁拐李、韩湘子、张果老、吕洞宾，神采各异，尽献其能。

“通德传芳”，即道德高尚的人，一定会流传美好的声誉，因为道德与美好是一脉相承的。“成生永荷”，即只要怀有美好的理想信念，并为之奋斗不息，就会获得巨大成就。

“一日康强蒙神佑，四序平安赖圣扶”。意为一天之所以健康强壮，是承蒙神灵的保佑；四季之所以平安，是依赖圣人的扶持。全联是说神灵保佑了宅第家人的健康，圣人扶持着宅第家人四季平安。

王勇超之所以坚信这些先贤遗存，是社会共同的精神文化财富，是因为现今的人们，从中可以琢磨出应有的道德修养来疏通人类文明发展的根脉，古人的遗嘱正在触动每一位前来观赏的现代人。

王勇超对来访者说，刚才看到的古民居院落，只是已经完工的一期工程，像这样的古民居宅院，还有几十座在建。

至圣至伟的稷王庙，居于古民居一条街东头的高台之上。举目望去，巨大的照壁上，是颜真卿书写“上善若水”四个大字。《道德经》曰：“上善若水，水善利万物而不争。”意思是说，最高境界的善行就像水的品性一样，润泽万物而不争名利。水性，一是柔，二是停留在卑下的地方，三是滋润万物而不与争。最完善的人格也应该具有这种心态与行为，不但做有利于众人的事情而不与争，而且还愿意去众人不愿去的卑下的地方，愿意做别人不愿做的事情。

庙门对面的照壁上，有苏轼的字：“二仪拱华。”二仪即阴与阳或天与地，华即华夏民族或文化精华。二仪拱华，即阴阳二气环绕着华夏族，孕育着璀璨的华夏文化，使民族生生不息。

稷王庙大门口有楹联：“稼穑继三皇衣食黎元九万里，道儒化百姓文明华夏五千季。”横批：“唯耕唯读。”

稷王庙由陕西关中民间迁建而来。稷王即后稷，名“弃”，后稷和夏禹是中国上古文献中最先出现的两个传说人物。后稷是继承禹治理洪水灾难以后，接下来领导农业生产的伟大人物，亦是中华民族史上一位人神叠合的人物，一位被推为谷神，在原始农业发展中“功崇平地，德大配天”的人物。作为“农神、农师”的后稷，其最大的贡献就在于，使人类或游牧或游耕的脚步从此安定下来，由此，植下人类生命之根，播下华夏文明之种，文明得以积累和发展。

据《尧典》载，尧命后稷主管农业，按时播植百谷，挖沟开渠以利灌溉、疏通河道，逐渐使中原地区成为部落的粮仓。尧帝遂册封“弃”为“稷王”。后稷开启了华夏远古农耕文明，历代帝王和天下黎民都对他表示无限的崇敬和纪念。

庄稼人的神，应该高高在上，接受顶礼膜拜。

民以食为天，是后稷教先民学稼穑，开创了一个绵延数千年的农耕文明社会。

稷王大殿门口有楹联："咬定几句有用书可充饮食，养成数竿新生竹真似儿孙。"意思是好好地研读几本有用的书，可以当作精神食粮来充饥，种植培育一批新竹子，看着他们生长，就像看着自己的儿孙慢慢长大一样。

另有一联："世事让三分天空地阔，心田培一点子种孙收。"意思是遇事让三分，退一步海阔天空，自己所培种的粮食是为了子孙后代来收获的。

稷王大殿的北侧是老子大殿，南侧有孔子大殿。一道一儒，构成了华夏文明的双翼，而土地和粮食，正是根本。

头发花白的王长启先生，现为关中民俗艺术博物院鉴定委员会主任。他一生潜心考古事业，早年毕业于西北大学历史系，在省历史博物馆当讲解员，而后在文物考古部门从事研究工作多年，参与过发掘周代遗址和车马坑等重大考古工程，还做过东大街文物商店的经理，在文物收藏鉴定界堪称权威。

王勇超得知王先生退休，就三顾茅庐，请高人上南五台，主持博物院鉴定工作。他对石雕艺术了如指掌，面对浩如烟海的拴马桩系列民间文物，他又进入一个充满诱惑的研究领域。在分类整理过程中，又不时有新的发现。针对专家在起源年代和内涵上的不同观点，他四处奔波，做田野调查，翻阅资料，从多件有明显年款的记载上入手，在时代的演变与民间石刻文化的延续性上做文章，逐渐形成了自己的石雕论点。

他说："比如从民间收集的饮马槽，已经有数百年的历史了。它的形体比较大，长有三米，高将近一米，有数吨之重。纹饰是一种串枝莲。莲花是随着佛教传入中国的，到了唐代非常兴盛，尤其是串枝的办法雕，一朵花，一朵花，枝叶串起来。有时候它叫忍冬花，有的叫宝象花，名字非常多。这个东西在传入民间以后，它的内涵就改变了，莲，代表着一种清静的意思，谐音廉，在中国的好多石雕上都出现这种纹饰。"

对博物院的石雕，王先生认为，整个工艺来说，都是浮雕为主，有的浮雕非常高，高浮雕，时代晚一些的浅一些，就是浅浮雕。咱们看到的这些纹饰都是当地的名匠，一些匠人雕刻的，非常粗犷，雕刻不受什么限制。像奔马吧，各种形状的奔马都有，麒麟，有各种麒麟，有奔走的，有回头望月的，各种形状都有，不受任何限制，雕刻得非常有动感。它和一般的雕刻还不一样，非常活泼，而且形抓得非常紧，可以说，在艺术上有很大的成就。

王长启先生说，民俗博物院收藏的民国时代的生活器皿也非常丰富，包括其他各类民间艺术和民俗物件，是一个魅力无穷的宝库。

高曼女士，是王勇超从文物管理部门聘请来的专家，担任博物院保管部主任。

高女士在文物保管部门干了一辈子，从二十世纪七十年代到新世纪初，她担任西安文物机构库房副主任，出土的重要金银器都曾经由她负责保管，数量多达十二万件，从未出错。人内向、实在、敬业，贵重文物交给她，放心。

她感到这儿环境好，文物也好，来这儿发挥余热，有干头，佩服王勇超这个了不起的人。初到这里时还很困难，当时是个工地，下雨天上个厕所也难，到处是泥坑。大太阳底下，跟着王院长带一批人分类登记清点文物，都是大石头，挪动起来不容易。光石刻石雕就有十六大类，又分若干类，成千上万件，每一件都要编号、丈量、拍照，写描述文字，建立电子档案。

库房里集藏的字画、陶器、铜器，等等，比她在西安文物库房的东西要复杂得多，年轻人员技术素质还要从头培养。陶器的修复、铜器的除锈等，都是她在用行动带领小团队去实实在在地做，把库房整理得规范有序，有条不紊，随时可以提取所要的物件。先后办了几个展览，还准备办分类展，比如文房四宝、生活器具、服饰、兵器、铜器、瓷器等，丰富多彩。

博物院聘请的专家，还有秦始皇兵马俑博物馆老馆长吴梓霖，有西北大学文博专家惠明等。

在民俗艺术博物院负责工程技术的朱斯广工程师，在企业干了一辈子现代建筑，对古民居建筑也很感兴趣，边干边摸索，在王勇超的协助下成了行家里手。在民居复建的设计上，基本按照原来整个房屋的结构原则，当时一边拆一边记录编号，根据它的原貌复原起来。但是老的东西不是很完善，王勇超见得比较多，个别构件台椽子坏了，有的破损了，就想办法修补，但还是保持它的风貌。总之，力求安全、牢固、美观、和谐，修旧如故。砖雕，还都是老东西，回来以后修补，放到一定的位置。

朱师傅负责整个现场技术方面的管理，老房子迁移回来后，只能把主要的东西搬回来，不可能把建筑基础搬回来，要给它配建筑基础。不管现代建筑还是古建筑，大的基本的东西是相通的。

稷王庙的复建，前前后后将近两年时间。

王勇超经常在工地上巡回，要求不管怎么做，必须按传统的做法去做，呈现原来的效果。每一个环节都要看，根据他的经验，和技术人员商量，然后实施。西安的建筑最初是唐代的，它不是说复建，是一种仿建，完全是新建。到明清以后建筑风格复杂，就连屋脊的形式都不一样。平脊，屋面坡度很缓。工程建造起来，人再多也用不上，只能是慢工出细活。砖雕、木雕、石雕，都有一个配套组合和修补的问题，不像现代建筑那么快。

来自澄城的雷李忠师傅，从老先人手里接过古民居修复的手艺，是个民间的能工巧匠。王勇超聘请了这个传承人，在民俗艺术博物院古民居的复建中发挥了他的一技之长。雷师傅过去一直是个木工、瓦工，在这里有了更宽广地施展才能的机遇。

王勇超是在收购拴马桩和砖雕的时候认识雷师傅的。当时，不知道雷师傅是个木工，光知道他对这个行当很精通。匠人是干啥的，吃的百家饭，走到哪都知道谁家是财东家，谁家有啥好东西。王勇超说，准备搞一个博物院，雷师傅那时还认为他是胡吹呢，当时还认为王总是个古董客，倒腾文物的。

他是一直打听王总的情况，到后来果然兑现了。

王勇超听说早年认识的雷李忠原来是个好木匠，就把雷师傅请过来，雷师傅的手艺在木雕、砖雕、石雕复建方面派上了用场。都是人家原有的东西，有残缺，雷师傅就想着怎么修补。搞研究有王长启先生、高曼女士，还有吴老师，繁体字还问题不大，有些篆体字雷师傅不认得，搞不清楚，就讨教身边的专家。有些东西就不知道原来的人怎么搞的，那可能就是个谜。

在民俗艺术博物院，建筑队这些基建人员，用雷师傅的话说，是从各州府县还有甘肃来的，来这儿的人，本事大小不说，好赖都要有点本事。就是学，终究也学到了本事。

在古民居复建过程中，王勇超的得力助手是负责工程的副院长王顺利。他按照王勇超院长的精心部署，带着工程技术人员到各地进行古建筑考察，学习技术和经验，全身心地投入到了古民居的复建工程之中。

王顺利，是王勇超的胞弟，生于1960年，排行老三。从小没少受过苦，一边上学，一边帮家里干活，卖辣子、割草、喂猪，老实勤快。家贫，日子过得连盐也吃不上。二十岁出来当兵，入了党，先在河南焦作总后汽车团开车，后到青海格尔木执行援藏任务，之后辗转河南、湖南，最后回到西安，在总后干休所开车。在部队一干就是近二十年，复员到了一家蒸馏器厂老干部处。上班头一天，填什么表，盖了一天章子。他觉得没劲，办了停薪留职，出来搞装修生意。说要在厂里干三年，关系才能转出来，他等不及，档案放在了安置办。

他接了勇超的建筑安装公司，干了五年，民俗艺术博物院筹建，王勇超把弟弟叫了过来，负责工程项目。王顺利不舍得他的建筑公司，自由，还挣钱。如今把一套设备和人马带过来，从民俗博物院领工资。上阵父子兵，王顺利是想支持哥哥的事业，尽管经常想不通，为什么放着赚钱的项目不做，偏要干这不赚钱的买卖？但经过了长年军营历练的他也理解哥哥的胸怀，为保护民间文化，为社会办公益事业，便逐渐改变了价值观念。王顺利是个聪明人，尽管原先仅有高中文化程度，但学一行会一行，跟他哥王勇超一样，认准了的事非干成不可，把事当事，肯吃苦，有实干精神。

原先书院门的灏文堂，王顺利帮哥哥参与了修建，先后在那里住了十多年。来到民俗艺术博物院这么多年，他帮哥哥出主意，扛大梁，尽管经常在经营理念、项目设想、展览区与服务区、商业与文化方面有不同见解，但只要是王勇超拍板了的，他毫不含糊地去办。

他尊重兄长，心里头佩服，思想文化观念受到潜移默化的影响，开玩笑说自己在这方面“中毒”太深了。他说，这半辈子是给社会做贡献了，自豪于在自己手中诞生的一座座古民居，变成了游人惊叹不已的风景，并将世代流传。王顺利说，有人说我哥是个富人，其实和穷人差不多。不过，人要过了七十岁，在你面前堆个金山，你又能咋？

在王勇超的吩咐下，他把古民居的整个图纸甚至于每一个细节，都装在了脑子里。他在电脑上按自己的构思绘图，又交给设计院的专家修订，实施时他再按照自己的一整套密码去完成。像他这样按照传统规则修建古民居的工程师，也的确不多。一拆一建，经过了这个过程，细心人就获得了其中的奥秘。

异地保护利用，就是把分散的古建筑资源进行优化整合，有效解决村镇建设与古建筑保护之间的矛盾，提高大家的古建筑保护意识，延续优秀传统文化，这也是抢救保护历史遗存的需要。古民居异地迁建保护是一个庞大而又复杂的工程，首先要有巨大的资金支持，加之明清建筑构件繁多，技术要求高，难度大，要想保证完整无缺地复原，必须得有懂得明清建筑的行家，何况明清建筑断代时间较长，真正亲自参与当时建设的工匠已经没有了，就是祖辈传承下来略知一二的人也少之又少，何况现在已年事太高。好在明清建筑部分尚存，绝大部分比较完整，这样给复建提供了样板，提供了了解明清建筑的依据。所以在拆除时，请建筑专家做好图纸的绘制、摄像、拍照、编号、包装，一样都不能少。当然在运输过程中也特别讲究，特别是一些木雕花板、木雕构件、花格窗门、砖雕图案等构件，都是易碎件，稍不注意就会给复建带来更多困难。

农村道路多为坑坑洼洼的，车辆振动大，有时在运送关键部位时，一辆大车要装半车沙子，再将部件装在上面，这样造成运输成本加大。过去农村各项条件比较艰苦，特别是对一些生活在大城市里的人，见所未见。为了保护已拆除的房子不被丢失受损，博物院的工作人员不分职务高低，年龄大小，遭遇夏天蚊虫叮咬、冬季寒风刺骨的天气条件，大家轮流照看我们祖宗留下不多的珍贵遗产。当地农民搞不明白，他们为啥花着高价，受着洋罪，把我们农村都淘汰的东西往城里买，还当成宝呢？

在收购抢救保护过程中，酸、甜、苦、辣的事说不完道不尽，只有收购人和拆迁人自己知道。有钱的人说你傻，没钱的人更说你傻，就连有些地方官员都会有同样的看法。时不待人，濒临消失的东西更是不等人，何况是几千年来中华民族留下来的智慧结晶，仅存不多的民族优秀文化遗产，失去了再也回不来，这将成为中华民族的遗憾，更是陕西关中人永远的遗憾。

几十院古民居，拆是个庞大工程，保管存放更为重要。博物院为了保管好这些宝贝，除自建几千平方米大棚外，还在外单位租借了库房存放，防火，防虫，防潮，防盗，样样不能少。北京、山西四合院一般格局偏小，关中的古民居大度、气派，因为建筑的起源在关中。有的名人古宅，不见得工艺水平就高，关中民俗艺术博物院是集中整合了关中古民居的精华，这就更有价值了。

王顺利对古民居、古建筑的考察、研究、拆迁复建，从设计绘图到施工以及对关中民俗艺术博物院建设、发展做出了巨大贡献，人们称他“是中国古建筑研究、实践的专家，是行家里手，是博物院建设的功臣”。

王勇超的博物院，用迁建的过程传承了陕西明清古建筑，培养了一大批明清古建筑专业人才。会集各地的古建筑能工巧匠，在老艺人的指导下，年轻一代的古建筑专家，陆续在关中民俗艺术博物院这所“大学校”里诞生。在砖雕、石雕、木雕方面，已经培养出十多个完全掌握技能的人才，木结构和传统墙体制作结构工匠四五十人。他们在不久的将来，将在陕西乃至全国古建筑方面发挥更大的主力军的作用。中国建筑的传统技法日益失传，却在关中民俗艺术博物院的拆建中得以重生。

著名文博专家石兴邦，是王勇超敬仰的一位考古学的前辈。石先生说，关中民俗艺术博物院是一个创造，一个贡献，一个典范。可谓是收藏幸事，文化幸事，是文物事业的一个延续，功莫大焉。

博物院镌刻着石先生的题字：

> 关中民俗艺术博物院抢救保护民族文化艺术瑰宝，闻名中外，有口皆碑，勇超先生倾尽精力财力，访宝藏珍，功德卓著，成绩斐然，真乃国之壮举也。先生必将展志今朝，造福后代，令人钦佩之至。

民间文化学者、教授张志春认为，关中民俗艺术博物院的建立，意味着一种历史性的颠覆。因为我们过去的历史研究和历史的博物馆、博物院的建立，它的核心意义都是一种庙堂文化，关注的是帝王将相。而关中民俗艺术博物院的建立，就意识到真正意义的人本思想，关注着普通的、大量的，像你像我这样普通人的生存生活状态，值得我们去瞻仰、观赏与开发。

中国工程院院士、设计大师张锦秋题字：“关中民俗艺术博物院是中华民俗艺术的宝库，是关中本土文化的灿烂之花。希望创造这一宝库的精神，得以发扬光大。”

著名文物专家杨伯达评价：“利国利民，政府给任何奖项都不过分。”

中国音乐家协会主席赵季平题字：“传统文化遗产的保护者。”

民进中央副主席、作曲家王立平题字：“苦乐集古今。”

著名诗人雷抒雁题字：“萃宝集珍。”

陕西省委原副书记王侠参观考察之后感叹道：“现在我们很多年轻人崇洋媚外，觉得西方什么都好。中华几千年的文明积淀下来，有许许多多璀璨的东西，只是它的价值还没被充分地认识到，所以博物院在保护和弘扬传统文化，特别是对广大青少年进行传统文化教育方面，其意义是不可估量的。”

陕西政法委书记宋洪武一贯关心支持关于民俗博物院的建设，他说：“要支持民营文化事业，就要支持像王勇超这样干实事的。”

时任陕西省委常委、宣传部部长胡悦说："这不是王勇超个人的事，是全陕西之事。民俗博物院建到这个份上实属不易。民营文化产业的发展符合科学发展观的要求，符合扩大内需的政策。全省宣传文化战线一定要围绕建设文化强省的目标，一手抓传统文化产业的提升改造，一手抓新兴文化业态的培育发展。认真处理好经济效益与社会效益的关系、文化产业与文化事业的关系、推进改革与政策配套的关系。进一步树立市场意识、资本意识和项目意识，增加投入，鼓励和支持民营资本进入文化产业领域。"

杨永茂，时任陕西省人大常委会常务副主任，在考察调研会上，他说："将来这个地方就是一个民族文化的研究中心，是对外展示民族文化的一个窗口，是我们旅游的一个景点，是我们老百姓休闲娱乐的一个场所。比方说，你要在明代、清代的房子里举行婚礼、给老人做寿。这也是对我们民族文化的发扬与光大，这种东西流传下去是世世代代的。所以，这是一个有战略眼光的、很有意义的文化产业。民俗艺术是中华民族的瑰宝，关中民俗艺术博物院是陕西民俗文化的宝库，一定要办出特色，办出风格，办出水平。小点说是对长安、对陕西的贡献，大点说是对国家、对世界的贡献。"

时任陕西省副省长景俊海，来到博物院考察调研，指出："关中民俗艺术博物院收藏的民俗文物有很重要的民俗、艺术、历史价值。这是世人研究关中民俗文化的重要基地，是游客观赏关中民俗文化的重要窗口，是关中民俗文化的传承之根。"

为加快博物院的发展，景俊海提出五点建议：

一、立即认定关中民俗艺术博物院为省级博物馆，并纳入全省博物馆管理体系，抓紧申报国家级博物馆；

二、西安长安区要将山、院、镇统筹规划，以综合优势吸引游客，以特色优势服务游客，以民俗优势令游客享受；

三、要求省发改委向国家相关部门申请将关中民俗艺术博物院列入相应重点项目；

四、要求省旅游局将博物院作为重要旅游板块纳入全省重点旅游线路，与有关金融部门机构协商融资模式，争取建设资金有所突破；

五、要求省住房和城乡建设厅，将五台镇纳入关中百镇建设规划等。

时任西安市市长陈宝根，前来调研博物院及五台古镇景区提升改造工作，召开现场办公会议，提出“依托关中民俗艺术博物院打造五台民俗古镇”的规划思路。

时任新华总社副社长崔济哲题字：“民俗文化，民族之魂。”

国防大学原校长邢世忠题字：“民俗文化，中华之宝。”

北京大学教授李伯谦题字：“留住记忆，功在当代。”

关中民俗艺术博物院，贵宾齐聚，高朋满座，闻名遐迩。

第十九章 草根功臣

王勇超的关中民俗艺术博物院，当初选址在五台，为这个隋唐时代的汤坊，带来了可贵的商机。

当初谁也没有想到，王勇超在一种备受非议中忍辱负重，却为当地老百姓带来了福音。

西安政府决定以关中民俗艺术博物院和南五台景区为依托，投资上亿元，打造五台民俗古镇，建设仿古步行商业街，使其成为著名古镇旅游品牌。

这消息不胫而走，都说王勇超是五台民俗古镇的真正的奠基人。

古镇景区东至留村东界，南至民俗博物院，西至留村西界，北至新环山路，规划范围约125公顷。生态保护区范围内禁止建设，广种当地自然植被。西弥路步行街，主要设置关中特色饮食商业，展示关中民俗的剪纸、皮影、泥塑等传统工艺，并设置工艺坊，同时结合五台山佛教寺庙，营造以佛教文化为主题的展示功能片区，使游客也能融入其中，与关中民俗艺术博物院共同形成民俗文化的氛围。

五台民俗古镇建设全面启动后，部分建筑已经完成仿古立面改造，西弥路仿古步行商业街也已投入使用。但南五台山以及留村周边环境较差，尤其留村已被现代乡村民居所包围，其巨大的旅游价值被忽视，亟待进行提升整治。改造本着保护古村构架、展现古村风貌的原则，以灰加土黄为色彩基调，以青石、地雕、青砖为主要建筑原材料，对沿街门店和民居进行统一的民俗化改造，营造出淳厚的文化气息和古朴的风格。

此外，还将在步行街北端和关中民俗艺术博物院北侧各建一座停车场，在五台古镇附近建一座污水处理厂，避免生活污水直接排入河道。

沿街道的仿古式门面已经建成，有人说，这上百个店铺又将诞生五台乡上百个百万元户。

这话出处何在？有人说，一位加拿大的富豪想买一户人家的院子，前些年要价八万元，现在买方已经出价一百三十八万，卖方却说，出多大的价也不卖了。

商机无限，五台民俗古镇火了。

五台乡群众感谢政府，感谢王勇超的关中民俗艺术博物院这棵大梧桐树，引来了金凤凰。

五台民俗古镇的民俗产业发展区，依托关中民俗艺术博物院，主要发展关中民居、家具、传统手工艺等方面的产业，形成以关中古村落文化游和关中民俗体验游为主的旅游服务体系。

关中民俗艺术博物院，以抢救征集的三万多件周秦汉唐以来的石雕、砖雕、木雕、字画以及生产生活遗存，和保护移栽的一千多株古树大树，成为文化旅游的稀缺资源。自试营业以来，已成为西安乃至全省旅游新的热点和亮点。

自从博物院落户五台乡留村以来，在后来的建设过程中，逐步得到了留村村委会和村民的理解和大力支持。如果说彼此曾有过一些不愉快的话，相逢一笑泯恩仇，过去的就让它过去吧。对此，王勇超是理解的。这同样也是广大村民所认同的哲理。

2009 年清明前后，为了答谢广大村民，关中民俗艺术博物院与五台乡政府留村村委会商定，免费为村民开放四天，配备讲解员详细介绍展厅院藏、古民居的由来和历史意义。

五台乡留村有五千多名村民在村干部的组织下，有序地参观了民俗艺术博物院，使村民们增长了见识，开阔了眼界。

有位上了年岁的村民感叹地说："看到咱的穷山坡变成了吸引天下游客的博物院，我知足了，就是死了也能闭上眼睛了。"

这是咱农民自己的文化，好看，解馋，有意思。

这是咱农民的根，把根留住，世世代代就有指望了。

有专家说，任何一家历史博物馆，都不可能把民间文化的东西作为馆藏的主体，任何博物馆的珍藏，也都只能是一个朝代的主流文化和他们的庙堂陈设。曾经，偌大的国土上找不出一家像样的有相当规模的民俗博物馆，偌大的中国找不出一家货真价实的研究民俗文化的专门机构。我们的根在社会文明进程的同时，被城市化、现代化一点点地吞噬着。

一棵参天大树，它的根被腐蚀了，它的枝叶还能茂盛吗？

三十多年前，一位颇具民俗文化眼光的企业家，把投资的焦点放在了深圳湾，斥巨资兴建了深圳民俗文化村。

同样三十多年以来，民营企业家与文化大家王勇超，以更为深邃的眼光，在中国帝王之都西安，为中华民族的参天大树，保存了一片使枝蔓永恒繁盛的根系。

这一天，王勇超一行来到北京观复博物馆取经。

"观复"，出自老子《道德经》："致虚极，守静笃，万物并作，吾以观复，夫物芸芸，各复归其根，归根曰静，静曰复命。""观"即看，"复"即一遍又一遍。世间万物你只有静下心来一遍又一遍反复仔细观察研究，才能认清它的本质。

这里的主人，叫马未都。王勇超是从央视《百家讲坛》上认识他的，收看过他主讲的陶瓷、家具和玉器文玩的收藏，很吸引观众。

马未都是一位驰名的收藏专家、观复博物馆的创办人及馆长。他早年下过乡，插过队，当过机床铣工。开始文学创作后，调任《青年文学》编辑。与王朔、刘震云等人创作了电视剧《编辑部的故事》等。二十世纪八十年代开始收藏中国古代器物，有藏品逾千件。

1996年在琉璃厂成立观复古典艺术博物馆，后迁至朝内南小街，相继创办了其分馆观复博物馆杭州馆。后迁至朝阳区大山子张万坟金南路十八号，占地八亩，正式更名为"观复博物馆"，实行理事会制。设有瓷器馆、家具馆、油画馆、工艺馆、影像馆、门窗馆和多功能厅。

人不亲行亲，在这一点上，王勇超以为遇到了同道，热火得不得了。

王勇超对这里的办馆方式很感兴趣，常年举办各类展览及讲座，开展鉴定和咨询业务，展览侧重开放形式，强调人与历史的沟通，突出传统文化的亲和力。

但王勇超一向是个自信的人，尊重别人的成就，也并不低估自己的实力。

随行者说，王总，他的博物馆才八亩地大，咱的博物院五百亩，是他的六十多倍。他有千件收藏品，咱有三万件，这能比吗？

王勇超说："论规模是这样，但人家的长处咱也要好好学，把咱的事情弄好。"

王勇超还注意到成都的建川博物馆，也是私人创办的。它位于大邑县，聚落占地也是五百亩，坐落于国家级历史文化名镇，即刘氏庄园所在地安仁古镇。已建成抗战、民俗、红色年代系列十座博物馆，民间资金投入，建设规模、展览面积巨大，收藏文物丰富，其中国家一级文物五十七件，是由樊建川先生创建的。

他的抗日战争文物收藏展览，被称为"一个人的抗战"。他做了汶川大地震展览，听说一头在地震后创造生命奇迹的猪的故事后，非常惊讶，有意收留这头"猪坚强"，一直养在博物馆内，让猪和羊陪伴它，直到终老。博物馆付给主人万兴明家三千零八元猪钱，并捐出一万元资助他家恢复生产生活。据介绍，新建十八馆依然围绕红色年代、抗战、民俗、地震等四大系列，其中更偏重于民俗。他的目标，是要建一个庞大的博物馆超市。

王勇超，从建川博物馆看到了同行给予自己的启示和鼓舞。到处都充满了民间的文化力量，为中华民族的伟大复兴输送精神和新鲜血液。

王勇超还听说，杭州一家私人博物馆，是高氏相机收藏馆。位于米市巷社区的一幢普通住宅楼里，是全国唯一的相机博物馆。其陈列部是馆长高继生家一个三十多平方米的房间，存有五百台左右相机。鉴定部位于绍兴路的旧货市场，存有近六百台相机。这是一个家庭祖孙三代人长达七十多年的收藏积累的成果。已接待了十几个国家和地区的十万余摄影爱好者和收藏者。

王勇超有时觉得，自己的民营文化事业似乎在孤军作战。当看到马未都先生的观复博物馆，看到樊建川先生的博物馆，就感到了同伴的吆喝、召唤与激励。

无论是马未都，还是樊建川，还是高继生，也许还有不被王勇超熟知的不少私人博物馆，作为同道，已经形成了群体的民间文化产业阵营。

有学者认为，私人收藏与展示收藏，是人类特有的一种天性，是为了满足某种精神上的需要，如欣赏、研究、追忆等，而从事的一种闲暇活动。自从原始人放弃食物采集者的生活，选择食物生产者和定居生活，生存需要得到基本保障之后，在闲暇之时，就开始对收藏各种自然物及人造物产生了特别的兴趣，不妨称之为朦胧收藏。

今天意义上的收藏，实际上始于意大利文艺复兴，激起了人们对于希腊、罗马古典文化的强烈兴趣，培养了人们深沉的历史感，从而掀起了一股收藏古代艺术珍品的热潮，人文主义者、艺术家、君主及教皇都热衷于收藏。起初，收藏的范围主要限于古物，如古代雕像与石雕残片等。一般而言，古物的获取颇费周折，有些甚至历尽艰辛，因而收藏逐渐地成为权力、地位与财富的象征。

收藏的乐趣不仅在于占有和保存珍奇的藏品，更大的乐趣还在于陈列与展示，在于他人惊异与欣羡的目光。于是，私人收藏家们将作为收藏品的古物，从作为陈设品的当代艺术家作品如绘画和雕塑中分离出来，单独陈列、展示于户外的院子、走廊或花园中，供亲朋好友及访客们参观。

如今，在韩国，各类博物馆和美术馆非常多，既有国家级公立的，也有很多私立的。公立博物馆和美术馆因为有国家资金支持，收费非常便宜，私立博物馆和美术馆因为需要自负盈亏，所以收费较贵。

在日本，公立图书馆一般来说看书和借书都是免费的，私立图书馆肯定是要收费的。

在阿根廷，首都布宜诺斯艾利斯遍布着几十家博物馆和美术馆。由国家出资支持的博物馆，一般都提供免费参观的机会。一些私人博物馆虽然很少提供免费参观，但每个星期总会有一天门票打折。

在法国，企业会拿出一部分资金成立基金会，由基金会注册成立博物馆，政府会为企业免税 60%。

在美国，许多博物馆也都是免费的，不论公立私立，都有政府资助，但并不依赖政府拨款，资金主要来自社会，即以自身筹款为主，以政府资助为辅。

在英国，最好的博物馆现在都是免费开放的。

在芬兰，政府将通过发行彩票筹集来的资金，用于对博物馆的资助。

在荷兰，政府强调，私有化是为了进一步明确政府与博物馆的责任与义务，在保证原有拨款数额的基础上，采取的一种新的更有效的经费提供形式。

欧美等西方国家，以国家资本扶持博物馆并及时改进资助方式。博物馆在所有权方面，既有公立，也有私立，但无论公私，政府对其定位均有一个不变的宗旨，即博物馆是社会公共产品，是国家文化战略的重要内容。

2010 年 4 月 7 日，中国民办博物馆藏品博览会在西安举行，100 多家私立博物馆集体亮相。

带有官方性质的该博览会吸引了媒体的关注。但普遍存在于众多私立博物馆的问题，依然找不到解决的出口，在资金困局中，它们依然孤军奋战。

上海多伦路筷子收藏家蓝翔，这位 80 岁老人依靠稿费苦苦支撑着藏馆。

杭州世界钱币博物馆，同样陷身资金匮乏的困局，几近倾家荡产。

南京长风堂，作为私立博物馆，从藏品的精品度以及对公众免费开放的普及度，其实已经履行着和公立博物馆同样的社会功能。但对其待遇仿佛内外有别，常常受到有关部门下意识的歧视。这同样很不公平。

尽管私立博物馆的发展步履维艰，但在一些藏馆走向衰落的同时，又有不少私立博物馆在各地建立起来。政策的不完善似乎并不能阻挡私立博物馆的萌生及社会对其私立博物馆的需求。

博物馆的数量和形式的丰富程度，是联合国教科文组织衡量一个国家文明程度的重要指标。我国目前国有博物馆约 2900 余座，而全国注册的私立博物馆只有 400 余座，仅占前者的 13.7%。与国外发达国家相比，我国私立博物馆的比例相当低下。

全国博物馆、美术馆、公共图书馆、文化馆及公共空间设施场地的免费开放，无疑为老百姓更好地享受精神文化生活提供了很好的途径。对于私立博物馆在政策方面的诉求，国家也有相关政策不断颁布。但这些意见、办法还是停留在口头，并没有一系列的可实行的有效措施来执行，很多环节并不相互连接、配套。这是中国私立博物馆在政策方面遇到的最大问题。改进国家资本扶持博物馆的方式方法，是新形势下我国政府管理和使用社会公共产品的必然，也有益于强化博物馆在国家文化战略中的角色定位。

也许国家制定一系列针对私立博物馆的有效政策还需时日，但一些私立博物馆已经纷纷走出了自救之路。

民办博物馆，致力于弘扬五千年中华文明的璀璨与光辉，致力于回馈社会，致力于将分散秘传的个人收藏，转化为全民共享的精神瑰宝。

王勇超者，长安奇人。忧文物之流失，恨销蚀之不仁，虽始终民营身份，依然克俭私己，矢志担当。

有权威人士说，北京故宫博物院展示皇家文化，关中民俗艺术博物院彪炳民间风俗。一北一南，相映生辉。

国风

城中桃李愁风雨，春在溪头荠菜花。

大贤在野，不朽的文化精神在民间。

民间的文化自觉，是一代民风。民为国之本，因而亦是一代国风。

从不知到知之，从不自觉到自觉，民间文化的种子，在新时期中华沃土里生根发芽，沐浴阳光，经风见雨，甚至饱受严寒雪霜，终是开出了绚烂瑰丽之花。曾在2006年11月1日，陕西省委政策研究室李林、王增跃等做出关中民俗艺术博物院的调查报告，引起省委省政府主要领导的关注。在博物院的留言簿上，政研室调研组评价道："华夏瑰宝，神勇超奇，文化荟萃，博大精深，美轮美奂，深为王勇超院长及其同仁的胆识和气魄所惊叹、折服，中华有幸，秦人有幸。精诚所至，金石为开。信然。"

陕西省政府研究室杨三省、刘江波、张波、石冰，在2008年8月，报送了一份题为《值得关注的关中民俗艺术博物院》的调研报告，其中评价：

> 关中民俗艺术博物院的建立，从多方面填补了我省及至全国文化发展的空白。它是立足我省民俗文化资源，打造和开发优势文化产业品牌的重要项目，是促进文化大繁荣大发展，不断壮大文化产业的旗舰型项目和基地。目前，全国建立的各类民俗类博物馆（院）多为政府创办，关中民俗艺术博物院是全国为数不多的由民间力量兴办的民俗类博物院之一。作为民办的文化文物类博物馆，关中民俗艺术博物院是我省唯一的一家，开创了我省民办博物院的先河。
>
> 关中民俗艺术博物院作为我省文化产业发展的一个缩影，自建设以来，虽遇到了重重困难，但在各级党委、政府以及有关部门的大力支持下，在自身努力下，梦想正在变为现实，博物院一期工程不久就将正式建成，对外开放。在博物院的建设过程中，各级领导都给予了高度的关注和大力支持。

中国文联书记处书记、中国民间文艺家协会党组书记、副主席白庚胜，先后两次来到关中民俗艺术博物院考察，作了热情洋溢的讲话。

他说："今天有幸到博物院来参观学习，很震撼。民营企业家王勇超先生做了我们政府做不到的事，他运用了他特别灵活的机制，用了他前瞻性地对我们国家社会发展的综合的思考。所以我觉得王总他不是一般的企业家，他是具有一种文化战略的，对中华民族的根和脉，更对它以后的枝和果实有完整的，有河流式的，有上游和下游完整思考的，所以我为他所感动。今天中国有钱的人为数不少，中国的企业家为数不少，我们已经跃居世界第三大经济实体，并有望成为第二大经济实体。但这个时候应该有千千万万个王勇超先生站出来，来捍卫我们民族文化的根和脉。这是我们上对得起五千年，下为后五千年，进行承上启下的文化淀积。"

他还说："这个博物院有 300 多名职工。我接触了几位同志，非常的敬业，王院长都把他们培养成专家，都能耳熟能详地介绍，热爱它，钻研它，都对院长的敬业精神和整个博物院的文化精神，说得非常到位。这样的地方还不是很多。每个人的作风都很低调，熟悉文化，充满自豪感，充满责任感，守护神的意识非常强烈。作为一个地域文化的单位，都这样实事求是，热爱自己的事业，热爱民族文化，咱们就没有做不好的。王院长和 300 多位职工能走到现在这种状况，那一定能够走得更远，更长，一定能走得更好。关中人民在不太富裕的情况之下，做了一件富裕地区所做不到的事。在没有行政公权力可以运用的情况之下，做了能够运用公权力的人也做不到的事，很多的事。"

2009 年 5 月 19 日，第十七届中共中央政治局常委李长春，来到关中民俗艺术博物院视察指导。王勇超作为这里的主人，向李长春汇报了民俗艺术博物院的建设情况。

李长春在参观考察后，对王勇超亲切地说："对你这个精神，我非常钦佩。你的这个拴马桩，它承载着不同时期的文化，也是考古和历史研究的一个重要的资料。你用两个多亿，来收集这些东西，几十年如一日，这是对传统文化有深厚的感情，才能够做到这个份上。”

7 月 1 日，恰逢党的生日，中共中央原总书记、国家主席、中央军委主席江泽民，来到关中民俗艺术博物院。他饶有兴致地观看了丰富多彩的民间文物收藏品，不时询问藏品的情况，并在工作人员准备的巨幅宣纸上挥墨题字：

民族文化源远流长

江泽民

二〇〇九年七月一日

于关中民俗艺术博物院

2010 年 6 月 27 日，第十八届中共中央政治局委员、书记处原书记、原中央宣传部部长刘云山，至民俗艺术博物院视察指导。

刘云山给予高度评价：民俗博物院是“动员社会力量建设公共文化体系，开展公益性文化活动的榜样”。

他对王勇超院长说：“过去只是听说，今天来看了你收集的这么多东西，涉及范围这么广，这么丰富，确实令人震撼！所以我说，你这里不单是一个民俗博物馆，实际上包括建筑艺术、民俗艺术，应该是一个综合艺术博物馆。有的人说你这个是国家级的，我们国家现在还找不到一个类似这样的博物馆、博物院。看了以后，对你本人产生了一种敬意。同时，对我们有一个启示，就是对于文物究竟怎么保护？国家要搞文物保护，但也要动员社会力量。乐际同志跟我说，人民群众是文物保护的主体。我听了觉得很有道理。你把这些东西收集在这个地方，它永远就保护下来了。如果这些东西散落在民间，很可能会被破坏，会烟消云散，就再也找不到了。”

9 月 8 日，中共中央政治局委员、第十一届全国人大常委会副委员长、全国总工会原主席王兆国，至民俗博物院视察指导。他评价道：“你这里我早就听说了，收藏这些散落在民间的东西不容易，把祖宗的文化留了下来。这里是有文化的，物质的和非物质的都要弘扬。你这位人大代表，就是中华文化的保护者！”

11月6日，中共中央政治局委员、书记处书记李源潮，至民俗艺术博物院视察指导。

李源潮在参观拴马桩时，称赞说："这个表情特别好、非常生动。我认为就拴马桩的180种表情，从不同的角度拍摄，意义也就不一样，可以出一本很好的画册，它的雕刻很有味道。"在参观古民居时，他说："你这个院子实际上比乔家大院都好，陕西的故事比山西的故事要多。这个很好，功德无量呀！"

离开前，李源潮亲切地对王院长说："你这事做得很好，今天专家也在，我建议可以进一步研究，像拓片的数量有限，可以出点研究的画册，我认为这件事是非常有意思的。关键问题是你把流失的东西能收集保护起来，成为一种艺术的展览，要不然它的灵念就损坏了。人们都感觉中国的雕刻不行，主要是宫廷雕刻和公共雕刻比较差，但民间拴马桩有非常好的。谢谢，你做这些事功德无量。研究的任务还很多，下一步要组织研究。"

2009年10月6日，老一辈革命家习仲勋同志的夫人齐心，光临民俗艺术博物院参观，并题字："关中民俗博大精深。"

2010年1月25日，胡锦涛同志的夫人刘永清，光临民俗艺术博物院参观并对王院长说："谢谢你，做了这么一件大好事。"

文化部原副部长王文章至博物院考察，评价说："这个很不容易。这么大的规模，真是不容易。看了以后非常感动，非常感动，真了不起，太了不起了。它可以为人们进行中国历史的研究提供很多第一手的直观的资料。很多的资料进入艺术史，进入文化史，因为它涉及社会生活的各个方面，它一定有价值的。这个博物院品格等级是世界性的，非常有特点。要把博物院的内在价值、独特性凸现出来，成为一个世界性的博物院。中国的民间文化拿不出去是因为俗，在这个博物院里看不到俗，你是原始性的，看你的建筑物是一流的，迁建得非常和谐，一点也不俗。画像石、拴马桩，用图文并茂的形式来研究，出刊物将会进入国家艺术史册。你的价值在于能说明历史。外地人到陕西来看了兵马俑，也要到关中民俗艺术博物院来，你做好关中的，你的特色就成了。罗马有罗马的独特，金字塔又有金字塔的独特。”并题字：“文化根脉，精神家园。”

时任全国关心下一代工作委员会主任、第十届全国人大常委会副委员长顾秀莲至博物院考察，评价：“所展示的藏品都是高超的民间艺术，是老百姓的智慧和才华的汇集。王院长在收藏、保护民间文化及非物质文化遗产方面所做的贡献，是非常了不起的。这些文物为后人了解中国伟大的五千年文明史，将起到非常重要的作用。”

时任世界园艺生产者协会主席杜克·法博，至博物院参观调研，评价：“相信我们的下一代会非常地感谢这些为了博物馆建设付出辛勤努力的人。感谢他们为我们保留下来这些值得纪念的东西。”

时任国际博物馆学会欧洲分部主席格斯沃携夫人，至民俗艺术博物院参观调研，评价：“非常震撼，令人钦佩。明年在上海召开国际博协代表大会，将带领国际博协欧洲代表团来此领略民俗风情。”

时任中国驻摩尔多瓦大使房利至博物院参观考察，评价：“关中博物院是真正和老百姓贴近的，和我们思想深处最接近的，是历史文化的根。官文化、宫廷文化，还有一个老百姓的文化。王院长你经历过艰难险阻，谢谢，继续努力！”

德国海德堡大学南亚教授至博物院参观，对王院长说：“我们非常赞赏，也非常钦佩您做得很有意义的工作，因为我们看到您在这份工作上的很大成功。也当然希望您这样的工作能够继续，同时希望这样一个工作能有更多的学术报告产生，这对您的工作也是有很高学术价值的体现。”

关中民俗艺术博物院，贵宾如潮，游人如织，终南五台山下从未有过这么热闹，这么人声鼎沸。

2010 年，关中民俗艺术博物院入选《全国博物馆名录》。院长王勇超被评为第三届“薪火相传·中国文化遗产保护年度杰出人物”。

有人说王勇超是“富翁”，更多人其实觉得他恰似腰缠万贯的“负翁”

“穷富翁”。

二十多年来，他把搞建筑开公司创造的资金，基本投向了这个起初不为人理解的事业，而中国目前还没有哪位民营企业家靠办博物馆能够赢利。

王勇超非常清楚这一点，他说：“我只想做一件正事，这样才对得起父母，对得起天地，更对得起自己在这个世界上走了一遭。”

当人们炫耀车子、房子、票子的时候，他在炫耀文化，炫耀精神。

自己所做的种种，王勇超归结为一个“情”字使然。只有对传统文化、对这个民族、对自己国家有深厚的感情，才会做这样的事情。

1985 年他从乡下进城时，二十八九岁，当时他最大的梦想是给家里盖一院一砖到顶的大房。后来和“文化”结了缘，认识了作家毛先生和画家修先生，毛先生撰词，修先生提笔，给他写了一幅字：“勇于开拓，卓然超群。”

王勇超一直珍藏着这幅字。农村人喜欢树碑立传，如果能有一幅名人的字画，再能写上自己的名字，那就是一种身份的象征。这种概念在他心里非常清楚。

他说，自己和文字没缘分，写不了啥书。实际上，二十多年来，他用车轮和双脚，丈量了三秦大地的各个角落，写了一本文化大书，一本史书，这就是关中民俗艺术博物院。

他说：“民俗博物院，把咱的心愿了结了，像画画一样，画了一幅民间大美之作。”

这是一幅惊世骇俗的巨制，五百亩大，就挂在秦岭世界地质公园中心地带。远近的人们来了，欣赏着这幅大作，而且走进画里，徜徉其中，逍遥自在，浮想联翩。

仰望“地通乾元”四个大字，步入博物院的二重门，内侧门顶上有于右任所书“终南霞蔚”。绕过高大的照壁，跨过一渠绿水之上的小石桥，便踏入了博物院气势不凡的南北轴线。眼前铺开一条宽阔的大道，直望南山。

首先走近一个雄伟的门楼，上书“独领风骚”，两侧的楹联是“虎踞龙盘气吞万里，金戈铁马名满九州”。门楼背面的楹联是“天下文明有源流，世间风俗寻根本”。横批“春和景明”。

南北轴线的地势由低到高。循着两侧错落起伏的坡地来到南端，突现一大片奇异的林子，它是石林，石头的树林。但见密集的石雕拴马桩，在这一片开阔地带，构成了一处户外展示区。数千个拴马桩，神态各异，排列规整，器宇轩昂。它们静静地伫立在旷野上，注目，沉思，喘息，咆哮。这就是“地上兵马俑”，俨然威武雄壮的浩大军阵。于此氛围中，你会情不自禁地吟诵“铁马冰河入梦来”或“八千里路云和月”的悲壮诗句。

东侧是拴马桩，对应的另一侧则是几吨重一个的石雕饮马槽，也有数百个，是用碌碡支着，宛如一个庞大无棚的马厩。

有拴马桩，有雕花马槽，唯独没有马。曾经拴在石桩上的一辈一辈的马，那个属于这个物种的漫长而激越的时代，已无可奈何地隐去了。今天的人们，只好借助这些精美的石物，追逐它们的背影。

轴线大道的东面，还有数以千计的百年以上树龄的国槐皂角等古树群。尽管多是高大树桩枝叶绽发，却已有了古木参天、绿树成荫的感觉。它们来自哪里，曾经庇护过多少代庄稼人的田园幸福？常常是被荒弃在空荡荡的山野、旧宅，是博物院的主人将其移护前来，让它们不再孤独，于此颐养天年。

还有一处处高低不平的土丘，安放着无数石雕动物，它们在泥土柴草中露出一些面孔，让人倾听到了压抑的吼声。

在另一片几十亩大的梯田上，是石磨、石磙、石碾一类石器的庞大集群。成千上万的石雕艺术品，纵横交错。每件石器，恰似一个灵动的生命，漫山遍野，奏响一曲曲生命的赞歌。

它们曾经散落于广袤的关中平原、渭北高原，伴着一代又一代庄稼人的劳作，磨损了多少岁月，遗留着先人的体温和抚摸。

王勇超收留了它们，博物院成了它们最后的归宿。它们比它们曾经的主人幸运。它们曾经主人的骨头早已化成了泥土，而没有生命的这些石器，却得到了永生。

在南北轴线上，建有一座伟岸高耸的碑塔，镌刻着关中民俗艺术博物院创建的精神。

碑塔正面的顶端，一眼可见孙文的字“天下为公”。两侧是巨幅楹联：“天道无言太平无象文化何曾让海内，民生有本华夏有根风流谁不数关中。”曾志华先生撰。

正文为陕西省人民政府所立《关中民俗艺术博物院赋》：

秦岭巍巍，大河泱泱。天生烝民，才智奋扬。筑屋结庐，裁衣缝裳。制礼作乐，缔国兴邦。而实物之见证，真迹之显扬，宜赖学界之考古、民间之收藏者也。

嗟乎！风雨并蚀，遗迹焉得常在？寒暑交侵，故物何以安身？王勇超者，长安奇人。轻财重道，好古尚文。忧文物之流失，恨天地之不仁。挽遗存之将逝，救瑰宝于危濒。经年廿余，遍寻访于关中；行程十万，广搜求于三秦。小自烟斗，大至古镇。戏楼家祠，祖殿浸寻。民族基因，文化标本。道之所在，无其不存。倾尽家财，虽九死而不悔；殚极智虑，纵万难而无恨。斥资数亿，建民俗艺术之院；征地五顷，留华夏文化之根！

美哉，博物院！接神禾原，漱祖上之仙气；依五台山，沐佛家之灵光。藏物之丰，国中震撼；形貌之美，寰瀛揄扬。硕学呼曰观止，鸿儒叹为绝唱！陟彼庭院，石桩峨峨，夹道迎宾，欣如之何？尔其幽径映碧，至拴马桩陈室；石磴朝阳，通古民宅群落。游民俗街，赏技艺之精巧；摩画像石，叹造型之鲜活。谒始祖殿，钦迟血脉之畅；临国学院，服膺文化之博。至若社火锣鼓，线戏老腔，梨园曲艺，丝竹笙簧，玉器石刻，画栋雕梁，皆美轮美奂，可品可赏矣！

古木高耸，汲天地之精气；旧宅昂藏，阅岁月之风云。石人石兽，尚农耕之文明；马桩马槽，崇威武之精神。察马桩之奇伟，钟造化之至尊。情系百世，犹闻马鸣萧萧；思接千载，可想马行骎骎。声威赫赫，如旌戟之伟列；气象森森，若兵马之严阵。雕以狮像，蕴威镇宅院寓意；饰以猴形，取马上封侯谐音。矧若穷形尽象，状物写人，皆栩栩如生，要眇传神。是以文史家翩翩而至，丹青手纷纷莅临。闻者但求一见，观者莫不凝神。在朝在野，赏古迹而知史；于羹于墙，睹遗存以思人。实乃民俗文化之精华，石雕艺术之珍品也。

四十院民宅之杰构，天人合一；五千年文明之经典，会通圆融。正房厢房，不僭礼制而长幼有序；国法家法，难逾伦常而尊卑有定。木饰朱门，雄睥天地而威势恢宏；砖雕影壁，笑视古今而气韵灵动。绿柯婆娑，犹忆孔门趋庭训；红葩摇曳，恍闻孟宅机杼声。或为豪门望族，或为寻常百姓，皆各安其分，乐也融融。至若修身格言，齐家雅训，禳灾祈福，望子成龙，洞房花烛，金榜题名，靡不志于庭院壁画、屋前门楹者也。

嗟嗞乎！韶华易逝，赖文化之记忆；胜地不常，幸遗存之尚在。勇超事功，集天物之大全；国人戴德，接炎黄之根脉。继往开来，逢改革之盛世；汲古创新，遇开放之伟代。秉圣哲之懿范，祈风调而雨顺；承先贤之洪绪，保民安而国泰！

或曰：北京故宫，昭示宫廷文明；长安此院，彰显民间艺术。梅香雪白，相映成趣。而况苏子有云："人之寿夭在元气，国之长短在民俗。"采葑采菲，不以下体；存风存俗，曷云道孤？文明传承，光前裕后；贻厥孙谋，不其然乎？念斯院之宏构，感勇超之丰功。省府勒碑，命笔赋颂，以光其业，以利后生云尔。

姚敏杰先生撰文，杨国庆先生书丹。

另一面的巨幅楹联：“勇者无畏萃古包今灵石赋，超人自奇惊天动地大风歌。”尹钟文先生撰，横批是：“德润鸿图。”

正文《关中民俗艺术博物院记》，胡安顺先生撰文：

关中民俗艺术博物院，以保护中华传统文化为宗旨，聚古今民俗风物于一体，荣膺国家文化产业示范基地之徽称。王勇超等先生建院创业，艰辛备尝，厥功甚着，西安市人民政府决定立碑纪念，昭告后人，嘱余作文以记之，因成是作，所谓负日献芹耳。

人之寿夭在元气，国之兴衰在民俗。民俗者，万化之基而人伦之本也，政教得失，百姓忧乐，尽在于斯。是故周振木铎而采风，汉驰輶轩而观俗。秦汉以降，有司郡守，仁人君子，莫不察风俗以施教化者。关中擅华夏十三朝古都之重，风承周秦，礼尚汉唐，故家遗俗，遍布秦川。关中民俗艺术博物院，聚古今民俗于一体，主关中而兼海内，堪称保护民族文化之创举，展示神州风俗之胜地，震撼世界之奇观。

院之幽也，地处秦岭，界跨佛道。泉水淙淙，诸峰送青，晨望高冠之瀑布，暮闻太乙古钟鸣。院之大也，拥地五百亩，依势终南山，前神禾而后五台，左草堂而右翠华。神禾原上，祥瑞允集；南五台下，佛光普照。草堂烟雾来天地，翠华风月变古今。院之奇也，拆移渭北明清民居于其内。飞檐斗拱，不失毫厘；金龙玉凤，神采飞动。庄园四十，屋舍千间，嘉木大道，俨然州城。院之博也，藏品千千万。风物历历，遍三秦而连九州；地宝煌煌，上殷周而下明清。汉代画像石，帝王气象；北魏墓志铭，高士遗迹。百尊石门墩，争显富贵荣耀；八千拴马桩，陈说日月沧桑。高大肃穆，神庙雄浑者，三皇后稷也。厅堂如殿，御赐金匾者，世家望族也。第题恭俭，雕墙画壁者，殷实大户也。戏楼张乐，台下平阔者，乡社梨园也。重耕尚读，积德行善，家家门联之雅训；圆天方地，镇宅祈福，尊尊马桩之寓意。他如秦砖汉瓦、钟鼎碑碣、墨宝丹青、农事物什之属，不胜枚举。

夫爱国孕于美俗，而崇洋出于忘祖。民俗存则民心聚，民心聚则国力强；民俗亡则传统亡，传统亡则民族亡。中华民俗正值兴替断续之秋，文物流失，旧器毁弃，时髦默化，世风潜移，百年民居毁于巨贾，千载古墓掘于大盗。先哲有云：礼失而求诸野。所谓野者，民间习俗也。倘若民俗丧失，礼又何所求哉？

长安王勇超先生有感于是，矢志振民俗于濒危，挽古居于既倒。正其义不谋其利，举其事不计其名，借重贤达，克谐团队，运策决机，同舟共济，足迹遍三秦，行程十万里。一物之求，日夜兼程；一品之购，动辄千金。急急遑遑，如救人于水火；战战兢兢，似夺食于虎口。风雪无阻，难易不避，几经生死，险陷囹圄，资财散尽终不悔，为伊消得人憔悴。以斯心行斯意，何患业不成而志不立？院创名山，功垂千秋，仰可告慰于祖宗，俯可无愧于子孙。其诚可嘉，其事可贺，其名足与斯院同存。假使囊者守财而不为，如今斯院安在？以彼易此，得失之数，仁智之士不待遐思而明辨矣。赞曰：

神禾原上建奇功，民俗古今一览中。
渭北移居迁胜地，终南聚宝起新宫。
敢将豪勇救时弊，不使子孙哭道穷。
留得中华根脉在，千秋万代好观风。

西安市人民政府立碑为纪。杨国庆先生书丹。

偌大的博物院，还有几十院关中古民居的迁建正在默默进行，主人规划蓝图中的其他展厅、坊馆，以及国学院、祭坛广场、青少年教育基地、游客休闲中心等，也在建设实施中。

关中民俗艺术博物院，在梦想化为现实的路上行进。而这条久久萦绕在王勇超心中的理想之路，从来就是山重水复疑无路，柳暗花明又一村。

花也非花，梦也非梦。

路的终点，似乎还很遥远。

路的起点，又那么的缥缈，恍若隔世。

王勇超质朴平实的外表，遮盖了他内心的丰富和力量。

故宫博物院院长郑欣淼先生对王勇超了解甚深，曾有评曰：“他不善言辞，木讷中含刚毅，朴实中蕴灵性，看是慢性子，实则胸中一团火，是位下定了决心就铁了心的人。”

这些年，王勇超常说：“我是作为一个老百姓，用自己年轻的生命誓死保卫文化遗产。当时，我完全可以改变自己，有条件过舒舒服服的幸福生活，但选择了抢救保护这条路。完全可以过无忧无虑的平稳生活，却选择了一种黑天睡不着、白天担惊受怕的日子。完全可以在人前当人上人，却选择了做一个可怜锤儿、被别人瞧不起的不务正业的人。”

他说：“尽管有了今天这个成绩，但是活得很累，对我现在而言，并没有什么可激动的东西。有人说我伟大得很，我说我不伟大，伟大的是我们的祖先前辈们的创造，他们对艺术的审美，他们的崇高境界。我只是认识到，把它抢救保护起来。兄弟姊妹、亲戚朋友、同学乡党，有的对我有意见，认为从我这儿一点钱都借不到。收这么多东西，我有一种强烈的超乎常人的责任感，有一种良知，超出一般人对于文化的热爱和感悟，超出一般人的人生观和价值观，这就是和别人不同的地方。我心里面十分清楚，不将这些东西变钱，一是舍不得；二是这也不是抢手货，不像开发商造的房子；三是要把人类几千年的文明和历史遗存在我们这一代人手里保护承传下去。”

王勇超更关注的是博物院今后的发展方向。他说：“因为来之不易，一定要把它留给信得过的人，留给热爱历史和文化的人来管理，或者就交给国家。一定要把它建设好，把博物院和周围的环境建设好，想把它建成一个民族文化展览和学术研究的艺术殿堂，真正地展示民族文化的精神。为啥能把这个事情做到这个程度？有一个成语叫无欲则刚，我没什么别的想法和欲望，只想把它们真正地保护起来，起到研究与弘扬的作用。能做到今天这个成绩，要感谢这个好时代，感谢关心支持的一些好领导和专家学者，感谢群众，还要感谢为创建博物院而长期坚守、忘我工作的团队。”

就在2008年那次全省文化和文化产业发展研讨会上，王勇超应邀作了大会发言，题为《文化强省强国战略与华夏根脉、重要半圆、世界新景》。何为根脉、半圆、新景？王勇超的理解是：

> 既往的馆展与历史，多属皇家文化、宫廷文化、帝陵文化、庙堂文化范畴，如同一个华夏文明大圆，总是缺失一半。民俗博物院之珍藏及其书写的历史，属民间文化、民俗文化、民生文化、民本文化，它填补了另一半圆，但它是基础的半圆、根脉性的半圆，因此也是更重要的半圆。它独树一帜，另矗峰峦，致阴阳平衡，社会和谐，必将吸引全国的眼光、世界的眼光，它将成为中国的、世界的一个新景观。

就在这一演讲中，他结合博物院多年因受体制、名分等影响而遭遇瓶颈制约，也针对少数人对他的作为曾有过的非议与误解，首次作出回应：

> 从二十世纪八十年代中后期至今，尽我之所有，倾全部的精力，将民间遗存抢救、保护，移迁、集中到南五台山下，只有付出，没有收入，民营的“营”字不知从何谈起。这二十年，只有投入没有产出。待到以后，博物院真正运营了，它的公益性也远远大于经营性。博物院的民俗珍藏永远留在南五台，永远是长安的、西安的、陕西的、国家的，永远是中华民族的、炎黄后代的，任何人带不走它！按理说，体制、名分，这些都不该成为问题。
>
> 我总想，如同我以毕生的精力，在写一篇有关民族根脉的文

章。待到博物院完全建成了，与陕西丰厚的历史和文化融合在一起，与中国中央国家公园秦岭偕南五台山的优良生态、秀丽风光融合在一起，到那时，我的这篇文章就完成了，我就可以休息一下了。

此刻，王勇超又想起了心目中一贯尊敬的民间文化保护“旗手”冯骥才先生的话：“我们搞这项工作，说句实话到了最后，真正热闹起来时，就没有我们的了。我们是为了一个文化本身，与个人利益没有任何关系。”

这番话，说到了王勇超自己的心坎里。

这才是现今这个五彩缤纷的世界里，一个真正文化人的精神境界和修为。

第二十章

国风浩荡

2008年夏，全国知名媒体的总编和记者共百名云集西安，来到了秦岭脚下的关中民俗艺术博物院参观采风。

随后，人们从《凤凰周刊》《文汇报》等媒体上，读到了著名时评家鄢烈山的文章，题为《系马桩的文化根系》。摘录如下：

> 前不久有机会在西安观光了四天，对中国这个首屈一指的旅游城市的开发格局和新进展有了较多的了解和感受。这个有周秦汉唐等13个王朝共计1100多年建都史的古城，名胜古迹之多是无与伦比的，秦始皇陵陪葬坑兵马俑方阵更被誉为“世界第八大奇迹”。不说以西安为“原点”向华山、宝鸡、汉中、延安四个方向延展的旅游景点和线路，就是“大西安”（含咸阳）其旅游资源也异常丰富。不用说与20年前我初履西安，就是与4年前我二到西安时相比，其旅游业的开发规模也当刮目相看。
>
> 也许是出于一个杂文和时评作者习惯于挑刺的劣根性，我对观

光过程中感觉到的和看到的有些东西始终保持高度警惕。我虽然明白，除了改革开放之初的农村土地家庭承包制，是“文革”后顺应民意上下结合推进的，迄今为止各地的改革开放有不少是由当地政府主导的，而所谓“经营城市”的主体就是政府；我也注意到了，政府开发的项目不仅为市财政创收，也为市民创造就业机会，而且用心让市民分享建设成果，许多景区不收门票；我也认为，像汉景帝的阳陵外藏坑陪葬品展示厅，采用世界一流的先进技术保护文物，应该由政府来做，以期对历史文化遗产负责。但是，我仍然要问，那些开发建设项目都是政府投资吗？那些文化产业公司都是官办的吗？其职员是国家公务员、事业编制还是国企性质？投资怎么收回？怎样保证其可持续性？服务效率如何提高？有无权力寻租及如何防止腐败？

正好参观了关中民俗艺术博物院，解答了我的上述疑虑，使我的观感取得了一定的平衡。

这个博物院建在长安区终南山下，一期工程已建成的部分，一是明清民居院群，包括家祠、戏楼等。二是石雕区，包括石人石兽、上（下）马石、饮马槽、防火蓄水池等，尤其值得一看的是8000多柱拴马桩。我看了这么多千姿百态的拴马桩，真是很兴奋。

我想说的是两点：第一，这个博物院是民办的。据介绍，创办者王勇超，历经二十多年，已投资数亿元，雇请3000多人次，行程10万多公里，走村串乡征集整理，颇费心血和钱粮。他为国藏真宝所显现的远见和气魄太值得推崇了。既然像美国这样的发达国家连尖端武器的研制乃至奥运会的承办都可以交给民间资本，有的国家甚至连监狱也承包给私营，我们的文化产业特别是文博收藏展览类、旅游休闲类为什么不可以多让民间来办呢？第二点，就是应该清醒地认识到，我们不要总讲称王称霸者多么了不起，而应更多地关注散落在民间的文化艺术。现代历史观早就不只“为帝王将相

> 做家谱”了，民间的生活状态更有研究价值。
>
> 本文所谓“系马桩的文化根系”，是想强调民办、民间两点对于文化产业、文化承传的重要性，但也无意将它与政府投资相对立。据悉王勇超这个民办博物院项目就得到了当地政府的大力支持，王本人也是全国人大代表、国务院特殊津贴专家。政府与民间同心合力，开发文化产业才有大希望。

王勇超认真阅读了这位以“公民写作”自我定位的资深报人的文章，感到心里热乎乎的。他觉得，在众多知音之外，又得到了一位思想独立的文化知音，他所景仰的是那种有良知说真话，能够给他心灵启迪的高人。

在此前后，王勇超接受了央视记者的采访。

《陕西日报》以整版的篇幅，以《抢救保护民俗文化，陕西发现地上兵马俑》为题，报道了王勇超创建关中民俗艺术博物院的事迹。

《西安晚报》刊登了整版图片和文章，报道博物院古民居背后鲜为人知的故事。

《华商报》也大篇幅刊登了王勇超保护民俗文化的报道。

《延河》文化版，封面刊登了王勇超的照片，大篇幅报道了关中民俗艺术博物院的创业史。

中国文化报、文物报等业界权威媒体载文称，王勇超是民间文化的守护神。

而这些报道，绝非一个版掏几万几十万元的广告，或者叫专题报道、形象宣传。不是有偿新闻，是媒体出于责任与道义进行的采访宣传。

2008 年秋，《人民日报》先觉先行，针对社会风尚衰下，为文化壮气鼓劲，以“文化还需要敬畏吗”为话题，约请著名专家学者，从不同角度发表议论，受到人们的广泛关注。一篇署名“东方”，题为《文化敬畏与关中民俗艺术博物院》的文章，此时见诸报端：

> 《人民日报》讨论“文化还需要敬畏吗”，笔者由此联想到了文

化大省陕西的人和事。

西安有位征藏民俗遗存、收集民间文化、整合思想产品、推动文化产业的“奇人”，名叫王勇超。他对文化的敬畏与挚爱，或可归于身体力行、付以实施这一类。

王勇超，西安市长安区郭杜镇人，今年51岁，二十世纪八十年代中后期，他在渭北一带发现有大批石雕及其他民俗艺术品日遭损毁、濒临灭失，遂发一雄心——倾其在省城多年“谋生活”的积蓄，把关中民间民俗遗物尽可能多地征集回来，“为中华子孙抢救、保护不可再生的文化精神财富”。王勇超一发而不可收。2000年，在得到一些专家学者的认同及政府的支持下，在西安南郊、秦岭北麓、隋唐佛教圣地南五台山下，着手建设关中民俗艺术博物院。当年报纸上曾介绍此举，标题是《五百亩地装一个人的藏品》。

王勇超农家本性，一生勤劳俭朴，却以倾囊之举征集保护文化遗存，一石一帛，一砖一宅，只收不出，滴水汇渠，清贫守志，坎坷艰辛。凝望着满院的民俗珍藏，再直面有着巨量藏品的醇厚主人，笔者不免阵阵心酸：王勇超怜悯飘零散落于荒原的民俗文化艺术品，他视亲生儿女般珍爱、抢救、保护它们，费尽了“心血和钱粮”，但他却始终坚守俭朴、节衣缩食，根本无暇眷顾自己。

王勇超的行为得到了各级政府、领导以及海内外专家学者的鼓励和支持，他们赞其文化珍藏为“天物大全”，赞其文化自觉与文化抢救保护行为为“国之壮举”，赞其为“民族功臣”。关中民俗艺术博物院，也早被省市列为“十一五”重大建设项目，又荣膺授牌为国家级“文化产业示范基地”。

文化是值得挚爱敬畏的，敬重文化历来是中华民族的传统美德。刘勰的《文心雕龙》开篇就是“文之为德也大矣，与天地并生者何哉！”但如今，在为数不少的国人心目中，文化的地位日下，而拜金迷财、物欲横流充盈心中，致使世风浮躁，良知泯灭。

> 于是，一场场殃及民本民生、触及灵魂深层的失良社会事件频频发生，其源头就是国人的人文精神缺失，教育道德缺位。一句话：伤害在文化深层。正因如此，呼吁文化立国、文化兴邦、文化重建、文化自觉、文化敬畏，这在当下中国是何其及时，何等必要！至此，再看王勇超创办的关中民俗艺术博物院，其精神价值尤显珍贵。因为它不仅是一个民俗博物展示基地、民俗风情体验基地，更是一个民族精神的传承教育基地。
>
> 王勇超敬畏文化、守护开发文化，已经走过了20余年艰辛苦难的历程。他教育子女，每每踏进博物院，必须有鞠躬肃然尊崇之心，以尊重历史、尊重祖先、敬畏文化。
>
> “文化还需要敬畏吗？”回答是肯定的。
>
> 王勇超们也正是以敬畏传承弘扬的行动，作出了并将继续作出肯定的回答。

东方，即杨向东先生，1948年9月生，上海人，曾是新闻工作者。思维敏锐，对民俗文化的定位别有见解，在博物院的艰难时期曾对博物院的发展献计献策。2011年已是花甲之年的他再来博物院支持工作，难能可贵。

关中民俗艺术博物院在众多节庆假日，精心举办各项活动，弘扬中华文化，宣传民俗主题。

2008年8月15日，博物院举办了民俗特色浓郁的首次中元节活动。

2010年5月18日，恰逢第34个国际博物馆日，博物院积极呼应社会和谐的主题，推出门票优惠，观众还可免费观看具有浓郁秦风秦韵的老腔、皮影等非物质文化遗产展演。

当年农历五月初五，举办了首届端午文化节，游关中民俗艺术博物院，感受纯正端午节文化。

中秋、国庆期间，举办了迎双节大型非物质文化表演、猜民俗文化灯谜、品尝民俗团圆馍的活动。

2011 年新春元旦到来之际，博物院举办了盛大的华阴老腔、碗碗腔、皮影戏等多种国家级非物质文化遗产展演活动。

关中民俗艺术博物院，对促进海峡两岸文化交流与民族亲情的交融，亦功德不菲。台湾同胞在民俗博物院找到了真情与感动。

2009 年 7 月中下旬，“情系长安”大型两岸文化联谊活动在陕西举行。

曾担任前台湾当局涉外事务部门负责人的嘉宾团团长程建人，代表全体来访团员表示：“我们怀着寻根的心来到陕西。”参观了关中民俗艺术博物院后，他题字写下自己的心声：“精心维护民族文化令人感动、感激、感佩。”

台湾世新大学张依依女士说：“这些古老建筑真的让我非常激动，简直要流出泪来。”

同样热衷于民居文化研究的台中县文化局局长陈志声现场挥毫，写下“曲径寻幽，松风拂竹有琴韵。暗香袭袖，月影书丝无墨痕”的诗句，并亲自交给院长王勇超以示感谢。

2010 年 4 月 11 日，时任台北市美术馆创馆馆长苏瑞屏女士光临博物院参观考察。她感到非常震撼，当即邀请关中民俗艺术博物院赴台湾办展。

5 月 20 日，台湾媒体采风团光临博物院参观采访。

李文辉说：“我们来到这里才发现，其实改革开放之后，大陆这边有很多有心人士，把这些中华文化，很宝贵的东西，都完整地保存下来，非常地不容易，十分可贵。都是一些宝贝，非常珍贵。”

6 月，王勇超随陕西省人大文化交流访问团赴台访问。

中国国民党荣誉主席连战，在台北会见了访问团。当他听取关中民俗艺术博物院情况介绍后，盛赞王勇超院长为弘扬中华民族优秀文化办了一件了不起的大好事，并欣然为博物院题字“关中民俗，炎黄根脉”。

关中民俗艺术博物院架起了一座海峡两岸沟通、互动的桥梁。

2010 年 7 月 23 日，台湾著名国学大师曾仕强参观博物院，并感言：“我到过世界上很多博物院，这次到关中来，给我留下了深刻印象，因为以个人的能力，做这么一项伟大的工程，需要有王者的胸怀；当然，勇超先生还具有深厚的艺术修养、不懈的艺术追求和无比的毅力。我相信各位看了这么好的东西后，也应该学学我们勇超先生这种精神。”他断言，要不了三年，关中民俗艺术博物院必将迎来辉煌的明天。

正如时任海峡两岸关系协会会长陈云林在参观关中民俗艺术博物院后所言：“我们有机会到这里来，看这么多的关中民俗文化，非常震撼。这使我想到了在海峡彼岸的 2300 万我们的同胞，其实大家都在寻找自己的根。我相信这个民俗文化博物院，他必将会让更多台湾同胞了解自己，从哪里来到哪里去，了解自己的根在哪里，从而为我们伟大的中华民族走向复兴，做出两岸同胞共同的努力。我相信更多的台湾同胞知道了它，就会踊跃地来这里参观，而且一定会给他们留下非常非常深刻的印象。我也非常敬佩王院长，他为我们民族做了一件很了不起的事情。”

博物院除被文化部授予“国家文化产业示范基地”，还被授为“陕西省爱国主义教育基地”，西安市社科院“民俗文化遗产研究基地”“非物质文化遗产研究基地”，陕西师范大学“文学院学生社会实践基地”，西安科技大学高新学院“学生写生基地”等。

关中民俗艺术博物院，已经成为中华历史文化的学习教育基地，中华民族共有的精神家园。

王勇超后来对央视记者表达：“珍藏保护民间器物，收集拴马桩，不能说在最初时候，境界就有多么高。但起码，我是认识到，这一切都是不可再生的资源了，它们是一种历史的忆念。”

为了这，他多年甘愿节衣缩食，克俭亲属，过着苦行僧一般的生活，并忍受种种曲解、打击和磨难。

儿子上大学时，需要一个电脑，但作为父亲的他，并没有给儿子购买。王勇超的胞弟这样说，他所做的，是将口中吃的好东西或其他的人生享受，都给剥夺了。

当时，在社会上一些人眼里，他是个文物贩子。在他看来，这些东西散落在民间，觉得是不可再生的，太可惜了。征集购买这些民间遗存，得大量地花钱，但没有多少进钱的门路。

兄弟姐妹当初对他在外头干的事业，很不理解。认为他从小在农村，缺吃少穿，受过苦累，现在有钱了，应该好好地生活，享享福了，但他仍省吃俭用，把大量的钱，置买那么多不实用的东西，真不值得。可是随着他事业的成功，他干的事受到了国家和社会的充分肯定，一下子成了名人。因此，也逐步转变了看法，对于他事业的成功，从内心感到喜悦，并为他感到自豪。

王勇超有一个姑姑，听说他发财了，问他借3万块钱。殊不知，当时正是他非常艰难的时候，口袋里确实没有钱，不存在借给不借给的问题。

姑姑从侄子那里没有借到一分钱，对他产生了误解，认为他有钱了，六亲不认。对此，王勇超感到委屈，但他心里明白，这是姑姑对他创业的艰辛与困难不了解，他相信，姑姑迟早会理解他并改变看法的。

不少乡党，包括过去很多要好的朋友来借钱，开口也不多，有借五千，有的借一万。但借出去的钱，从没有回来过一分钱。事实上，他哪里来的钱，钱都花在博物院建设上了。乡党不满意，在背后破口大骂。当时那一种现实的经济状况，他确实很为难，自己怎么把人活成这样子了？

就在几年前，儿子结婚，用的还是十几年前买的普通房子。有好多好朋友问他："你咋没给儿子买别墅买车子？"

王勇超脸上挂不住了。他也不是不想给儿子买，而是确实买不起。移建古民居院落，将分门别类的民俗珍藏一一展示出来，得花多少钱。这样，只好用过去的旧房子给儿子结婚。

这在周围朋友中，引起了强烈反响。有人说，王勇超这人有病呢，不正常，给儿女结婚都舍不得花钱，连别墅车子都没有，这个人不够当父亲的资格。

好就好在儿女都能理解，心里面再不满，都藏在心里，没有表现出来。

儿女都是在这一年结的婚，女儿结婚，女婿是外地的，在西安租的房子，更谈不上车子了。

曾经，还有人在他兄弟王顺利面前说东道西，说他这个当哥的没有人情，在资金方面把他们看得紧。说你看你哥把钱胡花呢，置买这些东西，跟你都不商量。

王顺利为人诚实，心地坦荡，听到别人的话，他只是憨厚地一笑了之。

身边的好多朋友，对他的看法和意见也越来越强烈，认为他现在变了，事情干大了，人也变了，变得没情没义，变得不和老朋友来往了。

实际上，王勇超从事的事业，是在一种非常艰难的过程中推进的，心里想的是如何生存，下个月如何给员工筹发工资，如何把这些抢救回来的东西展示出来，如何能尽快地完善设施，博物院什么时候能向游客全面开放。因为是民营文化设施，银行里贷不到一分钱，长期被资金问题所困扰。

有这样一件事情，在 2002 年最困难的时候，当时工资都开不下来。有一个和他同岁的朋友，借给他二十万块钱。当时说好三个月后还，结果五个月时间才还上。就觉得人家帮过他大忙，欠了人家个人情。半年以后，那人提出要向他借三十万，当时没有钱，他就把书院门的楼抵押贷款八十万，作为回报，借给人家三十万。人家给他打了个条子，说是三个月后还。结果没还，一晃九个年头过去了，至今电话或者不接，或者接了说正在准备着呢，见到那人本人，也说没有钱。没有办法，王勇超只能东拼西凑把银行贷款还了。奋斗了这些年，觉得干事情太难了，干正事更难，搞这种不挣钱的文化事业难上加难。

在多年前起步时，他想的是时刻都可能被公安局当成文物贩子给关了，随时会成为一个囚犯。现在环境好了，整天发愁的是员工的工资、复建古民居和展示藏品的资金来源。

身边有的朋友认为他无情无义，而他大量的时间在思考着博物院生存的问题。有了名声，同时也有来自社会上的压力，常人难以承受的一种压力。他的作为，他的人生感悟，也是常人难以理解的。

尽管政策顺了，环境好了，但是在基层生活空间里，经常无法得到一句安慰或顺心的话，时常在没有人的时候想痛哭。

在某种意义上可以说，已经年过知天命之后，他还没有切实感受到人生的真正幸福。人生原本最大的一种追求就是享受，只不过他的享受和别人的不一样，追求方式不一样，就是为社会、为公共事业、为后人把这些东西保护下来。随着年龄的增长，这种责任还能坚持多久，有时连他自己也说不清楚了。

欣慰的是，把这些东西抢救保护回来了。不平衡的是，它们得不到更合理的保护、开发、展示。同时，他也唯恐所谓新的发展、新的建设，将现有的东西搞成一个四不像。稍不注意，被某些房地产商一介入，它可能就会面目全非，成为房地产商的一个花瓶，为他们赢得更大的利益。

这是王勇超的痛苦，对别人都无法说的。

尽管政策好了，又有这么多领导的支持，但在具体的操作过程中却不易得到实施，现实与愿望的距离，似乎非常遥远。

王勇超说过，如果我爱钱，可以有一百个一千个理由，把自己的藏品变成钱。但他却没这样做。“我认为，这纯粹是出于对文化的珍爱，对老祖宗的尊崇、对历史的敬畏。”

这不由令人思念起这世界上，还有许多的伟人、为文化艺术献身的英杰，他们都以自己的患难和痛苦，“创造了欢乐来给予世界”。

流芳久远的罗曼·罗兰的经典之作《名人传》，记载过伟大的耳聋失听的音乐家贝多芬，为艺术而奋斗的一生，历数了他所处的恶劣环境，他的隐忍和悲苦，以及他所获得的“白日的清明”和胜利。

什么胜利可和这场胜利相比？曾经达到这种超人的光荣？一个不幸的人，贫穷，孤独，世界不给他欢乐，他却创造了欢乐来给予世界！他用他的苦难铸成欢乐，正如他那句豪言壮语所说的，那是可以总结他一生，可以成为一切英勇心灵的箴言的：“用痛苦换来的欢乐。”

罗曼·罗兰这样总结贝多芬以苦患为人类换来欢乐的一生。

《名人传》记载的另一位艺术伟人，“胜利者”等无数传世雕像的创作者米开朗琪罗，同样历尽孤独与苦难：不停地行动，一小时也不休息。为了工作而精疲力竭。除了夜以继日地工作之外，什么都不想。生活得十分节俭，甚至节俭到悲惨的程度。他从不肯把自己的生活安排得更符合人性些。他只用极少的面包和酒来支撑他的生命。

又一位苦行僧、一位为艺术而奋斗，“用他的苦难铸成欢乐”的文化英雄。

罗曼·罗兰写道：

我愿证明，凡是行为善良与高尚的人，定能因之而担当患难。

他在《名人传》序言中还说：

> 我称为英雄的，并非以思想或强力称雄的人；而只是靠心灵而伟大的人。这些传记中人的生涯，几乎都是一种长期的受难。他们固然由于毅力而成为伟大，可是也由于灾患而成为伟大。

文化的进步，艺术的辉煌，世界的欢乐，需要千千万万行为善良与高尚的人，为之担当患难，为之受难献身。

人类文明史上，世界艺术史上，一切都是何等的相通相似。

从二十世纪初起，面对外国列强的抢劫与摧毁，我国老一代的学者，就为救护中华传统文化与历史遗存而呼号奔走。他们为优秀的华夏古代文明深感自豪，并坚持认为，只要保留着中华传统文化，即保持中华民族的精神，就可使中国屹立于世界民族之林，中华终有昌盛复兴之日。

王勇超，就是这些先贤的优秀传承人。

党和国家领导人充分肯定及感佩王勇超的建树，赞其“勇于超人”“文化功臣”“功德无量”。

一位专家题写“民族英雄”匾额，赠予王勇超。

台湾国学大师曾仕强赞王勇超：以个人的能力，做这么一项伟大的工程，需要有王者的胸怀。

具有全球视野的华人学者王受之，感叹王勇超的事业为“国之壮举”。

身体力行保护民间文化的“旗手”冯骥才评价：“我很佩服勇超，收藏保护这么大一个量，凭个人的力量，个人的意志，在文化有过的支离破碎的情况下，匪夷所思！勇超的心是一颗文化的心，一颗很纯的文化的心。”

建筑大师张锦秋赞誉之余，还郑重提议：“希望创造关中博物院这一宝库的精神，得以发扬光大。”

建树犹可贵，精神价更高。王勇超的业绩日益为世人周知，而其创造文化传奇关中民俗艺术博物院的无价精神的发扬光大，当比博物院内数万藏品，更具久远的意义。

2011 年，是关中民俗艺术博物院步入新台阶的一年。

3 月，王勇超赴京出席第十一届全国人大四次会议，递交了《关于加快推进国家级非物质文化遗产生产性保护示范基地建设》等两项建议。

继上年出任陕西省文联副主席、陕西省民间文艺家协会主席后，2011 年 4 月，王勇超又众望所归，当选中国民间文艺家协会副主席，成为自中国民协成立以来，陕西省首位当选的副主席。

使命在身，他提出：“陕西的民间文化汪洋浩瀚，无所不包。要让它的精华真正走出去，让全世界都迷上我们的民间文艺。”

他与同仁一起部署，在陕西建设国家非物质文化遗产保护与示范基地，加快各市区县民协机构队伍建设步伐，适时召开西北五省区民协工作座谈会，共谋发展，举办陕西省民间文化艺术节、民间文艺大赛、民间诗歌大赛、民间文化艺术研讨会，晋京举办陕西民间美术书法大展。

省民间文艺家协会与关中民俗艺术博物院联合主办，以“保护炎黄根脉，守望精神家园，传承民俗艺术，发展文化事业”为宗旨的《关中民俗》报，于 2011 年 5 月 5 日创刊，冯骥才题写报名。省民协机关报《秦风》，也于 2011 年 8 月 5 日复刊。

博物院又新开放了一批民俗展厅。

在古民居街南侧一处宅院内，增设了铁钟陈列厅。

钟，有着悠久的历史，用途为乐器、报时。古代祭祀或宴享时以钟演奏，《诗·周南·关雎》有“窈窕淑女，钟鼓乐之”。常见在佛寺道观内建有钟鼓楼。张继《枫桥夜泊》中有诗云：“姑苏城外寒山寺，夜半钟声到客船。”

在西安古城内，建有钟鼓楼，其上悬有钟鼓。“晨钟暮鼓”报时，至今仍为一道风景。

这里展示的明至清代的铁钟，造型多为馒头型，顶有钮，下部口为喇叭型。其钮俗称“蒲牢”，为龙九子之一，好鸣故为钟上纽鼻。表面均有纹饰与铭文装饰，有几何纹、花卉纹，还有龙纹、佛像与八卦等。铭文有佛寺道观名，捐款人的姓名，钟的铸造时间与重量。

一般镌刻有吉祥语，如“风调雨顺，国泰民安”。还有颂扬语，如“皇帝万岁，太子千秋，佛目增辉，法轮常转”等。一般由铭文可知此钟的来源与铸造时代，为研究当时当地民情风俗、佛寺道观，提供实物资料。

古民居宅院中，另增设有一处度量衡展厅，林林总总，煞是可观。

中国度量衡，早在原始社会末期，伴随私有制和交换而出现。随着商周、春秋、战国时期农业、手工业的发展，出现相应的度量衡器具及其制度。秦统一全国，又推行度量衡统一，有利于中央集权的巩固。汉承秦制，度量衡也沿用秦制，到了两晋南北朝时期，政权分散更迭频繁，度量衡制度十分混乱。使之百姓嗟怨，闻于朝野。唐代度量衡相对统一，制度完备。宋元明清各代的度量衡都沿用唐制，基本是统一的。特别是中国封建社会的地租形态，长期以实物地租为主，剥削阶级利用政治上、经济上的特权，加强对农民的剥削，任意增大度量衡器具的单位量值，从中获得更大的利益。

到了民国时期，政府对度量衡划一，但实际没有遵照实行，也没有一个地方做到真正的划一，极为混乱。新中国成立后，国家严格管理度量衡及其制度，有利于农业生产，及市场公平交易。

从历史发展看，中国古代度量衡有较高的科学水平。与古代数学、物理、天文、水利、建筑、冶炼等科学技术的发展，起着互相促进的作用。

博物院征集了历代大批度量衡文物，选出部分文物展出，使人们看到过去计量粮食的斗升，测重量的秤、戥及秤砣，从中可以了解当时的市场及交租的场面。甚至到现在，一些偏远的乡村，依然使用秤来作交易工具，残存着农耕文明的遗迹。

博物院还增设了佛像大厅，来自民间的各类造像，栩栩如生，令人流连忘返。

关中民俗艺术博物院，在新的一年里人气鼎沸，继续吸引着八方来客，迎候着嘉宾的光临。

时任国务委员、公安部部长孟建柱莅临博物院视察指导。他对王勇超院长说："你很有远见，把这么多民间文化全部收集起来，真不容易，也很厉害。下次来我会慢慢地看。"

以时任全国政协副主席、中国文联主席孙家正为团长的全国政协"公共文化服务体系建设"常委视察团，莅临博物院视察指导。

时任第十届全国人大常委会副委员长蒋正华参观博物院书画展厅时，不禁吟诵郑板桥的名句："衙斋卧听萧萧竹，疑是民间疾苦声。些小吾曹州县吏，一枝一叶总关情。"题词："关中民俗 博大精深。"

时任国家新闻出版总署署长、版权局局长柳斌杰等，至博物院考察指导，题词："终南神秀，民族瑰宝，中华文脉，源远流长。"

原人民日报副总编、国家新闻出版署副署长、散文家梁衡参观后欣然挥墨题诗："拴住文化不流失，留得祖宗在心头。移来古木发嫩枝，搬回柱础起新楼。"

中国美术家协会名誉主席靳尚谊，中国书法家协会主席张海等，对博物院的古建筑群、院藏书画和建设成果表示赞赏，对博物院发展运行提出了很好的建议。

时任全国政协委员、中国音乐家协会副主席、总政歌舞团团长彭丽媛，踏着风雪仔细参观博物院后赞扬："这是对后人、对年轻人做的大好事，积德行善的事。"

文学评论家雷达一行到访参观，给予好评。

时任中国报告文学学会常务副会长、中国散文学会副会长周明参观后感叹：“太伟大、太震撼、太了不起了，这对中华文化的贡献太大了。”并题词：“中华瑰宝之城。”

人民日报、新华社等中央主要媒体负责人，出席全国副省级城市党报高峰论坛暨“镜观西安”采访活动的党报社长、总编共 40 余人，全国八省市党委宣传部人员及所属三十多家新闻媒体记者，第五届全国网络媒体陕西行代表团，全国 40 多家媒体参与的“女记者看世园”活动代表，中国世界地质公园会议代表，陆续光临博物院参观考察。

时任省委书记赵乐际，常务副省长娄勤俭、江泽林等，多次前来博物院考察指导工作，重视民间文化繁荣发展，推动文化强省战略贯彻落实，并在许多场合对博物院的创建给予充分肯定和勉励。

副省长郑小明主持召开了关中民俗艺术博物院有关问题的专题会议。10 月 20 日，陕西省人民政府下发《关于继续支持关中民俗艺术博物院发展有关问题》的第 126 次专项会议纪要，明确要求，加大各项支持力度，帮助解决建设发展中存在的问题，注重社会、市场和产业化运作，最终实现持续、健康发展，做大做响品牌。

时任西安市市长陈宝根就博物馆建设运营展开专题调研，副市长段先念参加。

10 月 9 日，纪念辛亥革命 100 周年书画展，在关中民俗艺术博物院隆重开幕。展现在观众眼前的墨迹，历经近百年，似乎还不曾干，亮润地对今人诉说往事。革命先驱已经远去，伟人的足音犹存耳边，一代民族精英的风骨，光可鉴人。

博物院书画藏品浩如烟海，其中当数辛亥民国前后的作品最为丰富，且弥足珍贵。那个时代杰出的政治、军事、文化名人留下的墨宝，为后人昭示着人类社会文明进程中的精神气质，是壮美也是悲欣交集。

品读孙文书写的律诗，“江天万里云色同，四顾茫茫失南北”，其忧愤之情力透纸背。

黄兴的条幅“爱国心”，笔势坦诚厚朴。

冯玉祥的中堂记人叙事，饶有情趣。

于右任书写的律诗“扶杖乃吟任所之，武功原上晚晴时”篇，念故土风物，笔意亦自在。

张学良的条幅，在思索英名。

杨虎城的中堂，对酒当歌。

张灵甫的四条屏，尝试真草隶篆的书写形式。

胡适的对联，借老子墨子释怀。

至于鲁迅的“无情未必真豪杰”一诗，算是见到了真迹。

陈独秀之笔韵，确实乃“笔底潜驱鬼神惊”。

而瞿秋白的中堂，畅书天地人生，儒雅可敬。

辛亥已去百年，却也可从书画藏品中获取内在的信息。它让读者和观众回望、记忆，滋润心灵，其精神价值不可估量。

2011 年 8 月 14 日下午，中共中央政治局常委、全国政协原主席贾庆林，莅临关中民俗艺术博物院调研指导。

贾主席兴致勃勃地参观了拴马桩展厅、汉画像石展厅、关中窑洞和其他民俗展厅，以及一座座明清时期的深宅大院。

在观看老腔、碗碗腔、皮影等古老剧种展演后，他与老艺人亲切交谈，勉励要把珍贵的非物质文化遗产传承好保护好，从娃娃抓起，永不失传。

在详细了解民营博物院的创业历程、目前营运收支等情况后，贾庆林对王勇超院长说：“你当初只有不到 10 万块钱，就拿出来搞民俗征集，这是一种社会责任感，是一种文化自觉，你对抢救和保护中华文化做出了历史性的贡献。感谢你，使得我们大开眼界。你的努力，你所做的一切，就是我们的民营企业家，对国家、对民族，甚至对人类所作出的回报。对民营企业的发展，党和政府有明确的政策，毫不动摇，也是绝不会改变的。为国家为民族，一定要把这些保护好。不管什么所有制的，你只要能够保护下来，我们就支持你。长治久安，这是我们党执政的理念，永远给你创造越来越好的环境。”

10 月 10 日，时任凤凰卫视董事局主席兼行政总裁刘长乐一行，兴致盎然地来到博物院参观考察。

刘长乐听到王勇超用关中方言为他介绍，感到非常亲切。他说：“陕西是我的第二故乡，我曾在西安上过三年的小学。”参观了纪念辛亥革命 100 周年书画展，欣赏了辛亥风云人物的翰墨，刘长乐说：“今天非常荣幸，在辛亥革命百年这样一个非常有意义的日子里前来参观。这里有非常有形的具体的历史实物、精彩文物，有令人非常震撼的研究成果。我们的民俗文化之所以能够绵延五千年，就是因为有这样一些有心人，但是当代这样的有心人太少了。我们的勇超同志就是这样一位有心人。我希望他的功绩能够在历史上留下非常重的痕迹，我们对这个事情也会做出努力。”他动情地题字“勇超贤弟：终南山下有心人 民俗文化守护神”。

2011 年 10 月，中共十七届六中全会召开。推动文化大发展大繁荣，建设文化强国，让王勇超看到了新的希望，受到了莫大激励。

多少年了，他含辛茹苦以命相争的，就是文化，日思夜想期盼的，就是文化的春天。如今，文化摆到了关乎国家安全、国家软实力、国际竞争力的高度，文化事业受到前所未有的尊崇，王勇超感到欣慰。

培养高度的文化自觉和文化自信，让蕴藏于人民中的文化创造活力得到充分发挥，大力发展公益性文化事业，加快发展文化产业，形成公有制为主体、多种所有制共同发展的文化产业格局，弘扬中华文化，建设中华民族共有精神家园，推动中华文化走向世界，实现中华民族伟大复兴。

王勇超觉得，自己之所做，与时代一个调调，齐心合力，可谱写成一部历史的乐曲。

有一天，王勇超接到一封信，是他早年步入文化天地时相交的老作家毛锜先生写来的。

信中写道：

勇超：事情闹大了，表示祝贺！

有一首古诗相赠：

远离喧嚣躲俗尘，泽畔披裘独垂纶。
千古一个刘文叔，不忘微时有故人。

毛锜真是一个性情中人，性情不因时光移。

2012 年 7 月 5 日，王勇超专程拜访看望了毛锜先生，也诚恳地邀请他来博物院参观指导。

没想到两个月后的 9 月 8 日，毛锜先生终于来到博物院。虽然已见过很多次，极其熟悉了，但他老人家要来，王勇超的心里还是很激动的，因为这是在恭请老师检阅学生的作品。

毛锜高兴地说："原来看咱们的《关中民俗》和《秦风》报的介绍，大致了解了一些，今天来一看，大大出乎我的意料，太丰富了。没有想到这么多年弄成这么大的规模，非常惊人，成为现在这个样子，三个字：不容易。你是扎扎实实、一步一个脚印地采集民俗，最后把它们汇集到博物院，这是关中民俗的荟萃，让人叹为观止。关于民俗这方面，过去提得不够，现在你和博物院的同志在这方面投入了很大的精力。你有胆识，看得远，做了一篇大文章。非常感谢你为传统民俗文化做出了卓越的贡献。我非常感动，也非常赞佩。"

让王勇超特别兴奋的是，继去年 6 月毛锜给他赠诗后，这次又赠诗一首：

不趋时风争下海，却傍拾荒走民间。
涤瑕荡秽存故物，积水成渊蔚大观。
人间烟火浮世绘，岁月沧桑风土编。
感佩此君善擘画，剑走偏锋笔如椽。

观看了博物院专题片，毛锜先生题字：

勇超贤侄存念光前裕后，崇贤尊德。

先生的话语、诗句、题字，让王勇超感到温暖和振奋。不禁在心里发出“知我者，先生也”的喟叹。他曾发愿国庆节一定要在博物院办好先生的八十大寿，聊表寸心。同时也开好在南山福苑办寿诞的先河，以弘扬传承好寿庆文化、孝道文化。

2012 年 10 月 1 日，是祖国 63 岁华诞，也是王勇超崇敬的先生、恩师、至要的前辈、好友毛锜的八十大寿。这一天，天公作美、艳阳高照、碧空澄净，博物院的南山福苑，张灯结彩、亲友齐聚、嘉宾云集，只为给毛老祝寿。

过寿，过的是心情，毛锜在这里与众多的亲朋好友、同道同好相聚，这肯定是人生快事，自然心情大好。过寿图的是高兴，精心准备的精彩节目，大家一起欣赏，就这掌声、欢笑声，听着心里都高兴。博物院文化顾问曾志华教授代表博物院为毛锜特撰的“八十韵”祝寿辞，文辞精彩、评价经典，博得在座宾客频频称赞。再加上子孙晚辈们向寿星及陪坐长辈敬献鲜花，司仪一一诵读亲朋好友敬赠的书画寿联，喜宴上的举杯同贺，这种和谐、温馨、热烈的气氛，别说是毛锜，就连现场的工作人员都被深深感染了、陶醉了。

在寿庆活动中，王勇超致辞。简要讲述了与毛锜相识相知的过程，借此良机，表达了对毛锜深深的感激与崇敬之情，也衷心祝福毛锜身体健康，阖家幸福，晚霞光彩，永沐春风，事业传承，子孙满堂！

后来的几年，逢年过节给毛锜打电话或会派院报副总编辑梁挺代表他和博物院，登门看望毛老。以忘年之交、知音之情，交往完全不拘形式，不落俗套，贵在一颗心，重在情义心中长存。

2013 年的“中华传统婚寿文化传承与发展研讨会”，毛锜出席。

2014 年 6 月 24 日，在博物院召开的中国传统“七节”活动研讨会，王勇超邀请毛锜出席发言。这次毛锜再次题字：“益在当代 功在千秋。”

2014 年 9 月 6 日，在博物院开幕的“我们的节日 · 中秋民俗文化艺术节”，邀请毛锜登台，吟诗赏月、共度佳节。

既然毛锜的寿庆活动办得很成功，各界反响良好，为博物院的寿庆活动开了好头，那就继续由王勇超出资、博物院南山福苑承办，向敬重的师长表达一份心意，也是对寿庆文化、孝道文化的切实弘扬和传承，又何乐而不为呢！

说心里话，王勇超对有德行有境界有成就的文人是敬重有加的。早年毛锜老先生是开端，后来交往的越来越多。

世间的人事充满了机缘和玄妙，也是冥冥之中注定的。

在给毛锜过生日宴会时，陕西省委原秘书长、三秦文化研究会会长何金铭老先生是应邀嘉宾。王勇超与何老神交已久，谋面自是一见如故，当时他热情地握着何老的手，承诺明年给何老办一个生日聚会。当然毛锜也是断不会缺席何老寿庆的。

2013 年全国两会期间，王勇超从北京打回来电话，专门交代工作人员筹备何老过寿庆典事宜。他们专程两次去何老家里商谈。

2013 年 4 月 20 日，正值春深夏浅的时节，恰好是谷雨节气。一场微雨过后，群峰青翠生机盎然，百花盛开蜂蝶舞，万木葱茏鸟雀欢。博物院南山福苑，群贤毕至、少长咸集，为何老共庆八十二岁华诞。

让王勇超特别高兴的是，一身传统民族服装的何老说，他活到八十二岁，头一回坐大花轿，而且是一乘挂着大寿字的八人抬花轿，还有一班彩衣绣服的礼宾人员簇拥，舞狮杂耍跟随，唢呐笙箫伴奏，锣鼓鞭炮齐鸣，硕大的寿桃，非常新奇有趣，特别过瘾开心。

儿孙家人专程前来送祝福，亲朋好友或直言表意或诗词抒情。博物院南山福苑专门为何老献上祝寿词一篇，王勇超有肺腑致辞。何老幸福溢于言表，返老还童最动人，老人孩童般的笑容最亲切。

此后，除了看望何老，博物院的一些活动，特意邀请何老出席。

2013 年的“中华传统婚寿文化传承与发展研讨会”，2014 年 6 月 24 日的中国传统“七节”活动研讨会，何老欣然题字：“国之瑰宝 关中大院。”

给何老过寿后的半个月里，博物院南山福苑又举办了两场寿庆活动。

1980 年，王勇超的父母亲相继去世，他们没有过上好日子，更没享上一天福。父亲活了 61 岁，母亲享年 49 岁，前后相隔不到两月。王勇超当时 23 岁，那是他最悲痛愁苦的日子。记得那时舅父宋文治出五十块钱，给他缝了一件新棉袄，做一个据说能辟邪的香包放在肚子上。

舅父、妗母对他一直很关心，也很照顾，尤其是舅父在二十世纪八九十年代，对他初创的文化艺术企业与博物院事业的鼎力支持。忆及此，他就想为舅父办场生日宴，以表达对舅父、妗母的尊敬、感激之情。

2013 年 5 月 1 日，他为舅父、博物院的老员工宋文治先生，在博物院南山福苑举办了独具民俗特色的宋文治先生八十五岁寿庆。整个活动温馨、喜庆、热闹，了却了他的一桩心愿。民俗专家、省民协原主席傅功振教授即席发表祝贺演讲，让他对寿庆文化、孝道文化、尊老敬老的传统美德有了更深刻的了解。

2013 年 5 月 5 日，博物院南山福苑迎来了一位新寿星，他不是王勇超在文化界的恩师，也不是他的亲戚，而是他政界的领导、朋友，西安市政协原副主席刘德才先生。

1997 年，王勇超是碑林区政协常委，在一次活动中，偶然认识了刘副主席。想不到，竟成了他生命中的恩人。无论是当初灏文堂画廊出了案子，还是后来博物院遇到了坎儿，刘副主席都挺身而出，不遗余力地给予协调、帮助。如何孝敬恩人、报答恩人？给刘德才副主席在博物院举办七十七大寿，他觉得这就是一种好的表达方式。

中国传统寿庆，就是让埋藏在老人记忆中的古典传统贺寿礼仪，一项项地重新展现在寿星及众宾客面前，这是传播复兴孝道文化、传统文化的一种有效途径。

2013 年 5 月 24 日，资深媒体人、人民日报驻陕西记者站站长孟西安先生六十八岁华诞寿庆，在博物院南山福苑如期举行。看到老一辈歌唱家负恩凤，西安易俗社社长、梅花奖得主惠敏莉等老中青三代艺术家同台表演，为孟西安先生祝寿，寿星特别开心，王勇超也开心。愿孝道文化深入人心，成为时代风尚。

孟西安先生寿庆活动的第二天，即5月25日，又是王勇超的知交好友、德高望重的大画家郭全忠先生七十华诞寿庆活动。

与郭全忠先生的相识，其实缘自郭老的成名之作《万语千言》。

1993年，王勇超一见此画，便深受震撼，即怀着满腔热忱登门拜访郭先生。谁知一见如故，从此结为莫逆。郭先生还为他精心作肖像画。

这次为先生过寿，也是对他的报答。先生的恩师刘文西、陈光健夫妇，以及众多的陕西画坛名家都赶来了，郭先生的气场不言而喻。对于这场寿宴，郭先生由衷地说："一辈子也就这一次，等了七十年啦！"这话说得真好呀！

2013年5月，博物院连续举办了四场寿庆活动，都很成功，我感到非常欣喜，就像给自己的老人、朋友过寿一样高兴。

2013年6月27日，博物院南山福苑为澳陕工贸文化交流使者、澳门地产商会名誉会长罗德明先生举办了六十二岁寿庆。罗先生头衔多，影响大，王勇超最看重的是他善名颇丰。

这场寿庆不同以往，规格高、规模大，内容多。来自省市的有关领导，以及罗德明先生的至亲好友，与省市媒体记者欢聚一堂，共同观瞻寿庆典礼的举行，并见证了罗德明先生为西安市老龄事业发展捐助30万元善款的孝心义举。

博物院南山福苑寿庆活动的保留项目，国家级非物质文化遗产、千年华阴老腔《关中古歌》，今天格外大气豪迈。中华民间绝技大赛金奖获得者袁学民一人，吹奏八九支唢呐绝活《今天是个好日子》，特别嘹亮高昂。

寿庆现场，罗德明先生当众向西安市老龄委捐赠人民币30万元，意在资助西安市老龄事业的发展。这种孝心义举可贵，这样的人值得敬重。在这里举行寿庆活动，是对他热心公益，捐资助学，乐善好施等崇高精神品质的宣扬，既让罗德明先生的家庭亲情得到了绽放，凝聚了中华大家庭成员间的同胞情谊。

对考古界泰斗、“半坡之父”石兴邦先生，王勇超向来是敬重尊崇不已的。先生对民间文化遗产抢救保护事业，对博物院的发展倾注了很多的心血。对尊敬的老年人，有种习惯性的思维，即给其办寿庆就是表达心意的好方式。

这一年 11 月 17 日，为石老在博物院举办了九十寿诞。

在寿礼上，王勇超向石老赠送了自己的书法作品“德寿双高”一幅，朗诵了自作诗《五台吟》，感谢老人家对他的关心厚爱，对博物院的指导支持。

先生也情不自禁地说：“博物院为国家、为后代留下无数的民间风物，让这么多民间珍宝有了安身之处，对古民居，对古代民俗器物的保护做了大量工作，现在环境条件好多了，成绩值得肯定，一切让我感到很欣慰。”

先生的话对他是莫大的鼓励，也是无形的鞭策。

是年 11 月 29 日，王勇超有幸与全国人大代表、湖北省文联主席、湖北省人民政府文史研究馆馆长、茅盾文学奖获得者熊召政先生会晤在博物院。

他俩都是人大代表，开人代会时，在会场有不期而遇的缘分，在博物院见面自然、畅快。

没想到的是，熊先生这般见多识广的人物，竟然非常喜爱博物院，看得很仔细。他感叹：“这里光是匾额都可以做一个博物馆了！”欣赏过民国字画展厅，他更是激动：“民国时代的字画真的很难见到，你这里却几乎把北洋政府和国民党风云人物全涵盖了，真让我吃惊！我真没想到，民国字画收藏的集大成者竟然是你。”参观过之后，熊先生深深颔首：“一个人凭一己之力，收藏了如此巨量的民俗文化遗产，确实不可思议！非常了不起！”

情之所至，感慨顿生的熊先生饱蘸浓墨，运笔劲书几个大字：“守望历史。”并题款：“大开眼界 大饱眼福，敬赠博物院。”他解释说：“这里已经颠覆了博物院的概念，让我大开眼界；里面的藏品，实在让我大饱眼福。”

熊先生如此喜爱博物院和民国书画，王勇超自然要向他赠送一本自己主编的，收录院藏民国书画精品的大型画册《民国书画集》，以及作家和谷撰写的详述博物院创建历程的长篇报告文学《国风》。熊先生连声称谢，并将一套亲笔签名的四本《张居正》回赠。

临别时，熊先生紧紧握着王勇超的手，动情地说："我今天感触很深，要专门写几首诗，明天就发给你。"

出乎意料，熊先生连夜赋诗四首：

参观关中民俗艺术博物院并赠王勇超先生

秦川南北复西东，民俗收藏一院中。
岁月无情人有意，遗珠今又伴春风。
汉代风华唐气象，寸毫彩墨叹无穷。
雕梁刻石埋荒径，一夕归来化彩虹！
五台镇上影重重，古宅连楹若汉宫。
感物思乡游子意，老槐树下日初红。
每临废垒怅晴空，又见麒麟夕照中。
故国神游逢旧雨，寻常巷陌揖英雄。

来而不往非礼也。次日，王勇超和熊先生之韵，作诗四首以为回赠：

我居西邑子居东，秦楚连心赤县中。
笔底龙蛇飞舞急，谁挥翰墨召春风？
毓秀英山含气象，才高八斗意难穷。
诗坛共仰森林手，华夏碧天现彩虹。
朱明正史雾重重，龙虎风云斗帝宫。
一自高歌金缕曲，刀光剑影血流红。
兴亡继绝志凌空，多少遗珍苦雨中。
耳畔忽闻狮子吼，五台文物敢争雄。

熊先生很快回复：好诗，好诗！

没想到先生既广征遗珠，又心涵彩珠，珠珠相串，以成大乘念珠。此等根器，蕴秦川文心，让人窥得秦人锦绣珠链。

以文会友，以诗达意，这真是一次美好酣畅的交往。颇有古风古意的君子之交韵味。既为知音，此后二人不断以音讯诗文往来。

当熊先生得知博物院民俗寿庆活动具有浓郁的传统文化特色，遂决定于此体验生活，王勇超自然是求之不得，热烈欢迎。

2013 年 12 月 14 日上午，身着紫红色中式排扣衫的熊先生夫妇在博物院南山福苑体验民俗寿庆。中国作协副主席、省作协名誉主席、茅盾文学奖获得者陈忠实先生，陕西省文联副主席、省书法家协会名誉主席雷珍民先生赠联，省作协副主席、西安市作协主席吴克敬等文化贤达莅临观摩。

活动中，王勇超向熊先生赠送了亲笔撰书的贺寿诗：

孔子西行不到秦，楚狂来后笔如神。
随心泼墨风从虎，率意吟诗气夺人。
小说先赢茅盾奖，散文堪共退之邻。
松椿再得南山气，德寿明朝谁与伦。

虽然热闹的寿庆活动结束了，但二人新一轮的诗文互动才刚刚开始。

熊先生返鄂后，特赋诗二首，对博物院为他举办六十寿辰庆典答谢：

谢君为我开青眼，福苑台前庆诞辰。
锦轿座中驴背客，秦腔声里烂柯人。
满庭骚子神仙侣，盈壁诗联旧雨情。
此日神游酬父老，采芹供鹤两相亲。
顺世更珍丰宴乐，交友图前拭梦痕，
东苑且斟西凤酒，南庭已弃北山文。
乡愁蜜结丁香句，楚客情销子夜琴。

促膝与君言不尽，倚碑扫榻共烟云。

随后，王勇超亦作《五台吟》二首，回赠熊先生：

迩来常作五台吟，最苦无人解我心。
万件收藏多是泪，三年干旱久思霖。
未逢伯乐休夸骥，才遇子期便论琴。
鱼雁楚秦频往返，高山流水盼知音。
与君相见即相亲，秦傻楚狂俱率真。
东海福香西凤酒，南山寿壮北方椿。
鲜花献给佳人爱，宝剑呈于壮士珍。
青眼唯观嵇叔夜，平生乐与德为邻。

2015 年 7 月 20 日，熊先生再来博物院。再见先生，他喜不自禁，热情欢迎。

这是熊先生第三次到访博物院。他说，每次来到博物院都倍感亲切，并笑称："我像是回到家了。"没错，知音就像家人，无论什么时候见了，都是那样的亲切。

三访博物院，熊先生感叹："前两次来只是看了个大概，今天把博物院仔细地游览了一遍，王院长真是太了不起了，馆藏之丰，实为罕见。一般人都是收藏一类或几类文物，王院长的收藏包罗万象、琳琅满目、无奇不有啊！"

在阎敬铭大殿观看了记述博物院创建历程的专题片。熊先生为博物院题字："守望家园。"

2014 年底，王勇超诗集《五台吟》出版，当即给熊先生快递过去，以求赐教。对他诗歌已非常熟悉，胸有成竹的熊先生题字：

通者透也 通历史者喜文物 透心灵者擅文章 观勇超先生之诗词多俚语 赏其书 字多丰硕 俚语近俗 俗乃国风 实为诗书 继世丰硕存

王勇超叹道："熊先生不愧为我知音，知我人，明我诗。"

2019 年 2 月 1 日至 3 日，新春之际，王勇超与工作人员分别看望慰问了袁仲一、石兴邦、毛锜等长期关注支持民俗文化事业发展的各位专家学者。2 月 12 日，正逢农历正月初八，邀请了刘云辉、胡安顺、傅功振、曾志华、温新民、王德义等专家学者座谈交流共贺新春佳节。

近年来，博物院一如既往地热情接待了各级党政军要员、各界高端贤达、中外专家学者、省市媒体记者以及数以百万计的海内外大中小学生。

王勇超说："我在与不在，博物院都在；我接待与未接待，都有人接待。其实见博物院如见我，博物院是我的大半生心血之作，博物院更是留存炎黄根脉，熔铸民族精魂的圣地，是属于国家和民族的。无论是德高望重的耄耋老者莅临博物院观赏品鉴，兴致勃勃的中青年干部、官兵、工人、市民来此观光旅游，还是稚气十足的小学生到这里研学旅行，都是博物院的游客朋友，感谢他们，因为只要在这里认真参观，仔细聆听，用心感受，就都是中华优秀传统文化和传统美德的学习者、弘扬者、传承者。"

自然有四季，人生有轨迹。王勇超觉得不同人生阶段有其相应的工作历程、历史使命和生命思考。

2018 年，对关中民俗艺术博物院来说，是一个特殊的年份。不仅仅在于恰逢关中民俗艺术博物院开院十周年的节点，更是遇上了"秦岭北麓保卫战"，这场保卫战影响巨大，惊动了中央，让西安、陕西官场震动。

秦岭北麓位高权重势大者的官邸豪宅别墅皆被拆除，许多人认为关中民俗艺术博物院是保不住了。因为论体量、规模、投资、藏品，关中民俗艺术博物院不亚于那些被拆除的建筑，论个人背景、财力、势力，比他强的不乏其人。

王勇超知道，真心为他和关中民俗艺术博物院担心的是亲朋好友和热爱传统文化的有识之士，真正希望他倒霉、关中民俗艺术博物院被拆除的必为一贯对他热嘲冷讽及自私狭隘，甚至唯恐天下不乱的小人之流。

尽管他也曾多次面对纪委的例行调查，但他心中很明白：人间正道是沧桑，牢记使命不含糊，初心不改不言悔，大公无私终归仁。

事实胜于雄辩，真理亦无须辩。关中民俗艺术博物院是历史文化的遗存、见证，风俗风情的结晶、传承，不是用来光宗耀祖、炫富扎势的私人庄园，其巨量藏品也非供个人或小圈子把玩，而是为先贤留根脉、为后人存念想，向社会大众开放的文化圣地、教育殿堂。

王勇超从三十岁开始，抢救性征集保护这些濒临消失的文化遗物，付出的代价不仅仅有金钱、人力，还有人生最美好的青春岁月。从 2002 年 7 月 28 号关中民俗艺术博物院奠基开工那天起，他就明确认识到这是国家的财富、人民的财富。它将永远留在南五台，永远是西安的、陕西的、国家的，永远是中华民族的、炎黄子孙的。

什么叫大道至简、大道无门、大爱无疆、大美不言，他觉得三十多年创建关中民俗艺术博物院这件事就是一种诠释。

以本心、初心、佛心出发，追求大道、明道、正道，是一种深刻的文化自觉、文化自信，推动着他矢志不渝地抢救保护收藏研究文化遗产，并通过 500 亩大的关中民俗艺术博物院这个大平台向社会进行展示，旨在保留炎黄根脉，守护华夏圣迹，传承民俗艺术，发展文化事业。

民俗，是千年历史的积淀，是亿万民众生活创造和智慧结晶，是千百年庶民生活艺术的写照，是本土文化的典型代表，涵纳着民族血脉的亲情和灵魂。一个民族的精神是这个民族的灵魂，而民俗是灵魂的根。民俗文化是一个民族的根性，所以他要创建这么一个博物院，就是要把根留住，留住炎黄根脉，留住民族之根。

关中民俗艺术博物院是一座融历史、语文、数学、民俗、建筑、考古、雕刻、绘画、自然、地理、宗教、美学、风水等多学科的理想大学校，也是一座既有历史沧桑感、文化厚重感、审美情趣感、深邃哲理感、民族自豪感，又有现场真实感、活泼生动感、生活场景感、亲身参与感、团结协作感的自然、人文大观园。无论是大中小学子，还是海内外华人在这里都能发现真善美，感受古人的传统美德，领略传统文化的无穷魅力，体会丰富多彩的民俗风情。

近年来，在日常繁忙的工作之余，王勇超以传统文化、中华国粹咏物言志、抒情达意和修身养性。

他一直觉得，文人墨客就是文化人的代名词，也是他打心眼里敬重的先生。从小就喜欢书法、爱好诗歌，但由于个人工作、生活等客观条件制约，也就止步于此。直到 20 世纪 90 年代来到西安，有幸接触了一大批文化人，耳濡目染中随着历史知识的不断丰富，文化素养的大幅提高，逐步将心中的爱好付诸实际行动。

他常想，生长在长安，工作在西安，不会作诗，不懂书法，怎么好意思说是长安人，愧对西安这个诗歌的王国、书法的故乡。

感恩时代，承蒙组织抬爱，有幸担任中国民间文艺家协会副主席、陕西省文联副主席、陕西省民间文艺家协会主席，若作不出诗、写不了书法，实在是说不过去。

他觉得凡事都讲机缘，冥冥之中天注定。博物院收藏了大量汉画像石，他对汉代的艺术品所表达出的博大、雄浑、古朴、自然的韵味非常赞叹，在研习了大、小篆，秦、汉隶，真书以及后来的颜体、柳体、欧体、褚体等字体后，独对汉隶垂青，且将其作为主攻的书法字体。

后来无意间发现了汉中勉县的《开通褒斜道刻石》，他对这种拙古、凝重的“摩崖派”“大开通”书体爱不释手。恰巧书法老师也很赞同他习练该书体，认为他的性格质朴、沉稳、率真，为人大气、厚道、实诚，与此书风非常吻合。遂将《大开通》及章草当日课，反复临写，大字小字，不舍日夜，这种勤奋连自己都感动了。研习已久，一日心血来潮，遂赋《观〈大开通摩崖碑〉有感》一诗：

扪参历井入云峰，修复褒斜第一功。

多谢毕沅《金石志》，重观高古《大开通》。

他写诗、习书法虽晚，也没想着当诗人、书法家，但对自己的要求却很高。本身有一定的知识积累、生活积累和感情积累，具备了客观条件，加上主观上的虔诚态度，绝不能为作诗而作诗，为写书法而写书法。应当是也必须是作的诗有诗性、诗情、诗境，写的书法，有章法、有感情、有个性。简言之，就是言之有物、抒之有情，有感而发，有的放矢，就是用诗书的形式书写自己的生活体会、人生感悟，借景以抒情，咏史以喻今，即我心写我口，我口吟我诗，我诗由我书。

想到、说到、做到，就到了梦想开花的时候。

2014 年 12 月 27 日上午，“书为心画 · 诗乃心声：王勇超书诗展”开幕式，在陕西省美术博物馆隆重举行。来自省文艺界的专家学者和各界宾朋、书法爱好者千余人，出席了开幕式。陕西省文联党组成员、专职副主席兼秘书长黄道峻，著名诗人、杂文家毛锜，省委原秘书长、三秦文化研究会会长何金铭，省委原秘书长、书法家王改民，著名国画家郭全忠，省民协名誉主席傅功振，评论家李建森，灞桥区人大常委会原副主任刘琦，著名国画家张杲等先后讲话祝贺。众嘉宾的讲话令他非常感动，也给予他莫大的鼓舞。这次的诗书展持续到了 2015 年 1 月 6 日。

为这次展览，王勇超专门认真写过一篇文章，选取了一部分作为开幕式上的答谢词。他主要谈了两点。

首先，他想说的是，其所以习字学诗，既不是胡折腾，吃饱了撑的；也不想糟蹋行道，附庸风雅；更非自不量力，想当书法家和诗人；甚至也不仅仅是用吟诗写字来养生健体、冶性陶情。书法也好，诗歌也罢，对自己来说只是一种形式，一种工具而已。要借助于这些形式和工具，来坦露心声，抒发感情，表现自己的思想，传达内心的愿望，记录自己的体会，叙说领悟，宣泄不平，描绘世态人心，评价历史得失，褒贬是非功过，等等。

其次，王勇超诚恳地告诉大家：“我的习字学诗，也是我报恩的一种方式。古人说：‘滴水之恩，当涌泉相报。’前边说过，我沾了天时、地利、人和的很大的便宜，因此，我非常感谢这个伟大的时代和美好的时期，非常感恩伟大的祖国和可爱的家乡，非常感谢伟大的人民和敬爱的亲朋。所以，我常常思考自己如何回应时代、回馈社会、回报人民的问题。我虽无权无钱无德无能，但是自觉有情有义有心有梦。我想用书法这种手段，用诗歌这种形式，把自己的经历、情感、思考等袒露无遗地告诉周围的人，把自认为属于正能量的东西写出来，传开去，大约也能影响、触动甚至感染、改变一些人。”

诗书展，是王勇超作诗写书法一个阶段的小结，也是一个知行合一、学思践悟的开端。

时隔一年的 2016 年 1 月，王勇超诗歌处女作《五台吟》由人民文学出版社正式出版。这部诗集收录了 302 首古体诗歌，有五言、七言，以七言绝句为主。即便引经据典、借古喻今，但语言上还是采用明白晓畅的口语化手法，内容上均是作者这些年的所见所闻、所思所感，小至一树一叶，遥到混沌远古，近到身边人事，大到时代气象，皆入诗集中。

非常荣幸和欣慰的是，第十三届全国政协常务委员、中国作家协会副主席白庚胜先生为诗集题写贺诗，全国人大代表、湖北省文联主席、茅盾文学奖得主熊召政先生，著名诗人、国家一级编剧、陕西省音乐文学学会主席党永庵先生，陕西省语言学会会长、陕西师范大学文学院教授、博士生导师胡安顺先生分别为诗集作序。其中对王勇超的诗风、诗情、诗境进行了非常中肯的诠释。

学海无涯，艺无止境。尽管年逾花甲，但在研习书法和诗歌的道路上，他觉得自己依然是一名学生，依然要保持对诗歌文化和书法艺术的敬畏和虔诚。这几年，只要不出差在外地，他每天都笔耕不辍，或作诗或习字，乐在其中不知苦也不觉苦。

春华秋实。截至目前，王勇超作诗 600 余首，皆以书法书写，撰书的对联、题词千余幅，书写古人诗词、名句佳联六百余幅，日常习练书法更是难以计数。他又醉心隶、草双体巨幅书法，追求一种雄浑大气、兼容并蓄的书艺风格。

文以载道，书以传心，诗以言志，艺以表情。作诗习书的过程，既是他读书学习思考的过程，也是弘扬传承践行传统文化和中华国粹的过程，实际上也是一种生活方式、生命方式。

从开始有“建一座博物院”的想法，到现在博物院大量接待中外国家重要领导人、专家学者、普通游客、研学学子，已经有三十多年了。

这是王勇超人生最重要的三十年，也是博物院最重要的三十年。他在成长，博物院也在成长，而近年间博物院的成长尤让人欣慰。

近年来，党和国家高度重视文化建设，举办了各类优秀传统文化理论研讨、交流活动，在践行社会主义核心价值观方面，产生了重大影响。优秀传统文化，不仅凝结着中国几千年来熔铸的民族精魂，同时也是现代社会的文化基石。对此，博物院结合自身的文化特征，举办了各式各样的有意义的民俗活动，以期通过此对中国优秀传统文化中的关中地区民俗文化进行继承与弘扬。

中国是个礼仪之邦，其中尊老孝亲思想从原始社会一直延续至今，因此，博物院特别重视寿庆文化。从 2012 年至今，举办了多场具有浓郁民俗特色的寿庆活动。独特的寿诞庆典让老寿星们非常感动，他们感激关中民俗艺术博物院，表示一生都不会忘记关中民俗艺术博物院精心准备的这份生日礼物。

除了寿庆，博物院的婚庆活动也广受好评。婚礼仪式，是民俗文化继承的重要途径，也是本民族文化教育的重要仪式，它是传递感恩敬孝文化、承担家庭责任意识的心灵洗礼，更是反映社会风尚的一面镜子。博物院开展传统婚庆活动，并在展示实践中不断完善，目的就在于让国人，特别是年轻一代了解中华民族的传统文化，以自身行动捍卫精神家园，让体现民族精神和智慧的文化结晶，充分发挥其教化世人的作用，使民族优秀传统文化发扬光大。

中国传统节日，蕴含着深邃丰厚的文化内涵。从远古先民时期发展而来的中华传统节日，清晰地记录着中华民族丰富而多彩的社会生活文化内容，也积淀着博大精深的历史文化内涵。作为一个文化事业单位，博物院积极开展各种传统民俗节日活动。“二月二龙抬头”盛大民俗展演活动，端午风俗系列活动，中国七夕民俗文化艺术节、“乡愁·家风·国泰”中秋论坛暨赏月吟诗会等活动，让传统民俗节日里的激情重新被点燃，而传统民俗节日背后的意义也得到更大范围的挖掘。

关中民俗艺术博物院建成已有三十多年，为回馈社会各界长期以来的关注与支持，进一步落实习近平总书记“一个博物院就是一所大学校”的重要讲话精神，传承丝路文化，助推“一带一路”沿线国家和地区的文明互鉴与民心相通，扩大中华文化的国际影响力，从 2017 年 7 月 1 日起，免费对外开放二期展览区域。

二期开放的旅游区域有山水景观、优秀非遗项目体验、大型石雕展区、传统手工艺展区、各类非物质文化遗产展演、古典园林风貌、镌刻赋文记文的建院纪念碑，关中饮食文化体验等参与性项目。无论是自然景观，还是人文景致，其中所蕴藏的优秀传统文化都是极其宝贵的，它们的美需要被更多人发现，它们的价值需要被最大程度挖掘，并在最大限度内进行继承推广。二期景区的免费开放，旨在让更多人有机会近距离接触民俗文化，了解民俗文化，爱上民俗文化，从而让民俗文化大放异彩。

二期开放项目中有六大重要展馆，是他们的心血之作。分别是历代牌匾博物馆、历代书画博物馆、卫俊秀纪念馆、精品拴马桩博物馆、民俗器物博物馆、历代家具博物馆。牌匾是集文学、书法、雕刻、漆艺等于一体的艺术，是博大精深的文化载体。

历代牌匾博物馆内藏有明、清、民国著名人物董其昌、顾炎武、曾国藩、李鸿章、于右任、陈树藩等人书写的牌匾，可供人们了解当时的社会文化与思想，对今人将会产生重要启迪与影响，也是他们力荐参观之地。

历代书画博物馆，所展出的全部名人书画大部分为条幅，中堂为主，其中有明清、民国、近现代名人，如林则徐、康有为、于右任、李宗仁、冯玉祥、孙中山、蒋介石、鲁迅、李大钊等 50 余人。这些人或为高深学者，或为文坛巨匠，又或为政界风云人物，书画作品记录了他们的思想、学术观点、生活经历，折射出了一个时代的政治、经济、文化等各个层面的历史风貌，值得观瞻，更值得品鉴。

卫俊秀是中国当代久负盛名的学者型书法大家，傅山、鲁迅、庄子研究专家。与于右任、王蘧常、林散之并称为“二十世纪草书四大家”。先生终生任教，桃李众多，书法、著作颇为海内外学术界、艺术界推崇，又为博物院创建时期的重要支持者之一。卫俊秀纪念馆陈列的是先生具有代表性的书法精品、著述文章，以及先生生前床榻家具、文房用具等，这些物品是弘扬中国书法艺术、继承先生精神的宝贵财富。

拴马桩是陕西关中地区富贵人家用来镇宅辟邪、显示身份、拴马系物的石雕艺术品。关中民俗艺术博物院所藏的拴马桩群是数千年来多民族生存、文化融合的历史见证，被国内外专家赞誉为“地上兵马俑”和“石雕艺术的活化石”。精品拴马桩博物馆陈列的是具有代表性的 169 根精品拴马桩，主要有胡人、汉人、妇女、狮、猴、背背猴、胡人抱乐器、胡人耍鹰、汉人捧书卷、钱币桩、带年款桩等，具有极高的观赏和研究价值，它们就是老百姓心目中的华表，也是一个时代的印迹与见证。吃、穿、住、行是人类生活的基本条件，勤劳与智慧创造出与其相适应的物质器具，即民俗器物。民俗器物博物馆陈列有瓷质餐饮具、鞋帽服饰、房屋建筑构件、马鞍马镫，等等，具有较高的历史、科学、艺术价值。

历代家具博物馆陈列的家具有明式家具、清代家具、民国家具等，其中有雕刻精巧的架子床、样式奇异的交椅、大气稳重的方桌、玲珑剔透的绣墩，也有造型多变的博古格、儒雅规整的书案、俊俏挺立的花架、镂雕巧妙的门窗等，观众可以从中感受到工匠的精湛技巧和传统艺术的诱人魅力。

"石之美者谓之玉"，佛家将玉称为"大地舍利子"。

古人视玉为宝，十分推崇"玉"，是因为其包含有多重价值，如保健、装饰、政治、经济等价值。"玉在山而草木润，玉在河则河水清"。足可见玉的养生保健功效之强大；古代君子必佩玉，因其既能表现佩玉者的内在德行，亦能体现佩玉者的身份、感情、风度等；而政治上，氏族首领墓葬品、古代君王玉玺、官员用玉制度等皆为玉器等级制的物化表现；以玉熄战事，以玉求宽释，以玉得官爵，以白玉为币，以及"古铜旧玉无身价"等都充分说明了古玉的经济价值。因此，中华民族爱玉、敬玉、崇玉的历史非常悠久，中国人对玉也有着别样的心理寄托与情感期盼。

正是因为对玉器、玉文化的喜爱与热忱，王勇超积几十年的精力财力，从海内外收购了一批种类别致、材料上乘、造型独特、工艺精湛、内涵丰富的战国至汉代时期的玉雕珍品，它们极大地丰富了这一时期玉雕艺术所取得的辉煌成就的认识。

为了使玉器玉文化为更多人所知，经过多年筹备，博物院分别于2016年1月和6月举办了以"古玉臻美"为题的首届、第二届中国古代玉器玉文化研讨会，邀请的专家学者们对王勇超和其他藏家提供的精品玉器进行了现场观摩，并对所展玉器的内涵和价值进行了研究探讨。

许多专家学者认为这些玉的价值是多元的，有审美价值、艺术价值、文化价值、历史价值，以及现实价值，而这些重要的价值却正随着时代的变迁而日渐晦暗。王勇超所能做的就是竭尽所能，以一己之力尽可能地挖掘这些玉器所涵有的宝贵价值，以及凝结在其上的玉文化。在一番细致地察看，专业地分析之下，专家们肯定了这些玉的重要研究意义，并建议他继续加大宣传研究，提高博物院的品牌和影响力，使中华优秀传统文化走向世界。

王勇超自然很愿意去这么做，因为传统文化的保护弘扬传承工作任重道远，作为一个文化人，必将责任置肩，结合时代需求，以更容易被普通民众接受的方式宣传、推广、传承优秀的民族文化。

《诗经》是中国现实主义诗歌源头，《国风》部分为其精华，主要记录的就是古代各民族之间流传的民歌。这些民歌，反映了古代人民的风俗习惯，包含有大量的古代民俗事象，对研究中国古民俗具有重大价值。

王勇超有幸任职于中国民间文艺家协会，同时又是一个民俗文化爱好者。他深知传统民俗文化中有许多值得传承与弘扬的元素，自从入了民俗文化之门，就开始密切关注传统文化的保护和发展。他去了很多地方进行民俗调研，拜访了许多与民俗有关的专家，也受邀参加了许多有意义的民俗文化活动。

2012 年 1 月 3 日，王勇超同博物院部分负责人一同前往北京拜访青铜器专家、历史学家、古文字学家、清华大学教授、博士生导师李学勤，中国文学人类学研究会会长、中国比较文学学会副会长叶舒宪，中国秦汉史研究会会长、中国人民大学国学院教授王子今等专家。同时，参加了海南民间艺术精品展开幕式，中国茶马古道文化之乡揭牌仪式，中国玉石之路与玉兵文化研讨会，“我们的节日”首届陕西省端午民俗文化艺术节，迎中秋书画笔会等活动，以及“我们的节日：蒙古族点灯节”系列民俗活动考察采风活动，考察评审了中国羌族傩文化之乡的创建工作，见证了传统民俗文化的兴盛，为其在新时代焕发出的旺盛的生命力而感到欣慰不已。

民俗文化代表的是一个时代、一个区域所独有的、被大多数人认可的传统地方文化。在世界大融合的背景之下，传统文化随着人们多样化需求以及追求新鲜、刺激的生活姿态而逐渐被边缘化，退出了大多数人的生活圈，而仅留存在少数人的记忆之中，因此传统民俗文化的保护可谓异常艰难。

国家对传统文化的大力提倡，社会各界人士的热心助力，民俗文化再现百花盛开之势。对此，他很欣慰，想继续为中华民族的培根铸魂工作尽心尽力。

传统文化的传承和弘扬是一件不易为之的事情，要想真正将这件事情做好，必须深挖传统文化的魅力之所在，从而让更多人能够走近民俗，也走进民俗，走进传统文化，才能永葆传统文化、民俗文化的生命力。

这些年来，王勇超没有停留在文物、古建筑的抢救保护层面，而是倾投了一定的人力物力财力，对其背后所蕴藏的文化进行了挖掘和研究，并且编辑成书，方便更多人的学习和了解，共出版书籍 26 部。计有《关中传统民居营造技艺研究》《关中民俗文化艺术丛书》《关中民俗艺术论》《金声玉振：妙法莲华经》《民国书画集：纪念辛亥革命一百年》《石上逍遥：拴马桩的雕刻艺术》《陕西民间鼓舞博览》《关中民居营造技艺研究》《画传》，长篇报告文学《国风》等。其中《关中民俗文化艺术丛书》于 2016 年被评为陕西省、全国优秀社会科学普及作品，《陕西民间鼓舞博览》被评为全国优秀社会科学普及读物。

这些年来，王勇超和所有关博人都在做民俗文化传承这一件事，博物院取得了很多成绩，获得了国家 AAAA 级景区、全国文明单位殊荣，被评为国家文化产业示范基地、陕西省爱国主义教育基地、西安市社会科学院民俗文化研究基地、西安市社会科学院非物质文化遗产研究基地、陕西省文明单位、陕西师范大学文学院学生社会实践基地等多项荣誉。

因此，也引起了很多媒体的关注和报道：《中国文化报·文化财富周刊》以《古民居收藏：业在千秋》为题，报道了抢救保护古民居事迹及精神；央视新闻频道《共同关注》“变化· 十年”栏目，以《民办博物馆：文化标本库的新生代》为题，播出关中民俗艺术博物院十年变化发展；中央电视台 CCTV4 国际频道《走遍中国》栏目五十集系列片《一方收藏》第八集以《民俗大藏》为题，播出了近三十年抢救保护民俗文化事迹的专题纪录片；《中国艺术报》“大视野·民间专版”刊登杨向东文章《王勇超：南五台山下文化情》为题，介绍二十余年抢救保护文化遗产的事迹，等等。

其间，也有一些节目组选址于博物院进行取景拍摄，有《古董局中局》网剧组、《白鹿原》话剧组、《白鹿原》电视剧组、中央电视台《中国通史》栏目摄制组、大型纪录片《长安的村庄》摄制组等，无论是对王勇超个人的报道，还是对博物院的拍摄，都是对民俗文化的认可，也是对一同保护传统文化的守护者的莫大的肯定与鼓舞。

路漫漫其修远兮，吾将上下而求索。传统文化传承发展纵有千难万险，然而途中也能品赏到万里芳香和悠长古韵。

王勇超说：我会坚持，更会坚守。

关中民俗艺术博物院对外开放以来，游人如潮，不少游客写来观感。一位署名乔坤的作者，以《永远的精神家园》为题，发表感想：

这个位于五台山下的关中民俗艺术博物院，荟萃着民间文化的精华，积淀着永存的艺术，是古代劳动人民生产生活的历史见证。

一个外地人来到西安，当他不了解西安时，就会产生一种困惑，就连一条街道的名字也会感到百思不得其解，什么马厂子、下马陵、骡马市、案板街之类的。到了关中民俗艺术博物院，或许他们就会明白，那名字古时候就有的，从历史中一路走来，都有个出处，每一个名称都有自己的说法和含义。

我想，不止一个外地人不知道这些历史渊源，本地人弄清者也屈指可数，我们需要一个像关中民俗艺术博物院这样的宝地，让永存的艺术永恒存在，存在于我们每个人的心灵深处。

许多东西已经在工业化进程中尘封在历史的烟云中，不为人知。今天，我们只能在民间文化中找到生命的归宿，当我们寻根问祖时，关中民俗艺术博物院便是我们民族的“根脉”。

春琳的博客也发表了一篇评论博物院的文章：

走进关中民俗艺术博物院，犹如穿越时光隧道，我被眼前古旧的高门豪宅深深震撼。莫怪我孤陋寡闻，以前只见过江南的豪宅庭院，从未见过关中如此豪宅，让我这个生于斯、长于斯的关中人激动万分。

正午的阳光毫无遮挡地直照在这片宏大的古民居上，投射出耀眼的光芒。明清故居庭院，雕梁画栋，古旧斑驳。精美的照壁，木雕的门廊、砖雕的屋脊、古朴而又精雕细刻的梨园戏台。这一切都在悄悄地诉说着关中古老的民俗文化和厚重的历史积淀。

望着高高的屋脊，充满气势的斗拱，想起了我家的老宅院。清晰地记得故宅的高墙大院，虽没有眼前故居的豪奢，但一点也不逊色。记得故宅开始被作为村上的粮仓，后来成了生产队的饲养圈。我上高小那年，在“文革”破“四旧”运动中，故宅在一片欢呼声中倒塌，精美的瓦当、华美的棂窗，成了村民修猪舍的材料和烧饭的柴火。一个时代的文明就这样灰飞烟灭，永远地消失了，不禁让人唏嘘。

一场阵雨过后，四周弥漫着静谧的历史厚重感。无数根精美的拴马桩，形态独特，雕工精细，或人或兽或神怪的造型，如雨后春笋般生长出一片浩然竹林。这么多拴马桩超乎寻常地集中在一起，气势磅礴，万马嘶鸣，形成巨大的震撼力。我甚至想每一根拴马桩就是现代人拥有的一辆轿车，拴马桩曾经的主人身份地位，是多么的显赫和荣耀。

我敬佩关中民俗艺术博物院创建人王勇超的民俗感和胆识，其执着的精神令人感叹和敬重。关中民俗艺术博物院的创建，确实为后代做了一件大好事。在这些故居中追溯那些已经逝去的记忆，是一种景仰，更是一种传承。正是这些遗产的留存，可以想象百年甚至千年以后，我们关中还是关中，关中民俗风情与天地同辉，永放异彩。

又一位署名秦延安的游客写道：

在岁月的风尘中，我原本以为，在关中这块地方上，只有秦腔是震人魂魄的，但是当我偶然地看了老腔表演的话剧《白鹿原》后，我才意识到我的认识是错误的，它让我听惯了现代音乐和爱情小调的触角，得到了一次深邃的洗礼，充分领略了陕西民间原生态戏曲音乐艺术的独特魅力。

我在听老腔的第一嗓子时不由惊讶万分，它的感染力、冲击力是这么的强悍，仿佛金戈铁马奔涌而来，雄浑的力量充盈豪迈。

我起初想老腔一定是八百里秦川的产物，但是看了资料，却不是。

悠久的漕运历史，造就了传唱千年的老腔。西汉年间，在渭、洛、黄河交汇的三河口处，有一座西通长安的水陆码头。千帆竞进，船工众多。因为逆水行舟，免不了要光膀赤脚的纤夫拉纤曳船。船工们拉船时总是一人起头喊号子，众人跟着一起喊，一起用力。有人用一块木头有节奏地打击船板，这号子便更有了一种号召，一种合力。那时，船工号子就会此起彼伏，响彻河道两岸。黄河边上的船工就这样拉了2000年，一人起头喊号子成了一人主唱，众人跟着一起喊成了众人帮腔满台吼，木块击板成了乐器，黄河岸边于是有了一种独特的戏种——老腔。

20世纪90年代初，如果说张艺谋的电影《活着》只是让人们知道了老腔的存在的话，那么话剧《白鹿原》则让观众对老腔有了面对面的了解。从“只闻其声不见其人”到“既见其人也闻其声”，老腔传承道路上的每一步都走得曲折而耐人寻味。

当博物院梨园内苍劲的老腔响起，似乎让人看到了古战场上的长枪大戟、刀光剑影，忽而人欢马叫、气吞山河，忽而鸣金收兵、四顾苍茫，秦人的刚强性格、雄强心态跃然而出。这就是老腔，以其独有的魅力，在瞬间就能激发观者的情绪，并能不断地掀起高潮，听懂的和听不懂的都被它深深地感染，随着一起大声叫好。

来自四川泸县名叫陈宗华的游客，作了一首题为《地上兵马俑》的诗：

你们熬过了秦岭的风化

重新矗立在关中大地上
每一根桩上，或人或兽，惟妙惟肖
一丝不苟地蹲守着青春永驻

八千六百根庞大的阵容分立过道两旁
每一根记忆里都有一匹雄健的奔马
白云至上，蓝花花的晴朗
我成为最后一位拴马的人

一根桩一根桩地摸触
无语的凝视只是为了迎接
我打马归来，踏着秦时明月
砌筑汉时的砖，再演出一段唐代的皮影

他写的另一首诗，《皮影戏与关中脸谱》：

兽皮裹不住用心
重不在于刻画的美
透过金锣铜鼓紧追慢赶的一幕幕光
人间的悲欢离合
全亮在了唱腔上

木马勺并非只为了舀水
才可以解除旅途的饥渴
在关中，有一种柳木可以趋避舌燥的邪火
那就是脸谱，红忠黑直粉奸金神
省却了彼此猜度

走过西周、秦、汉、唐的沉叠
艺术的愉悦失去了皇宫的给养
社火照样在街头村尾兴旺燃起来
有一股暖流开始在胃肠里闹腾我
皮影和脸谱，再怎么着也比不上秦饼耐嚼

署名陈忠龙的游客也留下一首诗，《博院，我的乡土课程》：

南五台山脚下，有我学习的讲堂
四百九十多亩的篇幅，为我讲着
周秦汉唐以来珍藏在关中的荣光
那绘着石雕、木雕和砖雕的插页
让我清晰地看见了民间睿智的脸

沿着一座座古民居，我走进了淳朴的户口簿
一砖一瓦，是祖先嫡传的姓氏
而我的身躯，是一条等待浇灌的根须
在寻找着母性的发源地

老腔、皮影和锣鼓
在源远流长的河流，击起的旋律
让我的肺叶，以三秦风韵的节奏翕动着
那些乡音俚语，也加大了我的肺活量
让我深情的肺腑，发出的声母和韵母
有了浑厚的腔调。叙述，也更热烈

走进博院，一个集古的老师
用她搜集的土特产

用她呕心沥血的乡土课程
把我灵魂里的苍白部分，抢救着

从复活的戏楼到工艺作坊
从店铺到祭坛广场
我懂得长寿的民间，有着一种活力
我懂得民间的真诗，在劳动
在风情习俗里，以民族的血液
写着高于圣旨的艺术
一道道，把民族独特的性格钦定着

走出博物院，我流连忘返
我看见八千多根精美的拴马桩
在这一方厚重的大地
举着一面面爱国主义的旗帜

而让我念念不忘，是那些雕刻者
那些工匠和大师，他们在功利的篇外篇
在叮叮当当的时光中
雕塑着自己，他们雕活了心灵
雕活了历史，也雕活了终南山

我有一个梦想。

我们周围的每一个人，尤其在年轻的时候，都会有一些天花乱坠的梦想。如同朝圣取经，不排除九九八十一难，你仍然在通往目的地的路上。要成就大事，就得付出常人难以想象的心血，甚至整个生命的代价。

多年过去，被称为关中民俗艺术的保护神、一代文化功臣的长安草根王勇超，经常想起他做过的一个梦。

乡下人常说，做梦娶媳妇，尽想好事。梦是反的，梦境往往与现实不符。可王勇超做的这个梦着实灵验。

孔圣人说自己衰老了，好长时间都没梦见他心中的偶像周公了，这便有了梦见周公的说法。周公创造了解梦的学问，也繁衍了没有穷尽的喜欢做梦的子子孙孙。

如今，在王勇超眼前展现的，是由梦想即将化为现实的蓝图。博物院还应有国学院，担当起研究弘扬中华文化的职责，有民间技艺互动体验的民俗一条街，有更多的非物质文化遗产展演，有更大的汉画像石展廊，有用于集会、庙会活动和大型技艺活动的祭坛广场，有茶楼、饭馆、客栈、店铺等配套服务场所。

继续把目前散失在民间的非物质文化遗产引进来，是一个大课题。也将陆续把民间作坊如豆腐坊、油坊、醋坊、造纸坊、陶器作坊等建立起来，再把老人过寿、婚丧嫁娶等活动也开展起来，让游客既观赏也能参与其中。又如作为影视拍摄基地，让更多人了解观赏这里。

王勇超说，博物院要让新世纪的游人有机会重返农耕文明的家园，朝拜老祖宗，重温先人的生产生活。临走提上二斤老豆腐、一瓶香油、一斤酸醋，哼着老腔、秦腔调调离开，那该是多舒坦的情景。

让这里成为传统文化和爱国主义教育基地，成为中华民族的精神家园，使一代代炎黄子孙受到精神的滋养。

王勇超从生活回归了历史，又由历史走进了生活。

今天，阳光在头顶照耀着。

人们说，终南何有？还有一片五百亩大的风景。

高大雄伟的泰山石正面，镌刻着它的名号：关中民俗艺术博物院。

泰山石另一面刻着：国家文化产业示范基地。

还有宋代大文豪苏轼的名言：人之寿夭在元气，国之长短在风俗。

博物院山门的硕长楹联，亦由曾志华先生撰。

上联：

关中自古钟元气，望东来紫气，南来爽气，西来霸气，北来王气，气壮三秦，正气为魂，瑞气包藏八百里；

下联：

院内从今观国风，看衣有朴风，食有简风，居有清风，行有雄风，风淳万姓，和风是本，良风化育五千年。

横批：

炎黄根脉。

年过半百，已逾知天命年纪的王勇超，多少次咏诵东坡先生的名句和博物院的门联，每每都有一股回肠荡气的感觉。

院内从今观国风，良风化育五千年。

何谓国风？

国风，是关中民俗艺术博物院依靠的秦岭、终南、南五台，所展现的中华壮丽河山的风景风度。

国风，是民俗、民风，是王勇超们以血汗生命救护珍藏至博物院的古宅、字画、老石雕，先民们千百种生产生活器用，濒临失传的老腔、皮影、文字、精神，它们所体现的我们民族千秋万代承续不断的风骨风气。

国风，是百折不挠护卫民俗遗产的远见卓识、雄心气魄、聪明睿智；是王勇超们二十余载清贫守志不离不弃，以“铁肩担道义”式的奉献，创建中华民族精神家园的不朽精神；是民间代代相传、遍处蕴含的文化敬畏、文化自觉和文化自信；是中国优秀知识精英的互尊互爱，他们对真理的坚守，对艺术的苦恋，他们作为“民族的脊梁”所表现的风格风韵。

国风，是令国际友人肃然起敬的“一个承认历史、尊重前辈、善于从经验中学习、并将这一切传授给子孙后代的民族”的风情风范，是因博物院的民间珍藏而倍增的华夏同胞血浓于水的凝聚力。

国风，是王勇超在磨难苦斗中，所幸逢的真心为国为民，尊历史、敬文化，正直处事的各级执政者的理念做派和清朗风尚，是他们对文化的尊崇呵护。

史载，古时周代朝廷派出专门的使者，到全国各地采集民谣，由史官汇集整理后供天子察看，目的是了解民情。故《汉书·艺文志》有云：“古有采诗之官，王者所以观风俗，知得失，自考正也。”

《史记》说，孔子根据礼义的标准编选了其中三百篇，整理出了《诗经》。通常认为，《诗经》为各诸侯国协助周廷采集，之后由史官和乐师编纂整理而成，孔子也参与了这个过程。

今天，一代文化英杰王勇超，以匪夷所思的气度和力量，尽个体的担当，历千辛与万险，创建了关中民俗艺术博物院。游者据而“观风俗，知得失，自考正”，让文明古国沐清正国风，共同建设富强国家，创造人民幸福，进而傲立于世界民族之林。

《诗经》中，《国风》的《秦风》，有一篇是《终南》，说的也就是博物院身后的终南山。

如果遇上晴朗，从西安城朝南望去的一抹黛色，便是美丽的、充满神奇文化记忆的终南。《诗经》中“终南”的诗文情景交融，犹在眼前。朗朗吟诵声，在一把能攥出水滴来的清新空气中荡漾。

“终南何有？有条有梅。”

《诗经》是说，终南山上有什么？既有山楸又有楠。君王受封来此山，锦衣狐裘身上穿。脸色红润像涂丹，君王气度真不凡。

“终南何有？有纪有堂。”

是说，终南山上有什么？既有枸杞又有棠。君王受封来山上，锦衣狐裘身上穿。身上佩玉声锵锵，祝君大寿万年长。

有纪有堂，一说为有棱有角的宽阔的地方。

过了几千年，到了当今盛世，王勇超想，终南山上不仅有条有梅、有纪有堂，山下还应该有一座民俗艺术博物院，是实物的，而不是新塑的人为景观。它将为《诗经》之“终南”，增添二十一世纪现代版的精彩，做一件功于当代利在千秋的正经事儿。

上千年前，同是秦岭山下，在东去几十里、一个叫辋川的地方，有唐代诗人王维的别墅。如今，主人栽种的那株银杏树还活着。

王维曾唱，明月松间照，清泉石上流。

同姓三横一竖王，八百年前是一家。今天的王氏后裔勇超半吟半唱：天也空，地也空，一代一代主人翁。古寺无灯凭月照，山门不锁待云封。

每一个太阳都是崭新的，鲜活的。

坐落于秦岭终南山下的关中民俗艺术博物院醒了，一瞬间，沐浴在一片绚烂的朝霞与微带蓝色的乳白状雾气之中。

古民居屋檐上的风铃，在与小鸟对唱。拴马桩如千军万马，仿佛迎着晨风长啸。园林古树的新枝，在阳光下欢欣地招手。

四海八方游人络绎不绝，远道而至，以敬畏之情与中华优秀传统文化对话，唤起对农耕文明耕读传家的记忆，焕发国人的民族自豪、道德情愫和爱国激情，徐徐步入充盈民俗与国风的殿堂。

漫步于关中民俗艺术博物院的石板道上，王勇超沉思良久，欣然微笑着朝前走去。

2008 年 12 月 19 日动笔于西安文昌门
2011 年 11 月 27 日九稿于终南五台山
2020 年 12 月 13 日修订于长安清凉山

【附录一】《国风》评论

从《自信是金》到《国风》

陈忠实（中国作家协会原副主席）

1999 年，我在报上发表过一篇文章《自信是金》，是为王勇超而作的。

其中说，“书院门的古文化一条街，是西安古城里一个别样风姿的亮点。自信是金子的王勇超就在这条街上占有一坨风水宝地，卓尔不群的洗砚园又是这条街的一个亮点。无须备述他从一个生产队长到一个三家公司老板的创业过程，相信有传记作家或王勇超自己来完成自传的。”

不出我所料，十多年之后，曾以《市长张铁民》获得广泛影响的作家和谷，潜入王勇超尔后发展建造的关中民俗艺术博物院，写出了这部长篇报告文学《国风》，可喜可贺。

这是一部立意独特、文笔优美、思想性与艺术性俱佳的作品，是从新时期到新世纪社会文化变迁的一个缩影，蕴含了普通人传承中华民族文化的自觉和自强不息的精神，值得赞赏。

沁园春·贺和谷著《国风》出版

白庚胜（中国作家协会副主席）

关中大观，
秦岭贯日，
华岳擎天。
更黄河九曲，
龙行赤县。
周原星启，
国风薪传。
乐府厥维，
天工秦俑，
汉赋唐诗富遗篇。
统今古，
看星驰俊彩，
灿烂江山。
勇超绝响终南，
正报晓民俗又新苑。

昔含辛忍辱，
肇基房产；
成裘积腋，
掷玉心缘。
翰墨典藏，
梁枋石刻，
王府帝宫孰比颜？
功伟烈，
何须论剑，
万古家园。

注：勇超即《国风》（修订本为《民俗艺术家》主人公王勇超先生）他以无比胆识，历二十余年抢救关中民俗文物，并投巨资，忍辱负重于终南山下，建成关中民俗艺术博物院，使之成为陕西乃至西北、全中国一大文化盛景。

富有文化品质的书写

李星（中国小说学会名誉副会长、茅盾文学奖评委）

和谷的《国风》书稿，我几乎是一口气读完的，感觉很新鲜。和谷是铜川耀州这一带人，对关中很了解，他也是农村人。书的开头，写上海世博会特邀陕西的四个人，王勇超就是其中一个。这是亮相，能把人抓住。整个给人的感觉是庄重的，不是花里胡哨的。他的文笔是在庄重中很简洁，很简朴，有激情，大手笔就是这样的。最好的语言最实在的语言，就是说实话的语言。

他熟悉关中农民生活，熟悉民俗，如关中人的禁忌。我们过去小时候过年，从腊八开始哪天不能动针，哪天不能动土，初一不能扫地，和谷对这些都是了解的。他年龄大，人生体验也深，比如过年时候打碎个碗啊。没有相当的年龄写不出这样的体验，一下子把你年轻时候的苦难全部概括出来。在四五岁才第一次吃上白面，问他妈这是啥饭这么好吃，原来在关中豆子不叫啥好东西，豆子、玉米面、高粱、米啊，这些都是杂粮，经常穷人就是拌点菜，写得很感人。尤其最感动的是写父母亲留下的那两个字，爸走时留下的话是“愁”死的，妈留下的话是“累”死的，我看到这块儿都流泪了。

和谷比我们这些人最大的好处，就是他当过省文联的办公室主任，在文艺界的时间长。文联跟作协不一样，作协面对的只是文学，小说、散文、报告文学、诗歌，这都仅是文字创作。文联涉及面宽，戏剧、音乐、美术、书法、民间文艺，等等，他对这行当都熟悉。尤其是对书画界、收藏界的不正之风，很庄重地很严肃地进行批评。这本书的最大特点就是它的写法，《国风》的写法跟给企业家等写传记不大一样。这个就是烘托着，就借着你的事业，尤其是讲书画界、收藏界的行当，大概有两章，这几个实景甚至离开了王勇超，但实际上是烘托王勇超进入了一种艺术的境界。不知道行当里边隐藏的巨大的利润，美术甚至哲学这些巨大的价值，作为文化人我能读懂这一点，真正的文化人能读懂作者的用心。我坦率地说，开始有些事情以及倒字画的内幕是不能给人们说的，阴谋诡计，压价啊，他然后用烘托的办法讲这个行当。我感觉到的就是王勇超这个农民的后代竟能成为一个企业家，他进入了一种艺术的境界。

我认为就是用专业的理论素养来烘托主人公的精神，给后来的重大作为，给关中民俗艺术博物院做铺垫呢。没有前面这种烘托，你搞这些事儿，突然出现一个建筑公司，我认为有些事不能写的。据我快七十岁的人生经验，世界上有些大款、大老板、名人，他的第一桶金有时候是不能说的。你一开始在书院门搞那个书画，你上别人的当，或者是别人上你的当，还有你最后有一个大洋楼，或者是你吃个大亏被人捉了，这些东西要写的话，有时候太实。我觉得在这个情况下，让你的人生开始有大转折的那一段，就是从修缮建筑行业，进入文化行业，书画、收藏行业，这个转折，我觉得那几章很有韵味，讲卫俊秀等一些大书画家，让人感到是王勇超感悟了，给我的感觉不只是和谷在感悟，在那儿评价那些书画家，我认为是王勇超已经进入了这个境界。作者把院与人、文化与人、艺术与人融在一起，起着烘托的作用，写王勇超的那一种精神。

“石上逍遥”一章，我在这儿眉批的是文化品位，艺术的境界。“灏文礼赞”我眉批的是视野开阔。写秦岭五台都好着呢，终南学社也跟这有关，这是博物院志啊。你还有一个重要的一点就是当初拒绝别的机构兼并，是关中汉子。我看了书中引用鄢烈山的文章，他是我非常崇敬的评论家之一，他对你的评价就是“民”，民办，民间。民，就是老百姓自己办的，搞的是民间艺术。就像老朋友张志春说的，过去是帝王的。还有靳之林的观点，过去是帝王的历史，现在是老百姓的历史。拴马桩那一章就只讲拴马桩、收藏等，美术鉴赏，艺术价值。民居就光讲民居，书画一部分，还有佛像，就是宗教收藏，把这些弄清楚，配几个典型的图，像李泽厚写的《美的历程》一样。写到《石上逍遥》的作者柯文辉，这些体现了王勇超用人上的气派和勇气，用的人是高水平的，是能干的。咱中国人有句话叫作识才善用，用人不疑，疑人不用。从《诗经》里引用的“国风”，就是从民间收来的东西。像民间器物那样，庄重简朴。写到在戏台子唱的《张连卖布》，是咱关中地方戏里的精品，是一种自我调侃。

后边写关中民俗艺术博物院，主要写古民居大院、拴马桩及石雕，这些东西整个让人觉得丰满、厚重、扎实。陕西的思想家，当前有学问的，都是原创性的。和谷比较全面，社会经历丰富，他把博物院与人、文化与人结合得非常自然，而且没有庸俗之处，整个给人感觉就是有品位，有文化品质。

一个草根文化人的成长史

李国平（陕西省作家协会副主席、茅盾文学奖评委）

阅读这本书，学到了好多知识，开了眼。受到了感染、浸润和洗礼。通过文字，认识了一个人，一个性格，一个人格，一个文化情怀，一个追求文化精神并且践行之的人。

和谷和传主王勇超的相识、相遇、相知，到这本书的完成，可谓英雄会。这是一种选择、安排，一种缘。和谷，是这许多年来我们陕西能找到的最好的报告文学高手了，放眼全国，也是有实力、有思想、有水平的高手。二十多年前，他写过《市长张铁民》，这一本《国风》行文和风格上已有显著变化，一是因为题材，因为写作对象的不同；二是因为作者的修养、学养、阅历和心境的变化。使作品的思想价值和艺术价值都有超越，我甚至觉得，《国风》是和谷写作的又一个高峰，当然，这个高峰由和谷和王勇超共同写成。

当下的报告文学写作，有没有好的，有，但极少。如《中国农民调查》。太多的报告文学，要么跟着廉价的世俗的政绩观念走，跟着形成的对主旋律的理解走，要么平庸，要么流于通讯报道的加长版，还不能拿到报告文学的档次上看。这本《国风》显示了选取题材的眼力，并且明确地意识到对象所包含的价值并努力去开掘它。

作者是下了功夫的，这个功夫不唯是指作者在材料上、书面上，而更是指作者对民间文化积累，对翰墨、对民间文化遗存、对文化的研习上，对主人公文化人格、心理的揣摩上。所谓知人论世，写好文章亦如此，但还有欠缺。

我对《国风》的总体阅读感受，刚柔相济，气运贯通，落落大方，不张狂，不艳诈。这是借用作品中的词，不张狂，不艳诈的正解是节制、蕴藉，作品娓娓道来，节奏有疾有徐，内蕴丰富，渐显宽阔气象。作品有含金量，有感染力，有说服力。

《国风》写了一个草根的成长史，写出了朴素的文化在一个草根生命心中发生、成长，到壮大，到生长成一种文化人格，一种文化胸怀，这个过程是充分的、饱满的。

作品富有文化感和历史感，这使作品厚重，内蕴丰富；作品将人物也置放在历史感、文化感中浸润、感染、烘托，这个节奏，这个视野和参照把握得很好，不但不降低主人公，反而提升了主人公，毕竟传主不是马未都，出身不一样，平台不一样。

作品亦可拿来当成一部命运史、事业线来读，命运和事业不合而为一。作品在写人物命运的曲折变化的时候，提供了较为丰富的社会背景内容，政治的、政策的、经济的、文化的，将人物，将事业置于真实的社会历史生活环境中来表现，也是作品的丰厚点，也折射出了社会文明曲折的前进轨迹。

作品为王勇超立传，为关中民俗艺术博物院立传，实际上透过这些更深地是为民族文化、民间意志、民间符号、民间寄托、民间图腾立传。作品主旨在立传写心，从积极面上，写出了传统文化在当代社会价值体系中的命运，写出了个人命运和文化命运的骨肉相连、相生相依。所谓“人之寿夭在元气，国之长短在风俗”。

作品主旨在写对民间文化根脉、精神的抢救、整理、保护和承传，也写出了对一种政绩观、浅薄的文化观、实用的功利的文化观的批判。

文化往往是这样，写好人比写坏人难，写好成功人士比写好创业者难。《国风》前半部分很有感染力，为什么，因为写人生，写性格，写命运，写磨难和痛苦。后面，我感到不够充分的是，作品写了由朴素到理性、由非自觉到自觉、由功利到精神这样一个对文物、民间器物的认知过程，这个过程是充分的。但作者面对困难，面对挫折，他后来的处境、逆境所产生的矛盾冲突，尤其是内心的、自我的、心灵的矛盾冲突展示得不充分。另外，传主对文物的、民间遗留的认知、体悟、研究和心灵感悟展示得不充分，保护传承践行者一面充分，但体验者、认知者，尤其是心灵上、精神上的认知一面略显欠缺。给人感到，践行者一面充分，感悟者、体验者、思想者化为生命者、研究者一面不是很充分。它应是统一的。文物，民间器物，是历史的一部分，也是心灵史、精神史的一部分，看似物化的，实际上跳动着的活的灵魂，作者应怎样和这些灵魂对话，这是一种期待。加强这些方面，有助于增添作品内涵。

作品主人公身家过亿，从不涉毒，只是底线，不是中线，也不是高线。这段可改为他对文化原初的记忆，爷爷或村里文化人心中的映像，写文化在一个少年心中的启蒙。与农民的纠葛，可以从简，会置传主于两难。官员评价、专家评价问题。布陈官员评价，必要不必要，但在多大程度上能增加作品的含金量，不好说，要跟上时代的认知。文中涉及政治高端，具象多，抽象少，如果能讲出政治文化高端思维的进步更好。

作品提到了观复博物馆，提到了四川的抗战博物馆，涉墨还是少了，是不是三足鼎立，各有特色，我不敢判断。实际上这是一条线，一个专业内的大背景，可不可以展示，从欧洲、从日本，私立的，我们则民营的，写这个线。我们的私立的新中国成立前是如何状况，观察近三十年的事。关中民俗是近十年的事，写这个线，也很有气势烘托，突显我们的历史意义和当代的文化意义。

【附录二】博物院楹联

灏文堂　博物院联

初心俱出此堂。忆当年、前眺城墉，后顾钟楼，左拜碑林，右仰儒庠，见到些鸟革翚飞，赚回些气聚风和。决策运筹帷幄中，在在蒙、师尊一二位解谜，友朋三两个指津，宾亲五六席献谋，高明七八次定弦。恁等遭逢，不亦乐乎？最欣愉、洗濯灵魂，追慕圣贤，转变思维，振拔精神，该综古今，爱敬黎元，汲取山川，察访村乡。历许多、攘攘熙熙，冷冷凄凄，是是非非，假假真真，慄慄惶惶，死死生生。勿浪言、舍命舍财，护宝护文，沥血沥诚，济国济民，获誉获名，显祖显宗。但咨嗟、功罪嚣嚣，戚族喧喧，阻碍重重，囊笥空空，俦匹寥寥，步履沉沉。试问乾坤：披荆斩棘谁知我？

微志终成彼院。看现下，南依秦岭，北参香积，东瞻太乙，西观沣水，包裹着麟游凤峙，占据着天时地利。藏锋敛颖松云内，常常与居第四十庄做伴，书画数百家为侣，桩柱九千根论剑，器用几万枚谈艺。这般过活，何其壮也！岂忘却、更新境界，践行仁义，坚持信念，弘彰道德，传承源脉，易移凡俗，惊奇华夏，震腾寰宇。换来点、清清白白，刚刚正正，原原本本，兢兢业业，蓬蓬勃勃，葱葱郁郁。要牢记、戒骄戒馁，竭忠竭智，顺方顺化，致虚致静，求严求实，圆襟圆梦。只感叹、炎黄赫赫，园陵寂寂，胸怀坦坦，途程漫漫，江河滚滚，光阴促促。敢祈日月：流景扬辉永照人！

丙申秋　勇超　撰书

（上、下联各212字）

后记

二十多年前，我刚从客居八年的海南岛回到故都西安，在书院门闲逛时，作为游客无意间踏入过灏文堂。它与别的店铺不一般，感觉是一个神秘莫测的所在。

关中民俗艺术博物院试开业那天，我有缘见到了王勇超。一见如故。继而为博物院的建树而震撼，便萌生了写一本关于他和民间文化读物的念头。

民间有大美，民间文化的自觉与自信，是一个具有划时代意义的命题。生生不息的民间艺术，是中国传统文化的土壤，是根，于是有了根深枝繁叶茂的全球语境下的现世文化。新时期以来，王勇超从揣着十块钱进城打工，到后来他的腰缠数十亿，自收藏一幅字画始，到拥有一座五百亩大的私人博物院，在世界上独一无二，这本身就是一部人间传奇，一个花花世界的当下的传说。

他从不自觉地收拢乡间古物，到自觉地抢救保护民族民间遗存，历尽磨难，以至建造了一处实际上属于社会公众的旅游文化景观，把爱好变成了彰显人类文明进步的财富，升华为铁肩担道义的大事业，名震天下，不啻是新世纪时代精神与心灵归宿的一种健康的指向。作为个案，足以勾勒出中国当代社会文化变迁中一个鲜活的缩影。

这些年，我提前退休，归于老家田园，同时也几乎成了关中民俗艺术博物院的一名编外员工，往来频繁，潜入其间，访谈了几百个与此相关的大大小小的人物，翻阅了几千件文史及档案资料，浏览了几万件藏品，历时四载，九易其稿，终于为这部书画上了一个句号。这是我从事写作四十年间不曾有过的事情。

二十世纪八十年代初，我三十啷当岁，初生牛犊不怕虎，写了当时颇有官声并不无争议的西安市市长张铁民，之后拍摄成电视连续剧《铁市长》在央视一套播出，影响广泛。逼近六旬时，又来写一个在新时期脱贫致富并创建了民俗艺术博物院的长安区郭杜镇的普通农民，体制外的一个民间文化英雄，实在是天赐良机。是否有点“老夫聊发少年狂”的味道，不思量，自难忘。我手写我心，是社会担当，亦是自我快慰。

主人公说他是个粗人，在鉴赏藏品方面他却细致入微。我写这本书也是严谨有加，以经得起当事人和读者及历史的评判。先后请了许多不同学科的专家过目，提出修改意见，一改再改，力求写好。不觉得几年工夫，我白了头。

民俗，亦是国风，从《诗经》至今，世事与文章，相提并论，从来就不曾改变过。

书中引用了多位才俊的文字，恕未能一一明示，在此致意。对杨向东先生等专家学者在书稿修订过程中的相助，对接受采访的诸多人士，以及所有关心和帮助这本书的诸位友人，道一声谢谢。

但愿读者喜欢，足矣。

倏忽十年，一晃而过。

时光从来不会停下匆匆的脚步，如同江河之水，逝者如斯夫。增订本的出版重印，可喜可贺。一本书的生命力，在茁壮成长。

增订本《国风》，对原作（人民文学出版社 2011 年版）内容做了必要的个别文字的增删，补充了近十年间关中民俗艺术博物院发展历程的内容，以窥见其相对完善的风貌。

十年树木，百年树人。关中民俗艺术博物院这棵大树，栉风沐雨，在阳光下愈显蓬勃壮观。王勇超，作为全国人大代表、中国民间文艺家协会副主席，引领着民间艺术浩浩荡荡的队伍，行进在复兴中华传统文化伟业充满坎坷而富于光荣与梦想的征路上。

祝福秦岭脚下的这块流淌着《诗经》风韵的宝地。

一个人的生命是有限的，大自然永恒，历史不会消亡，时代仍在继续，生活仍在歌唱。每一天，从东方升起的太阳，都是新的。

民俗即国风，艺术之树常青。国运与民望的共同体，山高水长。

是为后记。

和 谷

2020年12月13日清凉山